秘境

中国玉器市场见闻录

白描 著

北京出版集团公司
北京十月文艺出版社

目录

上部 白玉纪

20颗籽玉	2
8000年长河	12
收藏热	20
「文物」出关记	28
摹古 伪古 臆古	34
怪兽	42
分香散玉	48
千年悲喜剧	58
秘境 谜境	72
群玉之山	80
玉龙吐珠	90
从炮声到机声	98
赌局	104
机遇与劫数	118
国之瑰宝	126
昆仑玉冲击波	136
两个骗子	146
和田「欲」	154

下部 翡翠传

魔鬼「石枕头」	174
扑朔迷离的身世	188
极边第一城	200
穷走夷方急走厂	210
翡翠矿区：一个人的详密踏勘	222
玉案惊奇	236
「卅二万种」	250
四大国宝	262
搭错车的女人	284
五彩梦想	300
寻根「Ｂ货」「Ｃ货」	316
翡翠中华	336

白玉纪 上部

20颗籽玉

位于北京亚运村阳光广场北侧的妙乐居,是家不大的饭馆,但环境幽雅,菜肴精美,每天都吸引来众多食客,一些文人雅士、腕儿名流也常把这里选作聚餐之地。这一天饭口,却来了两位新疆维吾尔族人,一男一女,进门后径直走进一间包厢。

妙乐居不是清真餐馆,维吾尔族人来此何为?

来者不为就餐,而是要做一笔买卖,玉石买卖。

生意不大,但买家很慎重,请来了玉雕界一老一少两位专家,俗称"眼睛",专门帮人掌眼看料的,还有几位玉痴朋友。买家设宴,新疆人来时,正是众人酒酣耳热之际,忙吩咐店家安排后厨料理几道清真菜肴,却被新疆人婉拒了。人家有讲究,也就不必勉强,那就看料吧。可是两位来者很客气,甚至有些拘谨,连称不便坏了大家的酒兴,等大家吃好喝好再说。于是两盘水果招待新疆朋友,众人酒足饭饱之后,一干人才出了包厢,来到大厅里的灯光明亮处。

两位来者拎了一只密码箱,箱子打开,再解开黑丝绒包袱,一堆和田籽玉便亮在众人面前了。

搭眼看去,这箱玉石品质参差不齐,有青有白,有大有小,但看来都是籽玉,其中一些还带着皮色。数了数,共20颗,新疆人报价6万。

常言道:黄金有价玉无价。这个"无价",不是说凡玉就一定比黄金贵重,而是说在玉石行当,一块料或一件玩意儿,卖主报价没有什么固定准头,中间弹性很大,

人家报个大价钱，你看上，你中意，就买，喜欢了就值；不入眼，看不上，就是跳水价，你也不会掏腰包，觉得不值。另一层意思是，决定玉的价格的因素是多方面的，比如同是一块缅甸翡翠或者和田白玉，因为玉质、雕工和年代等因素的差异，价格会有天壤之别。

大凡卖主，当然总想把自己的东西卖个好价钱，但新疆人这6万块显然高得离谱了。

卖主报价一出口，众人便笑了。老专家平时就好两口，今天喝得有点高，借着酒劲，"啪"一声合上箱子，道："瞎扯，心比这石头还重！拿走！"

买卖打的就是心理战，新疆人放出的试探气球让专家戳了一锥子，那男子忙说："我说这个价，你们说值多少？可以商量嘛。"把箱子又打开，拿出一块白籽，说："你们看看，看看，好东西嘛，这样的东西越来越少了，在我们新疆也不容易拿来！你们说给多少？"

老专家报："6000。"

新疆男子瞪大了眼："什么？6000？"这回是他"啪"地合上箱子，"我们把你们当朋友看嘛，才把东西送来，你们不是诚心要做买卖嘛。"

那女的也有点生气，却还幽默，一撇嘴笑道："如果这是一箱鸡蛋，我就卖给你。"

大家不禁笑起，气氛有所缓和，买家把那箱子又打开，仔细地察看那堆玉石。

新疆男子从中挑出三颗拳头大小的白籽，拿着一颗在另两颗上"当当"地敲了敲，

玉石市场上的摊主

掌中宝贝

道:"你们看嘛,仔细看嘛,现在有多少像这样的籽儿,光这三颗,我一颗卖一万没问题!"

他手中那三颗东西确实惹眼,一颗枣红皮,一颗秋梨皮,另一颗洒金黄,用看玉的专用强光锂电电筒打去,内里"肉"的白度、润度、密度都很是不错。买主让老少两位专家过眼。

两位用电筒仔细看了,老专家没向买主表态,却问新疆人:"这三颗你们多钱能卖?别来虚的,说个实价。"

新疆男子问:"就想买这三颗?"

老专家"嗯"了声。

那男子笑了,手在整堆玉石上画了个圆圈,说:"你拿走这三颗,就等于把这堆料的眼睛剜了。"

买主和其他人不完全明白他的意思,老专家解释道:"他是说这三颗是最好的,不单卖,要走一箱料一块走。"

那女的在旁边点头:"是这个意思。"又不失时机地补充道,"当然价钱好商量,交个朋友嘛。"

买主动了心,于是开始和这一对新疆男女磨嘴皮子,几位朋友也在旁边帮腔。讨价还价的结果,一箱料,20颗籽儿,最后在24000上敲定。

已经拍了板,老专家突然有点不放心,重新再审视那箱料,特别是那三颗让人眼亮的东西,冷不丁问:"这真是籽儿?不是做出来的假皮子?"

这话刺激了那男子,他涨红了脸,高声叫道:"这要不是籽儿,你把它塞到我嘴里,我把它吃了!"

新疆朋友冲动的神情和不无夸张却格外真诚的表白,引出大家一片笑声。当场,买主即付4000元,一箱料带走,店老板担保,第二天将其余两万交卖主。

分手时分,买卖双方都显得十分满意。卖方表示价钱虽然低了些,但一来急着用钱,这一下子解了急,二来交了一帮朋友,以后在生意上会帮助他;买方认为天赐好运,"捡漏"了。几位玉痴朋友对玉料行情也有所了解,认为就那三块上好的籽料也够本了。

皆大欢喜，一夜无话。

第二天一早，银行开门，买主取了款，顺路送到妙乐居交给老板，这才去上班。中午，新疆人到妙乐居拿了钱，还给老板送了两箱库尔勒香梨。

第三天，星期六，买主带上这箱料来到北京城南旧宫的一家玉雕厂。厂子是哥俩合办的，与买主是朋友。哥哥看完料，有点疑惑，让弟弟看。弟弟在室内看了，又拿到室外。在阳光下，弟弟反复察看了那三颗有着漂亮皮色的籽儿，抬起头说："假的。"

买主心里一咯噔，假的？凭什么说是假的？

弟弟让买主对着阳光仔细看那玉料的表面。果然，在三颗籽儿表面某些不经意的地方，可以观察到细微的工具锉痕，不是仔细审看，这锉痕绝对发现不了。

"用山料锉出来的，滚籽，新疆人叫磨光籽。"

新疆和田白玉有籽料、山料、山流水之分，上乘者数籽料。籽料和山料的价格之差，有时犹如天壤之别。一些玉料贩子为了赚钱，常常把山料棱角锉磨掉，在特制的滚筒里滚磨，直到变成犹如鹅卵石形状的外形，再以特殊工艺染上皮子，这样在市面上，就可以当作籽料出售了。

这位买主早听人讲过这等手段，但在实际中终究没有经见过。经见过又怎么样？那请来的"眼睛"不是也被蒙骗了？早有古语"灯下不观玉"，也难怪那一老一少两位专家，既是晚上，又喝了酒，何况那皮子做得又如此逼真，纵是神仙又如何？神仙难断寸玉！买主连同专家和一帮玉痴朋友，都被新疆玉石贩子涮了。

这三块既然是假籽，一箱里其余那些东西即便全是真籽儿玉，也没用，因为都太一般，主宰这一箱玉料价格的是这三块。哥俩担心地问买主："钱给了没有？"买主回答说给了。哥俩不由叹了口气，弟弟愤愤道："这帮新疆料贩子，说死也不能轻信他们！"

买主无话可说。那一男一女两位新疆人，着着实实给他上了一课。

不幸的是，这位倒霉的买主不是别人，正是笔者本人。

上边的故事，是多年前的事情了，现在，那一对新疆夫妇，早已成了我的朋友。

这其中的过程曲折而有趣。

还是那一对兄弟有主意，发现是假籽玉，问我还能不能与卖料的新疆人联系上。

我说可以，哥俩嘱咐我不要惊动那对夫妇，让我打电话过去，说是还要买料，从他们那里拿一些东西，押在手里，再戳穿原来假籽的底儿，然后再调换。兄弟俩告诉我，钱已经给了料贩子，想让退钱，绝无可能，要想不吃亏只有这个办法。

　　此时的我心里有种说不出的味道，恼火的不光是被人骗了，而是对那一对新疆夫妇的印象，明明是那么憨憨的笑，那么真诚的目光，那么一副拘谨的样子，怎么就成了骗子？怎么就会蒙你坑你耍弄你？还有，知道上当受骗了，也不能大张旗鼓地去声讨挞伐人家，这中间还有那两位专家面子的问题，专家打了眼，此事如果张扬开来，玉界的人不知会怎样去议论，而人家是你请来的，又拿酒把人家灌了八成，怪人家什么？买了假料，不光不能让圈里人知道，甚至也不能让两位专家知道。这实在是一件很尴尬的事情。

　　就照哥俩说的办法试试吧。

　　不承想，我这边电话还没有打过去，那一对新疆夫妇的电话却打过来了。还是谈买卖，说是又来了新料，比上次的还好，让我过去看看。

　　以北京十里河为中心，周边地区聚集着很多玉石商人、古董贩子、字画经营者、贩卖民间工艺品的个体户以及倒腾各种旧货的人。他们大都从外地来京，之所以选择这里，一是十里河紧靠潘家园这个全国最大的古玩旧货市场，那是他们的经营场所；二来十里河原本是一处城乡接合地带，旧有平房多，又有原住户合法或违章建起的许多新的房舍，房租便宜，在这里租房安营，负担不至于很重。住在潘家园，会方便许多，但潘家园地区以楼房居多，租金自然也就高了。那对新疆夫妇就是在十里河租了一个带有小小院落的三间平房。

　　那男的叫艾则孜·卡斯木。在他们租住的屋子里，堆满了各种各样的和田玉石，有上好玉料，也有不上眼的东西，甚至还有一些根本不是玉的抛光染色的水石。

　　我是和一位玉痴朋友一同到艾则孜租住地的。挑了一些籽料和山料，双方讨价还价，最后价钱定在2.5万。应该说，这是一个尚算公道的价格。按那哥俩的计划，不付钱，先把料拿走，然后再向对方摊牌，以料换料，到时候不怕他不从。但这样一来，肯定扯皮，重要的是，采用这样的手段心里别扭，自己厌恶骗子，现在使出这一招，不也是在玩

白玉牌《金色荷塘》(作者:程建中)

和田青花籽玉《夜游赤壁》(作者:宋建国)

弄骗术吗？直接点破又如何？前边买的是假籽，点破了，难道这两口子能睁着眼死赖不认？一个堂堂正正的人应该选择的只能是这种做法。就在朋友将挑选的玉石装了包，告知过几天付款的时候，我一时心血来潮，捅破不是来买料而是来换料的真实目的。

艾则孜两口子脸色骤变，忙将那已经装起的玉石收了回去。

两口子说死也不答应调换。甚至最后承认了那三颗东西是磨光籽，却说玉石交易中你看走眼只能怪你自己。这等于说我骗了你，骗成功了，你就自认倒霉吧。基本道德观念不同，这就无话可说了。

那一天，我和我那位朋友，只能愤愤然又无可奈何地离开十里河那个堆满玉料和石料的小屋。

出门朋友责怪我太迂太蠢，坏了原先的计划，我亦无话可说。

此后又与艾则孜交涉过几次，均无结果。

事情就这样拖下来，难以有个了断。

一个多月后的一天，刚刚下班回家，我便接到一位在潘家园古玩市场做管理工作的朋友的电话，说一对新疆夫妇的孩子突然病了，社区卫生室初步诊断为急性阑尾炎，要马上做手术，他们对北京医院两眼一抹黑，想找一家可靠的医院赶紧为孩子手术。这个朋友问我能不能帮忙联系一家。天坛医院有我一位老朋友，我当即把电话打过去，朋友已下了班，他给医院值班大夫打电话，事情本来不大，很快孩子就住进医院，当晚就做了手术。事情就这样过去了。

谁知新疆人把这事看成了天大一件事情。孩子出院后，他托朋友非要送我一件玉器不可。是件黄玉太狮少狮手把件。我谢绝没有接受。后来又要请吃饭，朋友说："老艾把儿子看得像宝贝，儿子放寒假从和田来北京，发病的时候，疼得在床上直打滚，当时把两口子都吓傻了，他们是真心要表达一番谢意。"听到朋友讲老艾，又说是两口子，我便问老艾叫什么，回答说是叫艾则孜·卡斯木。我笑了，告诉朋友:你去告诉老艾，说我就是买他一箱20颗籽料的人，遂把上当受骗的前后经过讲与朋友。

天下常常就有这样难以预料的巧合。事情的结果，是老艾两口子带了一箱籽料登门造访，还有一大包巴旦木杏仁葡萄干之类的礼品。从此，前嫌不快尽弃，我的生活里，多了老艾这样一位特殊的朋友。

　　这个故事,在我涉足玉器赏玩与收藏历程中,只是众多故事中的一个。之所以要在本文开头讲出这个故事,我想读者通过它,自会对当今中国玉石市场看出一些端倪。

　　玉器和玉市,在一般民众眼里,向来有种神秘奇幻、深浅莫测的感觉。伴随着商品大潮的汹涌澎湃和中国玉器市场的彻底开放,中国玉器行当和玉市交易在原有神秘面纱之下,又注入诸多前所未有的复杂因素。这些因素,既是中华 8000 年玉文化在当代中国发展的动力,又是这举世无双宝贵文化的现实杀手;既催生中国玉文化走向空前的繁荣,又在屠戮它的内涵和灵魂!

　　幸焉?悲焉?

　　这条 8000 年的长河从哪里流来?又将向哪里流去?

高品质和田白玉籽料雕件(李明摄)

8000年长河

暮春的一个后晌。

几个男人在聚落的壕沟边剥兽皮。

这是他们中午刚从河流那边的树林里猎到的一只野猪。野猪很大，这让他们剥起皮来很费工夫，只有一个体格健壮的男人剥得较快，因为他手中的工具与其他人都不一样，是把匕形器，色泽明亮而温润，刃口薄而锋利。其他人手中则是石头打磨的刀斧。健壮男人手中的匕形器，是他几年前偶然捡到一块美丽的石头，自己亲手打磨制成的。兽皮终于剥完，野猪肉按照聚落里人头数量，剁成等量的小块，野猪皮用草木灰鞣过，这是留给聚落首领的。

就在这时，几个小女孩为两只野猪獠牙争抢起来。野猪獠牙弯弯长长，女孩子喜欢让大人在上面钻个孔儿，她们用绳子穿起来，挂在脖子上作为装饰。一个小女孩没有争抢到獠牙，哭了起来，那个有着美丽匕形器的男人上前，牵走伤心的女孩，告诉她，他会送她一只比野猪獠牙更漂亮的饰物，会让她比别的女孩子更漂亮。

健壮男人和小女孩是一家人，但他并非她的父亲。在实行对偶婚的聚落里，虽然这个男人住在女孩母亲家中，但他来时，女孩已经高过他的膝盖了。在他之前，女孩母亲与另一个男人住在一起，那人才是女孩的父亲。那个男人天性胆小，在渔猎生涯中常常遭到众人的耻笑，三年前女人便让那男人离开了她的家，而接受了眼前这个健壮的男人。在这个以母系计算世系和财产继承的原始群落里，女人对男人拥有绝对的

权力,男人参加女方氏族的劳动生产,一起享受劳动成果,一起抚养子女,但随时可以让你走人。事情就这么简单。

这个男人没有食言。他在捡到美丽石头的地方,又挑拣了几块色彩晶莹的小石子,用家中收藏的鲨鱼牙,蘸着从河床里捧来的细沙,开始在小石子上碾磨。若干时日过去,每个小石子上都钻出了孔洞,他再用一根细细的兽皮绳穿了起来,于是,一条美丽的项链,就挂在小女孩的脖颈上了。

8000年后,还是一个暮春的后晌。

沧海桑田,在那个健壮男人把项链挂在小女孩脖颈的台地上,现在再看不到那壕沟,看不到那用树枝搭建并涂了泥巴的房屋和聚落,那条河流已改道,远远地弯到了别处,原来河流对面的树林,也已经杳无踪迹,变成漫无遮拦光秃秃一片的沙土地。

现在这里又聚集了一群人,干部和知识分子模样的人,农民模样的人,男人,女人,老人,年轻人,还有几位叽里呱啦说话的日本人。

这里正在进行一场大规模的发掘。

这是2001年5月,地点是内蒙古自治区赤峰市敖汉旗东部的宝国吐乡兴隆洼村东南1.5公里的地方。

许久以来,这一带常常能从地下挖出陶罐、石头工具之类的东西,但当地农民谁也没有在意,这些东西能干什么?不值钱,不当用,那些盆盆罐罐连猫狗的食盆都做不了，最大用处也就是充当个盛鸡蛋的家什。直到1982年，中国社会科学院考古研究所和敖汉旗博物馆的专家们，在这里联合进行文化普查，才意外地发现了这些线索。经探察，一系列的考古发现引起考古界、学术界的极大关注，一处史前部落遗址被确定下来。因为地处兴隆洼村附近，便被命名为兴隆洼文化。当开始正式发掘时，北京的、自治区的、市里的专家学者纷纷被吸引来，连远在日本青森县的考古专家，也加入到发掘的行列。

发掘中不断有令人惊喜的发现，而最振奋人心的一幕出现在这个下午——一枚半环形带缺口的东西被发掘出来，当专家们确定这是一件玉玦时，在这一刻，中国玉文化的历史，就被重新改写了。

此前，伴随着红山文化和良渚文化的考古发现，有出土实物为依据的中国玉文化历史已经追溯到6000年前。但有一个问题一直令专家和学者们迷惘不解：红山文化和良渚文化玉器，从其雕琢工艺水平来看，俨然已达到远古玉器相对成熟的盛期，那么，它们的源头在哪里？这个暮春后晌发掘出的玉玦，为回答这个问题拎出了一条线索。

从2001年5月开始，先后经过6次发掘，除挖掘出大量房屋、墓葬、窖穴遗址以及石器、骨器、陶器等生产生活工具外，还发现数十件琢制精美的玉器，这是迄今所知的中国年代最早的真玉器，不光为红山文化玉器群找到了直接源头，而且一下子将中国玉文化历史向前拓展到8000年前的新石器时代中期。

我们假想的那位打磨玉石项链的男子，那位兴隆洼文化的先民，是他，以及他的先祖、伙伴和后人，让我们对于历史的认识提高了一大步，不断接近客观事物的真实。

根据考古学和其他科研成果，中国、中南美和新西兰，为古代三大玉器产地。若以起源之早、延续之久、用途之广、工艺之精、艺术之美来论，则只有中国堪称世界玉器产地之巨擘。

源远流长的玉器制作、玉器应用历史，让我们的祖先赋予玉以深邃而广阔的内涵，远古先民们的祖宗崇拜、图腾崇拜、神明崇拜，玉是沟通人与祖宗、人与神明的通灵之物；私有制和等级社会产生以后，玉又是阶级、地位、权力、财富的象征。在精神和审美领域，一个"玉"字，又与多少美好品格和美好事物联系在一起："玉德""玉缘""玉成好事""宁为玉碎，不为瓦全""玉石俱焚""金枝玉叶""玉质金相""玉昆金友""亭亭玉立""玉树临风""金童玉女""金玉良缘""怜香惜玉""玉殒香消""金马玉堂""金口玉言""玉貌花容""守身如玉""冰清玉洁""冰肌玉骨""如花似玉""玉琢粉砌""琼楼玉宇""雕栏玉砌""金盘玉脍""玉食锦衣""琼浆玉液""玉粒桂薪""金声玉振""玉宇""玉闺""玉阁""玉容""玉色""玉体""玉女""玉照""玉心""玉音""玉面""玉趾""玉步"等等。据专家统计，在汉文中，以"玉"为部首的字多达500多个，而含有"玉"字的词汇、成语已超过千条以上。而见诸史典关于玉的记载，见诸文学作品关于玉的故事，更是举不胜举。

有两个人物，我很感兴趣。他们在玉文化的演进发展史上都应该大书特书，一个是孔子，一个是秦昭王。

这是两个在玉的不同领域首开先河的人物。

孔子之前，玉的功能，经历了从灵玉到礼玉的阶段。原始先民崇拜祖宗神灵和天地自然，认为人与祖宗神灵、天地自然之间，有种沟通的媒介，这就是玉。以玉沟通天地、敬奉祖宗、尊神事鬼，成为部落生存发展重要的精神依托和日常仪规。"以玉作六器，以礼天地四方。以苍璧礼天，以黄琮礼地，以青圭礼东方，以赤璋礼南方，以白琥礼西方，以玄璜礼北方。"（《周礼·春官·大宗伯》）后来随着王权政治走向统治地位，玉在继续发挥敬神事鬼功能的同时，又增加了一层权力地位的象征意义。西周建国之初，周公致力于制礼作乐，等级区别、名物制度、揖让周旋，都有明确规定，玉便是礼的重要载体。"以玉作六瑞，以等邦国。王执镇圭，公执桓圭，侯执信圭，伯执躬圭，子执谷璧，男执蒲璧。"（《周礼·春官·大宗伯》）诸侯觐见天子须执玉以朝，那玉是有严格尺寸标准的。清末学者吴大澂所著《古玉图考》，详细辑录了各种礼玉的图谱和尺寸，仅圭的名目和形制，便异常繁多。那时就连身上的佩玉，也同样受到礼的制约，身上佩玉多少是与身份高低相关的，一点马虎差池不得。至此，玉文化已经融入国家的典章制度之中，达到了中国古代其他分支文化难以企及的至尊地位。

到了孔子时代，这位圣人没有推翻老祖宗给予玉的定义，但他却极聪明地强调玉的另一崭新属性，赋予玉以人格化、道德化的含义。

红山文化筒形器	
红山文化黄玉C形龙	红山文化钩云形玉佩
红山文化碧玉C形龙	红山文化玉猪龙

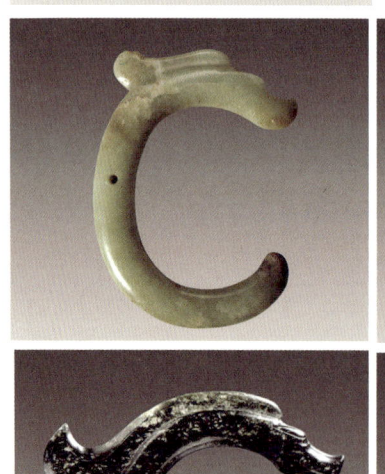

《礼记·聘义》记载，一次他的学生子贡问他：为什么君子看重玉而轻贱石头呢？是因为玉少而石头多吗？孔子回答：不是因为石头多就轻贱它，玉少就珍视它，"夫昔者君子比德于玉焉：温润而泽，仁也；缜密以栗，知也；廉而不刿，义也；垂之如坠，礼也；叩之其声清越以长，其终诎然，乐也；瑕不掩瑜，瑜不掩瑕，忠也；孚尹旁达，信也；气如白虹，天也；精神见于山川，地也；圭璋特达，德也；天下莫不贵者，道也。诗云：言念君子，温其如玉。故君子贵之也"。玉之珍贵，因为它有仁、智、义、礼、乐、忠、信、天、地、德、道11种德行。孔子已不满足拿玉仅仅作为礼的载体，尽管他毕生致力于"复礼"，但复礼靠的是人，人要完善自身方可"复礼"，他总结的玉所具备的11德，便成为人的道德操守的最理想的楷模。

圣人终归是圣人，以玉喻德，玉一下子与君子的道德操守联系起来，故而"君子无故，玉不去身"，佩玉不再单纯是身份地位的象征，而具备了省身励志陶冶情操的道德意义。

孔子的贡献在于，他让中国玉器和中国玉文化的精神内涵得到极大的提升，正是这种精神内涵，成为玉器和玉文化承传千年而不衰的核心原因。

秦昭王开创的是玉的另一种历史——交易史、诈骗史。

秦昭王的故事，须从卞和说起。

春秋时期，楚国人卞和在荆山看见一只凤凰栖落在一块青石上，"凤凰不落无宝之地"，卞和认定这石头是块宝玉，便将它献给楚厉王。楚厉王让玉工辨识，说是石头，卞和遂以欺君之罪被剁去左脚。后武王即位，卞和又献玉，仍被看作是石头，又被剁去右脚。到了楚文王即位，卞和抱着璞玉在荆山下痛哭，"泪尽泣血"，文王派人问他究竟，卞和答道："吾非悲刖也，悲夫宝玉而题之以石，贞士而名之以诳。"文王闻听此言，命人剖璞，果得宝玉，遂令良工琢磨成璧，命名为"和氏璧"，卞和献玉的故事从此被传为千古佳话。

像世界上许多著名珍宝具有传奇故事一样，围绕和氏璧也发生了许多故事。

第一件奇异的事情发生在400年后，楚威王将此璧赏赐给为楚国建立了功勋的相国昭阳。昭阳某日请客，捧出和氏璧让众宾客观赏，席散时璧却不翼而飞，虽多方搜查竟毫无下落。50多年后，和氏璧在赵国出现，谁也不知道它怎么落在赵国太监缪贤

兴隆洼古人类聚落遗址

的手中。像这等宝物，一个太监岂能把持安稳？在缪贤手中还没暖热，便被赵惠文王攫为己有。此时秦国势力已日渐强大，秦昭王得知和氏璧在赵国，心中痒痒，提出以15座城池交换和氏璧。赵惠文王情知秦昭王有诈，但又不敢惹恼秦国，两难之间，大臣蔺相如站了出来，请命奉璧往使，留下誓言道："城入赵而璧留秦，城不入，臣请完璧归赵。"蔺相如奉璧到了秦国，秦昭王大喜，接过和氏璧自己看罢，又传给左右大臣甚至身边侍应他的宫女欣赏，不再理会站在旁边的蔺相如，当然更不再提及15座城池的事情。蔺相如眼见事情不妙，使出手段，谎称璧有毛病，要指给秦王看。秦王将璧交还，蔺相如抱璧倚柱，怒发冲冠，斥责秦王不讲诚信，秦王唯恐蔺相如与璧一起触柱而毁，忙连连下话，恳求蔺相如息怒，又信誓旦旦地承诺将15座城池交予赵国。蔺相如哪里还能信得过眼前这个人，托词称：秦王若要受璧，必须斋戒五日。秦王无奈，只好应允。蔺相如料定秦王必"负约不偿城，乃使其从者衣褐，怀其璧，从径道亡，归璧于赵"。

这就是著名的"完璧归赵"的故事，司马迁在《史记》里以精彩的笔墨做了记述。

当然，太史公的记述主要是为蔺相如立传，他没有想到，他笔下另一个主人公的行为也具备划时代的意义。

在秦昭王之前，我们尚未看到以玉来做交易的记载，更未看到这种交易伴随着讹诈来实施。玉器流通于市场，是在玉的奉神事鬼的礼祭功能和融入典章的等级权力象征功能淡化后才有的现象，这是到了宋朝才出现的，宋朝完成了玉的货币化的进程，而秦昭王的举动比宋朝的坊间交易早了1200多年。

秦昭王在中国玉文化历史上开了一个很糟糕的头。

中国8000年玉文化的长河，本是一条精神的河流，但伴随着商品经济的发展，它承载起越来越多的物质的属性。这条长河流淌到今天，当我们身处这样一种社会背景——即发财致富成为无数人的热切梦想时，就像音乐、绘画、文学、舞蹈许多出自心灵的圣洁物事在今天会插上货币标签一样，玉器几乎纯粹成为一种商品了。商业这个巨大的魔掌，正在中国营造一个轰轰烈烈的玉市。

这个市场如同股市、楼市一样，波涛汹涌，景象万千。

收藏热

北京潘家园旧货市场位于北京三环路的东南角,是全国最大的古董旧货交易市场,每逢周六周日开放。市场开放的日子,周边交通的拥堵几乎成为灾难,马路上的车排成了长队,有时花上半个小时也寻找不到泊车的地方。市场内的人更是摩肩接踵,据统计,现在每个交易日前来这里的人们已经超过了5万。

20世纪90年代初,一些小商小贩在潘家园的马路边上摆摊设点,出售一些旧货,自发地形成了一个以交易旧家具、旧电器、旧书报杂志和工艺品等零七八碎小玩意儿的自由市场。后来规模越来越大,由三环路西边发展到东边,华威桥东是一片待建的工地,商贩们就地铺张塑料布,东西摆在塑料布上,在尘土飞扬中便做起了买卖。记得当年,我和文学评论家雷达就数次去那里逛,雷达买过三叶虫化石,我买过一块和田青花籽料。1994年,这里的摊位已达到了上千个。当然这是一个毫无秩序的市场。1995年,潘家园街道办事处开始介入管理,陆续投资,开发建设现在的市场。90年代末,朝阳区又投资数千万,两期工程下来,一个别具一格的商城形成。尽管城垣内有青砖碧瓦、飞檐斗拱、雕梁画栋、穿廊回抱的仿古建筑,但城内4个钢球形的大棚却是最吸引卖家和买家的所在,棚内高大宽敞,地摊模式经营格局,自有原始淳朴的土味。

大棚初建成时,一个摊位一个月租费500元,而不几年后,一年涨到2.5万左右,如果商家愿意,也可以长期把摊位买下来,价钱是7万~8万。多大面积?不到两平方米。年成交额大概在4亿~6个亿之间,市场管理收入在1000万左右。每到收取

摊位租金的日子,商户们特别踊跃,排俩钟头的队也要把钱交上,看得出他们对潘家园机会的无比珍爱。

商家多,是因为这里生意兴隆。不要以为来这里都是搜寻破烂东西的,就这么一个地方,不光吸引了国内众多古董收藏爱好者频频光顾,流连忘返,也吸引了诸如美国前总统克林顿夫人希拉里、泰国公主诗琳通、罗马尼亚总理、希腊总理等显赫要人。希拉里在这买了一把民国的小锡壶,高兴得像捡了一个宝贝似的,据说回到饭店还在向人炫耀。韩国首尔有一条古玩街,据说80%的货来自潘家园;日本大阪古玩城的老板每月来潘家园一次,曾有一次用130卡车拉走十几车货。

潘家园经营范围包含各种文物书画、文房四宝、瓷器、玉器及木器家具等,摊位已经多达3000多个。在这些摊位里,经营玉器的商贩至少占到一半。各种材质、各种造型的新玉老玉饰件挂件把件摆件,应有尽有。价格当然要比珠宝商店里便宜很多。京城以及天南海北来京的玉器玩家,无不以逛潘家园为乐。当然,还有一些人,也不知道想买什么,只是来走走看看,有合适的玩意儿就买,没有就拉倒,这样的人更多。一个有趣的现象是,大凡来潘家园的人,都有种想淘换点什么的心理:也许能捡漏淘得一件宝贝。

像潘家园这样的古玩古董市场,在北京还有大钟寺、小营、报国寺、亮马河等处,规模或大或小,或开店或摆地摊,还有一些将东西装在提包里在市场到处流动的玉商

墨玉《错银嵌宝石福寿纹壶》(作者:马进贵)

玉贩。

　　大钟寺爱家收藏品市场是这些市场中建立较晚的一个，开发商是爱家投资管理控股集团。这本来是一家以家居市场连锁经营为主的公司，从来没有收藏品市场经营经验，却斥巨资，在北三环西路黄金地段、毗邻中关村高科技园区，建起了这个市场。开始有不少人担心：盖住宅楼多好卖，建什么收藏品市场？能收回投资吗？但集团董事长王蓓却相当自信，这位曾当选为第七届"北京十大杰出青年"的年轻女子瞅准的是日益升温的收藏热所伴随的巨大商机。果不其然，总建筑面积达25000平方米，拥有6个经营大厅和20000平方米停车场，配有中央空调系统、双向电力自动扶梯系统、消防监控预警系统、信息化经营系统、专业化物业管理系统，由这五大系统打造的五A级智能商厦刚一建成，商家便蜂拥而至。大钟寺爱家收藏品市场一位副总告诉我，市场大楼2004年春落成，2月中旬启动招商，结果地面还没铺，没有任何装修，只有四堵墙，6月5日开业时，招租率已达到97%。

　　不只北京如此，如今几乎每座稍具规模的城市，都有古玩市场。我曾到过上海城隍庙古董市场、苏州观前街白玉城、苏州拙政园玉器市场、成都送仙桥古董市场、西安八仙庵古董市场、西安朱雀大街古玩城、沈阳南湖公园和盛京古玩市场、安徽蚌埠古玩城和新工地等古玩街市、河南安阳古董市场、河南南阳镇平玉石市场、广东四会和揭阳玉石市场、昆明花鸟玉器市场，就连一些不大起眼的县城，如河北三河县、辛集县，也都有玉器古玩交易市场。场面有热有凉，生意有旺有淡，但都养活了非常庞大一支从业队伍。

　　为什么玉器市场遍地开花？因为有生意可做，有钱可赚。

　　玉器收藏历史，在中国已经非常久远。据《越绝书》记载，周武王伐纣时，收缴商王朝的玉器数以万件，可见商王已经开始了玉器的收藏。1976年，河南安阳殷墟发掘了妇好墓，在这位商代第二十三世王武丁的妻子的随葬品中，玉器就有755件，都是她生前用过或是很喜爱的，其中就有若干新石器时代红山文化的玉器，无疑妇好生前也是个玉器收藏者。妇好的时代距今已经3000多年了。

　　千百年来，玉器收藏历经了从王公贵族垄断专享到向民间逐渐普及的漫长阶段。

至今，我们看不到宋明以前有关民间收藏的文字记载，这不光是因为早先的封建文人只为王公望族、达官贵人树碑立传，主要还是由于中国古玉器贵族化倾向所致。宋明时期，玉器的功能随着人们文化视野的开阔同时得到拓展，平民的某些美好愿望也寄托于玉器来负载，正是玉器世俗化的萌始，才使民间玉器收藏得以盛行，至此，玉器的民间收藏一发而不可收。

收藏是对民族文化遗产的保护和弘扬，玉器的民间收藏，更有另外一层意义，"君子比德于玉"，藏玉佩玉，历来被视为具有德行操守的表现，而不独是身份地位以及财富的象征。另一方面，一件玉器，往往集中体现了某段特定历史时期的丰富蕴含和一个民族的智慧才华，小小物件，有着探究不尽、玩味无穷的文化意蕴，使人真切感受到中华历史文化的悠久、博大和深邃，激励人们倍加呵护与珍惜。当今中国兴起的收藏热，不少收藏家是具备这种心态和认识的，当然，当作首饰一样佩戴于身用来装饰者有之，源于民间传说求富贵、保平安者有之，当作一种乐趣玩赏体味者有之，当作一种投资手段，以求增值获取利润者亦有之。这一切，都会促进源远流长的中华玉文化的兴盛和发展。作为一种流通于市场的商品，玉器对于繁荣经济，也发挥着积极的作用。

在这种背景下，许多报刊纷纷开辟收藏类专栏，许多电视台推出类似央视《鉴宝》那样的栏目，这对收藏热更起到推波助澜的作用。特别是中央电视台最早开辟的于每个周末晚饭时黄金时间段播出的《鉴宝》栏目，在现场观众"比眼力，价格一锤定音"的齐声高呼中，每一件收藏品登场亮相，观众犹如看一部悬念片，主持人将那藏品叫作"宝物"，将登台者称作"持宝者"，最大的悬念便是"宝物"值多少钱了。一件看似不起眼的东西，经专家法眼鉴定，解谜一样地亮出一个令人吃惊的价格，观众心里难免会漾起一阵波动——原来这东西这么值钱！怦然心动中，收藏便更增加了一分热度。

正所谓奇货可居！

一般说来，玉器收藏，较之字画、瓷器、青铜器收藏，有一个相对的安全底线。字画、瓷器、青铜器一旦是赝品，其价值与真品便不可同日而语，比如青铜器，一件伪古货色，无异于破铜烂铁。而玉器则不然，即使看走眼，将新货当作老件买进，那玉本身也是有价值的，除非缺乏基本常识将石头或料器当作玉。

但任何收藏一旦走向纯功利目的，驱动力仅是价值的提升和利润的谋取，它的人文精神内涵势必遭到贬损，导致收藏品市场浑浊不清甚至是畸形发展，同时导致玉器知识的普及和玉文化的传导扭曲变形。想牟利的商贩，为了将手中的东西推销出去，新玉可以给你说成老玉，平常物件可以给你吹得天花乱坠，垃圾货、作假货，也敢漫无边际地给你开口要价。想淘宝发财的买家被蒙，只能哑巴吃黄连，有苦难言，而那些真正对玉文化怀有兴趣，以玉陶冶精神，以玉寄托性情的人，花钱买到这样的东西，损失的则不只是金钱，热情遭到打击，精神上也遭到极大伤害。

我的一个很有身份的朋友，一位著名作家，一天晚上给我打电话，语调里透着兴奋，说他刚刚购进一件玉器，和田料，卖家说是籽玉，精工好料，让我去看看。第二天我到朋友家，见是一件刘海戏金蟾把件，器型不小，白度算得上一级白了。但一搭眼，就有种别扭的感觉，物件呈现出一种死而不活的板滞相，那白显得硬，显得僵，也有点刺眼，缺乏和田玉特有的温润、生动和内敛的感觉。再细看，破绽就一一呈现出来了。

朋友见我半天不说话，担心地问："不是籽儿，是山料？"

我在心里琢磨怎么回答。

见我还没吭声，朋友的担心增加了一层："难道是青海料？"

我问："在哪儿买的？"

朋友说是某某介绍一个玉贩，因为是熟人介绍，那玉贩在价格上还优惠了不少。

他说的某某也是我的熟人，一位出版家。某某不会坑他，这是我确信无疑的，问题是，某某也被装进去了。

我只好将我的判断如实相告："这不是玉，是料器。"

朋友不相信："料器？拿什么能合成出这样的东西？"

其实这种合成料器在玉市并不少见，乳化玻璃加铅粉，再加进点带有树脂类的填充料，用模具铸出来，一件玩意儿就成了。玻璃洁净透明，铅粉可以增加比重，树脂类填充料可以掩盖玻璃的透明和贼光，一个小作坊就能出产这种东西。这种东西，对于一些不熟悉玉性特质的收藏爱好者,具有很大的欺骗性。

我让朋友在放大镜下观察,看那玩意儿的纹饰,看那料子里面隐约可见的气泡。合成料器是用模子浇铸出来的,所以无论阳纹还是阴纹,都不会有工具雕琢的痕迹,而浇铸又很难避免料器内部留下气泡。这件刘海戏金蟾,作假者可能唯恐不真,为增加料器的比重多加了铅粉,结果弄巧成拙,掂在手里,反倒比真玉还压手。将这些破绽一一告诉朋友,朋友只能连呼上当。

在我的故乡陕西,几年前揪出一个贪官,此公在吃喝嫖赌之外,有一个雅好:收藏。实际上所谓收藏,不过是敛财手段之一。名人字画、古物秘玩,都是钱,但送的收的都免了赤裸裸钞票交易的俗气。东窗事发后,在量刑定罪时司法人员遇到了麻烦。麻烦不在于他的狡辩——他为自己辩解说,接受别人送的东西,是藏友之间的互通有无,人给他送,他也给人送。这辩解当然站不住脚,人家送他一幅黄胄的画,他送人家一张自己的书法,那价值自然是天壤之别。麻烦是,他的"藏品"里有一部分是玉器,其中案发之初媒体曝光最多、最令人咂舌的是明代一套七件文房玉器和一件清代观音玉雕,据估计仅这两款,价格已在百万元以上。但法院判决前让专家鉴定,专家却说都是假的,一套文房是伪古,观音玉雕连玉也不是,是料器。按什么数目来量刑?贪官是按真的接受的,也按这礼品的分量给行贿者办了事,不算受贿于法不容,于理不通;算是受贿,又怎么算?钱数怎么定?这一切都于法无据。鉴定结果也让这个贪官大出意料,因为当初收到这礼品时,以为是件宝物,满心欢喜,藏之密室,从不示人,痛痛快快给人家办了事,殊不知他竟给人耍弄了。

也有捡漏的。我曾见过一位朋友从潘家园地摊上淘来的一方玉砚,砚体为蝉形,高足插手,和田白玉料,上部雕一龙,龙身头尾缭绕墨池,两边雕琢祥云,局部水银沁,整器包浆饱满,插手内雕有"静斋"铭。摊主开口要价两千,朋友知道是件好东西,一听这价心中暗喜,嘴里却将人家东西一通糟践,一口咬定说是仿古新器,那沁色是做上去的,而且做得很糟糕,品相不佳,纹饰风格不协调,等等。不知那摊主是从何处收来的这件东西,开始还坚持说是清代玉器,后来竟给朋友击蒙了,讨价还价,按仿古件800元卖给了朋友。朋友看那纹饰估摸是明代东西,回到家,细看那工,那沁，更加相信自己没有走眼，只是不知道那"静斋"为书斋名还是人名，若是书斋，何人书斋？若是人，何许人也？心里痒痒，便去请专家鉴定，专家果然断定为明代玉器，并告诉他，静斋乃明初江南学者叶子奇，字世杰，号静斋，又号草木子，浙江龙泉人，曾任巴陵主簿，后弃官归里。洪武年间因事下狱，在狱中撰《草木子》四卷，内容从天文律历、自然生物，到时政得失、兵荒灾乱，极为广泛。专家评价是一方难得的玉砚，价格应该不低于5万元。朋友一听大喜过望，回到家就喝酒，直到现在，这方玉砚仍是他最珍爱的一件藏品。

很多玩收藏的人，吃亏上当的事，一般都隐忍不宣，外界也不感兴趣。一旦谁得手捡了个大便宜，大家便交相传播，这与"好事不出门，坏事传千里"的民谚正好拧了个个儿。所以大家常常听到的是某某花很少的钱，弄到一件值老鼻子钱的玩意儿，在津津乐道的背后，是一种侥幸心理所产生的神往，岂不知收藏需要经验和学识，需要理性和智性，更离不开风险意识，但这一切并未引起众人足够的重视。

这是当今大众收藏热中的一个大患。

"文物"出关记

1997年底,南方某城市海关。

一个持因私护照的男子在办理出境手续时,被海关人员截留,原因是在他随身携带的行李中发现有三块古玉。文物出境是违法的,于是人和东西一同被移送公安机关。

男子姓薛,护照显示为安徽蚌埠人。男子反复解释,那三件玉雕并非古玉,而是自家作坊的产品,是自己亲手所雕,带出国是要送给朋友。公安人员岂能轻信他的话,东西送到文物部门鉴定,得出的结论是:三件玉雕皆是某博物馆藏品,国家一级文物。

偷运走私国家一级文物,已经够严重了,还有文物的来路,怎么从博物馆弄出来的?背后都有什么人参与其中?从护照记录看这薛某已数次出境,还有什么东西被弄了出去?

一个大案!

专案组迅速组建,首先从文物来源查起。可是到了某博物馆,馆方表示文物并未失窃,仍好端端保存在馆内。办案人员一头雾水,再审薛某,薛某仍坚称三件玉雕是自己的作品,他的玉器作坊专事仿古玉件制作,在国内卖,也的确带过若干件出国卖给外国人,但这与文物走私毫不搭界。办案人员没办法,只好扣下东西,放薛某回蚌埠,要求他再做三件同样的玉雕,以证明他的说辞。

三个月后,新做的三件玉雕送来,办案人员再次送到文物部门。鉴定专家答复:"上次不是鉴定过了吗?馆藏国家一级文物,没问题。"

办案人员拿出上次截扣的三件,鉴定专家顿时哑然,继而连呼:"绝技!绝技!"

这件事在蚌埠当地广为流传,薛某制作的玉雕因此格外抢手,价格一路飙升。惹出麻烦,麻烦却成了大广告,正所谓福兮祸所伏,祸兮福所倚。

我曾数次到过蚌埠,没有见过薛某,但结识了那里几位玉器行当里的朋友,有开玉雕厂的,有开玉器店的,也有专门被玉雕厂老板雇了去,专事仿古件制作的。像这种被特殊雇佣的人,手艺自然没得说,手下带有若干个徒弟,老板指定做什么便做什么,从高古三代到宋元明清,大件小件,都做得来。当然他们必须遵循严格的规矩,做什么不能对外讲,做出的活儿不能带出厂,哪怕是照片,也决不能让外人看。

娄赵忠,便是一位这样的师傅。30多岁年纪,十几岁便进蚌埠玉雕厂做学徒,前些年厂子不景气,很多人出来自己干,有本事的办起了自己的厂子,没有力量办厂子的也购置了玉雕机,在家做起了自己的活儿。娄赵忠既没办厂也没单干,而是被一位老板请去做师傅,老板看上的是他的技艺,活儿做得漂亮,又能设计画图,人又可靠,遇事好学好琢磨。我和娄赵忠几次交道打过,算是很有些交情了,一块吃饭,泥坛的口子窖两人曾喝下两瓶,但谈到厂里的活儿,他便马上回避。各行有各行的规矩,不能强人所难,我能了解到的是,有样儿就能做活,有实物最好,没有实物,照片也行,大多数情况下照片只是某种玉器的正面,背面的样子,只有靠对具体时代玉器知识的了解和纹饰特征的把握,同时也靠想象去处理了。娄赵忠告诉我,像我知道的薛某那

蚌埠仿古白玉辟邪

蚌埠仿古白玉辟邪

当代仿古玉马

样的水平，在蚌埠不在少数。前些年是我国台湾人、香港人以及东南亚国家一些华人，对蚌埠的仿古玉雕很感兴趣，花多少钱都愿意买，这几年在国内也热了起来，每天全国各地古玩市场的很多商贩，都来蚌埠采购仿古玉。

  一个周末，我和北京玉雕大师李东乘车赶往蚌埠。李东久闻蚌埠仿古玉器名声，想去看个究竟，事先我已与一位熟识的开店的老板联系好，可以让李东看一些东西。到了蚌埠，在那位李姓老板的店里，我们看到有仿周的璜，仿汉的璧，仿南北朝的辟邪，年代更早一些还有红山文化的玉鸮、良渚文化的玉琮等。李东看后很是惊讶,每件东西做工都一丝不苟，一件仿汉的出廓谷纹璧，直径20多厘米，如此大的器型，地子碾得格外平整，好孔、廓沿、每颗谷纹蜷曲的尾线，都无可挑剔，现代砣具的痕迹最大限度地做了处理和掩藏，唯一让内行人看出名堂的是那沁色。沁色是玉器入土或在保存过程中，接触自然界里的矿物质，自然形成的一种玉质颜色的内在变化，而眼前玉器上的沁色，要么有种漂浮感，要么留下了火劫纹，要么蹭上土灰和朱砂，像是生坑古的样子，不难发现是人工做沁。李老板倒是实话实说："仿古就是仿古，不可能做到天衣无缝，买家来了，我说明是仿品，你拿了货，出了我这个店门，你怎么说是你的事。"李老板原来也在蚌埠玉雕厂干，李东在北京玉雕厂干，两人是同行，也就很能谈到一起。李老板的话不是没有缘由的，大凡玉商从他的店里买了东西，拿到外边谁还肯说是仿品？内行买家终归是少数，说不定一件东西就卖出个天价。

　　李老板让我们看的还不是他得意的东西，话到投机时，他关了店门，从货柜下面搬出两只箱子，打开，和助手一起抬出里面的物件来。从第一只箱子里抬出的是一件高约50厘米的包金奔马，玉马昂首挺胸，双耳竖立，两眼前视，阔嘴粗尾，马身上的一部分包金驳落，泥土锈蚀斑斑驳驳，俨然一件刚出土的生坑古，从显露出玉质的部分看，为新疆青玉。李老板说是西汉风格。1966年，陕西咸阳新庄村村民从汉元帝渭陵旁的汉代遗址中出土了一件玉仙人奔马，代表了汉代玉雕的最高成就，也是中国古代玉器中难得的精品。眼前这件青玉包金奔马，和那件奔马极为神似，只是少了马背上的玉人和马蹄下的玉托板，多了马身上的包金，玉质的区别在于一件是白玉，一件是青玉。这正是设计制作者的高明之处。一件古代器物，图谱上有，流转有序，归属分明，世人皆知，你再做一件，纵是再花心血再逼真，也会被人认定是假的。稍加改形，保持神韵，再玩点别的手段，比如眼前奔马身上的包金，就有点真假难辨的意思了。当然，包金不是一般工艺，在这个环节上也要讲究汉时特征，不可露出时下新工的破绽。第二只箱子里是一件青玉麒麟，器型比奔马还要大，也是包金，生坑模样。

　　我和李东知道，摆在我们面前的，是难得一见的东西，它们不会出现在一般古玩市场，只能是专有渠道销售。

　　我问价格，李老板回答说，奔马10万，麒麟8万。麒麟之所以少2万，是因为玉质差了些。

　　"谈了买家吗？"我又问。

　　"定金已经付了，"李老板回答，"这两件东西你们今天来是看到了，再晚几天，不光你们看不到，怕是国内再没谁有这个机会了。"

　　李老板实际上已经说明这东西是走向了境外，也就是说，又有两件"文物"要出境了。

　　伪古东西，拿去挣境外文物贩子的钞票，涉及的是商业道德问题，不存在民族文化遗产的流失。但近年来一种动向却不能不令人警惕。有些伪古玉器，一些人想方设法弄出境外，在外边倒几道手，最终常常又弄回国，制造出一种"文物"回流现象，然后拿着入境证明，器物上打上入关的火漆，堂而皇之地进入各种拍卖会和收藏市场，身价自然就大大地得以提升。这种"脱胎换骨"、瞒天过海的手法，其欺骗性和危害性，自不待言说。

摹古 伪古 臆古

玉器之所以被人珍视,其最大特点是不可再生,不可复制。

有道是:金盆碎了,分量还在。但玉不行,玉碎,早已成为一种美好事物毁灭再难挽回的经典用语。玉器不可能像黄金或其他东西那样,按照一种模式批量生产,任何一件玉和另一件都不可能完全一样,这是因为玉器在琢治时,玉工必须根据玉料特点来设计做成什么,在玉器行当里称作相玉。玉料和玉料不一样,玉工的技术特点和风格也不一样,各个时代的治玉工具也不一样,所以不可能有一模一样的玉器产品。而玉石原料,作为地球亿万年才形成的稀有矿物质,开采一块就少一块,不可能像有些物质那样通过冶炼或合成来获得。不可复制、不可再生的特性,既是玉器自身价值的所在,也决定了其存世的唯一性。

但总有人试图对玉器的这种特性发起挑战,摹古复制,便是久已有之的一种风气。

好古嗜古,在玉文化世代传承的历史长河中,是一种很有意思的现象。古玉中蕴含的文化内容、人格精神,以及历经沧桑的神秘色彩,都对收藏者构成极大的魅力。但这种嗜好一旦走偏,势必会导致一种根本性变化,导致作假手段的产生,这便是始于宋代的摹古之风的兴起。

宋代在中国历史上,是一个非常矛盾的封建王朝:政治上腐败、军事软弱,而城市繁荣,经济相对发达,文化艺术高度发展。玉器在宋代一个很大的突破,便是淡化了其宗法礼制功能和奉神事鬼神秘色彩,走向了世俗化、装饰化。玉器已经成为一种

特殊商品，成了有钱就能买得到的东西，成了文玩和文物，皇家和民间均热衷收藏。宋代宫廷用玉空前增多，并设宗正寺玉牒所和修内司玉作所，专门生产时用玉器和仿古玉器。宋徽宗赵佶虽不是个好皇帝，却是个痴情的艺术家，嗜玉成癖、爱玉如命，尤其是各种古玉。南宋高宗赵构，还曾专门编了百卷《古玉图谱》，详细地描绘了他所占有的古代玉器的纹饰器型。上行下效，搜觅古玉器，仿制古玉器之风从此大盛。

与此同时，随着前代地下古物的大量出土，从宫廷到士大夫，兴起一股收集、整理、研究古玉的热潮，这对仿制古玉器更起到推波助澜的作用。

中国玉器交易市场便是在这个时期出现的。史料记载：宋时的汴梁、扬州、杭州等城市都有了专事贩卖玉器的店铺，店铺贩卖时作玉，也卖古玉，当然，所谓古玉，十之八九都是赝品。这个传统一直延续下来，明代杭州人高濂在他的《遵生八笺·燕闲清赏·论古玉器》中讲："近日，吴中工巧模拟汉宋螭玦钩环，用苍黄、杂色、边皮、葱玉或带淡墨色玉，如式琢成，伪乱古制，每得高值。"高濂所举诸种玉料，都是很次的东西，这些东西加工伪古玉器也能卖大价，可见当时市场之混乱。

清代康、雍、乾三代皇帝均喜爱玉器，特别是乾隆皇帝，对玉器简直达到痴迷程度，尤其是酷嗜古玉，除四处搜罗外，还亲自指导养心殿造办处玉作摹制古玉，其一生共撰写关于玉器的题铭、题诗、品评和鉴考等诗文计有800多篇，如《圭瑨说》《摺圭说》《玉杯记》等。

当代仿古玉鼎

清乾隆仿汉玉杯

说到《玉杯记》，不能不说到乾隆鉴赏古玉的一个故事。

乾隆十八年（1753），乾隆得到一只双童耳玉杯，"骤视之，若土华剥蚀"，认为是汉代之物，非常高兴。后来细加品味，特别是用手轻拂，"留手餬饡非内出"，就是说，有像粥羹一样的东西附着在玉的表面，并非从玉的肌理内部渗透出来。显然，他的触觉与"若土华剥蚀"的视觉判断产生了矛盾，犹豫不决之际，便传来自南方的如意馆领衔玉匠姚宗仁。姚宗仁看过玉杯，笑了，说是假的，并非汉时之物。乾隆让他讲出道理，姚宗仁回答：这是我祖父琢制的，因"世其业，故识之"。随后便将其祖父"淳炼之法"，也就是如何人工做沁，细细讲给乾隆。乾隆听罢，认为是"近理之谈"，赞同了姚宗仁的说法，又感"其事有足称，其言有足警，不妨为之传"。于是，一篇皇帝请教玉工真实经过被乾隆记录下来。

这件双童耳玉杯，至今仍珍藏在故宫珍宝馆中。

宫廷如此，民间对古玉器的痴迷和追求，就不难想象了。

这自然给玉贾提供了种种发财的机会。

徐珂在《清稗类钞》中记载了一个很有意思的故事——奸商如何设计圈套以伪古玉器坑人蒙事。

扬州有一位盐商，腰缠万贯，有嗜古癖，一天，一个人来到盐商府上，拿出一只玉笄，说是一个道士戴的东西，绝非寻常物件，而是王右军时物，非4000金不售。盐商爱不释手，却又觉得价格太贵，还以数百金。来人把东西放在桌上走了。第二天，有客来访，说到古玩，盐商拿出玉笄让客人观赏，客人大笑，说是假的，他亲眼见过此人在玉器作坊定做过这玩意。盐商大怒，拍案敲碎了玉笄。不几天，那人来了，带来一封某贵公子的信，信称：听说有王右军时物，乃稀世之宝，本人已允价5000，闻物存阁下府上，请交来人带回。盐商见信，既怒又怕，说：那是假的，我已经把它砸碎了。来人哪肯放手，自是一番纠缠，盐商最后不得已，掏出3000金了结此事。

古玉仿制，有摹古、伪古、臆古之分。

摹古是完全根据出土玉器实物的形制、纹饰，用新玉料制作的仿古玉器。此类摹古器件，不以投入玉市牟利为目的，多以古代精品为母本，表现出对古玉的推崇和喜好。除了在雕琢技术上力图逼真表现出古代玉器的艺术风格和加工特点外，在制作上精益求精，有时还要人工做沁。清代宫廷摹古玉器，代表了古玉仿制的最高水平，商代的勾撤法，西周的一面坡，汉时的游丝跳刀，都能逼真地模仿出来，连一些有经验的鉴定家，面对这类玉器，也表现得犹疑不定，难以轻下断语。

如今民间摹古，也有高人。我的一位朋友，从拍卖会拍得一件西周青白玉云纹龙形璜，局部紫斑沁。另一位朋友看着心动，让玉匠照着样儿给他仿制了一件，但很不满意，我便将蚌埠的娄赵忠介绍给他。他带了一块白玉籽料去找娄赵忠。不久东西做成，琢工、纹饰、就连尺寸，与原件竟无二致，只是紫斑沁做成了水银沁，未经盘养，少了沉稳温润的感觉。原件主人看了也委实吃惊，说味道足，色度比原件好很多，如果假以时日，经心盘玩，这东西可以出息成一件几可乱真的古璜。后来有人看过，也很是喜欢，当即要买，给的数目不算小，远远超过工钱加料钱，但那位朋友没有当生意去做，摹古就是摹古，只为欣赏把玩。

包浆是仿古玉器最难处理的一个环节。大凡古玉收藏者，无不对包浆格外讲究。

何谓包浆？一位研究古玉的学者曾打了个生动的比方，他以凉席为例，说新凉席，就是制作得再光滑，怎么看也是新的。但如果是睡了十多年的老凉席，那上面一定会有一层沁入凉席内里的柔滑光泽，这就是包浆。久远的年份会让器物在表面形成包浆，而经过人为的盘玩，也会让器物表面形成包浆。古玉都是有年份的，包浆自然是一个重要的辨识标志，包浆会让古玉显现出异常生动的姿色。为求这包浆，人们会在一块玉上下很大功夫。陈性《玉纪》载："凡三代以上旧玉，初出土时质地松软，不可骤盘，只可在手中抚摩或藏于贴身，常得人气养之。年余玉气稍苏，谓之腊肉骨；又养一二年，玉稍复明，谓之腊肉皮。养之年久，地涨自然透出，层厚一层，渐渐复硬，再挂再养，包浆亦自然徐徐铺满，还原十足，酷似宝石,此之谓文工,非十余年不能成也。若欲速成，须用武工，亦必得人气养之复硬，然后用旧白布轻轻擦之，稍苏再用新白布，愈擦愈热，水银自然从土门内渐次挤出擦落，其中灰土亦随之而去，于是玉气渐渐透明，颜色徐徐融化，地涨亦层层透足，包浆亦处处铺满，三年不间断，可以成功。"陈性讲了文盘武盘两种盘功，我还听到一些老玩家讲过"意盘"，是说把出土的生坑古玉放在那里，人在意念中想象着玉色的变化，它果真会变，会慢慢透出斑斓的色彩并形成包浆。我知道，这并不是人的意念在起作用，而是玉器的存放环境改变，周围接触的物质发生了变化，自然玉表会产生相应的变化。一件玉器盘熟了，出现了包浆，玩玉的人，把这种变化结果叫作"脱胎"。这样的东西自然是人们梦寐以求的。

现代人为了让玉器看去似带包浆，他们先上机器，用皮砣对玉器进行光亮处理，然后再用柔软的动物皮子，以手工方式擦摩，当然这种手段也得靠工夫，但比古人那种方式要快多了。这样制造出的包浆自然似是而非，但在市场上却很能唬人。

伪古玉器，是为牟取高利而制造的赝品，一般按照古器的造型、图案，有的只是张图片，刻意模仿，以假充真，鱼目混珠，目的很明确，就是牟利，说法很确凿，就是古玉，睁着眼睛说瞎话，行坑蒙拐骗伎俩。这类玉器质量优劣不等，而数量却多得惊人。故宫博物院杨伯达先生介绍，据新中国成立前古玩界人士估计，当时存世的古玉器大约真假参半，使人难辨难分。新中国成立后，这大批真假难识的古玉器，大多陆续进入了博物馆，当初故宫博物院在整理馆藏玉器时，首要任务便是辨别真伪。

摹古与伪古的区别,重要一点是制作者的动机不同。当然这个界限有时很容易混淆,你不为牟利,制作一件摹古玉器,到了他人的手中,他却可以当作古玉拿进市场。这只能看个人的玉德了。

臆古是一种更等而下之的作伪,只是根据臆想,闭门造车,七拼八凑地制作出亘古未有的伪玉器,因为是拍脑袋发明,此类东西常常贻笑大方,稍有眼力者并不难识别。

除这三者之外,另有古玉改作和古玉后雕。从古代流传下来的古玉大件,不少都已器型残缺,有人便对这类玉器进行改作,或按照原来器物造型及纹饰改作成零星小件,或对残器进行补整,如破碎的玉璧,缺一小部分,改作玦,缺一半,改做璜,里口残缺,磨去一层改作瑗,外边残缺,磨去外边改作环。有些古玉,尚未成型或器型不整、雕琢不精,有人便重新加工,如将新发现的古玉做成古器,将素面的古玉器,重新切磋,雕琢纹饰,如在古玉斧、玉圭、玉璧、玉璜乃至玉琮上,都可以大做文章。为避免改作和后雕留下的新工痕迹,对容易暴露庐山真面目的工具痕迹,还要进行染色和褪光,如此这般,一些在玉市上本无人问津,或有人愿意收购但不会给高价的旧玉,就能卖个好价钱了。

中国玉市这种传统久远的现象,到当代仍持续不衰,而且多出了许多史无前例的"发明创造"。

以沁色作伪为例,古人多采用烧、烤、煮、炸等手段。比如清人陈性在《玉纪》里讲述的老提油和新提油诸法,把一种叫作虹光草的植物,捣成汁液,将玉放入其中浸泡,再用点燃的新鲜竹枝烘烤,植物汁液色彩便渗入玉器纹理中;或将玉放入红木屑、乌木屑中煨之,这些手段,都能使玉形成枣皮红、橘皮红、柑黄、桂皮黄等假沁色。在《玉纪》记载的作伪法之外,还有各种各样作伪的手段,比如仿牛毛纹法,在隆冬腊月,用浓灰水或浓乌梅水浸没刚制作好的玉器,放在文火中煮,趁热取出放在风雪漫天的室外,使玉质冷缩,然后再煮,再冻,如此反复,直到玉器上形成状如牛毛、色彩斑斓的纹理;叩锈法是把新玉器用铁屑拌之热醋淬之,然后埋入地下数月取出,便有了铁锈红沁,而且带有土斑。

在陈性之后吕美璟的《玉纪补》里,更是详细记载了一种叫作"猫狗葬"的作伪法:

"金陵苏州玉贾专做此物，据云用夹石之玉，先染以色，次放于油内炸透，再将猫犬杀毙，破开肚腹，趁热将玉藏于内，埋在土中数年，然后取出，血癥成团成块，亦有水银光亮隐在玉内。"这便是后人所称的狗玉、猫玉、羊玉。还有更残酷的，一些作伪者，割开活羊活牛的腿，将火烤油炸后的小件玉器放在里面，用线缝上，让伤口愈合，经年后再从羊腿牛腿中取出，活物活血，那玉器上的血沁便更为生动，酷似古玉。

北京市玉器厂原厂长刘继庭告诉我，北京市玉器厂在20世纪五六十年代，也曾做过梅玉，将玉器放进酸梅和杏干水中煮，做摹古玉件。

现在的人们，再也没有这么大的耐性，再也不愿意花费这么大的工夫了。工业时代多的是化工原料，用酸碱作旧作沁，省时省工，投入少，产出高，一本万利的营生，何乐不为？如用氢氟酸、硝酸、深紫色高锰酸钾、黑色硫化汞、硅酸钠、邻苯二甲酸二丁酯等，再加朱砂、鞋油、沥青等色料，都可以做成各种伪古器件。早时玉匠作沁，假是假，但大都选用生物染料，对人体和环境并没有多大妨害，如今这些含酸含碱的东西，你以为是件宝物佩戴在身上，殊不知是有百害而无一利！

要命的是，如今各个城市玉器市场的地摊上，充斥不少此类货色，摊主总会信誓旦旦地介绍说是"从民间收来的"，甚至会唾沫星四溅地给你讲出一个传奇故事来，极力予以兜售。你若喜爱古玉而又贪图便宜，一块污染物就会挂在你的脖子上，或装进你的衣袋里了。

乾隆为仿汉玉杯题《玉杯记》

怪兽

从安徽蚌埠火车站下车，第一眼便会看到一副非常醒目的广告：传承亘古技艺，弘扬国玉文化。

这是蚌埠正东玉雕厂的广告，可以说，这也是蚌埠市的口号。

蚌埠市位于安徽省北部的淮河岸边，因古时盛产河蚌而得名。据《凤阳府志》记载，蚌埠为古采珠之地，所以又称"珍珠城"。珍珠是宝，由此看来，蚌埠人与宝早就有了紧密关系。新中国成立后建起了蚌埠玉雕厂，正是这种渊源的承继和发展。

像很多国有玉雕厂一样，进入市场经济后，曾经很是兴盛的蚌埠玉雕厂衰落了。不是领导者无能，而是计划经济本身，与玉雕这个行业的特殊性很难匹配。玉雕是个高风险的行业，有着很大的"赌性"，比如一块翡翠赌石，进料时敢不敢赌？不开门子不见瓤，要价100万，赌赢了，可能值200万，500万，1000万，可是这翻番的利润与拍板者没有任何关系，是国家的。赌输了呢？拍板者的责任可就大了去了，既是这样，谁愿把不疼的手指往磨盘下伸？计划经济体制下的国有玉雕厂面对的正是这样的尴尬。玉雕厂不景气，工人也就纷纷离厂，自己干了起来。有人发了，就有更多的人效仿，后来连原本和玉雕没有关系的人也投身其中，建起了或大或小的玉雕作坊。据统计，蚌埠市玉雕作坊已超过1000家，分布在城区各处，而集中在北工地、营市街、三马路等地，后来发展到南山路、东海大道一带。我在南山路就认识一对开小作坊的中年夫妇，二人原来都是国有企业工人，下岗后从扬州请了位玉雕工人，自己也开始

学手艺,生意不错,解决了生计问题,温饱自然不在话下。

蚌埠市在调整产业结构时,将玉雕业划入大力发展的产业之中,无论从 GDP(国内生产总值)增长还是解决就业问题角度考虑,这都是个聪明的决策。毕竟有着深远的玉雕传统,毕竟有那么多技艺高超的玉雕艺人,毕竟有那么多人因玉雕而有了碗饭吃,毕竟玉雕产品为这个城市换回了那么多钞票。

但随之而来的隐忧,却像玉雕所面对的料石一样,沉甸甸地压在人们心头。

蚌埠个体玉雕作坊,以仿旧为主,我们先来看两剂配方——

配方一:氢氟酸溶液,浓度10%。将器物浸泡4~10小时,器物表面即生成白灰皮。着加沁色,用高锰酸钾,做出的黄色即为铁锈黄;着加硫化汞,做出的黑色即为水银沁;着加碱性橙,即做出枣红皮或洒金黄。

配方二:硝酸、硫酸各一半,加50%水,浸泡器物,时间因玉质不同酌情把握。此方主要用于咬缝,添加硫化汞、邻苯二甲酸二丁酯、碱性橙等,即可得到各种沁色。

这是这些作坊给玉器染色最常见的配方,并不复杂,也不神秘,即使一些没有文化的家庭妇女,也可掌握操作。

蚌埠最大的玉市是位于市中心的古玩城。距离古玩城仅两站的延安小区,在一片居民住宅区内外,就布满了这些小作坊。在这里,我曾经用一整天时间,亲眼目睹了仿古玉制作的全过程,和多家作坊主人有过深入的交流。

街边的"怪兽"加工作坊

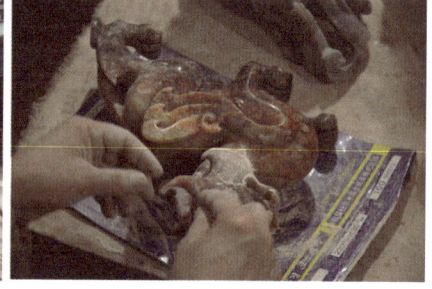
正在加工打磨的"怪兽"

青玉作旧"怪兽"

这些作坊，多数既是住宅，又是生产车间，也是摆商品做买卖的店铺。做成的玉坯经酸碱处理后，接下来的工序便是烘烤。这里家家户户都有一个或者几个液化煤气罐，罐子上接一条长长的胶皮管，另一端安装一个像氧焊枪一样的操作工具，点燃煤气，便用喷射出的火苗烘烤那些半成品玉坯。操作者面前还有一盆水，一只鬃刷，烘烤几秒钟，鬃刷蘸水淬激，再烘烤，再淬激，如此反复，玉质就起了变化，变得疏松可以吃色了。到了这种程度，再给器物不需要颜色的地方涂上蜡，着色之处暴露，开始上色。上色的颜料，便是上边所说的各种化工物质。着色深浅视需要而定，有的要上若干遍，最后用油石、细砂纸打磨抛光，或用布砣蘸上三氧化二铈抛光，还有一种方法，把器物放进一种特别的滚筒内，加金刚砂、玛瑙粉或细锯末来抛光，称之为滚光。

北工地离蚌埠最大的民营玉雕企业正东玉雕厂不远，是一个很有名气的玉雕作坊云集之处。这里一幢幢新建的居民楼拔地而起，与新建筑形成强烈反差的是地面环境，走进街巷，许多人家门前都流淌着红色的绿色的黑色的污水，都是处理过玉器的化学废水。这些污水从作坊排到大街上，有些人家干脆就在大街上冲刷打磨玉器，污水就在工人脚前漫成一条小溪。工业垃圾、生活垃圾，随意堆弃在房前屋后，空气中弥漫着刺鼻的气味。在这里，我见一个老妇人正在家门前用破抹布擦拭玉器，有人做这活儿时戴着胶皮手套，老妇人却赤裸双手，那手已被化学染料染成酱红色。我问她知道不知道那染料对身体有害，她对我的问题很茫然，半天才回答："不用手干，那用什么干活呀？"

污染，是如今玉雕仿古带来的最大忧患。以新充旧，以次充好，污染的是职业道德，是人的心灵；滥用化工原料，污染的是环境，是人的肌体。遗憾的是很多人对此尚缺乏足够的认识，我曾读到若干家媒体对蚌埠仿古玉雕的报道，称赞有加，推崇备至，有文章也涉及使用有害化学物质问题，但浅尝辄止，微弱的声音已被景慕之情湮没了。

问题还在于，这种状况并不是蚌埠所独有，而是如今仿古玉雕业普遍面临的问题，只是程度不同而已。在玉雕仿古异常活跃的徐州、南阳、扬州等城市，我都曾目睹过类似蚌埠的情况。这已经成为毋庸讳言而又必须正视的现实。

正视是一方面，能否解决是另一个问题，对此我持一种非常悲观的态度。最大的难点在于，仿古玉器有市场，能卖钱，这就决定了很难轻易剪除其弊端。让我们把视线仍投向蚌埠。

蚌埠仿古玉雕走得最火的是被当地人叫作"怪兽"的大型摆件。在北方，这种东西人们称作貔貅，传说是龙的儿子。在玉雕题材中，龙是经常被选用的吉祥动物图案，龙生九子，龙的儿子也被神化，成了各具特异功能的神物。我翻查《辞海》，对于貔貅的解释是"古籍中的一种猛兽"，《辞源》的解释是："猛兽名，豹属。"并未讲是龙的儿子。再查阅有关文献资料，传说龙的九个儿子分别为：蒲牢，性好吼，多做古铜钟的上钮；饕餮，好饮食，常立于鼎上；睚眦，性好杀，常立于刀环上；椒图，形似螺蚌，性好闭，常为门的铺首；金猊，形似狮子，性好烟火，故多立于香炉；蚣蝮性好水，故多立于桥柱；狴犴形状似虎，很有威严，常立于狱门；赑屃形似乌龟，善驮重物，故常用于石碑下部龟趺；螭吻形似兽，性好望，多做屋脊兽头。这里面也没有貔貅。端详玉雕貔貅或曰"怪兽"，其形其貌倒是与辟邪近似，辟邪在玉雕题材中古已有之，传世精品汉代、南北朝的都有，在博物馆和拍卖会上时能见到。古代辟邪是一种类狮而带翼的神兽，而如今的貔貅，被解释成没有肛门，只吃不屙的怪物。因为只进不出，也就成了聚财的象征。被传得更邪乎的是，澳门赌场，是不许身佩貔貅的人入场的，你只进不出，赌场岂不赔老了？貔貅被赋予这样的意义，故而在一门心思奔向富裕的当代中国人心里，成了一种旨意明确的象征，占据了一个重要地位。

蚌埠几乎每家作坊都做"怪兽"，经烘烤酸碱处理，身上布满红色或黑色纹理，大到数十斤、上百斤的有，小到手把件也有，多是岫玉或地方杂玉。这种玉料，几元钱一公斤，一件个头不算小的"怪兽"，料钱百八十元，工钱在当地很便宜，也就百八十元，成本不到二百块，批发价却能卖到三四百、四五百，而拿到各地的店里，价钱可以标到上千上万元。这样的赚头，如何能让厂家商家罢休？

"怪兽"真成了怪兽！

目前中国法律面对玉器作旧伪古，处于一种非常尴尬的境地。因为摹和伪的界限有时很难划分清楚。厂家生产，法律是难以干预的，商贾在说明是仿品的前提下销售，法律也奈何不得，但在五花八门的销售渠道里，商贾怎样介绍这些东西，那只有天知道了。他就是昧着良心说瞎话，明知是伪古的东西却说成古物，你又能怎样？他会说：我看它就是古物！在玉器这个特殊行业里，中国现行法律还有很多空白点。

其实，蚌埠也有不少很正规、很不错的玉雕企业，正东玉雕厂就很有代表性。这是一家创建于1996年的企业，历史并不长，但它在一开始，便突破了传统作坊的模式，融入现代化的理念，追求规模化经营，使企业快速发展，特别是2004年4月，在新疆成功竞拍到矿区面积达30平方公里的和田玉矿开采权，不仅满足了产品的原料需求，而且奠定了其产品的品牌基础。用这家企业的话说，现在他们已经形成了"原料有矿山、生产有基地、信息有网络、销售建连锁"的局面。

像这样的企业，当然不用走"怪兽"的路子。大凡伪古，都是用一些很次的玉料，上好的料自身就有着不菲的身价，谁舍得用酸碱去腐蚀？我参观过正东的产品陈列室，选料、设计、雕琢、打磨，每一个环节、每一道工序都很讲究，一块玉坯在设计师精心设计、玉匠的神功点缀下，被琢磨成栩栩如生、会意传神的山子人物、炉瓶器皿、飞禽走兽、花鸟虫鱼、随身佩饰等。也有明清仿品，像子冈款牌子、乾隆工器件等，但不是用酸碱作旧，而是在工上下功夫做出味道，在盘磨上下功夫做出包浆，而不是一味在沁色上做文章。

这才是中国当代玉雕业良性的发展之路。

分香散玉

俗话讲：千样玛瑙万样玉。许慎在《说文解字》中给玉的定义为"石之美者"，在现代科技可以准确检测矿物质的理化成分之前，按照许慎的定义，凡自然界温润而有色泽的美石，都可以称之为玉。事实上，这个看似混沌的概念，直到今天仍被人们接受，现代科技手段尽管可以准确无误地检测出矿物质的理化成分，但区别玉与石，却没有一个严格的科学定义。

玉字最早出现于《诗经》。《诗经·秦风》有"何以赠之，环瑰玉佩"。《大雅·民劳》中有"王欲玉女（汝），是用大谏"。在《山海经》里，记述神州大地玉的产地，就有137处。在中国，几乎各地都出产玉，只是品质的优劣、人们喜爱的程度不同而已。玉的品种的丰富和多样，构成了中国玉文化斑斓多姿的形态色彩和难以穷尽的瑰丽传奇。

我的一位朋友，给我讲述了一个让人将信将疑的有趣故事，这个朋友是著名作家贾平凹。

一次我回西安，贾平凹请我吃饭，席间，贾平凹神秘兮兮地问我："常说有眼不识金香玉，你见过金香玉什么样吗？"

我摇头："没见过。"

贾平凹笑笑："我有一块。"

他从脖子上摘下一个挂件，凑到我鼻前："你先闻闻。"

  是一块褐色的素面随形无工牌子,没有雕刻任何纹饰。无饰,谐音"无事",这种牌子行里话叫作平安无事牌,象征平安吉祥。我闻了闻,有种类似奶油的香味,淡淡的,却真真切切。贾平凹有些得意,同时巫气十足地给我讲了这块牌子的来历——
  "文革"末期,陕南汉中某县有个老汉,一日赶集回家,站在路边想等同村的小手扶拖拉机捎脚,等待的时候一阵内急,便潜身路边山根隐蔽处大解。蹲在那里,便闻到一股异香。老汉自言自语:"日怪了,吃糠咽菜的肚子,拉屎倒成香的了。"再细闻,不对,屎自然是臭的,那异香来自另一处,来自一块石头。老汉急忙打点起身,凑到石头前,没错,香味是从石头里散发出来的。老汉知道他遇到了一件奇物,忙搬动石头,脱下上衣裹了,抱着回到路边。不一时,村里一辆手扶拖拉机开来,老汉截住,抱着石头上去。那拖拉机上早载满了赶集回家的人,老汉挤上去,又怀抱一块石头,不能站,不能坐,戳在那里挤得别人怪难受,就有人斥责老汉:"抱的啥东西,怎么这么硌人啊?"老汉不愿意告诉人他怀抱的是一块奇石,只想找个稳当处栖身。众人不干了,轰老汉:"下去下去,后边还有咱村一辆手扶,那上边人少,你坐那一辆。"老汉硬是被轰了下去。老汉只好重新站在路边等候。后边那辆小手扶还没等来,只见前边公路上有人骑自行车慌慌张张窜来,变颜失色叫道:"不好了,前边小手扶栽到沟里去了。"老汉心里一咯噔,待坐上后边的拖拉机往前行出不到二里地,但见他刚刚被轰下来的那辆小手扶,已栽进路边的深沟,上边的人死的死,伤的伤,好不凄惨。老汉认为是那块石头帮他

逃过了这一劫,他越发相信这石头是块神奇之物,回家便供了起来。

石头救了老汉一命的事很快在村子传开。众人争相目睹那奇石,争相嗅闻那奇石的异香。有人便撺掇老汉送石头去有关部门检测,看看究竟是何等神秘之物。老汉果真送到了西安有关部门,检测后得出的结论是:一种远古时期香木的化石,俗称金香玉。金香玉!这不是千百年来一直在传说的宝物吗?老汉自是惊喜万分,抱回家去,秘藏起来,再不示人。

当贾平凹把老汉的故事讲完,再次展示他那块牌子时,骄傲地宣布:当今世界上只有4个人拥有金香玉,一个是前国家主席华国锋,老汉从检测切割下来的一小块上,切下一片,邮寄给了华国锋,因为当时华国锋刚接了毛主席的班,正在国家至高无上的位置上。后来汉中地委书记张××听说了,硬要看老汉的宝物,老汉只好也给他切了一块,再就是贾平凹的这一块了。他是去汉中采风,听说了这个故事走访老汉,老汉念他是个作家,也就给了他一块。贾平凹的骄傲还在于,虽说世上有4个人有这东西,但戴在身上的,只有他一人!

酒间的说道,姑妄言之,也就姑妄听之,怎料到就是这块玉,后边又引出一串故事来。

半年后,贾平凹获中国石油铁人文学奖,来京参加完颁奖大会的当晚,与几个朋友来到我家。喝茶聊天中,谈到了玉。雷达先让众人欣赏了自己的一件玉佩,我随口问贾平凹那块玉带了没有。没承想,这一问,竟问出事端来。

这天晚上的事情,参与者雷抒雁写过一篇《分香散玉记》,对全过程有着精彩的记述——

1999年11月某日晚,时近子时,位于北京西北角一寓所里,"啪"然一声脆响,一方稀世古玉,跌落玻璃茶几之上,只见那玉轻轻弹起,随即碎成几块,落在地上。一时之间,举座愕然,六双眼睛盯着碎玉,黑脸、白脸、黄脸、粉脸,顿成灰面。宝玉之主人贾平凹连声说:"天意!天意!"

古人说,宝物归化,必有先兆。细想几个月来,天下之不平静:先是巴尔干战事如火如荼,后又土耳其地震连连,延及我国台湾地动山摇,阿里山塌落,日月潭塞阻;再后来,又是飓风,又是暴雨,从南美吹到北美……世界不平若此,宝物岂能安宁。愤然一跃,粉身碎骨,亦在情理之中。其时,举座目瞪口呆,似觉东海激荡,昆仑摇撼,连说一声"可惜"都已忘记。不知这一夜地震台灵敏的测震指针可曾划下一些剧烈的痕迹!

事情原委如下:

这一日,贾平凹先生荣获"中国石油铁人文学奖",在人民大会堂得一奖牌并三千大洋,晚上庆宴之后,一群京内朋友邀聚白描先生家中闲聊。一并六人,贾平凹、雷达、李炳银、雷抒雁以及白描和夫人毕英杰。入座、看茶,然后照例是一番东拉西扯,寒暄、叙旧、高侃。

雷达先生不失时机,从脖下扯出一块玉佩,说是近日得一古玉,上有阴文刻字,不曾认识,想请诸位看看,大家传阅,果然是一方好玉,明亮透澈,雕工精巧,只是仍然无人认得那篆刻的字。雷达听到众人评说,面有得意之色,悄然收了玉佩,从领口塞进衣里,贴肉暖和去了。

…………

看罢雷达的玉佩,贾平凹先生便有些耐不住了,一脸神秘,说:"我也有一块玉。"说着贴脖领子掏了出来。李炳银坐在就近,便靠近前去,赏那宝物。平凹不肯从脖子上卸那玉佩,凑近前去观看,拉拉扯扯,多有不便。炳银看罢连说:"不错,不错!"平凹益发高兴,又说:"再闻一闻!"炳银凑近脸去,几乎贴近了平凹的嘴巴,闻了闻,说:"咦,怎么有一股香味?"

平凹忙将那劳什子塞进衣领,说:"知道吗?金香玉!"

"金香玉?"众人一愣。

平凹慢慢说道:这是稀世之物,除发现该玉的老人之外,得此宝玉者,世上仅三人,一是前国家领袖华国锋,二是陕西省现任某领导,余下就是他自己了。平凹文章写得奇丽,人也极富才情,收藏诸般古董,早有名声。讲起这些故事来,总是神秘有加,诡谲不测。立时,众人就来了兴致。

雷达急着要看"金香玉",又觉凑上前去,动作不雅,便连声喊道:"卸下来!卸下来!"

想来这方佩玉是平凹极为钟爱之物,一条细绳系在脖颈,那绳子又十分紧短,戴卸均不方便。吱吱歪歪,拉拉卸卸,红绳差点没把一双耳朵刮了下来。

  这一卸，却是祸事的开端。《玉藻》一书早有提醒："君子无故，玉不去身。"大约这一去身，就埋下不祥。
  雷达握玉在手，看了又看，闻了又闻。果然，那一方玉，倒像是一片巧克力，浓重的色彩里，透着一股异香。
  众人争看，平凹便不紧不慢讲起这金香玉的来历。说是陕南某地，有一老人……

《分香散玉记》里记述的这块玉的来历，这里不必再引用。接下来发生的事情，其神奇程度，不比这方玉的来历逊色。雷抒雁记述道——

  既是绝品，就更让人爱不释手。一遍传罢，毕英杰女士复还给平凹，谁知就在递接瞬间，一失手，只听戛然一声，那方玉掉在茶几之上。平凹是奇人，听声之后，先是一惊，接着闭目伸手，连叫："六块，六块！"
  那声音怪异，像是祈祷，又像是判定。
  众人静下神，俯身去捡，果然六块。平凹说："如何？玉是灵性之物，知道诸位心私爱之，又不便说出口；且只一块给谁也不合适。如今碎了，在场是六人定然是六块。每人一块，拿去吧！"
  这虽只是个意外事故，但奇在六人恰恰六块，各有一份。就算是巧合，也巧得出人意料。平凹的呼声犹在耳边，益发多了神秘色彩。白描怪得妻子失手，心中颇为不安，对平凹说："我将这一块托人以金子镶嵌给你，留个纪念吧。"
  令我惊愕的是，往日人皆道平凹吝啬，悭财滞物，此时则见其大将之风。看见玉碎，先是一震，脸色一暗，心中之苦、之痛，无以言表；瞬间，即归平静，一口谢绝了白描要以金镶玉之求，说是："玉有缘分，今日六人，果为六块，正是得其所哉！这倒是祥瑞之吉兆！"

  事实上，我看到平凹当时分外痛心，脸色都灰了，心中着实过意不去。在平凹提议将玉分与众人后，遂劝阻："算了吧，还是我找人用金镶嵌起来归还你。"并打趣道："金子一镶，你这金香玉真成'金镶玉'了。"平凹仍是执意分给大家。事后他曾私下向我道出原委：原来，此趟来京领奖，他就犹犹豫豫来还是不来，多日来他右眼直跳，左眼跳财，右眼跳灾，来京未必有什么好事。如今这玉意外碎裂，玉代他受祸，帮他消了一灾，也正是好友的聚会，才会有这样的结果，这玉岂有不分赠大家的道理？

雷抒雁的文章接着写道——

风暴之后，大海归于平静，几位朋友，各自抚着闻着自己所得的一块香玉，又说笑开来。白描夫妇那里铺纸备墨，要平凹一展书艺。平凹笔墨功力深厚，名声远播，在西安得的润笔颇丰。今日诸友正是要榨他一榨。

平凹提笔掭墨，静思片刻，落笔大书二字："分香。"重笔侧锋，凝然有魏碑之风。只是满张宣纸，只这"分香"二字，略显空廓。我说："再加二字：'分香散玉'。"众人抚掌连声说好。下边以小字记下今夜玉碎之经过。遂成一篇秀书美文，白描抢先一步说："我收藏了。"

雷文没有抄录平凹记述玉碎经过的跋语，我在这里不妨补录于兹："吾佩金香玉一块，到白描家，众呼观玉，交手时玉却落地，碎为数块，皆大惊。平凹闭目说：六块无疑。因在场有六人，细察之，果然，顿满室异香横溢，此玉性灵有奇兆。今日六人为世君子，天意欲分香散之矣。六君子乃白描夫妇、雷达、抒雁、炳银和平凹。九九年十一月廿六平凹记。"

《分香散玉记》在记述完这段奇事之后，雷抒雁意犹未尽，又信笔抒发了一番心中感慨——

古之士人比德于玉。管子说，玉有九德；荀子说，玉有七德；《说文》称玉有五德，但都有"仁义礼智信"各字。古人佩玉，不为显示财富，只在提醒修身，叫"守身如玉"。平凹今夜"分香散玉"，不以喜喜，不以物悲，轻物重友；视玉以德，真有古贤士之风。

我说这些，使平凹先生似蒙上高士儒生甚至道学先生的色彩；其实，平凹为人随和，大雅若俗，多有奇思；酸黄之语，常常脱口而出令人开怀捧腹。也就与他开个玩笑，说："分香散玉四字，倒像是风月楼倒闭，老板豪侠仗义,干脆分发青楼姐妹给了平日怜香惜玉的弟兄。"

平凹莞尔一笑,心领神会;众人朗声大笑,连声称"妙"!随即,平凹雄风大振,展纸挥毫,重笔酣墨写下各类条幅二三十张。书罢,白描夫妇酒菜早在一旁侍候,推杯换盏之际,斗转星移,不觉晨光已至矣!

《分香散玉记》最初发表于天津《今晚报》,随后《作家文摘》等各选刊文摘类报刊多有转载。不少朋友或当面或电话向我追询,事情是否像雷抒雁文章里写的那样奇妙,有的还让我再将这故事给他们讲述一遍,一个分香散玉的故事,到后来竟成了朋友间和文坛上的一段趣闻佳话。

但金香玉的故事到此远未结束。

时隔两年之后,陕西电视台编导惠京鹏来京找到我,说他们正在摄制一部名为《金香玉》的专题片,早听说过"分香散玉"的故事,正是他们专题片里难得的好素材。

我不明白何以要拍这样的专题片。惠京鹏告诉我:陕南汉中出产金香玉的消息传开后,早年大家只是说说,没有谁去寻找开采它。如今事情却有了天翻地覆的变化,发家致富的想法鼓动得人像发了疯,很多人包山开矿,想开采出金香玉来,也真有人找到了,也有急红了眼的,用其他物质加进香料合成以假充真,拿到市场上去蒙人骗财。他们拍摄《金香玉》专题片的想法,是想让大家了解这种玉材的真实面目,做一番知识普及。

于是,惠京鹏一干人,扛着机器,一同到了我家,拍了贾平凹分与我和夫人的那两块玉,拍了"分香散玉"书法条幅,录了我讲述的分香散玉的故事。雷抒雁《分香散玉记》写成后,叫人打印给了报社,原文手稿则被我要了过来,他们又拍了雷文手稿。

《金香玉》专题片是否拍成播出,没有打听,倒是后来又发生了一件故事,直教人感叹世事之奇之妙。

一日,我去北京旧宫一家朋友的玉厂,朋友说让我看样东西。拿出的是拳头大一块褐色的石头。我说是金香玉,朋友奇怪,问我怎么辨识出来的,我给朋友讲了分香散玉的故事和惠京鹏告知我的消息,朋友立即电话叫来了料主。原来是一位老板从玉料贩子手中购进了这块料,倾倒于金香玉的盛名之下,先送来上砣子试试,如果能做成玩意儿，就将那玉料贩子手中几百公斤料全部拿下，物以稀为贵，可以做一笔不错的生意。

听了我的讲述，那老板谨慎了，虽然送到玉厂的那块料是原生矿没有问题，也雕成了几件玩意儿，但后来又送来一块，一上高速旋转的砣子，便崩刀，还可以闻到一种焦煳味，显然是合成材料，原生矿物质，尤其是玉石，绝不会有焦煳味的。那老板要做金香玉生意的打算也就此拉倒。

后来我在北京潘家园、大钟寺玉器市场，也见到了出售金香玉的。卖主自然说得神乎其神，还给我一张有关金香玉的介绍材料。材料上的介绍如下——

在古老的陕西汉中，一座幽深的山中，蕴藏着一种会散发出迷人香气的美玉，这就是人们寻觅已久，只见诸史料记载，而难得一睹芳容的奇珍玉石——金香玉。

其实它的外表朴实无华，貌不惊人，因此才有一句俗话：有眼不识金香玉。

它出自于自然，得之于岁月，色泽古朴醇厚，质地柔和细腻，亮度温润饱满，呈红褐色及深褐色的半透明状态，莫氏硬度在3.2～3.8之间。

它是地壳从沧海桑田的轮回中诞生的自然产物，是很久以前，火山爆发后，炙热的岩浆融合吸纳那些邻近它的芳香植物而冷却沉积下来的产物。

关于它的由来，去年10月5日的《北京晚报》已做出了真实肯定的报道。

在今年5月11日中央电视台的《鉴宝》栏目中，北京大学地质系教授，从事矿物、岩石、珠宝等研究工作33年的王时麒专家，已详细介绍了金香玉的产地、成分、颜色、形成原理及其特点，并给它定了一个符合它身份的价位。

近期又通过了中华全国工商联珠宝业商会珠宝检测研究中心的专家检测，得到了专家的充分肯定。

我没有去核定介绍材料内容的真实性，但这种东西一旦面市，真假混杂却是肯定的，上当受骗的人自然难免。在泥沙俱下、鱼龙混杂的当今玉市，但愿"有眼不识金香玉"这句俗话，别成为使人误入谜境的一句谶语。

分香散玉

吾佩金香玉一块并白楠
家窑宝瓶玉交手时玉
却落地碎为数块皆大
惊乎四说六块无疑母垂场
有六人细察之果然颇哈
室生辉此玉性灵有夸地
今日六人为世界于天意
颇分香散之策六君子乃
白楠吉泽寄江柠薛炳鲲
和平山

九九年三月廿一于凡记

吾侪金香玉一块刻白描家家皆呼观玉交手时玉却前地碎为数块皆大惊乎曰（说:六块无疑因在场有六人细审之果然顿悟室虫（吾横溢）此玉性灵有专托今日六人为世界子天意颁分手散之策六夫子乃白榆老婶霞达柠雁炳银和平四

九九年十一月廿六 平凹记

千年悲喜剧

中华民族和西方民族在人格性情、审美情趣、价值取向上的差异，在对待宝玉的态度上，毫无保留地体现出来。

中华人爱玉，首先便是玉的突出特性，温润而泽，至纯至洁，美丽，内敛，含蓄，蕴藉丰富却不事张扬。这与儒学的中庸主张在本质上是吻合一致的。而西方人崇尚个性，强调自我，性格张扬，情感外露，所以更喜欢宝。

宝玉的概念，在中国古代，泛指一切贵重之物，本无本质区别。《国语·鲁语上》有"以其宝来奔"，韦昭注曰："宝，玉也。"《吕氏春秋·异宝》记有："子以玉为宝，我以不受为宝。"宝在广义上涵盖玉，但现代人往往从狭义上来对宝和玉做出不同理解：玉专指玉石，比如翡翠、和田玉、岫岩玉、南阳玉、蓝田玉、玛瑙、绿松石、青金石等。而宝在狭义上通常指珠宝：钻石、红宝、蓝宝、黄宝、祖母绿、欧泊、碧玺、猫眼等。这并非科学分类，只是人们的一种习惯认识而已。

东西方人性情的不同，注定了中国人崇尚玉的温润含蓄的品性，而西方人喜欢目光所及便夺人心魄的珠光宝气。另一个重要区别还在于，在西方人眼里，宝物就是宝物，可以象征身份，象征财富，象征情趣与爱好，而中国人如前所言，除此之外，美玉更具备某种人格化道德化的意义，与操守品行紧密相关。玉石的品质是天生的，这种固有的天德，和人们对于善恶、是非、荣辱、美丑的概念紧密联系在一起，所谓"君子无故，玉不去身"，并不简单是指辟邪除祟之用，而是借物取义，警示自己坚守某

种道德规范。

但我们不得不悲观地承认,中华玉文化所赋予美玉的人格化道德化含义,自古至今,在精神与物质、理念与实践、信仰与功利之间,从来干戈不休。言行不一的尴尬,理想主张和实际作为上的二重标准的矛盾,千百年来都是一个难解的死结,导演出无数悲喜剧。

权和利二字,是这所有悲哀的酵母。

一方传国玉玺的旷代之争,便是这无数大戏中的一部经典闹剧。

秦王扫六合,天下归一统,秦王室的先祖,昭王梦寐以求的和氏璧,自然落入始皇帝嬴政之手。《太平广记·卷第二百六·书一·李斯》记载道:"始皇以和氏之璧,琢而为玺,令斯书其文。"张守节《史记正义》云:"卞和璧,始皇以为传国玺也。""李斯磨和璧作之。"李斯玺文所书8字"受命于天,既寿永昌",由咸阳玉工孙寿镌刻。由此,和氏璧成为了秦皇朝的"传国玉玺",执掌天下国家的权由上天授予,而这种皇权是神圣不可动摇的。

将和氏璧这"天下所共传宝"雕琢为皇帝专用的玉玺,然而秦王朝既未寿也未昌,历时仅十五载,三世而终。当刘邦破秦军入武关,在霸上使人约降秦子婴时,太史公在《史记·秦始皇本纪》里对当时的情景做了很蔑视的记述:"子婴即系颈以组,白马素车,奉天子玺符,降轵道旁。"拱手献出了传国玉玺。刘邦得到真龙天子的"身份证",

清乾隆御制白玉"八徵耄念之宝",曾分别为美国、法国收藏家所藏,在各大拍卖会数次拍卖易手

喜不胜收，踌躇满志，《汉书·卷九十八·元后传》载："及高祖诛项籍，即天子位，因御服其玺，世世传受，号曰汉传国玺。"

传国玉玺平静地在汉宫秘藏了 200 年后，斗转星移，已到西汉末年。公元 5 年，自称黄帝后人、原以外戚身份入朝为官、曾官至大司马、封安汉公的王莽，眼见当时的平帝不过是一个 12 岁的孩童，篡位之心油然而生。他以椒酒进献平帝，次日平帝便一病不起，不多久就死去了。王莽继推刘婴登基，而刘婴比平帝还小，不过两岁。又过了两年，王莽即推翻孺子刘婴，自立为帝，改国号"新"。王莽唯恐天下不服，心中自然最牵挂的是那枚天命神授的传国玉玺。当时传国玉玺藏在太皇太后居住的长乐宫，王莽命堂弟安新公王舜前去索要。这孝元太后本是王莽的姑妈，谁知孝元太后怒斥："我老已死，如而兄弟，今族灭也！"怒斥归怒斥，却不得不拿出传国玺，愤怒地掷之于地。这一掷，传国玺被摔坏了一角。王莽如愿得之，命工匠以黄金镶补，又不愿落下逼抢传国玉玺的名声，竟在未央宫的渐台，大张旗鼓，设宴上演了一出答谢姑妈的"合作"的闹剧。

然而好景不长，王莽篡位不过 15 年，便在公元 23 年，被起义攻入长安的绿林军，斩杀于他曾设宴捧领传国玺的渐台，传国玺复归汉室。但仅两年后，赤眉义军推翻更始帝，传国玺落到了被赤眉军拥立的刘姓后裔、15 岁的放牛娃刘盆子手中。

此时，另一位刘姓后裔，高祖九世孙刘秀的势力也在崛起。他自立为光武皇帝，定都洛阳，发兵围剿赤眉军，迫使刘盆子投降，夺回了他的高祖留下来的传国玺。刘秀得到传国玺后，曾专门下了一道诏书，其中两句是："先帝玺绶归之王府。斯皆祖宗之灵，士人之力，朕曷足以享斯哉！"

传国玺在东汉又传了 12 代皇帝，历时 200 余年。风平浪静的局面到了东汉末年，再没能维持下去，围绕政权的更迭，传国玺的争夺，一系列更为血腥、更为奸邪的杀戮再度上演。

东汉末年，天下大乱，先是外戚和宦官火并，继而董卓乱朝，各地豪强割据。来自江左地区的孙坚，在征讨董卓的征战中攻入洛阳，在大火的废墟中寻找传国玺，却没有得到。原来，宦官张让等人，在挟持小皇帝刘辩及皇弟刘协逃离京城之时，那枚

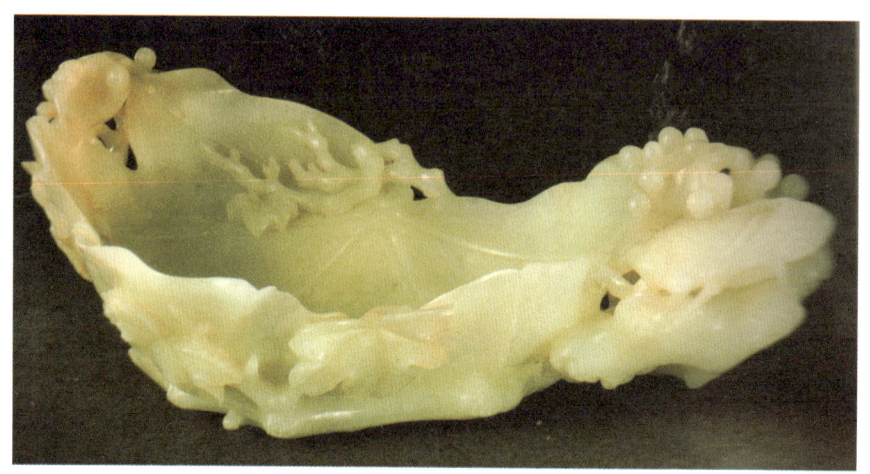

明白玉秋蝉桐叶洗（台北"故宫博物院"藏）

传国玺就已经遗失了。

就在孙坚失望之际，有人来报：城南一井口上，紫绕五彩云气。孙坚忙令兵士下井，打捞出的竟是那枚苦寻不得的传国玺。裴松之引注《吴书》云："军城南甄官井上，且有五色气，举军惊怪，莫有敢汲。坚令人入井，探得汉传国玺，文曰'受命于天，既寿永昌'，方圜四寸，上纽交五龙，上一角缺。"

孙坚如获至宝，将其秘藏于妻吴氏处。孙坚本是袁术的部下，袁术拘押吴氏，将传国玺夺到了自己手中。袁术死后，曹操挟献帝而令诸侯，传国玺已被曹操掌握。

曹操死于公元220年，他的儿子曹丕承袭父爵，自称魏王，声言汉祚已终，逼献帝禅让王位。献帝哪肯将祖宗交与他的社稷江山拱手相让？曹丕便陈兵大内，追逼传国之玺。献帝最终还是害怕了，同意交出玉玺。可这曹丕却是个极具城府之人，他要世人承认自己也是"受命于天"而统治天下，他要堂而皇之、名正言顺地接手汉室江山，遂强迫献帝于当年10月，卜地繁阳，筑三尺高台，亲奉传国玺，请曹丕登台受玺，代汉称帝。献帝这个软骨头居然反跪于台下，由曹丕封为山阳公，着即日离京，非宣

西汉云纹玉印

召不许入朝。

　　历史常会闹出些令人啼笑皆非的玩笑，常会演出一些剧情惊人相似的活剧。45年之后，公元265年，势力日渐强大的晋王司马炎，佩剑直入宫内。此时，魏国帝位已传与曹操的孙子曹奂。司马炎照猫画虎，依照当年曹丕的做法，逼迫曹奂重修高台，并亲奉传国玺，请司马炎登台受玺，代魏建晋。曹奂像早先的献帝一样，跪伏台下听命，被封为陈留公，着离京外迁，非宣召不得入朝。

　　一报还一报，故而《三国演义》有诗云："魏吞汉室晋吞曹，天运循环不可逃。"

　　到了公元304年，有个名叫刘渊的匈奴左贤王，起兵反晋，公元308年自称汉帝。刘渊死后，其子刘聪继位，率军攻洛阳、陷长安，俘杀晋怀帝、晋愍帝，灭西晋王朝，传国玺到了刘聪之手。

　　历经五胡乱华的大分裂时代——十六国时期，围绕传国玺的争夺，更是血雨腥风。先是刘聪的继位者刘粲，只做了一个月皇帝，就被野心家，同时又是岳父的靳准杀死。《资治通鉴·卷九十》记述："准遂勒兵升光极殿，使甲士执粲，数而杀之，谥曰隐帝。

明白玉鳌鱼花插(台北"故宫博物院"藏)

刘氏男女,无少长皆斩东市。发永光、宣光二陵,斩聪尸,焚其宗庙。准自号大将军、汉天王。"靳准夺过传国玺,要还与东晋王室,宣称:"自古无胡人为天子者,今以传国玺付汝,还如晋家。"可是玉玺尚未还给晋室,靳准就被部下杀掉,传国玺又到了一个叫靳明的尚书令之手,可不久又被前赵主刘曜所得,刘曜将靳明斩首并处死全家。后赵皇帝石勒,对传国玺也是梦寐以求,为此,前、后赵国连连发生战争。公元329年,石勒部将石虎灭前赵,石勒终如愿以偿得到传国玺,自命为"大赵天王"。公元350年,后赵大将军石闵自立为帝,恢复原姓冉,改国号魏,史称冉闵,举兵进攻后赵的都城襄国。后赵皇帝石祇派使臣求救于前燕,表示愿意用传国玺作为答谢之礼。前燕皇帝慕容儁派出三万人,但石祇却被叛将杀死。前燕军队未能挽救后赵灭亡的命运,但军队却没有退却,因为他们为传国玺而来。冉闵的外交大臣常炜搪塞前燕"传国玺安在"的诘问,说是传国玺在后赵原首都邺城已经丢失,《资治通鉴·卷九十九》载有常炜的说道:"在邺者殆无孑遗;时有进漏者,皆潜伏沟渎中耳。彼安知玺之所在乎!彼求救者,为妄诞之辞,无所不可,况一玺乎!"

传国玺是否落入冉闵之手,事情有点难以判断,到了后来,传国玺的踪迹更是扑朔迷离,南北朝各政权都纷纷扬言自己拥有传国玺,史书也多有矛盾的记载,再后来又历隋、唐、五代十国,最后的传说是,公元936年,河东节度使石敬瑭叛变后唐,引契丹军队攻陷洛阳,后唐末帝李从珂带全家老少,携玉玺登玄武楼自焚身亡。至此,关于传国玺的征杀争夺宣告平息。

按说,有关传国玺的故事,就此该打住了,但此后历代帝王,依然要祭出"王权神授"的理论旗帜,借以御世牧民。宋元明清各代,都曾出现过传国玺再现于世的传闻。最荒诞的一幕,当数宋代咸阳平民段义献宝的故事。

宋哲宗赵煦元符元年,即1098年,春正月,陕西咸阳一位名叫段义的人,向朝廷呈递一尊"玉印"。三月,当时的翰林学士、后来的权奸蔡京受命对此尊玉玺进行鉴定。《宋史·卷一百五十四·志第一百七·舆服六》对鉴定报告有此记载:"所献玉玺,色绿如蓝,温润而泽,其文曰'受命于天,既寿永昌'。其背螭钮五盘,钮间有小窍,用以贯组。又得玉螭首一,白如膏,亦温润,其背亦螭钮五盘,钮间亦有贯组小窍,其面无文,与玺大小相合。篆文工作,皆非近世所为。臣等以历代正史考之,玺之文曰'皇帝寿昌'者,晋玺也;曰'受命于天'者,后魏玺也;'有德者昌',唐玺也;'惟德允昌',石晋玺也;则'既寿永昌'者,秦玺可知。今得玺于咸阳,其玉乃蓝田之色,其篆与李斯小篆体合。饰以龙凤鸟鱼,乃虫书鸟迹之法,于今所传古书,莫可比拟,非汉以后所作明矣。""今陛下嗣守祖宗大宝,而神玺自出,其文曰'受命于天,既寿永昌',则天之所畀,乌可忽哉?汉、晋以来,得宝鼎瑞物,犹告庙改元,肆眚上寿,况传国之器乎?"

这样的鉴定报告,自然让宋哲宗大喜,于是,择定吉日,进行受宝仪式,将年号改为"元符";宰相章惇受命在玉印上题写:"天授传国受命之宝。"而一介布衣的段义,则被任命为右班殿直,并赐绢二百匹。

明眼人一看便知,这所谓的鉴定报告穿凿附会,完全是拍赵氏王朝的马屁。后来一直贻笑大方。

在各代帝王中,比较清醒的还要算清乾隆帝。

乾隆之前,他的先祖多尔衮得一玉玺,认为是传国玺,珍藏清宫。传侍至乾隆手中,他经过一番仔细鉴定,写下一篇《御制国朝传宝记》,分析了传国玉玺的真伪,"……复有'受命于天既寿永昌'一玺,不知何时附藏殿内,反置之正中。按其词虽类古所传秦玺,而篆文拙俗,非李斯虫鸟之旧明甚。独玉质莹洁如截肪,方得黍尺四寸四分,厚得方之三。以为良玉不易得则信矣,若论宝,无论非秦玺,即真秦玺,亦何足贵!朕尝论之,君人者在德不在宝。宝虽重,一器耳。明等威、徵信守,与车旗章服何异?德之不足,则山河之险,土宇之富,拱手而授之他人,未有徒恃此区区尺璧,足以自固者。诚能勤修令德,系属人心,则言传号涣,万里奔走,珍非和璧,制不龙螭,篆不斯籀,孰敢不敬信承奉,尊为神明。故宝器非宝,宝于有德"。

乾隆视"德"为"宝",而不是玉石之物,算是帝王中一个智者了。

古事悠悠,沧海桑田,如今,传国玉玺只作为一桩历史谜案,供人们去凝想回味,离我们似乎已经远去了。

然而,2001年10月18日,"东方网"上赫然发表了一条消息:

东方网10月18日消息：蔺相如"完璧归赵"是妇孺皆知的历史故事。故事中的主角"和氏璧"被秦王制成玉玺，历经20余个大小王朝的10余位皇帝争夺后神秘失踪，失传至今已有1065年。那么，用"和氏璧"制作成的传国玺究竟是什么模样？昨天，在杭州中国建设银行的保险箱里，我们有幸一睹这珍贵玉玺的风采。

以变彩拉长石为原料制成的玉玺呈宝塔式的正方形，上雕螭虎纽。

神奇的是，在阳光的折射下，墨绿色玉玺周身会散透出点点晶莹的蓝光，玺底刻有"受命于天，既寿永昌"8个大字。此玺是已故国际著名地质学家、宝玉石和观赏石专家袁奎荣教授经多年研究复制而成的，袁教授在地质学、矿物学、岩石学和宝石学基础上考订了"和氏璧"玉玺的原料、形状和玺文，重现了千年古玺的本来面目。

想不到传国玉玺又能再现于世，尽管是一件复制品。

对此，学者翔锋毫不犹豫地公开提出异议。

翔锋对袁奎荣教授还是了解的：袁奎荣，男，汉族，国家级有突出贡献的地质学专家教授、博士生导师。浙江嘉善县人。1952年7月毕业于南京大学地质系并分配到中南矿冶学院任教。1980年5月调桂林冶金地质学院。先后担任系副主任、副院长、党委副书记、院长；兼任中国岩石矿物地球化学学会理事，杭州宝石应用研究所名誉所长，中南工业大学兼职教授等职，后为该校副院长。

翔锋首先质疑"璧"何以能改作"玺"：

何为璧？扁圆形，中空之美玉也。何为玺？印章也。和氏璧要研制成号称"四寸四分，厚得方之三"的玺，一般的打磨、雕刻技术可以达到吗？不知道研制当世"传国玉玺"的同志敢不敢保证他可以用扁圆形的中空的"和氏璧"及两千多年前的技术来制造这尊传国玺。如果真可以的话，和氏璧可是个巨大之璧，最小的半径也应超过10寸，其厚度也应超过3寸（如果没有现代的治玉技术，玺上的螭也不可能焊接上去，它也只能采用普通的打磨、雕刻技术），因为只能利用其内、外圆之间的玉石部分来制作传国玺。

翔锋的这一质疑，从根本上否定了传国玺是用和氏璧琢治而成的说法，这与很多专家的看法是一致的，只是翔锋对于璧的解释，稍显笼统。"扁圆形，中空之美玉"者，除璧外，还有瑗和环。古人对于璧、瑗、环，是有严格定义的。《尔雅·释器》讲："肉倍好谓之璧，好倍肉谓之瑗，肉好若一谓之环。"肉是指玉的实体部分，好是指玉实体中间的圆孔。璧必须是玉边的宽度倍于中间的圆孔。如果玉边的宽度和圆孔的直径不是这个比例，就不是璧。璧为"六器"之首，在所有礼玉中，地位至高。

在提出璧不可能改作为玺后，翔锋表达：他不相信袁奎荣教授会研究制作传国玉玺。

翔锋指出：假如袁教授真的参与了其事，并且还加上他的夫人邓燕华的多年研究，那么，这位国家级有突出贡献的原中南矿冶学院副院长、1990年获国家教委科技进步一等奖、1988年5月被英国剑桥大学国际名人传记中心列入《世界名人录》的专家也实在不够专业精神了。

翔锋的意思是，是有人在利用袁奎荣这位已故的大师的名义，拿出所谓的"传国玺"，显然另有他图。

"传国玺"惊现杭州，专家们自然不会无动于衷。同样来自"东方网"的消息称：

> 浙江省博物馆副馆长、古文物鉴定专家李刚认为，"和氏璧"只是一个传说，历史上并没有确切记载。在尺寸、质料、颜色等基本问题都没办法弄清楚的情况下，对一个传说之物进行"复制"是不符合科学精神的，它充其量只是个工艺品而已。

一方玉玺，竟引发千年不绝的纷争，皆为争权。既有争权，便有夺利，因美玉而起的夺利事端，在千百年玉文化传承的历史上，也演出过一曲曲变奏。

明末清初戏剧作家李玉，写有一部传奇《一捧雪》。后来京剧、徽剧、晋剧、秦腔、汉剧、豫剧、曲剧等，根据《一捧雪》的故事，改编了《温凉盏》《审头刺汤》《莫成替主》

《搜杯代戮》《蓟州城》等名目不同的剧目上演。这是一个因美玉而惹祸又复仇的故事，故事原本并不完全是杜撰，而是取材于明代发生在河南淇县的一个真实事件。

明朝嘉靖年间，一个叫莫怀古的人，生在官宦之家，家中藏有一只玉杯，这玉杯有一神奇功能：斟上酒后，杯中酒液漾动，折射出杯底一束梅花花蕊，恍惚中给人雪花飘飘之感，故名"一捧雪"。

一日，莫怀古遇见一个流落街头以裱褙字画为生的年轻人，姓汤名勤，莫怀古见他可怜，便收留门下，做了贴身用人。谁知这汤勤禽兽本性，见莫怀古之妾雪艳长得美貌动人，竟动了邪念，趁主人不在家时，调戏雪艳。雪艳本是规矩女子，告知了莫怀古。莫怀古只恨自己有眼无珠，引狼入室，又声张不得，只好打发汤勤走人了事。

这汤勤后来投靠了权倾一时的大奸臣严嵩的儿子严世蕃。汤勤撺掇严世蕃，向莫怀古索要家藏珍宝玉杯"一捧雪"，言其价值连城，并介绍了这玉杯的种种妙处。严世蕃找到莫怀古，说是看看就还。莫怀古情知玉杯一去无回，遂以赝品献严。

严世蕃得到玉杯后，不知是假，非常高兴，并升莫怀古为太常。但汤勤认得杯的真假，将真相告之严世蕃。严世蕃盛怒之下，命人到莫府搜取真杯。莫府仆人莫成将真杯藏起来，杯没被搜走。莫怀古害怕再被严世蕃追逼玉杯，于是弃官而逃，但最终仍在蓟州被拿获。

严世蕃命蓟州总镇戚继光将莫怀古就地斩首。戚继光欲救莫怀古，但无计，莫府仆人莫成与其主人长相极似，愿舍身救主，莫怀古因而得机逃往古北口。

戚继光将莫成斩首后，将人头送到京城，但又被汤勤识破。锦衣卫陆炳奉旨调查，并将戚继光拘捕。严世蕃令汤勤会审，陆炳拟断为真，汤勤坚持为假；陆炳看破汤勤意欲得到雪艳，又思开脱戚继光，便将雪艳断与汤勤为妾，汤乃不究。

洞房花烛夜，雪艳刺死汤勤，报仇后自刎。

野史和戏文里的故事，不免有人为加工的成分，但如今确有一只"一捧雪"玉杯存世，而且和莫家的故事接续起来。

据河南新野县委宣传部干部丁建忠讲，莫怀古为玉杯弃官舍妾后，几经辗转，最后在中原落脚，将莫姓改为李姓，隐蔽落户。具体地点，便是如今河南省新野县歪子

清朝 25 方传国玉玺之一

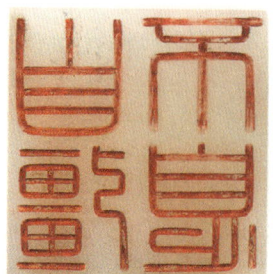

清乾隆御制白玉蛟龙纹"自强不息"之宝

镇大李营的莫李家,玉杯收藏者李宝山。李宝山称其家族为莫怀古的后代,玉杯从明代珍藏至今,已传19世,计400余年。

丁建忠介绍:"一捧雪"玉杯玉色为白中略透淡红,底部呈暗褐色,口径7厘米,深2.5厘米,壁厚0.2厘米。雕琢精美,巧夺天工,杯身呈五瓣梅花形,杯底中心有梅花的花蕊,杯身外部攀缠一疏影横斜的干枝梅,枝上琢雕有17朵大小不等凝脂般梅花,杯似众星托月,花犹暗香浮动,杯身右侧花枝分生两杈,与杯的顶、底部有机相衔接,中呈椭圆,可伸进食指,自然天成杯的把柄,恰到好处,鬼斧神工,令人叹绝。丁建忠还介绍,经故宫博物院鉴定,玉杯"一捧雪"为明代工艺,新疆和田白玉,玉质晶莹,构思巧妙,雕琢精细,为明代玉器之上品。

现实与历史是否真的对应,今天的玉杯是否真是传说中的"一捧雪",很难考证,但"人为财死,鸟为食亡"的古语,却在这个故事中演绎得淋漓尽致。玉本该和最美好的事物联系在一起,但遗憾的事情总是发生,人很难战胜自身的贪欲。玉一旦具备了财富的象征意味,事物常常就会扭曲变形。

秘境 谜境

当今中国玉市,在很多人眼里,是一个秘境、谜境。

人们爱玉,想涉足这一领域,却又怕其中水太深,不明虚实就里,吃亏上当自寻烦恼。这固然与玉与生俱来以及人为赋予的神秘色彩有关,也与赝伪不绝坑蒙拐骗的事情时有发生有关。另外一个重要原因,在于玉器这个行当,千百年来,主张师徒承传,前辈对于后辈,在知识、经验和技艺上,多是口传心授,更有门派内外之别,想要向社会普及,是不可能的。

历史上也有精心研究玉器学问并有著述留世的人,但玉文化作为中华文化的一条主脉,较之其他文化领域,这样的著述少之又少,不多的研究家可以掰着手指头数出来,与玉在华夏民族精神、宗法、政治、经济中所占据的地位,是极不匹配的。传世的著述,也多以记录古玉形制、用途规仪为主要内容,难以引起大众的兴趣。近年涌现出不少玉文化研究专家,但多在考古领域,也有一些传播普及玉文化和玉器知识的读物问世,受到大众的欢迎,但时逢盛世,随着玉器走入人们的日常生活,人们同时需要对玉器市场有真切的了解,而眼下对于当代中国玉器市场的注视和研究,则分外欠缺,这就难免使人对其底细,感到云山雾罩。

中国商品市场大环境秩序的混乱,也让正在发育成长的玉市很难建立起一种规范。比如人们最关注的一个问题,对玉材玉质的国家检测标准,早先制定的标准很难适应发展变化了的现实。以白玉而论,现在市场上有新疆白玉、青海白玉、俄罗斯白

玉,都属透闪石类,理化成分也无本质区别,都是含铁、水和氟的钙镁硅酸盐,但在玉料品质、市场价位上,却有巨大差别。新疆白玉里也有产地的区分,和田玉、于田玉、且末玉、叶城玉,产地不同,同样在玉料品质和市场价位上也不同。而这一切玉料,送到检测部门,一律冠以"白玉"名称,很容易引起混乱,一些商贩也在这个笼统的概念下玩鱼目混珠的事情。新颁国标使用了和田玉这一名称,包括了白玉、青白玉和青玉,但这一标准没有全面反映和田玉的实际情况,和田玉还有碧玉、黄玉、墨玉和羊脂玉,这些品种在"国标"中没有反映,因此执行起来仍很困难。如墨玉和深色青玉在判断不确定时,就使用和田玉这一笼统的名称。

新疆宝玉石协会副会长易爽庭说,现在有些质检单位自定标准,各行其是,有些销售者为了打开产品销路,要求质检单位对其产品出具"羊脂玉"证书,质检单位出于经济利益的驱动,对这种要求也往往给以满足,"羊脂玉"连标准都没有,这样的检测如何可信?有何权威?

在国际珠宝消费市场,钻石的销售占到消费总额的八成。只有1600年历史的钻石之所以风靡世界,是因为它早已制定出统一衡量其具体等级的4C标准。尽管和田玉的开采历史已有几千年之久,但是由于没有统一鉴定标准,直接限制了和田玉在国际上的推广。消费者进入令人眼花缭乱的玉市,难免会有如坠五里雾中之感。

翡翠的检测也同样标准不一。人们购买翡翠器件,总要先问:"是真的还是假的?"

当代仿古白玉器皿

当代仿古玉器,酸咬过重,人工上色明显

明《墨玉牧瓶器架》(台北"故宫博物院"藏)

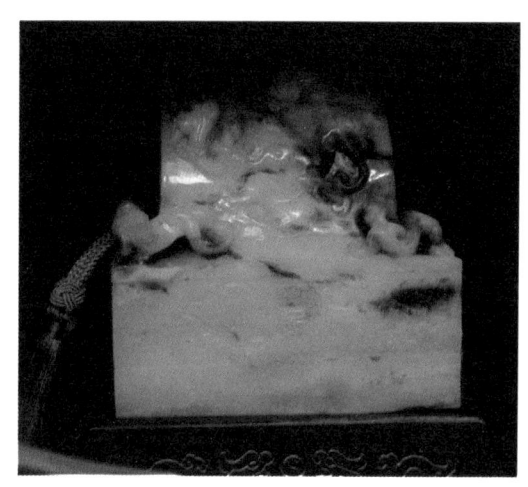

当代仿古玉玺

因为翡翠作假的事情层出不穷,如果掏钱买了件假东西,闹心不闹心?可这真与假的质询,并不完全科学,材质确是翡翠,但经过了人工的净化和加色,你说是真是假?检测部门出示的检测报告,惯常是,若属纯天然翡翠,名称便注明为"翡翠",另外注明的还有密度、光性特征、吸收光谱等指数。经过加工处理的翡翠,检测报告在名称上同样会注明为"翡翠",只是后面加上一个括弧,括弧内有"处理"二字,密度光性等其他指标,一项不少照常标注。这"处理"二字就含混不清了,是仅仅去掉了杂质,还是人工加了色?是用酸碱处理,还是用激光或其他放射轰击手段处理?均不得而知。各地的检测报告又不尽相同,比如云南,会注上"A货"或"B货",以示天然翡翠和处理翡翠的区别,但这只是借用民间的俗称,很难当作科学的概念。

玉器价格上的飘忽随意,如是行外人,更是摸不着头脑。一般来说,决定一件玉器价格的因素,主要在材质和工艺,如是古物,还要看其所具备的历史文化蕴含。但推销艺术,有时会盖过上述因素。同样的东西,因为推销手段不同,价位上可能出现巨大差别。

当代玉雕精品白玉《望天吼》(作者:蒋喜)

我的一位开玉店的熟人，花 3000 元，从苏州进回一对八仙黄玉手串。工不错，玉材是新疆戈壁料，油性好，但终非地道黄玉。其中一串在店里卖出 3000 元，成倍的利润，按说相当不错了，但店主一位做根雕生意的朋友，却抱怨价钱卖得太低。他拿走了另一串。不多日再来店里，拍给店主 8000 元，说是那手串卖给了一个犬场老板。他是怎样向犬场老板推销的，详情不得而知，但肯定有一番天花乱坠的说道。

说中国当今玉市是秘境，因为人们不摸门径，不知深浅，即使暂摸入门，也因它曲径通幽，犹如进入迷宫一般，浅尝辄止，绝探不出个究竟来；说是秘境，还因为它山叠峰障，云遮雾绕，很多秘密外人很难知晓，有时出于诸般需要，厂家商家对某种器物，还要故意弄出些神秘色彩来；说是谜境，因为里边有很多让人看不懂、猜不透、似是而非、似非而是的事情，判断虚实真伪，宛如猜谜，颇费思量，也不一定得出确切结论。

但事情总有两面性。玉首讲德，在玉行里，诚实做人、规矩做事的仍是大多数。清者自清，浊者自浊，谁也不信，疑神疑鬼，也非明智态度。可以展望的是，随着玉器知识的普及，随着人们对玉器更多的接触，对市场真实情况更多的了解，特别是对玉德的合力维护，玉市最终成为一片清境，并不是梦想。

群玉之山

在中国西部，有一座高大山脉，西起帕米尔高原，向东延伸至四川盆地西北部，东西长达2500公里，南北最宽处350公里，最窄处150公里，平均海拔5500～6000米，是我国大陆中部地形的骨架，也是以巨大的高度和长度横贯亚洲中部的一座著名大山，因此有"亚洲脊梁"之称。

这便是昆仑山脉。

然而，在距今约5亿年前的古生代时期，这里却是一片浩渺海域。

古生代经过早期的寒武纪、奥陶纪和志留纪，到了距今约4亿～3亿年前的晚期。这一时期包括泥盆纪、石炭纪和二叠纪。从石炭纪晚期开始，地球发生了一次强烈的构造运动，使大陆地槽里的沉积岩和火山岩层产生剧烈的褶皱，转化成褶皱山系，构造运动此起彼伏，一直延续到晚古生代末期才完成，地质学上将这次构造运动，称作华力西运动。

华力西运动使海水消退，欧亚大陆连成一片。在距今约7000万年前的新生代时期，地球发生的最突出的事件，是非洲与欧洲的接近和印巴次大陆与亚洲的相撞，其结果使一部分岩石圈上层物质互相推挤，形成了横亘于南北半球之间，绵延几乎达到地球半周的最雄伟的山系和高原，它西起非洲北部的阿特拉斯山，经南欧的阿尔卑斯山，东延是喀尔巴阡山，接高加索山、土耳其和伊朗的高原和山地、帕米尔高原和山地，向东就是世界屋脊喜马拉雅山和青藏高原。昆仑山脉，正是喜马拉雅山造山运动的产

物。

在昆仑山脉的基底还是海相地层的时候,这里便经常发生火山活动。到了后来,山脉隆起,由于太平洋跟周边大陆的相互挤压,使大陆边缘的构造带持续发生强烈的变形和岩浆作用,这些作用一直到现代还在进行。1951年,位于于田县境昆仑山中的卡尔达西火山群的一号火山曾爆发,并伴有现代火山泥石流。

亿万年来,昆仑山脉强烈的新构造运动,致使相关沉积物埋藏深厚,许多地方分布有火山凝灰岩和火山角砾岩,一些地方还保存有中更新世玄武岩流与火山口。在基底构造层中,有着前寒武系的镁质碳酸盐岩,并有岩浆侵入活动的产物。

沧海桑田的轮转变化,自然造化的鬼斧神工,总要给这个世界留下一些意想不到的东西,美玉,便是地球奉献出的神奇结晶。

昆仑山美玉被人类发现并利用,起于何时,无从查考。最初给世人提供可资参考的信息的,是河南一位农民,一个盗墓贼。

此人名叫不準,晋时河南汲县人氏。咸宁五年(公元279年),不準贼胆包天,盗掘了汲县境内的**魏襄王冢**。所盗珍宝价值几何,早已无人去追究了,但他随手从墓内带出的一套竹简,却引起世人的极大兴趣,价值远远超乎那些珍宝,这就是被后世视为重要文化典籍的《汲冢竹书》。

《汲冢竹书》中有《穆天子传》《周穆王美人盛姬死事》,晋代学者郭璞为其做注,将其合并成书，这就是至今流传的《穆天子传》。

《穆天子传》主要记载周穆王率领七萃之士，由造父赶车，伯夭做向导，从宗周出发，越过漳水，经由河宗、阳纡之山、群玉山等地，到达西域西王母之邦，与西王母宴饮酬酢的故事。这条路线，用今天的地理概念来讲，就是从河南洛阳出发，北行越太行山，经由河套，然后折而向西，穿越甘肃、青海、新疆，到达帕米尔地区。

《穆天子传》中记载的穆天子与西王母的交往，颇为动人。穆天子与仙女西王母宴饮瑶池，两人杯觞交酬，诗歌唱和。西王母为天子谣曰："白云在天，丘陵自出。道里悠远，山川间之。将子无死，尚复能来？"天子答之曰："予归东土，和治诸夏。万民平均，吾愿见汝。比及三年，将复而野。"很有些情切意绵、惺惺相惜的味道了。《穆天子传》还载：穆王在西域见有黄帝曾设的策府。策府，即玉策之府。还记述了西域诸多专以攻玉为业的部落，如居于羽陵（今新疆英吉沙地区），首领为我国史籍记载西域攻玉有姓名可考第一人的潜时的部落，居于黑水（今新疆叶尔羌河）之滨的重邕氏部落等，称这些部落的成员善于将各种玉材雕琢成美器，部落里还专设有"雕官"。穆天子"取玉三乘，玉器服物，于是载玉万只"，盛赞西域"唯天下之良山，宝玉之所在"。

由此可见，昆仑山美玉的发现并被人们所用，早在帝舜之前，就很有一段历史了，至西周，已呈蔚为壮观之势。

《穆天子传》称西域的山，为"群玉之山"。

这"群玉之山"，便是昆仑山。

在古代，人们认为昆仑山是"万山之祖"，这不光因为它巍峨雄伟，有奇花异木、珍禽瑞兽，还因为它盛产美玉，连皇帝和神仙都将其作为长生不老的灵妙之物来食用。这座与秦岭相携构成分隔中国南部与北部的纬向山脉，西起喀什地区塔什库尔干县之东的安大力塔格和阿拉孜山，中经和田地区南部的桑珠塔格、柳什塔格，东至且末县南阿尔金山的肃拉穆宁塔格，玉石矿带绵延1100多公里，在冰雪覆盖的高山深川里，分布着众多原生矿床和矿点。玉的品种丰富多样，仅以色而论，据《新疆图志》载，便有"绀（红青）、黄、青、碧、玄（黑）、白数色"。所以称昆仑山为"群玉之山"，实不为过。

出产于昆仑山的鸡油黄和田籽玉（李明摄）

在邻近上海的昆山市，亭林园大门外牌楼的额坊字板上，正面刻有"玉出昆冈"4个金色大字，系从宋代大书法家米芾所书《研山铭》等作品中集字而成。这4个字，最早出现于南朝梁武帝时周兴嗣编撰的《千字文》中。《千字文》有"云腾致雨，露结为霜。金生丽水，玉出昆冈"之语，昆山人将这4字当作宣传昆山的广告用语，并由昆山市电视台拍成介绍当地风物的《玉出昆冈》系列电视艺术片。昆山人这样做并不是没有道理的，西晋时的陆机、陆云两兄弟，出生于上海松江的佘山，这个地方历史上曾划归昆山县，人称"小昆山"。太康末年，两人到了洛阳，文才轰动一时，时称"二陆"。陆机后来官平原内史，直至后将军和河北大都督；陆云任清河内史等职，二人同时在"八王之乱"中遇害。他们的祖父陆逊，曾因战功被封为"华亭侯"。父亲陆抗，也是孙吴名将。后人仰慕兄弟二人，将他们比喻为美玉，遂借用《千字文》中的"玉出昆冈"作喻。王安石就有诗记"玉人生此山，山亦传此名"，就是纪念二陆的。其实

出产于昆仑山的和田板栗黄籽玉（李明摄）

洒金黄皮籽玉（李明摄）

《千字文》"玉出昆冈"的本意是：美丽的玉石出产于昆仑山。昆山人聪明，照搬美文名句用作自我宣传，虽有掠美之嫌，而又无可挑剔。

众所周知，东西方经济文化交流史上，有一条举世闻名的丝绸之路。但很多人并不了解，"丝绸之路"的前身，是条"玉石之路"。"丝绸之路"的形成和发展约有2000多年的历史，而"玉石之路"却有着6000多年的历史。我国边疆与中原、东方与西方的文化与商贸交流的第一个媒介，既不是丝绸，也不是瓷器，而是新疆玉。新疆玉首开我国边疆与中原、东方与西方交流的运输通道，在东西方经济与文化的交流中所起的重要作用远远超过丝绸。而"丝绸之路"是后来丝绸交易商人利用"玉石之路"这一古老的通道发展起来的，可以说，新疆玉是东西方经济文化交流的开路先锋。据乌兹别克史记载，在公元前2000年，就已经有新疆和田玉在那里出现，经由昆仑山北麓运送而去。在巴基斯坦古城塔克西拉，也曾发现过公元前1世纪由中国新疆运去的软玉。

公元前138年到公元前119年，张骞两次奉汉武帝之命出使西域，在于阗一带登崇山峻岭，穷玉河之源，将捡得的美玉献给汉武帝，玉质之出众，令朝野上下叹为观止。张骞打通通往西域之路后，新疆玉石输入内地的数量陡然增多。有专家说，汉武帝之通西域，主要目的就是要用中原等地所产丝绸，来换取西域的珍宝，所谓珍宝，一是汗血马，再就是玉器。汉郭宪所撰《洞冥记》，还记有西域神女赠汉武帝玉钗的故事：西域神女与汉武帝相会，馈赠汉武帝西域特有的玉钗。后来，汉武帝将之转赠宠妃赵婕妤，玉钗化为白燕，飞升上天。这个千古美谈的玉燕钗神话故事，虽属虚构，但也可以看出汉武帝对美轮美奂的新疆玉器的喜爱。

《五代史》载：于阗国王李圣天遣都督刘再开以"玉千斤及玉印降魔珠"等，向晋高宗献供。《宋史》记宋徽宗时，于阗国岁岁朝贡珠玉，甚至一年两次。清代，朝廷从新疆进玉，达到了史无前例的高峰。乾隆年间，于阗献巨型玉料三块，重量分别为6000斤、8000斤、10000斤，启运后，因朝政不稳，中途停运，弃置于乌什塔拉。现存故宫博物院的大型玉雕《大禹治水图》山子，就是用新疆进献给乾隆皇帝的一块重达10000多斤的玉料雕成的。

所以，"丝绸之路"，也被称作"玉帛之路"。

这条路线，向东，大致是由和田出发，一支经罗布庄、罗布淖尔、敦煌；另一支经喀什、库车、吐鲁番、哈密，在今玉门关、酒泉一带会合，再继续向东延伸，经兰州、天水，到达西安、洛阳等地。向西，经喀布尔、巴格达而至地中海。

在今甘肃敦煌西北方向约40公里的地方，有一座古城堡遗址，四周沙丘环绕，疏勒河从它身边缓缓流过。古城堡北墙外还有一个碱湖，汉代长城由此横向西北。这便是著名的古玉门关。唐代诗人王之涣的"羌笛何须怨杨柳，春风不度玉门关"，李白的"长风几万里，吹度玉门关"的千古绝唱，时至今日，仍传播着这座古"丝绸之路"上险要大关的名声。

玉门关为汉武帝时设置，设关的目的，主要是为抗御匈奴，联络西域各国，同时也为了控制新疆玉石随便输入内地。古代，新疆玉石曾长期为朝廷垄断，民间是不可以随便输入的。但美玉人皆爱之，诗人屈原就向往"登昆仑兮食玉英，与天地兮比寿"，因而民间从新疆进玉，始终不能禁绝。特别是清乾隆二十年至二十四年（1755—1759），乾隆皇帝派清军从乌里雅苏台、巴里坤两路出兵，平息了西北额鲁特蒙古、新疆回部图谋割据的叛乱，天山南北路皆平，使新疆玉料得以大量流入民间，北京、广州、苏州、扬州等地民间作坊，都将新疆玉的琢磨制作当作玉雕行的主流，以至到了其他玉材很难插足的地步。

"群玉之山"出产玉料众多，最有代表性、品质最佳、最被世人青睐的，当数古称于阗、如今叫作和田这个地方所产的和田玉。

玉龙吐珠

从莽莽昆仑的崇山峻岭中,蜿蜒曲折流淌出两条河流,在塔里木盆地,两条河流交汇,形成和田河。这两条河流,一条叫喀拉喀什河,一条叫玉龙喀什河。

这便是古今闻名的玉河,喀拉喀什河出产墨玉,人称墨玉河;玉龙喀什河出产白玉,人称白玉河。

喀拉喀什河全长808公里,河边的县城墨玉县即以它而得名。这条河流今天却不见有墨玉,为何又叫墨玉河?原来这河中产有大量碧玉,这种玉石呈绿色,风化后外表漆黑,油光发亮,宛如墨玉。碧玉矿物成分与和田玉相同,化学成分也很相近,属软玉。但其成因与超基性岩有关,与和田玉不同。因此,古代有人把碧玉误称墨玉,但也有人称为绿玉,明代科学家宋应星就这样称谓。这条河不仅产碧玉,也产白玉。在它的上游有几处和田玉原生矿床,在它的中下游也可以常捡拾到白玉。此外,喀拉喀什河的下游还产沙金和金刚石,所以,喀拉喀什河是一条淌金,流玉,藏钻的宝河。

玉龙喀什河恰如它的名字,是一条吐珠献宝的玉龙。它发源于昆仑深山的永久性冰川地带,全长325公里,有不少支流,流域面积1.45万平方公里,河里盛产白玉、青玉和墨玉,自古以来是和田玉出产的主要河流。旧时人们捡玉,主要在中下游,上游因地势险恶,很难到达,也就无人涉足。后来,在一个名叫黑山的地方,人们发现了玉矿,便有人冒险前往。黑山,古称喀朗圭塔克,是昆仑山主峰之一,高峰达7562米,群山峻巅,冰雪盖地。产玉地点为阿格居孜山谷,是玉龙喀什河支流之一,距现在的

喀什塔什约 30 多公里，部分河段冰积物广布，山坡崩塌，巨砾遍布，只能徒步到达。白玉原生矿在海拔 5000 米以上冰山上，在冰雪消融季节，不断有岩石裂解崩落，伴随着雷鸣般的巨声，砾石与冰块滚泻而下，落入河中。雪融水每日有一次洪水，洪水把巨大的山石冰块沿河流冲向下方，里边便挟裹有玉石。

正是这些美玉，吸引了无数不畏艰难的探宝者，他们在雪山找玉，在高山河谷中探宝。自然，此处出玉也引起地质工作者的兴趣，多次深入玉龙喀什河上游支流，在诸冰川谷调查，遥远可见山麓坡积物中有白玉。可惜的是，美玉可望而不可即，只露头于悬崖峭壁之上，四周为冰川覆盖，根本无法攀缘而上。

在古代，围绕和田玉河是 2 条还是 3 条，发生过激烈的争论，直到今天认识还不一致。古代文献中，有的认为有白玉河、绿玉河、乌玉河 3 条；有的认为只有白玉河与乌玉河两条。现在多数人认为绿玉河是墨玉河的支流。从地形图或卫星照片上，可以清楚看到的只有两大河流，即玉龙喀什河和喀拉喀什河。

玉龙喀什河是和田玉的代表性产地，和田玉中的极品羊脂玉，就出自这条河流。自古至今，这条河流淌着无数美丽的传奇故事。美玉是美丽姑娘化身的传说，就是其中的一个。

相传古于阗国（今和田）有一位技艺绝伦的老石匠，带了一个徒弟。一天，老玉匠在白玉河拾到一块很大的羊脂玉，精心雕成一个漂亮的玉美人。玉美人变成一个可

发源于昆仑山北麓的玉龙喀什河

爱的姑娘，认老玉匠为父，取名塔什古丽（玉花）。老玉匠去世后，塔什古丽与小玉匠相亲相爱。但当地一恶霸抢走了塔什古丽，姑娘不从，恶霸便用刀砍她，塔什古丽毫发未伤，身上却迸发出火花，点燃了恶霸府第。之后，塔什古丽化成一朵白云飞向昆仑山，小玉匠骑马去追，沿路撒下石子，成为后人找玉的矿苗。

宋应星在《天工开物》中，附有一幅《采玉图》，表现了古时人们于月光之夜在河中捞玉的情景。古人认为美玉乃日月昭华、天地精气之结晶，成于大地，性当属阴，故常常在月夜采玉，"月光盛处，必有美玉"，还传说女人比男人更容易在河中采到美玉。

水中捞玉、踏玉是玉龙喀什河、喀拉喀什河的一个独特景观。每当夏季昆仑山冰雪融化，雪水汇成滚滚洪流，将深山峻岭中的玉石冲入河中。秋末洪水退去，河水变得清澈，这时正是下河捞玉的最好季节。

捞玉并不难，只要能看到河中玉石弯腰即可捞到。难的是河中踏玉。夏季水流泥沙俱下，看不到河中玉石，只有凭脚的感觉了。和田的维吾尔族人就有这样的本领，他们在河中踏步行走，脚能辨出哪块是玉、哪块是石头，绝不会错过。每年到了捞玉的季节，成群的采玉人，手挽着手，边唱歌、边在河中踏玉。维吾尔语歌声翻译成汉语，大体意思是：

白玉白玉多美丽，藏在水中多委屈。
来到人间并不难，碰碰我脚就可以。

但古时，不是任何人都可以随便下河捞玉踏玉的，也不是谁捡到就归谁。《宝石说》载："叶尔羌、和田玉龙喀什、喀拉喀什河中所产之玉，无一定之额，尽数入贡，由台站辇送至京。"《宝石说》是我国地质学的先驱者和奠基人、中国地质学会第一届会长章鸿钊先生的一部重要著述，成书于1930年。而成书于清乾隆四十二年（1777）的《西域闻见录》早就详细记载了古时人们在河中踏玉的情景："河底大小石错落平铺，玉子杂生其间。采之之法，远岸官一员守之，近河岸营官一员守之，派熟练回子或三十人一行，或二十人一行，截河并肩赤脚踏石而步，遇有玉子，即脚踏知之，鞠躬拾起，

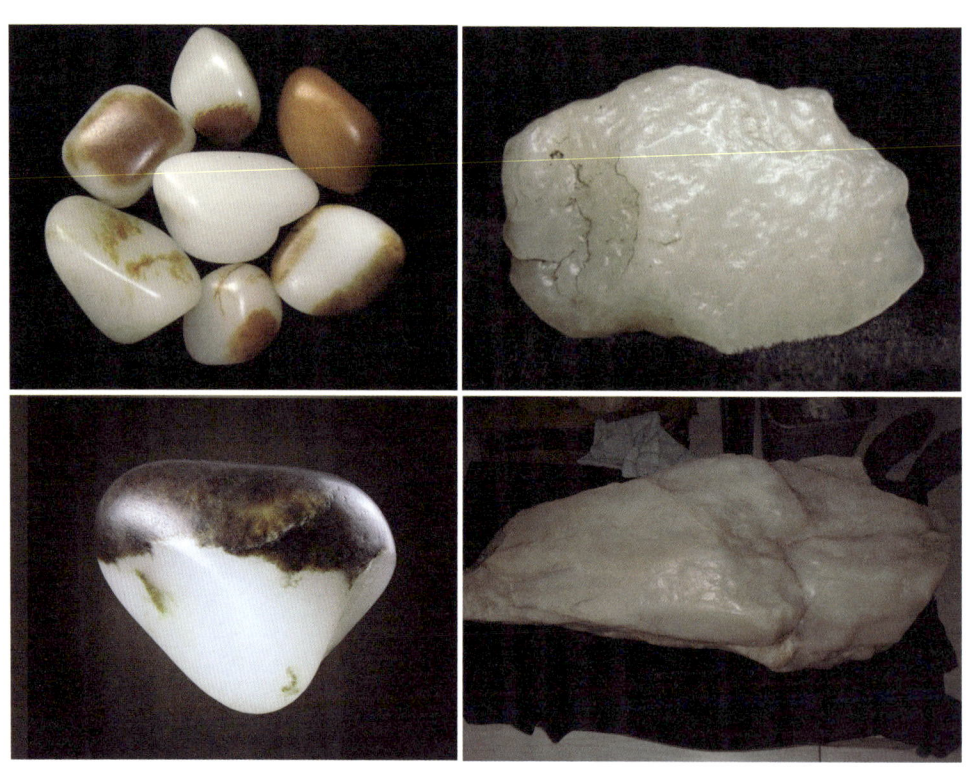

和田籽玉

山流水玉料

玉龙喀什河出产的
黑油皮白肉籽玉
（李明摄）

和田玉山料

岸上兵击锣一棒,官即过朱一点,迨回子出水,官则按点索其玉子。"

这样的捞玉、踏玉,相传已有数千年的历史了。动人的捞玉踏玉情景,在美丽的玉龙喀什河和喀拉喀什河上,成为一道独特的自然人文景观。

夏季下到汹涌的河水中踏玉,也是很危险的。我曾读到一位筑路兵解放军战士写过的一个故事,他所在部队的营房就在玉龙喀什河边。这是1985年夏天的事情,部队营房旁边是一所桑蚕养殖所,筑路兵的营房里是清一色的男子汉,养蚕的维吾尔族姑娘们头上的小辫子和身上的花裙子在连队营房前飘来飘去,连队怕出事,在两个院子中间拉了一道铁丝网,战士们与养蚕姑娘们相处得倒也平安无事。

终于有一天出事了,有一个叫古丽沙汗的聋哑姑娘一大早来到营房转悠,好像有什么心事,连队开饭时排起了队,她把全连的官兵挨个儿看了一遍,甚至把两个战士的大檐帽揭起打量,眼里噙着泪花,最后失望地向后退了一步,双手摊开,又抹了一下脸,做维吾尔族祈祷姿势,然后用手指了指队列,又指了指她,双手把脸一捂就跑开了。

于是,连队像煎油锅里滴进水珠,炸开了花。七嘴八舌说什么的都有,但最多的猜测是有谁欺侮了这个聋哑姑娘,第二天连长特意去问桑蚕所的其他姑娘,苦于不会维吾尔语,叽里咕噜了半天也没搞清到底是什么意思,有的说这个动作是汉语哑语"有你有我"的意思,有的说是"明天见"的意思,搞得整个连队人心不宁。

后来当兵的筑路施工,姑娘们采桑养蚕,各自忙着自己的事,这件离奇的事情渐渐淡化。

一年后,连队和驻地搞军民共建活动,连队要把一些文具捐赠给附近一所学校,学校的老师和同学热情欢迎。一部分学生"亚克西,热合买提"(维吾尔语:好得很,谢谢）喊个不停，一部分学生用手做同一个动作，用手指指战士，再用手指指他们，和那个聋哑姑娘所做的动作如出一辙。于是连队指导员问一位老师："这些学生为什么不说话？做这个动作什么意思？"老师说这是聋哑班的孩子，这个手语大概是"我爱你"的意思。

后来连队了解到，古丽沙汗姑娘是一位聋哑人，爸爸妈妈病逝后，由她带着弟弟生活，一天弟弟下玉龙喀什河踏玉，被波涛汹涌的河水卷裹而去，正在河边修路施工的战士听到呼救声，跳下河里救起了小巴郎，古丽沙汗姑娘到连队，原来是要寻找弟弟的救命恩人。

和田玉自古以来分为山产和水产两种。明代著名药学家李时珍在《本草纲目》中说："玉有山产，水产两种，各地之玉多产在山上，于阗之玉则在河边。"清代陈性《玉纪》中载："产水底者名子儿玉，为上；产山上者名宝盖玉，次之。"和田当地的采玉者，则根据和田玉产出的不同情况，将其分为山料、山流水、籽玉3种。

山料又称矿料，即《玉纪》所谓宝盖玉，是从山上的原生矿开采得来的玉。其特点是块度大小不一，呈棱角状，良莠不齐。山料有不同品种，如白玉山料、青白玉山料等等。

山流水这个称谓，由采玉和琢玉艺人命名，是指原生矿石经风化崩落，并由河水搬运至河流中上游的玉石。山流水的特点是距原生矿近，块度较大，部分棱角已经磨圆，表面较之山料显得光滑，因为大的裂隙已经崩解，杂质相对减少，所以玉质要比山料胜出一筹。

籽玉又称仔玉、子玉，是原生矿剥蚀崩塌，被流水搬运到河流中的玉石。它分布于河床里或河床两侧阶地中，玉石沉潜水底、裸露地表或埋于地下。籽玉的特点是块度较小，通常为卵形，表面光滑。因为长时间长距离经河水搬运、冲刷、浸润、分选，疏松的部分自然分解，去粗留精，杂质大为减少，所以其质量较之山流水又更胜一筹。籽玉有各种颜色，白色叫白玉籽，青白色叫青白玉籽，青色叫青玉籽，黑色叫墨玉籽。

当然，在新疆，出产玉石不只是玉龙喀什河和喀拉喀什河，也不只是和田地区。西起喀什地区塔什库尔干的安大力塔格，向东到巴音郭楞蒙古自治州的且末县阿尔金山北翼肃拉穆宁塔格，在长达 1100 余公里的范围内，都出产玉石。按产地细分，有和田玉、于田玉、且末玉、若羌玉、叶城玉等，也有人统统将这些玉石称为和田玉。这些玉石属于同一矿系，理化成分基本一致，均为透闪石夹杂少量阳起石，但行家搭眼一看，就知道哪个地方出产的，品质不尽相同。笼统冠以和田玉名称，追求的是一种品牌效应，因为"凡玉……贵重者尽出于阗"。(《天工开物》语) 和田美玉的名声实在是太大了。

但我在本部书里，对新疆玉石却更愿意使用狭义的概念，一是和田玉在历史上本有专指，二是在当今市场上，和田玉与新疆其他产地的玉石在人们心中还是有一个清晰界限的，品质价位都不一样，区别开来，更接近于市场实际。

在漫长的历史岁月中，采玉的方法经历了几个发展阶段，第一个阶段便是前边所说的下河捞玉、踏玉；第二个阶段是在河床周边，或进入曾经是古河床，后来成为戈壁的地方挖玉；第三个阶段是深入大山，开山攻玉。

第三种开山攻玉的方法，到了现代，已成为玉矿开采的主要手段。

沉寂平静了万年的昆仑大山里，响起了隆隆炮声，现代化生产手段在给人们奉献更多美玉的同时，也给自然造化所赋予人间珍贵的玉石宝藏，带来了毁灭性的灾难。

从炮声到机声

新疆开山攻玉的第一声炮声,据我采访了解,是响于于阗县的阿拉玛斯玉矿。

历史上玉石矿料的开采方式,《西域闻见录》里有详细的记载:"欲求纯玉无瑕大至千万觔者,则在绝高峻峰之上,人不能到。土产牦牛,惯于登陟,回民携具乘牛,攀援锥凿,任其自然落而收取焉。"觔,即斤,古制一觔等于 16 两,由此可见大块玉石非常难得。这是一种较为原始的开采方式。

阿拉玛斯玉矿是新疆开采原生玉矿最早的矿区之一,建矿之初,采用的也是上述开采方式。这个于 1957 年在古代开采基础上建立起来的玉矿,是一座生产白玉的主要矿山。矿区位于高山之巅,海拔高达 4500 ~ 5000 米,汽车只能通到一个叫作柳什的地方,从柳什到开采点,还要走两天的驮运小路。起初露天手采,用錾子、榔头、铁钎等工具凿石取玉,不几年后,因为手采方式效率太低,于是改用打眼放炮的办法,硝铵炸药的爆炸声,从此不绝于耳。

这是 20 世纪 60 年代初期的事情。

炸药的威力要比人的力量大得多,于是,各地玉矿纷纷效法,大山冰川从此不再平静。

那些沉睡地下亿万年的玉石精灵,是否感到心惊肉跳?

电钻、风钻,都派上了用场;露天、硐采相结合;硐内的煤油灯、蜡烛照明,换成了电灯照明,但硝铵炸药炸飞了石头,也炸碎了玉石。玉碎再难复原,本来亿万年

沧海桑田变换形成的大自然精华，瞬间飞崩解体。人类获取玉石的效率是提高了，但原生大块的珍贵宝藏却不复存在，正所谓火焱昆冈，玉石俱焚。

当然，开山采玉，谁都想得到大块的玉料，他们也想把炮眼凿在玉外的石中，但玉包石，石包玉，采玉者常常掌握不好，将炮眼打在了矿体之中，从而引爆了石头，也引爆了玉料。

为了保护珍贵的玉石，我国制定了相应的规定，要求采山玉用保护性开采方法，推行机械切割的新工艺，严禁放炮取玉。但禁而不止，时至今日，爆破采玉仍是山料玉矿开采的主要手段。

更要命的还是后来发生的事情。

2003年春末，为给本书的写作做准备，我来到和田。第二天，我就奔向久已神往的玉龙喀什河。

这是一条流淌着神话和希望的河流，是一条流淌着神秘与梦想的河流，是和田人的母亲河。可是，当我看到她的时候，我惊呆了——

满目疮痍！

这4个字，是我当时最突出的感觉，也是唯一能表达我痛楚感受的一个词汇！

从和田市出发，沿着玉龙喀什河溯流而上，在到达布雅沿途约60公里长的河道上，许多地方像是刚刚发生过一场现代化的战争，砾石、沙土被重磅炸弹炸起，坑壕遍布，

这里本来静悄悄

昔日玉龙喀什河的美景已不复存在

机械化挖玉

挖玉人

乱石翻陈，有些坑壕竟达一二十米深，数米深的坑壕则不计其数。更多的地方，则是一派如火如荼的场面，像是沸腾的建筑工地，成百上千台的推土机、挖掘机、装载机穿梭往返，巨大的轰鸣声不绝于耳。挖掘机、推土机翻掘起河道里的砾石，每台机器后边，都跟随着捡玉的人，是玉石就捡起，是石头就不用去理会，半天捡不到一块玉石，烦躁了，会一脚把那砾石踢飞老远。特别是靠近布雅，在约20公里的河岸两侧，机器人马更是集中，整个河床已是千疮百孔。

陪同我的是一位在和田地区政府工作的朋友。他告诉我，现在还不是挖玉的旺季，到了夏秋两季，来自和田、昌吉、喀什、阿克苏、克州，以至远到河南、甘肃、青海等地的挖玉人，足有上万人，最多的时候会达到20000人，各种机器会多达2000台。因为挖玉的人太多，地方政府采取了发放采玉证的措施，获准后才能来采玉，但很多人无证开采，和田地区有关部门已成立了玉河采玉清理整顿领导小组，并进行了多次检查和行政处罚，但是效果不明显，无序滥采依然不能制止。

后来我了解到，所谓采玉证，不过是花钱就能搞来的一个进入玉龙喀什河采玉的通行证。玉龙喀什河两侧的河床，是可以承包的，最初几百块钱一亩，随着采玉队伍的不断扩大，采玉证的价格也不断上升，由几百元上升到上千元，最后升到5000元一亩、6000元一亩，承包到手就是自己的，想怎么挖就怎么挖，有些人竟掘地10多米、20米，直到翻掘出生土为止。

滥采滥掘的结果是，那些采挖后随意堆砌的沙石，严重影响到河道的安全引洪，已经给玉龙喀什河留下了安全度汛的隐患。而生态植被惨遭破坏，造成了大量的水土流失，不仅影响到沿河流域的生态平衡，同时加剧了河道的沙漠化，导致水量减少，水质恶化。往后即使花再大的代价，想恢复原有的生态环境，也是不可能了。

现状就是这样：一方面，和田玉给和田地区带来的经济效益直线上升；另一方面，对国家矿产资源缺乏合理的规划，目光短浅盲目开发，从而留下了无尽的祸患。

孰轻孰重？一本并不难算的账，怎么会算不来？

2005年6月，我从新华网上读到一则消息，说是和田地区已经采取措施，禁止乱挖玉石。消息报道说：据和田地区国土资源管理局局长吐尔逊·尼牙孜介绍，自今年初起，和田就开始清理整顿玉石采挖，并禁止玉龙喀什河河道内的玉石采挖行为。同时，和田还规定，以往发放的采玉证全部废止。今后采玉必须经当地河管、国土管理部门审核批准，办理有关采挖手续后，才能在河道保护范围以外的划定区域内采挖，而且国土管理部门还将对开采权依法拍卖，以保证开采后的区域得到治理恢复。消息的标题很令人乐观：《新疆和田限采玉石，玉龙喀什河将由此变得宁静》。

读到这则消息，我当即向在北京做玉石生意的和田朋友询问，家里也买了挖掘机在玉龙喀什河采玉的土尔迪告诉我，所谓重新审核批准，就是再办一次手续，增添了一个政府管理部门进来，价格当然也提升了，有些河道已经卖到了8000元一亩。挖玉人的投入增大，河里的玉却越来越难挖，滥采滥掘的势头谁遏制得了？

听到土尔迪的回答，我不寒而栗。

赌局

在和田这座城市里，到处都可以听到关于玉的传说，到处都在讲玉的故事，不是缥缈远去的历史旧闻，不是空洞虚幻的玉论学说，而是很实在、很刺激人的一些消息：哪里挖出了一块上百公斤的白玉籽，价值几百万；哪里推土机一铲推出十几颗羊脂玉……玉能使人一夜暴富的信息，搅得无数人情绪骚动，纷纷加入到愈来愈庞大的挖玉、倒玉和玉料加工的行列中来。

和田市中心广场上，矗立着一座大型雕塑：毛主席正在与维吾尔族老人库尔班·土鲁木亲切交谈。这是20世纪五六十年代，广泛流传于中华大地上的一个故事——库尔班大叔骑着毛驴要去北京看望毛主席，后来果真得到了毛主席的接见。库尔班大叔就是和田人。那时候，和田人的骄傲是库尔班大叔，库尔班大叔的名气远远压倒了和田玉。但时到今日，各族人民热爱伟大领袖，伟大领袖热爱各族人民的一段美丽佳话，就剩下这座雕塑在那里默默讲述了。今天和田人最骄傲的是玉，最上心的事情自然也是玉。

春末的晚上，和田市中心广场上风清气爽。我刚一进广场，就被一群当地维吾尔族人包围了，都在问我：要玉不要？有的还从衣袋里掏出籽玉，直往我手里塞。

一个最先和我搭讪的小胡子青年见状，把我拉出了人群，告诉我："你想买好玉嘛，在这里是买不到的，这里怎么会有好玉？都是磨光籽，都是骗人的。你跟我走，我把真正的白白的好玉拿给你看。"

我再三解释：我不是来买玉的，是个旅游者，只是想来看看广场的夜景。小胡子

仍不屈不挠:"旅游者？那买块玉回去自己玩也好嘛,留个纪念,卖给别人也能赚钱。"说着,他从脖子上摘下一块未经琢磨,只打了眼儿系根串珠细绳的小白玉籽,递到我面前:"看看,红红的皮子,肉多白多细！买别人的东西你会上当的。"

我觉得这小胡子挺有意思,便递给他一支烟,和他聊了起来。

小胡子说他是个司机,给老板开小车的,他的老板是和田做玉石生意最大的老板,有10台挖掘机在玉龙喀什河挖玉,想要什么样的料他们老板那里都有。我真没有在什么老板那里买玉的念头,但听说是采玉的大老板,倒想认识一下这个人物了。我向小胡子要了电话,约好第二天去拜访他们老板。

和小胡子临分手时,见广场上有那么多卖玉的当地人,凡是看见有外地游客到来,便成群地围了上去,我问:"天天都有这么多人做这生意吗？"

小胡子回答:现在还不算多,到旅游高峰外地游客最多的时候,和田广场会像大巴扎一样热闹。

我和小胡子站在温州人开的一家店面前,正对面便是毛主席会见库尔班大叔的塑像。我与小胡子调侃:"和田人今非昔比,库尔班大叔骑毛驴,你现在开小车了。"

小胡子眨巴眨巴眼睛,冲我笑着做了个怪样,指着那塑像说:"毛主席也正在和库尔班大叔做玉石买卖呢,你看,他们价钱谈好了,手里握的就是玉,就是不想让人看见。"

和田市桥头的玉石市场入口处（李明摄）

和田街边的
玉器市场

孤注一掷购进大量挖玉的机械

机械化武装的挖玉队伍

那塑像毛主席正在与库尔班大叔握手。小胡子把这情景说成是两人做玉石买卖，直让我忍俊不禁。

第二天，我打了电话，小胡子开车到宾馆接我。车子在和田市区穿过几条街，在一片很脏乱的楼区里停下。小胡子说："到了。"

下了车，小胡子领我又绕了几个弯，到了楼后一片平房院子前，才进入一户人家。

这是一个很大的院子，足有一亩多地，房前整个是一排葡萄架，葡萄新叶初绽，一片翠绿，衬托着穆斯林式的拱门房舍，倒有几分别样的情致。

起初我以为这就是小胡子所说的那位老板的家，但进屋后觉得不像，接待我们的是一个年龄和小胡子差不多一般大的年轻人，两人挤眉弄眼，像是有什么秘密。待坐下喝茶时，我的感觉得到了验证，小胡子不是领我来采访他们老板的，这是他一个朋友的家，领我来是想推销玉石的。

没说几句话，主人便直奔主题了——从柜子里捧出一个黑丝绒包袱，放在我面前的茶几上，解开来，亮出一堆白玉籽，极力鼓动我选购。我婉言谢绝，诚恳告诉小胡子和那个年轻人，我真不是来买玉的，我是作家，是想采访小胡子说的那个大老板。

见我真的没有买玉的意思，两人显得有些失望。我告诉小胡子：如果他真是给老板开车的，见到他们老板没准我真能帮上忙，北京很多玉雕厂和玉器作坊的老板我都熟悉，也许以后能介绍他们之间做成买卖。这话果真让小胡子动了心，站起来说："好，我带你去见。"

出了他朋友家，上了车，他对我笑笑，请我不要把来这里的事情说给他们老板。

他不想让老板知道他背地里倒腾买卖，怕砸了饭碗。这家伙鬼精明。

我给了一个让他放心的答复，他这才掏出电话打起来。

电话是打给他们老板的，我听不懂小胡子用维吾尔语讲了些什么，收了电话，见他神情沮丧，我问："怎么，你们老板不在？"

小胡子摇头说："不是老板不在，是老板不愿意见你们这些记者。"

我让他重新打电话向老板解释：我不是记者，是作家，作家和记者的工作不是一回事。

小胡子迷茫地看着我，分明他弄不清记者和作家到底有什么区别。但电话还是打了，我也听不懂他是怎么解释的，很费力地讲了半天，结果仍是：他们老板不见。

小胡子有些尴尬地向我解释，老板遇到了一些麻烦事，有人在告状，他不想见外边来的人，怕电视报纸把事情乱捅出去。

老板遇到了什么事情，小胡子却不愿意再多讲一句，这倒将我要会一会这位老板的念头刺激得强烈起来。但看来勉强不得，也就权且作罢。

谁知还不到下午，小胡子便又打来电话，说他们老板愿意见我了。待小胡子开车再来接我时，我问老板态度为何转变得如此之快，小胡子炫耀地告诉我：是他说服了老板，他对他们老板讲：我在地区政府有人，有很硬的关系。

我说："你怎么能乱讲？我在政府有什么人有什么关系？"

小胡子狡黠地一笑："你当我看不出来？能住进这个宾馆，就说明你是政府接待的客人，怎么能没人没关系？"

和田有两个宾馆是政府的接待机构，一个是迎宾馆，一个是外宾馆。我住在迎宾馆。小胡子便据此得出了他的结论。这样的推理让人哭笑不得。但能见见他的老板也好，可以得到挖玉人第一手的采访资料。我当即随小胡子直奔老板的家。

老板也住平房院子，屋前也是一排葡萄架，不过比我上午去过的那户人家讲究多了，客厅很敞亮，地上铺着地毯，彩电很大，还配着组合音响，茶几上摆满了葡萄干、杏干、巴旦木、红枣、核桃、巴咯丽（糕点）、扑然奈克（饼干）等。老板约有40多岁年纪，身材瘦削，一头浓密的黑发，脸上胡楂刮得青光光的，人看上去很精干。他的一只眼睛正在患麦粒肿，又红又肿，像桃子一样，但那只好眼睛贼亮。我已经从小胡子嘴里知道他叫买买提·喀尔力，过去做葡萄干生意，是和田最早采用机器挖玉的老板之一。

买买提·喀尔力和我握过手后，未待落座，先给我递上一张名片。名片花里胡哨，除了正面的姓名、头衔之外，背面还彩印着一个红皮子白玉籽照片。我和他的话题就从名片上这张白玉籽照片谈起。

"这是你挖的？"

买买提·喀尔力点头："17公斤重，早卖了。"

"像这样的籽料还好挖吗？"

"撞上就撞上了。"他敷衍地回答。对这样的话题他显然没有多大兴趣，眼睛上下打量着我。

我知道他在判断我的身份，他有生意之外的事情需要人帮忙。我不能让他对我寄予过高的期望，不能让小胡子的猜测让他陷入臆想当中。我便直截了当地告诉他：我是一位作家，这趟来和田，主要是想采访一些与和田玉有关的人和事情，在当地政府，我并没有像小胡子说的那种很硬的人际关系，但我愿意交朋友，如果他有什么犯难的事情愿意对我讲，我从一个来自北京的局外人的角度，也许能帮他出些主意。

应该说，我的态度是很真诚的。买买提·喀尔力用那只贼亮的眼睛瞄着我，感觉到了这种真诚。他半天没有说话。小胡子在沏茶倒水。他拿起茶几上一卷卫生纸，撕下一团，揩了揩那只害麦粒肿的眼睛，丢了纸，突然问了我一个法律问题，让我吃了一惊。

他问："正当防卫出了人命犯法吗？"

我注视着他，琢磨了半天，才回答："这要看具体情况，法律上对是不是正当防卫，有着严格的界定，即使真属于正当防卫，防卫失当，法律上也是不允许的。"

"要是对方想要你的命呢？有证据可以证明对方真是想要你的命。"他有点激动，那只好眼睛越发贼亮。

"你遇到了什么事情？"我正色问他，"你打算做什么？"

买买提·喀尔力不吭声了，又撕了一团纸揩眼睛。

我意识到有严重问题摆在他的面前，他的心理已跌到了危机的边缘。这件事情远比我的采访重要，我必须弄清来龙去脉，阻止他的心理朝危险的方向滑下去。

但买买提·喀尔力拒绝告诉我是怎么回事，而且显得有些后悔把心里琢磨的事情抖了出来。我追问再三，他却笑着摆摆手："小小一件事情，不值得提，不值得提。"

当晚和和田的朋友一起吃饭，我把见到买买提·喀尔力的情景讲出来。我说：我担心他会出什么事情。朋友笑了："这些维吾尔族人，你根本不知道他心里在想什么，别管他。"

是可以不去管的，我可以就此打住。但买买提·喀尔力的面庞，那一只红肿一只闪光的小眼睛，总是在眼前飘来飘去。我要弄明白掩藏在他那危险想法背后的事实原委。现在，为写作而采访的使命已经退居次位了，做人的良知要求我去拉一把一个精神处于危机中的人，这是首先要做的。

随后几天，我调整了在和田的采访计划，把时间尽可能多地挤给了买买提·喀尔力。这种有意的接触起初很吃力，买买提·喀尔力很敏感，有关"正当防卫"的话题，是绝口再不对我提了，我们只能从玉谈起，谈到新疆的民族风情，谈到北京和美国的事情。他对外部世界的事情很感兴趣，这一点不大像一般的维吾尔族人，他甚至知道布什年轻的时候吸过"白粉"。在对布什看法上取得的共识，让我们的关系向前推进了一步，但更大的一步，是从我压根没想到的方向突破的：当他得知我的故乡在陕西咸阳，顿时变得格外兴奋和热情——20世纪80年代初，当他还是一个大巴郎的时候，曾在河南、陕西一带贩运葡萄干，上过郑州人的当，吃过西安人的亏，唯独咸阳人没坑过他，他做生意的第一笔钱，就是在咸阳赚的。他和我成了无话不讲的朋友。这是一个很性情的人。

于是，一个采玉家族的曲折人生，逐渐在我面前展开。

买买提·喀尔力的祖辈，都是玉龙喀什河上的采玉人。

采玉人要有像鹰一样敏锐的眼睛，买买提·喀尔力的爷爷和父亲，都有这样一双眼睛。他们从玉龙喀什河砾石遍布的河道走过，即使牙齿大小一块玉石小籽，也休想从他们眼皮下漏掉。只可惜他们生不逢时，他爷爷年轻时，曾从河里采到几十公斤重一块红皮子白玉籽，但那时兵荒马乱，玉不值钱，他爷爷托一个亲戚去卖，那亲戚只换回一头毛驴和两袋洋面。在他父亲采玉的年月，玉石价钱更是掉得厉害，私下的交易是不允许做的，国家设立了玉石收购站，采到的玉石只能交到采购站去，一堆漂亮的籽儿也卖不到几个钱。到了买买提·喀尔力这一代，他不再采玉了，先是卖瓜子，后来与人合伙，露天里搭起锅灶，在路边卖抓饭和拌面。眼见赚不来钱，便倒腾起葡萄干来，那时他还是一个大巴郎子。先是坐火车，一次随身带两麻袋，一趟一趟往内地倒，后来在内地有了关系，就整批地走货运，几年下来倒也赚了不少钱。

但令买买提·喀尔力至今痛心疾首的,也正是葡萄干生意。那是20世纪80年代初,一次要往西安送一大批货,收购葡萄干的本钱不够,他把从爷爷、父亲手里积攒下来的一堆白玉籽,卖给了一个做玉石生意的朋友。谁知就在那之后,和田玉价格连年飞速蹿升,多年里他做葡萄干生意的利润加起来,也不值那堆白玉籽一半的价钱。他懊恼不已,后悔将家中藏了两代的玉料轻率出手。从此,葡萄干生意不做了,他挖起玉来。

从采玉到挖玉,这是买买提·喀尔力与他爷爷、父亲的不同之处。采玉只局限于河道地表,而挖玉则深入到地下了。那时河道里已很难采到玉,有人开始用工具在干涸的老河道里刨挖,买买提·喀尔力也抡起坎土曼,他在前边挖,他新婚的老婆在后边翻拣,苦是苦,但一年下来,收入却相当可观。这极大地鼓舞了他的信心,开始雇人挖玉。政府要求办采玉证,河道里的地要承包、要收钱,他都没打磕巴,一包,就在玉龙喀什桥上游的地方,包了50亩老河道,他已经成为一个挖玉的老板了。

让买买提·喀尔力的挖玉事业发生根本性转变的,是在改人工挖玉为机械挖玉之后。眼见着坎土曼太过原始落后,他咬了咬牙,一次从上海购进两台二手"上建"挖掘机,这使挖玉的效率突飞猛进。玉料的价格仍在不断疯长,他便再想方设法包地,再添置机械设备,钱不够了,寻人求情从银行贷,一直到他的名下有了几百亩地,"上建"挖掘机、韩国的"大宇"挖掘机达到10台,雇用的人手达到100多名。他成了一名实力强劲、声名显赫的挖玉大老板了。

料想不到的灾难来自一次塌方事故。动用机械化的挖玉手段,那河道的矿坑也就挖得很深,为了安全起见,从矿坑里翻刨出的卵石,一般都像码墙一样码起来,有些坑内,这"墙"会码七八米高。但干石头码起的"墙"有多牢靠?一次坑内的"墙"塌了,雇用的河南民工当场两死一伤,伤者送到医院抢救也没能保住命。死者家属要求买买提·喀尔力赔偿,买买提·喀尔力开始还找理由搪塞,谁知河南方面呼啦一下子20多人涌到和田,拉开一副死不罢休的架势。就这样,抢救伤者的费用、赔偿死者的费用、接待来者的费用,停产机械人力耽搁折算的费用,再加上政府的行政罚款,买买提·喀尔力一下子贴进去近百万元。

这只是磨难开始的一个信号。随后,河道里的地价一涨再涨,机械的燃油费一涨再涨，雇用的人工费一涨再涨，而玉却越来越难挖了。玉之所以越来越难挖，是因为挖玉的人越来越多，而且都上了机械化设备，承包的地离河道越来越远，有些戈壁滩地也有人在争在抢。

在靠近玉龙喀什河老河道的一片戈壁滩地里，我站在一辆属于买买提·喀尔力的"大宇"挖掘机旁，听他给我讲他的挖玉经历。这位生意人给我算了一笔账：一辆挖掘机一天的燃油费用大约800元，如果自己没有机器租用别人的挖掘机，费用大约也是800元，一台机器不算司机雇6个民工翻拣石头，管吃管住，一个人一天20元，不管吃不管住30元，不论哪头，一天怎么也得180元开销，加上司机的工资，这样合起来硬开销就接近2000块钱，你挖出来挖不出来玉，这些开销是必不可少的。三天五天见不到一块玉，是常有的事情，有时挖出的全是不值钱的青料，你干着急没办法。末了他感叹：挖玉这活儿，是没法干了。

在和田，10个挖玉人有9个都会这样说，但没见谁收摊罢手。你说玉难挖干赔钱吧，有时忽然就出了一块大白籽，正所谓半年不开张，开张吃半年。有件事情在和田广为传播：一个挖玉老板包了几十亩地，辛苦了大半年，血本无归。他不甘心，几十亩地挖完了，在他承包地的边缘，在靠近河道的地方，有一户人家，他想在那里试试。他与这户人家达成协议：房子不动，在其余的庄基地范围内由他挖掘，出了玉算合作，出不了玉他负责把院子恢复如初。那户人家觉得这是桩只赚不赔的买卖，就同意了。没想到挖掘机开来，没有几铲子，就刨出一块几十公斤重的羊脂白大籽儿。真是磨秃铁铲无觅处，得来全不费功夫。上海一位老板看上这块料，开口报出500万，但料主一口回绝：低于700万，谁也别想把这大籽儿拿走。

20世纪80年代初，几百块钱，可以在农村收来几十公斤白玉籽，里边还有羊脂白玉，到了90年代，好的白玉籽料涨到几千块钱一公斤，而90年代末，特别是本世纪，玉料的价格以惊人的速度攀升，好的白玉籽料，涨到上万块钱一公斤，四万、五万、六万块钱一公斤。而有些皮色好肉也好的籽儿，那就不能以重量来论价了，鸡蛋大一块，100多克，开价几万也能出手，物以稀为贵嘛。这样的市场行情，自然会挑逗很多人跃跃欲试，甘愿冒风险来赌一把，挖玉，实际上已经成了一场赌局。

买买提·喀尔力在这场赌博中，遇到的另一个挑战，就与他咨询的"正当防卫"有关。

2002年秋，他雇用的一个昌吉回民青年民工，被他的一台挖掘机挑到半空，又扔了出去，断了脚踝和四根肋骨，还摔成了脑震荡。这一次，他吸取了河南民工事件的教训，一口咬定是民工自己的责任，是他违反了操作规程，跑到了挖掘机前。挖掘机司机也应负一部分责任，他出钱雇了司机，司机有驾驶证，就要对安全负责。伤者他连医院也不送，自个想怎么治由他去。由于青年治疗不力，脚踝没有接上，残了。伤者本人老实巴交，但他有个一同来打工挖玉的厉害主弟弟，这弟弟不干了，要求买买提·喀尔力赔偿。买买提·喀尔力一口咬定他认定的理由，这弟弟寻上门来，起先他还接待，后来连见也不见，任他一趟一趟跑，就是不理这个茬儿。

一次，这弟弟在和田的大街道上拦住了他的车，双方吵起来，那小伙子激愤之下，狠狠几脚踩在车上，车门瘪了进去。司机小胡子与对方厮打在一起，用砖头砸破了对方的脑袋。这口气，如何让那血性回民小伙子咽得下去？随后便放出风来，他也要放小胡子和买买提·喀尔力的血。小胡子怕了，每次出车，驾驶座旁都要放根铁棍。随后一段时间，倒是风平浪静，没出什么事端，后来买买提·喀尔力才知道，是有人给对方出了主意，让对方上告，让政府来解决这件事情。

当地政府有关部门找过买买提·喀尔力，说他是挖玉的老板，挖玉现场出了事，他负有管理责任，后来打人就更不对，要他与对方协商给予赔偿。买买提·喀尔力只愿意就打架的事坐下来说话，别的事他不管。几次协调未果，后来也就拖了下来。

那回民小伙子见政府没能解决他的事，急红了眼，声言还要往法院告。可是有人却给买买提·喀尔力传来消息，说是亲眼看见那小伙子准备了一只大号皮加壳（维吾尔族短刀），磨得雪亮，他要捅了买买提·喀尔力和小胡子。一时买买提·喀尔力这边都有点紧张。买买提·喀尔力抱定主意：只要那小子敢动家伙，他也就不手软了，谁要谁的命还难说哩。

这就是买买提·喀尔力咨询"正当防卫"的因由。

当我在2003年这个每天都是阳光灿烂的春末与买买提·喀尔力结识的时候，他的心头却积满了阴云。其时正是他与回民小伙子的纠葛处于剑拔弩张之际。我告诉他：

传言未必可信，我可以去会会那小伙子，对方究竟怎么想究竟要做什么，真实地了解总比传言可靠些。

我的提议买买提·喀尔力没有赞同也没有反对。小胡子告诉了我那小伙子的姓名，在哪家矿坑打工。第二天，我便又来到玉龙喀什河畔。

在老河道的一片乱石滩上，有机器挖出的大大小小无数个坑壕。有些民工便就着这坑壕，搭起了栖身的地窝子。那个叫马再利的小伙子便住在这样一个地窝子里。正是工地中午休息的时候，我找到他，他正在吃饭。与他同住的还有一个小伙子。说是地窝子，实际上是用几根树棍搭在坑壕上边，遮盖了一块塑料布。地上铺着柴草，柴草上堆了两卷破铺盖，旁边是泥糊的炉灶。

小伙子起初以为我是买玉的老板。其中一个黑黑瘦瘦的，手里端着一碗大白菜熬胡萝卜，另一只手里拿着一块馕，头也不抬，一边嚼着馕，一边呜里呜噜对我说："这里不卖玉，我们是给老板挖玉的。"

说话的正是马再利。

我说："我不买玉，是来看挖玉的。"

马再利说："挖玉有啥好看？可苦哩，黑汗长流，不是演戏也不是放电视。"

果然是个愣小子。

我便照直说："我是来问问你哥的事情，他现在怎么样？"

马再利怔怔瞅了我半天，也许是把我当成了政府来给他解决问题的人，用脚把柴草上的铺盖往里推了推，说："坐。"

我坐了下来。他没有放碗，照旧吃他的饭，吃得狼吞虎咽，额头上都渗出了汗珠子。我不想坏了他的胃口，直到他咽下最后一口馕，才再问："你哥在哪里？"

"在老家。"马再利说，"人成了跛子了，给老板打工残废的，老板不管，你们政府到底是想管不想管？"

我说："你误会了，我不是政府的人，我是从北京来的作家，听说了你哥的事情，很同情，想来和你聊聊。"我没有说和买买提·喀尔力已有了几天的接触，那样就失去了中性的立场，事情立码会变得很僵。

两个挖玉人，一个旁观者

河滩里挖玉人的住处

115

"作家？"马再利梗起脖子，"作家能帮我打官司吗？"

我一听，有门，他不提放谁的血要谁的命，先说打官司，看来他还是想通过正道来解决问题，起码是首选。

我一口应承："当然可以，只要你相信法律，要求正当，每一步都按法律程序走，别做出格的事情。"

谁知他却说："法律是个屁，还不是向着有钱人？打官司我们打得起吗？我打听了，要立案，先要交一大笔钱哩，是让我去偷呀去抢呀？"

我一时语塞。

忽然他又说："我哥的事情，你能不能在报纸上给我登一篇，让大家评评理，也臭臭喀尔力。"

马再利并不完全是个莽汉，他知道借助舆论来为自己说话，说明他并不会轻易铤而走险。这就有了缓解这场危机的可能，有了解决问题的契机和希望。

客观地讲，马再利要求买买提·喀尔力为哥哥赔偿是有道理的，买买提·喀尔力是个生意人，这件事做得有点冷酷无情，但那是上次被河南人弄怕了，怕被人敲一杠子，怕成了无底洞。他们之间缺乏对话，缺乏沟通，如果能够坐下来心平气和地交涉，事情未必会紧张到像今天这样的地步。

马再利饭后就要出工，我没能和他多谈，对他的情况只得到一个大概的了解。他家兄弟3人，出事的是老大，他是老二，家里还有一个老三，跟着包工头修路建桥箍涵洞，父母亲在地里干农活。老大已经成了家，分出去单过了。他们昌吉有很多人来和田给人打工挖玉，他和大哥在这里已经打工两年，辗转给几个老板干过活。老板挖出玉赚了钱好说，一般不会拖欠民工工钱的，出不来玉，老板亏了老本，民工的血汗钱就难说了，他曾给一个老板干过3个月，一分工钱没拿到，找那老板，老板东躲西藏不见影子。不仅是躲他们这些小民工，还有更大的债主——银行，银行的贷款到期了还不上，就要扣押机器、设备和房产，这才是最要挖玉老板们命的。遇到这号事，他们这些吃苦下力气的民工，只能自认倒霉。

我把见到马再利的情景告诉买买提·喀尔力，也对他婉转谈了我的看法，希望他把该担的责任担起来，只要对方没有什么过分的要求，该在经济上给人家补偿就补偿，置之不理总说不过去，弄不好真会激化矛盾惹出更大的事端来。买买提·喀尔力对我的意见未置可否。

我离开和田，后来听说事情最终算是解决了，买买提·喀尔力给了马再利哥哥7500块钱，马再利没有再告，也没再威胁要动刀子。

听到这个消息，我并不感到欣慰，而是在心里翻涌出深深的莫名的悲哀。

在这场赌局中，谁是胜者？

机遇与劫数

张骞打开内地通往西域之路，使得新疆玉石更多也更容易地进入中土。但在宋之前，美玉多为入贡之物，供朝廷礼神敬祖和做礼器法器之用，虽然也用于军旅、聘问、丧葬、药饵、佩剑、舆服之饰等方面，但尚未进入商品流通领域。宋代玉市渐起，西域和内地的玉石贸易也随之兴起，美玉开始流向民间。这当然是朝廷不愿意看到的，但也有点无奈。到了明代，"诸番以玉来市易者，辄多骚扰"（章鸿钊《宝石说》），据《明史》记载："于阗国永乐四年，其酋打鲁哇亦不剌金遣使贡玉璞，二十年贡美玉。诸番贪中国财帛，且利市易，商人率伪称贡使，多携马驼玉石，声言进献，既入关，则舟车水陆晨昏饮馔之费，悉取给有司，及西归，辄沿途逗留，多市货物"，然后带回转手倒卖牟利。西域其他不产玉的地方，亦到于阗"多窃取来献"。及清，这种状况依然延续，乾隆不能容忍了，姚元之《竹叶亭杂记》记载：乾隆定例，"凡私赴新疆偷贩玉石，即照窃盗律计赃论罪。"随后又在密尔岱和巴尔楚克各设关卡，"以防回民私采及商民夹带之弊。""自是以后，玉器遂为无价宝矣。"

封建帝王将和田美玉攫为朝廷专用，平头老百姓不能染指，自是那个时代的现象。如今人民当家做主，经济发展，国泰民安，是中国人的福祉，是玉器行业的福祉，更是盛产美玉的和田人的福祉。但经济利益的驱动力会变成一把双刃剑，人们挥动它在打拼财富的同时，有时也会伤到自身。

关于和田挖玉人的故事，近年来我听到不少，也接触过一些像买买提·喀尔力这

样的当事者。有一夜暴富的,有倾家荡产的,也有跑了老婆丢了性命的,笑的哭的都有。跟天斗,跟地斗,跟人斗,押下赌注向自然造化求财索宝,有时便免不了遭到来自一种看不见的力量的捉弄,机遇会来到你身边,劫数也会来到你身边,直把惊心动魄、不可预知的命运笼罩在你的头上。

2004年夏,玉龙喀什河的挖玉现场,发生了一桩血案:一块地方,两名和田维吾尔族挖玉老板一先一后承包了,早承包的时间尚未到期,晚承包的已办了手续交了钱要进入挖玉,机器人马涌了来,这边硬闯,那边阻拦,两个老板吵着吵着就动起了手。谁也没想到阻拦者的儿子斜刺里冲了过来,拔出皮加壳连捅闯来的老板数刀,那老板当场毙命。

这案子在和田轰动很大。给我讲述这件事情的是艾则孜·卡斯木的女儿热依汗古丽,死者阿不杜·外力是她丈夫的朋友。死者和凶手都是两个年轻人,再值钱的玉石,能顶上两条年轻的生命吗?

热依汗古丽原来是和田邮电局职工,后来辞了职,开了家服装店。服装店没有挣到钱,她收了摊,嫁了一个做玉石生意的老公。老公常年在和田和北京两地跑,她的父母亲艾则孜·卡斯木和肉孜古丽也都在北京开餐馆,她干脆在北京租房安了个家,把北京当成了大本营,既协助老公的生意,也帮父母料理餐馆。

艾则孜和肉孜古丽都受过很好的教育。艾则孜·卡斯木是地道的维吾尔族人,肉

遍地都是玉石生意

去河道里碰碰运气

和田乡村路边,随时会遇见玉石小贩

乌鲁木齐民街玉石市场

孜古丽母亲是维吾尔族，父亲是回族，是一位军衔不低的军人。但两人的生活道路却很是曲折。艾则孜上的是维吾尔族学校，肉孜古丽一直上汉语学校，1975年中学毕业后，一块被一辆大卡车拉到于田县，开荒种地，接受贫下中农再教育。后来两人招工进了油田，又被抽调到克拉玛依，艾则孜做钻井工，肉孜古丽做气测工。在克拉玛依，两人恋爱、结婚、生孩子。当时油田上一个会战接着一个会战，两人又要工作，又要带两个孩子，远离老家和田，谁也照顾不上他们，只有自己苦熬苦拼。后来好不容易一块调回和田，艾则孜进了地区粮食局，肉孜古丽进了县饮食服务公司，但两家单位都不景气，工资有时都很难发出来。夫妻俩眼看着这饭碗端不下去，一咬牙，双双辞了职，开起餐馆来。

和田的饭馆太多，他们餐馆的生意半死不活，有人介绍他们把餐馆开到北京去，北京有钱人多，新疆风味的餐馆也受欢迎，这对夫妇就这样来到了北京。

他们的餐馆一直是惨淡经营，而热依汗古丽老公的玉石生意却很不错，到了后来，他们干脆把餐馆交给热依汗古丽的外婆打理，他们学起女婿的样儿，也做起玉石生意来。

前几年，在北京潘家园旧货市场，每逢周六周日经营日，大棚下的一区5排，都可以看到一对维吾尔族夫妇守着一堆石头，男的西装领带，女的套裙披肩，头上扎着一方丝帕，这就是艾则孜·卡斯木夫妇。那正是他们卖给我20颗籽料那段时间。一大早，他们雇用专门在潘家园拉货的三轮车，把玉料从租住的地方拉到市场，下午市场收摊时又雇车拉回去。夏天大棚下像蒸笼，冬天又像是冰窟，那些晶莹闪亮的石头就是他们晶莹闪亮的希望，苦和累就不在话下了。

两年下来，老艾夫妇在生意上就蹚开了路子，经济上翻了身，先是退了在十里河租住的破平房，在与潘家园旧货市场近在咫尺的华威西里租了套两室一厅的楼房，又在附近租了一间20多平方米堆放料石的仓库。他们退了潘家园的摊位，改在家中接待买主，每天看料、谈生意的四方来客络绎不绝。后来，再有了些积蓄，又在银行贷了一笔款，艾则孜·卡斯木在且末一家玉矿参了股，不光贩卖玉料，也开起玉矿了。再往后，老艾买了一辆"长城赛影"越野车，既能拉人，也可载料，长途短途跑得热火朝天。

像艾则孜·卡斯木这样苦煎苦熬打拼出来的玉石老板,是幸运的。和田像他一样做玉石生意和开矿的人,混得很惨的大有人在。

艾则孜的一位朋友,便是霉运当头。本来生意不错,在玉龙喀什河上游包了一块土地挖玉,买了机器,雇了人,开始几年猛捞了一把,但这位老兄有了钱就吃喝嫖赌,在夜总会给小姐小费数都不数,一沓子就甩了过去。后来胃口大了,把别人已挖了一遍的河道再次承包。玉龙喀什河两岸的土地,有的被人挖过 2 遍、3 遍,照样还能出料。可是活该倒霉,那块地方老河床很浅,两三米下去便露出生土,这一下子便让他傻眼了。家里孩子得了脑瘤,老婆有病,银行催着还款,他却躲在外边不敢回家。银行找到艾则孜·卡斯木,让他还债,老艾莫名其妙,人家拿出一张担保书,是艾则孜为那位朋友贷款提供的担保。那位朋友曾借过艾则孜的身份证,没有想到他拿去复印做了担保贷款的凭证。后来听人讲,这位老兄在几家银行和信用社都有贷款,艾则孜一下子慌了,如果都是他的担保如何得了?他几番曲折寻找到这位朋友,本打算和他算账,谁知那患病的老婆正在那里厮闹,朋友见他来像见到救星一般,死磨硬缠向老艾借了 5000 块钱,打发了老婆让去给孩子治病。艾则孜情知这 5000 块钱是肉包子打狗有去无还,但他也只能认了。

投资玉石生意,1000 万可以,1000 元也可以。百八十买块小料,卖上 200 元、300 元;三五百买一块,卖它 700 元、800 元,多少都能赚。和田有很多做玉石生意的大老板,而小打小闹做小本买卖的更多,农民、工人、干部、卖瓜子儿卖羊肉串卖地毯卖鞋卖裤子的,看你是外地人,谁都有可能问你要不要玉,谁都会掏出几块来向你推销。饭馆、商铺、理发店、马路边,都可以成为玉石交易的场所。

和田市清真寺路,每逢周五周六两天,便成了玉石巴扎。街两边摆满了玉石地摊,没摆摊位,手拿玉石四处游荡推销的更多。这里的卖家,多是从农村和山里来的小贩,不会有太好的东西,但一问价钱,却会吓你一跳,比北京还要贵几倍。一个操着半生不熟汉语的中年男子,拿了 3 块馒头大小染皮子的磨光籽,开口就要 1 万。我无意买,说贵了,他一下子减了一半,要 5000 元。我说在北京,这样的东西 500 元一块都不值,中年男子生气地把玉往怀里一揣,嘴里嘟囔着我听不懂的话,扭头走了。

随着籽料价格的疯涨,和田涌现出一批专门炮制"籽料"的行家,他们先把山料用铡砣切成小块,再放入一种专门的滚筒里日夜磨滚,打磨掉棱角,使得每块都像鹅卵石的形状,再用锉刀锉,砂纸打,再抛光。到这一步并不能算完事,还有一道重要的工序:上皮色。上皮色有两个目的,一是凡带皮子的籽料,如橘黄皮、枣红皮、孩儿面、洒金黄,价格上会比一般籽料高出很多;二是掩饰打磨留下的痕迹。籽玉肌理自然,表面生长着犹如人体皮肤毛孔那样的小针孔,玉石行里叫作呼吸孔,山料绝没有这种呼吸孔。磨光籽还会留下砣子和磨具走过的锉痕。经颜色一染,玉料的表面特征就不易分辨,可以鱼目混珠了。

不光山料磨光籽要染色,有些真正的籽玉,为了有个好卖相,也会进行染色。玉石染色技术,可谓绝技,和田的一般玉石生意人是很难掌握的。有经验的染色专家,一看玉料,便知道能不能染,怎么染,染成什么皮色最为恰当。玉质坚密的上好籽儿,不吃颜料,很难上色,像这样的籽儿也用不着上皮子,本身就能卖个好价钱,大凡要染皮子,要么是磨光籽,要么是籽料里边含有杂质。染色的基本颜料是新疆染地毯的颜料,但不同玉质,添加什么酸碱物质,就看技术了。看起来很简单,一口锅架上火,里边盛着配方染料,玉料搁置进去,少则数小时,多则三五日,拿出来就带了皮色。那配方是绝不向外人透露的。但无论技术多高,假皮色终归变不成真皮色,有经验的人一眼还是看得出来,蒙只能蒙那些半懂不懂还要图个皮色的买家。

在和田我还听到一个故事:一个内地玉石老板,卖了房子贷了款,在和田包地挖玉,结果血本无归,老婆还跟一个在他手下打工的小子跑了。这老板一根绳子,在玉龙喀什河边的工棚里,为他的西域梦幻之旅打了一个结,结束了他的生命。

机遇和劫数就这样相倚相伏,神秘莫测。流淌了千万年的玉龙喀什河面临着这样的命运,在河边守望和翻掘财富的人面临着这样的命运。在这样的命运面前,人的道德价值观念,就像扔进染锅的玉石一样,变换了另一种色彩。染锅对于玉石,只能改变表面皮色,而人被改变的是内心。

《西域闻见录》的作者、乾隆朝进士满人椿园,记载乾隆时期新疆河产玉子,"大者如磐如斗，小者如拳如栗，有重三四百觔者。"直到清末唐荣祚在《玉说》、民国初年李凤廷在《玉雅》、20世纪30年代章鸿钊在《宝石说》里，仍做如是记述。但到今天，玉龙喀什河大部分地段的籽玉资源已面临枯竭。

据新疆地矿局第十地质大队总工程师王家鑫介绍说：他们对和田籽玉的储量做过一个测算，一个立方米的沙砾层里面，大概有20克和田籽玉，当时测算选择的是产和田籽玉比较集中的地段，长度在10公里，宽度800米左右这个范围之内，大约有720吨和田籽玉。要知道，盛产和田美玉的玉龙喀什河总长不过300多公里，以此推算，真正的和田籽玉的储量并不乐观。

如此蕴藏量，动用现代化的机械手段挖玉，以我所见和推断，一天的工夫，少说也抵得上过去100年的开采量。《西域闻见录》中的描述，已经成为难以寻觅的破碎梦境了。

也有另外一种说法。据《新疆经济报》报道:《中国和田玉》研究表明，从夏到清代4000多年间，共采挖出玉料约9968吨。而从1957年到1995年近40年间，共采挖玉料9459吨。《中国和田玉》按矿山类比法做了概略研究，预测新疆境内玉石资源总量约为28万吨。从古代到现在数千年的开采，挖去的玉石尚不足2万吨，余下的玉石资源储藏量还有26万吨左右。其藏量之巨，令人感叹。

这种乐观的估算，是将新疆境内包括昆仑山和阿尔金山的各种玉石矿产计算在内的，但这些玉石，严格说来，并不能算作和田玉，其中玉珉混杂的低档次玉料不在少数。真正的和田玉特别是籽玉的产量，已是屈指可数了。

国之瑰宝

国家文化部原副部长、故宫博物院原院长郑欣淼给我讲过一个有趣的故事——

1935年,当时的国民政府拟在英国伦敦举办一次故宫文物展。展出前,国内出现赞成派和反对派两种截然对立的意见。赞成派认为展出是传播中华文化,展示灿烂的中国古代文明;反对派则提出文物安全问题:能否保证文物不会丢失?能否保证运载文物的飞机不会出事?两派争吵得不可开交。国民政府是想促成此次展出的,于是将拟带往伦敦展出的文物拍成照片,同时将文物在国内向公众展出。政府承诺:待在英国展出回国后,再办一次展览,让国人眼见着放心。国民政府还与英方商议,将用飞机运送文物改用英国皇家军舰运送。于是国内风波暂告平息,英方派出两艘军舰,将文物运送到伦敦。

展览的举办者是英国皇家艺术学院。展出在英国获得巨大成功,当时参观者竟达43万人次,创了英国举办展览的一个纪录。

2005年,故宫博物院建院80周年。在中英文化交流活动中,在英国举办一次故宫文物展,是计划中的事情。2005年11月,胡锦涛主席访英,我驻英使馆为配合这次高层活动,提议将展览安排在胡锦涛主席访英期间举办。对于这一提议,我有关部门并不太积极,担心展出的都是帝王的东西,会不会对于英国民众带来一些理解上的歧义? 这个部门的态度是,即使在访问期间展出,也不安排胡锦涛主席出席有关展览活动。但英国女王对这次展览很感兴趣,不光要出席开幕式,还要亲自为展览揭幕。

胡锦涛主席随之与英女王一起出席展览开幕式并揭幕,又和女王一块,参观了展览。

这次英方的主办者仍是英国皇家艺术学院。据郑欣淼讲,英女王在参观中,对中国玉器很感兴趣,特别对大型玉雕山子《会昌九老图》赞赏不已,惊叹中国竟有如此大的玉器。郑欣淼告诉女王:《会昌九老图》玉山子在故宫藏玉中并不是最大的,《大禹治水图》玉雕山子,重达5350公斤,而《会昌九老图》不过832公斤。女王闻后,更是吃惊,中国玉文化的恢宏景观显然超过了她的想象。

在女王参观过程中,郑欣淼没有向她介绍《会昌九老图》玉山子是如何制作出来的,如果她了解这是一件"御制"玉雕作品,这位大不列颠的君主,对于中国古代皇帝竟有如此雅兴,不知会做何种感想。

《会昌九老图》选用和田青白玉,玉雕山子通高145厘米,最宽90厘米,最大周围275厘米。造型以山水人物画《九老图》为蓝本,再现了唐代大诗人白居易等9位老人于唐会昌五年(845)在河南洛阳香山龙门聚会的情景。也有人称为"香山九老"。清乾隆年间,乾隆的母亲做寿,也在香山,于是乾隆将一幅九老聚会的画作进行了修改,亲自监督做出小样,再将小样发往扬州,由扬州玉工于乾隆五十一年(1786)制成。九老是指白居易、胡杲、吉皎、郑据、刘真、卢真、张浑、李之爽、释如满等9位70岁以上的老人,他们隐居于香山,乐于清淡,过着优哉游哉远离世俗的生活。玉雕采用了镂雕、深浅浮雕和阴线刻纹等多种手法,以琢成四面通景的山水人物图景。山子

薄胎白玉《簋》(作者：柳朝国 姜宝成)

风景秀丽,有层叠的山峦,苍劲的青松,潺潺流水,羊肠小道。在如诗如画的山水中,九老或下棋、或抚琴、或漫游,怡然自得。山子正面在山下雕两位老人立于木桥之上,喁喁交谈,一童子肩负包袱尾随其后;在山腰秀丽的亭台中两老正在对弈,一老于中观战,其乐融融,亭侧一童子烧火煮水;在近山顶的石壁上阴刻篆书"古稀天子"4字铭,旁有"会昌九老图"5字;亭下部有"乾隆丙午年制"年款。山子背面在山下有两人边走边谈;山腰上一老人盘腿而坐,手抚弦琴,尽情弹奏;另一老人和童子在旁倾听,为琴声陶醉;山顶悬崖绝壁处刻有乾隆皇帝的七言诗。山子左侧,在石崖下面一老人手扶童子头顶,远望青山绿水,似为美好景色所吸引。山子右侧,一老人手持龙首杖缓步登山,一童子手捧圆盒随后,整个构图富有诗情画意和浓厚的生活气息,玉雕琢技达到了相当高超的水平。那"古稀天子"铭乃乾隆亲笔御题,把自己与图中古稀老人联系起来,可见他对这件玉雕作品的钟爱。

  玉山子是一种圆雕景观,雕刻时先绘出平面图,再行雕琢,因而常以图命名。清代以前的这类作品较少,以树木、山石为主要题材,造型矮小,山石的雕琢以钻法为主,往往留有孔状或砣状钻痕。清代,特别是自乾隆朝开始,由于玉材来源充足,玉山子体积较大,在设计上集山林、泉瀑、建筑、人物为一体。题材有历史故事、民间传说、山水胜境、吉祥图案,追求一种绘画意境和笔墨情趣。工艺上透雕、圆雕、浮雕、阴线、阳线、抛光诸技无所不用,使玉山子臻于无巧不施、无工不精的登峰造极的境界,宛如立体画卷。

  正如郑欣淼对英女王所言,大型玉雕《会昌九老图》如果与《大禹治水图》玉山子比起来,那可以说是小巫见大巫了。

  《大禹治水图》山子和《会昌九老图》山子一样,都是由清大内造办处依据乾隆的意思主持雕刻的巨型玉雕山子。乾隆四十年(1775)左右,在新疆密尔岱玉矿,开采了一块重逾万斤的巨型玉料。这样的无价之宝,自然是要运往京都进献给朝廷的。新疆民众先制造了一辆数丈宽的铁车,由几百匹马,近千人推拉,历经千辛万苦,"日行五里七八里,四轮生角千人扶",用了3年多时间,才运到京都,行程共计8000多里。

  用这样一块巨料雕刻什么?乾隆这个"玉痴"委实动了一番脑筋。作为一个帝王,用这块举世罕见的玉料作为载体,表白自己师法古代圣贤之心,博取明君的声名,并以此显示国力的强盛,那是再恰当不过了,于是他想到了大禹。大禹是我国传说中的一位治水英雄和圣明君王。远古时代,中国广大地区水患频仍,给华夏人民带来了巨大灾难。大禹为制服洪水,亲自调查水情,带领民众治水,终于消除水患。此后,他继舜统治天下,成为夏王朝的首位君王,也成了一个传颂千古的圣贤英雄。

在乾隆皇帝亲自筹划下,以清宫内珍藏的宋人所作的《大禹治水图》画轴为蓝本,由宫廷玉器巧匠设计,画成纸样,再在玉料上临画,制作蜡样,才将料石由运河送往扬州琢制。从乾隆四十六年(1781)始至乾隆五十二年(1787)完工,整整6年,花费银两以万计,用工达几十万人次。乾隆五十三年(1788)玉山子运回紫禁城,安放在乐寿堂的嵌金丝山形褐色铜铸座上。最后由造办处在玉山子背面雕刻了乾隆皇帝的御制诗文与方印。整座玉山子从采石、设计、运输、雕刻到刻字、安放完毕,共用了10年时间,总工程量约为15万个工日。

《大禹治水图》玉山子高224厘米,宽96厘米。它卓立如峰,重山叠嶂,流泉飞瀑,遍山古木苍松,洞穴深秘,通体立雕。尤其是从山麓到山腰,悬崖峭立,道路崎岖,蜿蜒曲折,松树挺秀,灌木丛生。玉山子上共雕刻了14组人物,其中有老翁孺子,也有强壮青年,有挥锤的石匠,也有举锸的农夫。他们或身着布衣,持锤开石,以绳索运送树苗,用木杠粗绳撬拉巨石;或赤膊上身,卷起裤腿,举锸挖土,开通道路,形象生动感人。整座玉山雕琢细致,制作精湛,造型逼真,人物毛发毕现,栩栩如生。玉山正面中部山石处,刻乾隆帝阴文篆书"五福五代堂古稀天子宝"10字方玺。玉山背面上部阴刻乾隆皇帝《题密勒塔山玉大禹治水图》御制诗,下部刻篆书"八徵耄念之宝"6字方玺、乾隆七言诗"功垂万古德万古,为鱼谁弗钦仰视,画图岁久或湮灭,重器千秋难败毁"以及自注,诗文和印,均由当时京都工匠朱永泰镌刻。

《大禹治水图》玉山子,既是中国各族人民力量和智慧的结晶,又是一件无与伦比的艺术珍品和无价之宝,是清代玉器的代表作,同时也是中国玉器工艺美术史上一次伟大的创举。

大型玉山子开始并鼎盛于清代,仅乾隆三十一年(1766)至乾隆五十三年(1788)

短短 20 多年中，除《大禹治水图》玉山子和《会昌九老图》玉山子外，乾隆还亲自督导过问宫廷造办处，雕制了《秋山行旅》玉山子、《南山积翠》玉山子、云龙玉瓮等数件千斤以上的大型玉雕。这无疑标志着清代玉雕的高峰。

但大型玉雕作品的创作，可以追溯到元代。

蒙元时期，征伐、搜狩、宴飨是 3 件国家大事，许多军国大计都是帝王亲贵在觥筹交错的热烈气氛中决定的。蒙古族酷嗜豪饮，因此贮酒的酒海也极大，帝王御宴规模更是惊人，因此所用的酒海更大。大明殿中本有一口可贮酒 50 余石的木质银裹漆瓮，但这毕竟是件木质东西，元世祖忽必烈遂降旨雕琢一件大玉海，以玉海盛酒，供朝廷宴饮之用，可算一件前所未有的国家重器了。据《元史·世祖纪》载：至元二年（1265）十二月，"渎山大玉海成，敕置广寒殿。"广寒殿是元时建在大都北海琼华岛山顶上的一座宫殿，陶宗仪《辍耕录》中记载了元时广寒殿中玉瓮的情况：广寒殿在内"有小玉殿，内设金嵌御榻，左右列从臣坐床，前架黑玉酒瓮"。忽必烈将玉海置放在御榻前，足见其珍爱程度。

渎山大玉海高 70 厘米，膛深 55 厘米，口 135～182 厘米，最大周长 493 厘米，重约 3500 千克。用河南南阳的独山玉雕琢而成，色呈青黑，杂以白色斑纹，并带黑色斑点。器口延袤起伏，腹部外隆，胎壁甚厚，造型雄武硕大。外壁碾琢装饰，为波涛之中的海猪、海马等瑞兽，形象丰满，体形巨大，极有气势，可盛酒 30 余石，在元代玉雕作品中，实属一件杰作，在中国现存的古代玉容器里，也是最大的一件。

元亡后，渎山大玉海数百年间遭遇了一系列传奇性经历。先是明太祖下令拆毁元代宫殿，唯独留下了广寒殿。然而万历七年（1579）端阳，广寒殿突然倒塌，大玉海被运走，传说后来又遭劫，从此流失宫外，难觅踪影。到了清康熙年间，高士奇在《金鳌退食笔记》中记载说在西华门外的真武庙发现了玉海，但清廷并未在意。直到乾隆十年（1745），风雅好古的乾隆得知玉海已经成了真武庙道士腌菜的菜瓮，遂命以 1000 两银子，从道士手中换回。朝廷重器竟沦为道士厨中用物，令人颇多感慨，值得庆幸的是，玉海安然无恙。

渎山大玉海收归清廷，让乾隆大喜过望，命工匠 4 次修缮，并搬运到北海团城承

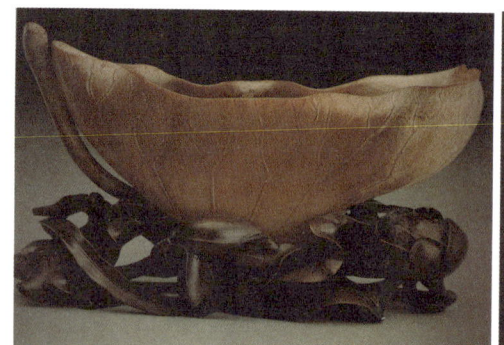

［宋］荷叶玉洗（台北"故宫博物院"藏）　　　　　［清］灰玉梅鹤竹三友插瓶（台北"故宫博物院"藏）

［清］《会昌九老图》山子（故宫博物院藏）　　　　［清］《大禹治水图》山子（故宫博物院藏）

光殿中安放。乾隆十四年（1749），又专门在团城上建造了玉瓮亭，将玉海陈设于亭中，配以汉白玉雕花石座，乾隆自己还作了《玉瓮诗》和《玉瓮歌》等3首，序文一篇，刻在玉海腹内，又命翰林40人，各赋诗一首，刻于亭柱之上。

乾隆御诗及序文，概括了这件巨型酒器的形状、纹饰和来历。序文写道："玉有白章，随其形刻鱼兽出没于波涛之状，大可贮酒三十余石，盖金元旧物也。曾置万岁山广寒殿内，后在西华门外真武庙中，道人做菜瓮……命以千金易之，仍置承光殿中。"

渎山大玉海原来是有底座的，但随着玉海的辗转颠沛，底座早不知去处。近来有媒体报道说，在北京宣武区的法源寺发现了一个玉座，相信就是渎山大玉海的原配底座。此说假如当真，那真是件幸事奇事了。

中华人民共和国成立后，玉雕行业统统归为国有，计划经济的模式与这个行业的经营特点和发展要求产生诸多矛盾，比如原材料中的赌料，是不可能有哪个玉雕厂敢于涉足染指的，一旦走眼，哪个决策者能够或者愿意承担失败的责任？翡翠有赌料，新疆玉石也有赌料，特别是一些大料巨料，表皮被石皮包裹起来的叫石包玉，自然是赌货；而一些大料巨料表面看去也许不错，但内里的"肉"究竟如何？有无"白脑"、杂质、绺裂？特别是放炮开采出来的玉料，爆炸带来的内伤有时从外边看不出来，但一上砣子，玉料沿那"内伤"迸裂，风险是很大的。民营企业个体作坊则不然，输赢盈亏都是自己的，自己对自己负责，赢了皆大欢喜，栽了愿赌服输，较量的就是个胆魄和识料辨料的功力。所以新中国成立后中国玉雕几乎没有很大的作品。改革开放后，民营经济介入玉雕行业，这才继清代之后，催生了一些玉雕大作品的出现。

我的朋友李东大师，20世纪90年代初期，曾参与过巨型翡翠作品《炎黄之根》的制作，嗣后又参与了巨型翡翠作品《万世师表》、翡翠作品《宝岛台湾》的制作。这几件巨型翡翠作品的投资商是我的一位朋友，我了解从始至终的过程，并且参与策划了其中的一些事情。李东参与创作和制作过巨型翡翠作品，他与弟弟李洪联手创办北京东瑞鸿缘玉雕厂后，便一直酝酿要制作一件大型白玉作品。2005年，哥俩几经周折，以90万元的价格，从新疆购回一块重达3.17吨的白玉料，料很不错，白度和油性都令人满意，价格算是很便宜了。两人日夜都在琢磨用这块料出件什么作品，也请了些业内人士参谋。恰在此时，上海东林寺的管理机构正在国内四处寻找一块可雕白玉观音的玉料，听到李东这里新购进一块，便找上门来，看过马上拍板：就用这块，为东林寺雕一尊水月观音。

这算是委托定制，不存在任何销售风险，何况人家给的价也合适，李东李洪兄弟俩自是分外高兴。

东林寺要定制的白玉观音，是一尊瓷塑观音的仿品。1955年，北京市西城区定阜大街西口在搞建筑施工时，从地下发掘出一尊观音瓷像。观音头戴宝冠，宝冠上有小化佛，额头宽阔，双目微闭，端庄慈祥，气质高雅；右腿支起，左腿下垂，右臂放在右膝上，神态非常优美。经专家鉴定，这是一件元代景德镇窑青白釉作品，这种姿势的观音一般称为水月观音。观音上身穿袈裟，下身着长裙，胸前及衣裙上饰联珠璎珞，手腕戴臂钏，全身装饰十分繁缛。通体施青白釉，釉面白中泛青，胎质洁白细腻，敲之声音如磬。这种青白瓷，有玉一般的温润晶莹，被人们称作"假玉器"。

这尊水月观音，便成了首都博物馆的镇馆之宝。

用白玉雕制这国宝级观音瓷像的仿品，是一种荣幸，更是一种挑战。玉雕的体量比原作大很多。瓷塑像高67厘米，这尊白玉雕像高170厘米，制作完成后仍有两吨多重，如何出神入化地传达出原瓷塑的神韵，又美轮美奂地体现玉质的特点？李东集中了一批能工巧匠，确实下了一番功夫。能否成为新世纪一座非常珍贵的大型玉雕精品，人们还将拭目以待。

在新疆玉矿，由于现代化机械手段的介入，许多超大型的玉料被开采出来。这在古人是不可想象的。古人，哪怕是皇室，想雕制大型玉器作品，也受到原材料的制约，那时人们没有能力开采更大的玉料，像能雕制《大禹治水图》山子、《会昌九老图》山子的玉料可谓凤毛麟角。现在则不然，我们时不时可以在媒体上看到有关新疆开采出"玉王"的报道。比如2006年五一节前后，很多媒体争相报道：新疆且末开采两块分别重达7吨的青玉和重达10吨的青白玉，而后者则刷新了和田青白玉的世界纪录。

在北京做玉石生意的新疆朋友给我讲过"玉王"出山的过程——

塔特勒克苏玉矿，是且末县最大的一个玉矿，经营这个玉矿的老板叫田宝军。

2005年，矿上的效益很不好，眼看到了10月份，田宝军灰心丧气，只说让工人们再干几天，就从山上往下撤。谁知就在这最后几天，接连发现了3块巨型玉料。当年10月底，先将一块重达3吨的青白玉料运下山，随后便开始修路。塔特勒克苏玉矿距且末县城180公里，道路是石子小路，另外还有羊肠小道和无人区山路。田老板动员所有矿工，历时数月，花费数十万元，修了一条简易公路，动用吊车和大型汽车，于2006年五一节才将重达7吨和10吨的两块玉料运抵且末县城。

自然，新疆朋友在给我讲这过程时，不会忽略在他们看来最重要的一点，那就是这两块玉料值多少钱。他们的估价在5000万元以上。

在北京通州梨园附近一家民营玉雕厂的院子里，我见过一块重达45吨的新疆碧玉巨料。而在昌平，另一块重达110吨的碧玉巨料正在待价而沽。小山包一样的东西，用一辆特种超大型运输车从新疆运来，由于超高超限，进不了北京城，只能临时停泊在一个居民小区里。料主没敢卸车，连同运输车一块停在那里，光是租车费用，每天就达1500元，不消说，料石开出的自然是天价了。

我们说，像《会昌九老图》山子、《大禹治水图》山子，前人留给我们的这些大型玉雕作品，无疑是国之瑰宝，而如今开采出的大型、超大型玉料，也是国之瑰宝。这样的玉料，毕竟少之又少，如何设计雕制，使之成为流传千古的玉雕艺术精品，不负自然造化的赐予，实在应该慎之又慎。

然而，令人担忧的是，如今的玉石投资商往往急功近利，购进一块玉料，他们是当作一项要赚钱的买卖来做的，不会像古人那样潜心琢磨、精心构思、反复推敲，用很长时间来雕制一件作品。他们也会请来能工巧匠，甚至是玉雕大师，组成设计加工班子，但因为是商业行为，能工巧匠和大师是受雇而来，又往往为了造势的需要，名头很响的大师请了一大帮，结果是谁也不会将这东西当作是自己的作品呕心沥血来对待。还让人担忧的是，为了从众和迎合市场，这些大料巨料，往往被赋予佛或道一类题材，要么把天南海北的自然景观东拉西扯堆砌起来雕成件玉山子，极少艺术创意，不能推陈出新，思想内容贫乏，文化蕴含浅薄。这样难得的玉料，雕一件就少一件，若都成了平庸之作，实在是种遗憾。

昆仑玉冲击波

2003年8月3日晚,全国人大常委会委员长吴邦国和国际奥委会协调委员会主席维尔布鲁根,在天坛祈年殿前,打开雕有长城和天坛图案的紫檀宝盒,取出一方晶莹温润的中国印章——"北京奥运徽宝",饱蘸红色印泥郑重地盖下印记。就此,第29届奥林匹克运动会会徽正式向全球发布。

以和田玉为原料的中国印北京奥运徽宝共制作两方。揭幕仪式结束后,一方珍藏在中国故宫博物院,另一方作为13亿中国人民积极参与奥林匹克运动的历史见证,被送往坐落在瑞士洛桑的奥林匹克博物馆永久珍藏。

2005年12月7日,在北京奥运徽宝诞生两年后,北京奥组委对外宣布:经北京奥组委授权制作的"北京奥运徽宝典藏版"将于同月13日起,面向全球限量发行2008方,每方售价56000元人民币。

北京奥运徽宝典藏版的面市,立即产生巨大轰动,56000元钱的价格不算低,但必须配额发行。像江苏这样一个大省,配额只有20方,而且在发行的第一天,就有10方被人抢购。人们看重的不光是它的投资意义,更看重这方极具创意的奥运徽宝,将中华民族传统文化和奥林匹克精神完美融合在一起。取玉之仁,温润而泽,代表奥运精神的友谊、和谐与宽容;取玉之义,表里如一,代表奥运精神之博大包容;取玉之智,锐意进取,代表奥运精神的创新进步;取玉之勇,不屈不挠,代表奥运精神的"更快,更高,更强";取玉之洁,纤尘弗污,代表奥运精神的高尚纯洁。

　　在北京奥运徽宝典藏版发行两个月后，2006年2月12日，农历丙戌年正月十五，星期日，我在家中接到一个电话。电话是一个熟人打来的，碍于后边事情的特殊性质，这里我不便道出他的真实姓名，姑且叫他杨子吧。杨子说是有人要转让一方奥运徽宝，不知道是真是假，想请我帮着看看。杨子早先是一名专业体操运动员，退出体坛后，曾经在北京十里河汽配市场做过一段汽车配件生意，十里河距潘家园旧货市场近，近朱者赤，杨子认识了一些市场里的商贩，便也玩起古董来。我问价格，杨子说是原价，卖家没加一分钱。这答复不由让人顿生疑窦：奥运徽宝中国印是俏手货，那主儿刚买来又要卖，不想赚钱想干什么？

　　我先上网，搜索到有关北京奥运徽宝典藏版的媒体报道，又给我的朋友、北京工美集团原董事长王振打了个电话。北京工美集团是北京奥运徽宝的授权制作单位，我想知道，如果有人想假冒制作北京奥运徽宝，有没有可能？工美集团在制作过程中，管理上会不会存在漏洞，致使在2008方之外，另有中国印流落出来？王振断然予以否定。王振介绍说：工美集团采用流水作业的方法，将50多位雕刻师傅分成不同的工序，每位师傅只雕琢其中的一小部分，确保产品的一致性。每一方"北京奥运徽宝典藏版"，都运用激光雕刻逐一编号，以精雕细琢的红木嵌银丝宝盒包藏。除玉玺外，宝盒里另有真丝绢宣纸收藏册、高档织锦缎锦盒、典藏版钤印册。此外，每一件徽宝都附有北京市公证处限量发行公证书、国家级检测站材料鉴定证书和奥运特许商品防伪标签，

昆仑玉的主要出产地青海野牛沟

如此这般一系列措施,假冒产品理论上是不会出现的,工美集团更不会在2008方之外有其他徽宝流出。

如此看来,谁想制假也难,寻到杨子门上的,大抵错不了。

但我想错了。

第二天,杨子来了,先从车上拎下一只黑色帆布包,进屋打开,取出红木嵌丝宝盒,再打开,一方奥运徽宝典藏版的中国印便亮相眼前。

看过东西,我问他卖主为何没来,杨子说卖主临时有事,来不了。我又问卖主是何方人士,为何刚到手的宝物又要出手卖掉?杨子说他不清楚卖主的身份,是一个朋友介绍到他那里的,只说是一个开公司的老板,公司吃了官司,要向人赔钱,迫不得已才将在手中还没有焐热的宝物转让。我再问杨子:宝盒内为何不见发行公证书、国家级检测站材料鉴定证书和奥运特许商品防伪标签?杨子说都有,钱不付清,人家不会把这些证件拿出来。

我之所以问杨子这些问题,是眼前这方典藏版的中国印,雕工上露出的马脚很多。我没有见过真品奥运徽宝,据媒体介绍,中国印在雕工上,融入了战国古玺、秦代印章和明清印钮多方面的艺术,既出自北京工美集团诸大师之手,想必在整体和每个细部都会一丝不苟。但这一方蟠龙造型的印钮,形态僵滞,蟠龙颈部过渡到身部以及头部的卷鬃线条生硬,抛光也不到位,许多转折迂回的地方砣子的痕迹依然可见。毫无疑问,这是一件并不高明而且急功近利的伪品。

我把我的看法讲给杨子,杨子急了:"怎么可能?怎么可能?他们总不至于骗人吧?"

我说:"不可能的事就在眼前摆着。"

杨子不甘心,问我:"就算是仿品,你说56000值不值?听说现在炒中国印炒得很厉害,涨老鼻子钱了。"他把伪品说成仿品,我不清楚他是不明白这中间的界限,还是不愿意道出实质。

我说:"不值。"

杨子又问:"要是能便宜呢?你要不要?"

北京奥运徽宝

北京奥运奖牌两面

我说："白送，我也不要，第一，太拙劣，第二，这东西是违法的，奥运会所有标志性的东西都不允许伪制滥造的。"

杨子脸一红。这个人我是在朋友的饭桌上认识的，对他并没有太深的了解，话不能说得太重，但原则必须向他讲清楚。我告诉他：不要贪便宜惹上麻烦，卖这玩意儿那主儿，如像他讲的吃了官司赔钱要卖这东西，那他还得吃官司，这回的官司，可不仅仅是赔钱的事了。

杨子收起那"宝物"走了。

至今我不能确定杨子在这件事情中的真实角色，但如今玉市造假者的反应速度和胆大妄为，却真是超乎人的想象。

20世纪70年代初，在青海格尔木西南方的昆仑山东麓，发现了原生白玉矿的踪迹，但当时人们对这种玉材并没有引起足够的重视。与和田玉相比，它泛"水"泛"灵"，和田玉半透明或微透明，蜡质光泽，但它过于透亮，滋润感也稍差。后来，经过专家对其物化性质和内部构造的检测，认为它与和田玉一样，同属软玉家族，由此，青海玉在玉市崭露头角。为了与和田玉区别，人们送它一个名字——昆仑玉。

1992年初，为了发展地方经济，格尔木市动员全民上山找矿，并制定了一套奖励政策。农历正月初五，格尔木市格勒木德乡党委书记达西带着儿子旭辉和朋友巴力登上昆仑山寻找玉矿。达西一行5人开着自家的北京212吉普车，下午3点左右，在距格尔木市100多公里外的野牛沟玉女峰，发现山坡上有不少从未见过的碧绿石头，他们并不认为这是玉，但带回了一块几十公斤的绿石。这罕见的石头引起他们的好奇心，两天后，达西一行4人再次来到玉女峰，这次他们经过数小时攀登，爬到海拔4000米的峰顶。一种奇特的景象把他们惊呆了：遍地都是洁白的、碧绿的玉块。一个造化奉献给人类的玉矿，就这样被发现了。

其实，青海地区是否很早以前就出产软玉？一些专家提出了这样的问题。

曾出土过新石器时代大量礼仪玉器的喇家村遗址，位于青海省民和县南部。这里早年曾出土齐家文化大型玉璧和玉刀。中国社会科学院考古研究所著名边疆考古学家王仁湘、叶茂林等专家，是喇家村遗址发掘工作的主持人。他们从大型石磬和玉刀玉璧出土,得出这个遗址在当时并不是一个普通的原始村落的结论。喇家村遗址中大量而精美的玉器,证明了早在4000多年前的史前时代,这里的人们曾创造了灿烂的古玉文明。但是,喇家村以及周边地区,无论是现在还是从现存历史文献来看,都没有玉矿。那么,这些玉器会不会就是出自今天的格尔木昆仑山地区?

让我们用想象来勾勒一组画面:

4000年前的一个早晨,黄河从喇家村南边不远处静静地淌过。河水蜿蜒清澈,在灿烂的阳光下,映射着绸缎般的光芒。这里的聚落是散布在河边台地上的一孔孔半地穴式窑洞,中心地带有一片类似广场性质的开阔地,这是部落平时聚会、举行敬天礼地、奉神事鬼的宗教活动的场所。今天,部落要在这里举行一个盛大的庆典活动,因为玉器工坊琢制的巨大玉斧已告完工,部落领袖要正式接受玉斧。玉斧由玉工先交到巫师手中,巫师手捧玉斧,走到一堆熊熊燃烧的篝火前,时而仰首面天、时而俯首对地,念诵着一段一段咒语。之后,巫师绕着火堆转了数圈,径直走到一个身着华美兽皮服饰的长者面前,这便是部落领袖。部落领袖正襟危坐在一方石凳上,巫师走到面前,他站了起来,双手接过玉斧,然后高高捧过头顶。顿时,由牛角号、皮鼓和石磬组成的仪仗乐队乐声大作,广场上所有的男女齐刷刷向着他们的领袖和那柄象征权力、可与神灵祖宗沟通的玉斧跪拜。从此,这柄玉斧就要在他们的领袖的执掌下,驱邪除祟,福佑部落男女老幼的平安了。

在这样的庆典活动中,最骄傲也最感到欣慰的是那些玉工。喇家村聚落不光是一个带有小王国性质的部落,而且是一个极其显赫的玉石加工中心和聚散地。隔三岔五,就有穿着麻布兽皮,怀揣青海昆仑玉石的人们,越过雪山草地,忍受寒冬酷暑到达这里,这里的玉工挑选一部分玉料留下,剩余的再由那些远行者向中原地区扩散。喇家村的玉工们,就在这里的作坊,雕琢出无数精美的玉器。

以上想象绝非臆想。因为考古发掘已经发现,喇家村遗址不光出土很多玉器,也出土过一些加工过的半成品玉料。王仁湘研究员坚信:喇家村遗址中肯定还会有大型的玉石加工中心出现。

现在的喇家村,是一座有400口人的土族村子,村民们的庄稼院就沉沉地叠压在古老的遗址上，在田地间和沟渠里，到处散落着新石器时代的陶片和石器。就连那些干打垒的厚墙里，也包容着许多的陶器碎片，有的还夹杂着石器和玉料等。村里的孩子们放学回家后，常常会聚集在一起玩滚铁环，而据老一辈人讲，他们小时候也这样玩，不同的是，他们滚的不是铁环，而是从乡间野地里捡来的一些石盘子。老人们还说，那些石盘子后来被外来的一些人高价收购走了，也有个别的被县博物馆征集到。专家们获知这一情况后，立即奔赴县博物馆。在博物馆的仓库里，他们看到了这些所谓的石盘子，显然，它们不是普通的石器，而是4000年前的玉器！

在喇家村遗址的最近一次挖掘中，叶茂林研究员还亲手挖出一块玉刀残片，长约35厘米，宽15厘米，厚不到半厘米。玉刀是从一个孔洞处断裂的，但就是这处断裂，给人们带来极大的想象。一般情况下，玉刀都是由1、3、5等奇数孔构成的，这块玉刀从第二个孔断裂，那说明它至少有3个孔，也就是说它至少还有另外一半，那么，它的长度就会达到70厘米。青海省博物馆里，珍藏着一把玉刀，长度大约60厘米，截至目前它是国内收集到的玉刀当中最大的了，但喇家村这把比那把还大，可以说4000多年前的喇家玉刀，完全可以称得上是中国的玉刀之王。

何其辉煌的喇家村古代文明，何其辉煌的昆仑玉往昔历史，然而，一场空前的大灾难，彻底地把辉煌的喇家村史前部落和昆仑玉文化埋入荒原。

北京大学环境考古学专家夏正楷教授，曾多次考察过喇家村遗址的古环境状况。夏教授为我们描绘了在灭顶之灾降临那一刻恐怖的情景——

这是一个电闪雷鸣之夜，炉膛里的火焰已显示出一丝不祥的征兆。一连几天，暴雨如注，往日清澈柔情的黄河水已经变得浊浪滔滔，对喇家村虎视眈眈。突然，大地开始颤抖，地震撅断了河水和山洪的束缚，狂暴的泥石流向喇家村涌滚而来。慌乱之中，妇女和儿童被有组织地安排躲藏到窑洞里，然而正是这半地穴式的窑洞，恰恰成为了他们的葬身之地。一个显赫繁荣的史前文明小王国，就此从地球上消失。

夏正楷教授将喇家村史前部落称为"东方的庞贝"。

昆仑玉失去了一个加工和聚散的基地，再加上我们现在还不知道的一些原因，本来就稀少的昆仑玉料，从此也销声匿迹了。

斗转星移，沧桑变迁。在河清海晏、华夏巨龙腾飞的改革开放盛世，青海软玉昆仑玉的出产，可以说是近十几年来中国玉石市场上极具冲击力的一件事情。有人主张淡化青海玉和新疆玉的产地问题，持这种主张的人认为，青海和新疆的界分仅仅是行政区划而已。从宝石学的角度来看，青海软玉的质量已经达到和田玉分级限类的标准，可以和出产于若羌、且末、喀什等地的新疆玉石一样列入和田玉的范畴。另外拿出的一个论据是：1999年以来，青海软玉白玉、青白玉的优质老坑料，已经被市场认可，加之资源日益稀少，优质青海白玉原料价格由1992年的每公斤5元，已经飞涨到目前每公斤数千元甚至上万元。

但也有人反对这种笼而统之的主张，认为和田玉就是和田玉，青海玉就是青海玉，不能混为一谈。持这种主张的人主要认为二者在品质上存在着明显的差别，无论是原料还是成品，青海昆仑玉与和田白玉都存在不同的感官效果，而且把玩后所呈现的滋润感，也较和田白玉差。青海玉价格是飞涨了，但和田玉的价格涨幅更高，绝不能等量齐观。

事实上，在当下玉市，无论是卖者还是买者，对二者心中还是存在一个界限。有的商贩极力把青海料说成是新疆料，就说明在他心中已有门户之见。青海玉是卖不过新疆玉的，杨子拿给我的那方北京奥运徽宝典藏版，之所以用青海料作伪，正是因为它的原料，要比新疆和田玉便宜很多。

我是不主张把和田玉与其他软玉的概念混为一谈的，但另一方面，在我看来，青海昆仑玉与新疆和田玉尽管存在品质上的差异，但出自同门，都是昆仑山的同胞姐妹。随着中国白玉矿源毫无节制地滥开滥采，逐渐走向衰竭，谁敢断言青海昆仑玉未来的身价和前景？

与新疆玉、青海玉同系一门的，还有俄罗斯白玉。

1992年，一位新加坡商人和一帮河南南阳人联手，在俄国靠近蒙古国的雅布里特自治州，开办了一家合资企业，主要开发俄罗斯白玉矿产资源。由此开始，俄罗斯白玉进入中国。和青海昆仑玉最初的情形一样，中国玉市并不怎么认可俄料，市场上无论原料还是成品，价格都很低。造成这种局面有两种原因，一是唯中国和田玉独尊的意识深深地根植在中国玉行人们的心中,对别的玉材几乎不屑一顾;二是俄罗斯白玉质地较粗糙,玉中絮状物较多,"白"而不"润",给人一种"死白"的感觉。如将和田白玉与俄罗斯白玉放在一起比较,前者"润"而白得细腻,后者"糙"而白得无神;而且据玉雕行家讲,俄罗斯白玉在砣下容易起"性",做细工时容易崩口。还有一点,玉器成品在用硬物轻轻敲击时,和田白玉发出的声音正如古人所言"其声清引,绝而复起,残音远沉,徐徐方尽",而俄罗斯白玉其声音则显得沉闷。青海玉也有类似的缺憾。其实俄料与和田玉形成于同一地质年代,和新疆料是同种。俄料也有它的长处,与青海玉相比,它不显得那么"水"和"灵",在透光性和密度方面,猛一看更近似和田料。俄料有山料,也有籽料,难得的是其中带红糖的老糖料,琢制出成品可以变幻出多姿多彩的俏色,好的白玉的白度,已经完全可以与和田羊脂白媲美。

  如果说俄罗斯白玉进入中国市场最初尚不被人正眼相看的话,那么到了现在,情况已经完全今非昔比了。其价格一路飙升,其原料现在已经成了玉器工厂、玉器作坊猎寻的对象。原因很简单——在俄罗斯那边,玉矿资源也越来越稀少,哪里都一样,地球奉献给人类的物华天宝,总是有限的。

  中国人连外国的白玉都快挖光了!呜呼!

两个骗子

  2005年暮春,在前后一个月时间内,我多次接到一个陌生人的电话,告诉我他手头有好玉器,问我要不要看看。近年来,类似这样的电话我曾接过不少,都说手头有好东西,但看过之后无不令人失望。这些人多是玉贩,从一些专门造假的玉器作坊倒腾些玩意儿出来,以假充真、以次充好,能蒙就蒙,赚几个是几个。这样的电话我自然不会理会。但对方很执着,一次不能让我动心,便隔上十天八天来一个电话,称他一定不会让我失望,他手头的东西是市场上绝不容易看到的。他叫我"白老板",显然把我当成生意行当里的人了。我问他从哪里得知我的手机号码,他说是一个搞收藏的朋友给他的,问他是哪个朋友,他却报不上姓名来。这样的人如何能叫人相信?

  碰巧的是,一次去看望女儿,开车行驶在北三环上,此人的电话又来了,还是要我看东西。我问他在哪里,他说在大钟寺。我恰巧要从大钟寺路过,心想,费不了多大功夫,看看就看看吧,便告诉他等着,我马上到。

  车开到大钟寺爱家收藏品市场,电话与对方联系。我坐在车上,便看到大门口一个男子在接听手机,正是此人。我下了车,他朝我走来,却空着手。我问东西在哪里,他神神秘秘朝四下打量了一圈,悄声告诉我,东西很珍贵,不可轻易在这种场合拿出,要看去另外一个地方。这做派是一些玉贩惯用的手段,越装扮得谨慎神秘,越是有假,这是我在收藏品市场积累起来的屡试不爽的经验。我心中不由顿生反感,反身上了车,说没有时间随他去别的什么地方。对方急了,趴在车窗口,连说马上把东西带来。说

罢拿出手机,背对我打了个电话,只说了短短一句话,合上手机转身告诉我,东西一两分钟就送到。果然很快,一个小伙子抱着个纸箱便出现在眼前。招之即来,不用说他就在很近的地方等候着。这是一对配合默契、不设店铺摊位专事跑活的合作伙伴,在各个古玩市场,都有这样一些人。

这次他们执意上车让我看货,我同意了。在车上,他们从纸箱里先拿出一个白玉鹅,器型不小,朴拙粗放,典型的明代风格。说真的,这件东西让我眼睛一亮。我问箱子里还有什么,他们掏出许多衬垫的破报纸,然后小心翼翼地捧出一件器物来。东西通体用厚厚的卫生纸裹缠着,他们一圈一圈、一层一层打开。是一件白玉如意,足有四五十公分长,以体量而论,是一件不可多见的大器,白度也够一级白了。这样的东西,谁见了也不可能等闲视之。

玉器买卖有个招数,双方打心理战,卖家拿出一件让你心动的东西,你千万不能眼睛直勾勾盯着那东西不放,人家一看你这神情,知道是你心仪之物,得,等着挨宰吧。大凡老到的玩家,面对一摊东西,眼一扫,有了入眼货,却一定要顾左右而言他,那是块璧,是礼器,却说想物色件花草动物件,甚至挑出一两件与卖主谈价钱。价钱谈不拢,东西还给人家,然后才像无意地指指那块璧,让卖家拿过来看看。这时候你还不能表现出倾情动心的样子,边看边随意问声价钱。注意,这价钱不能早问,也不能晚问。一开始问明了价再看货,说明这个价位你基本能够接受,真看中东西,再砍价那就很有限了。晚问，拿到手里端详了半天再问价，说明东西你基本上接受了，再砍价也有限。似乎是漫不经意问过价后，如果觉得靠谱，再尽可能地挑货色的缺陷和毛病，从料到工、到形，如果是老器，还包括沁色和包浆。在这之后，你再还个价，当然是狠砍猛砍，然后双方再一步步退让，如此这般，买卖成交，你大体上吃不了亏。

正是依据这套办法，我先不去理会那如意，而是拿起了白玉鹅。

问了价钱，要10万，明显是瞎要，我让他们收起东西下车。二人哪肯就此作罢，硬让我还价，我随口报出一个5000的数，二人连连摇头，说少于5万不出手。他们自己把价格先拦腰砍了一刀，我顿时觉得这里面水分太大，而且直观的视觉印象觉得那东西有些不大对劲，白得犯"傻"，偏于"灵透"。我放下车窗玻璃，借着透射而入的阳光细细打量那玉鹅，这一看便看出了破绽：在玉鹅翅膀部位，有一处磕损的崩口，崩口很小，但明显透出闪星。玉器是绝不会有闪星的，只有石英类料器，才会带闪星。再仔细观察，还有几处磕碰过的地方出现闪星。

放下鹅，再接过那把如意，这件东西还真得费点功夫研究——完全是一流的品相，感观效果比那件鹅好多了，器型舒展大方，如意灵芝头上，阳雕"万字不到头"纹饰，流畅古拙，苍劲饱满，特别是在柄部下端，有两处隐约可见黄豆大小的"白脑"，"白脑"是和田玉中会出现的一种瑕疵，也叫"饭糁"，有了这个身份标记，那么这把如意属和田玉无疑。但作假总不可能天衣无缝，因为那"万字不到头"的纹饰开槽较深，细心察看，仍能发现槽内转折处的石英质闪星，这极细微的地方，让这柄如意穿了帮。

前边提及，在如今的作假玉器中，有一种手段是借助特殊工艺，在乳化玻璃中添加一定比例的铅粉，用模具将器物浇注出来。浇注的东西板滞、死相，纹饰上不见刀工，作假者怕人一眼看出，讲究点的会用砣具轻轻地沿着纹饰的走向过一遍，再把工具痕迹进行光亮处理。因为铅粉融进玻璃中会增加器物的比重，使之与玉的比重相近，又遮掩了玻璃的透明性，产生一种蜡质的感觉，眼力差的就觉得是白玉了，但无论如何，它掩盖不了石英质的闪星，在放大镜下，也会发现浇注时难免留下的微小气泡。这种假货，欺骗性比伪古玉更加恶劣，伪古玉的材质还是玉，这纯粹就是玻璃，眼前的东西就是这种玩意儿。

看着这样的玩意儿，我笑了，让他们拿起东西走人。二人仍以为是价格商量不到一块儿，不下车，又把那鹅的价拦腰砍了一刀，两万五。

我忽然产生了一种要刨根问底的想法，想知道这些东西是从哪里出来的。打量眼前这二人，一个 40 多岁，一个 30 左右，一个月来总给我打电话的是 40 多岁那位，两人都是农村人模样。我问：你们手中怎么会有这样的东西？是从哪里来的？40 多岁的做出神秘的样子，让我别问东西是从哪里来的，反正是有点来头。我逗弄说：那可不行，搞不清来路的东西我不要，万一是从博物馆偷出来的，我买了，吃不起官司。

40 多岁的连连摇头，说保证不是从博物馆偷出来的。"咱不做犯法的事，你放一百二十个心。"我说："那也得有个出处啊，民间收来的？是河南，还是安徽？"对方说是陕西。陕西是我的老家，他这一说更勾起了我的兴趣，我问他们是哪里人，怎么会从陕西收来这东西？对方的回答大大出乎我的意料，说他们就是陕西人。明明在蹩脚的普通话里流露出浓重的河南口音，确凿无疑的河南人，居然要在一个"老陕"面前冒充"老陕"，这岂不是李鬼撞见李逵了！我不动声色，再深究是陕西哪个县，回答是礼泉。这更邪乎了，我的家乡泾阳县和礼泉县一条泾河相隔，同属咸阳市所辖，那一方土地上人的言语做派我再熟悉不过了，看来这哥俩真是要往南墙上撞了。于是，我抱着像看戏一样的心情，看他们表演，听他们摇唇鼓舌地讲述精心编织却蠢笨至极的故事。

40 多岁的说，要不是真心想交朋友，他绝不会告诉我实情的。他道出的"实情"是：他的弟弟在西安一个老板手下做事，老板是房地产开发商，资产有几个亿。老板喜欢收藏古董，特别是玉器，几个房子都摆满了。但这老板却有一个抽大烟的败家子儿子，儿子烟瘾上来，家里什么东西都敢偷拿出来卖，他手头这两件东西，就是那老板家里的。"大老板的儿子把东西弄出来，就让我弟弟给他保存着，放在那里不卖也来不了钱啊，我弟弟就交给我，我就带到北京来了。还有几件大东西，太重，不好带，都在住处放着，你想看随时都可以给你送来。"

我问："还有啊？你们怎么运到北京的？"

40 多岁的说装在苹果箱子里，用运苹果的车运进北京的。

市场上的假玉手镯

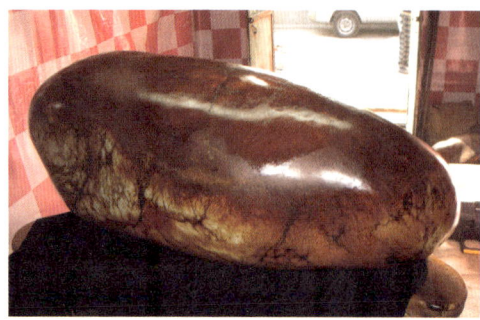

巨型染色磨光仿冒籽料,开价数百万元

用廉价的阿富汗玉冒充和田籽玉(李明摄)

我明白了他们为什么会说自己是礼泉人。礼泉县盛产苹果，在北京市场上很畅销，大钟寺农副产品批发市场上就堆满了礼泉苹果。他们大概看到苹果箱上"陕西礼泉"的字样，知道陕西有个礼泉县，由此便说自己是礼泉人了。

事情到此，我已确信无疑：这是一场骗局。

接下来怎么办？一笑置之，扭头走人，还是戳穿它，教训教训这哥俩？无论选择前者还是后者，到这一步我还没有想把事情闹大。活该这两个贪心的家伙倒霉，那个年轻点在旁边一直不说话的，大概见我仍不动心，此刻开口了。他说："我们已经卖了几件，比给你的价钱高多了，我和我大哥真想和你交朋友哩。"

如果真像他所讲，已经有人上了当，那上当的人就惨透了。我的头脑里马上浮现出一幅情景，那是早几年我在电视上看到的。几个骗子，用涂了金粉的铁疙瘩冒充金砖，骗走一位老人几万块钱，那上当者老泪纵横捶胸顿足的样子惨不忍睹。眼前这哥俩的行径，与那骗子何异？一个是假金砖，一个是假玉器，同属诈骗性质，只是上演骗局使用的道具不同而已。

我想，面对这样的骗局，我绝不能袖手旁观。

后来发生的事情，骗子大概做梦也没有想到。

几天后，当这两个骗子在位于朝阳区八里庄农民日报社对面的昭阳湘菜馆与人交易时，当场被朝阳公安机关抓获。一件黄玉公鸡已经成交，他们卖给人家一万块钱。还有两件没有成交：一尊白玉观音、一尊白玉佛，开价数十万元。这几件骗子拍着胸脯保证是和田玉的东西，被公安机关送到高德宝玉石鉴定中心鉴定，结果全是使了手段的玻璃制品，根本不是什么玉器。

公安机关查明：二人都姓刘，是河南禹州市农民。他们在北京专做用假玉器骗人的勾当。假玉器从制作到销售有一条流水线，加工地在河南，制假作坊先是批发给各地一些销售商，这是假玉器销售渠道中的上线，还有下线，下线就是类似禹州二刘这样的人，他们进到假货，然后再拿到市场上去行骗蒙人。一件根本不值钱的东西，他们动辄开出天价，蒙倒一个算一个。

两个骗子，自然受到了法律的制裁。

这个故事，可以算作玉器市场一个极端的例子。诚信的缺失，在玉器市场，特别是地摊市场，被演绎到极致，以至于走到像二刘这样撞到法律枪口的地步。以承载中华传统美德而备受人们珍爱的玉器，面临如此尴尬处境，实在是让人感叹的事情。

玉缘、玉德、玉行，是玉界一向信奉的从业准则。玉缘说较复杂，夹杂一些唯心的成分，我们可以暂且将它放到一边，而玉德、玉行，则明确无误地告诫人们要恪守像玉一样高贵纯洁的道德行为操守，正所谓冰清玉洁是也。现在的情形却是玉洁人浊。可怕的是，一旦人浊，他们手中的"玉"也变了性质，漫说高洁，连真伪也难辨了。

当我这部作品写到这里的时候，从新疆传来消息：2006年10月16日，对于和田玉的滥开滥采，全部停止。据说这道禁令是胡锦涛总书记在此前视察新疆后下达的。禁令的执行时间是2006年10月16日18点。消息是艾则孜·卡斯木于10月14日下午从和田打电话告诉我的。当时他正陪着石家庄一位玉厂老板在新疆采购玉石原料。老艾的心情相当复杂，高兴的是，他手中囤积了不少料，奇货可居，可以卖一个好价钱了；担心的是，和田玉料的源头被堵死，以后进货难了，他在且末入股的玉矿也歇工了，以后的玉石生意还能不能做下去？

我让老艾马上到开采现场去，为我拍一组照片。老艾答应第二天就去。

第二天艾则孜·卡斯木因事耽搁没有去玉龙喀什河采玉现场，第三天，即10月16日，他和他的老婆肉孜古丽，还有那位石家庄老板一块去了。他们去的是玉龙喀什河靠近昆仑山口的地方。回北京后，老艾把他拍的一组照片交给我。拍照的时间是当日16点，也就是禁令执行前两小时。从照片上可以看出，那些挖玉老板们仍不甘心，大型挖掘机仍在工作，连两个小时最后一赌的机会，他们也不愿意放过。

随后，我在网上看到一个买玉人的文章，兹录于下——

2006年10月18日，我等一行4个驱车前往和田。经过1天的跋涉，于当日下午9点37分抵达和田。次日刚好是和田固定的周五玉石大巴扎，此去之前就已闻听玉石暴涨的消息，经过一天的挑选和当地玉贩的交流，心里已是冷透了，稍好的玉石已让人达到了晕厥的地步，稍次点的也是让人闻而生畏，好料也是寥寥无几了。第二天一早，我等又驱车前往古河道，也就是前段的玉龙喀什开挖

区和交易点。到达之后以往那种熙熙攘攘的交易场面已不复存在，挖玉的现场也已不见一台挖掘机，成百上千的大型机械仿佛从地球上消失了，只见十几个维吾尔族人手拿小镢头，刨着很浅的坑，而且显得非常困难。以往的那种宏伟的工程已经不存在了，这将成为历史，那种凄凉真是无以言表。随后又驱车前往和田最原始的交易点闸口，到达之后景象也是满目创伤，交易的当地人也是寥寥无几，而收玉的老板反而比当地的玉贩都多，出现了极大的反差现象。经过几天的访问，为何会停止开采和田玉？最终知道了其原因：玉石节过后，胡锦涛主席来了和田，而且参观了挖玉的现场，回北京后就下达了命令，全面停止开采是为了给子孙后代留下点财富，不能让我们这一代人这样大型的开采而破坏生态平衡，所以导致了现在的场景——和田玉价的暴涨。失去了开采，没有新料的出现，当地人倒来倒去的也就是以前所剩无几的料子，这些东西终会售尽。今后的玉价会怎么样呢？谁能断定呀？随后的几天就狠狠地买了几块好点的料，决定收藏了，花了很多的钱心痛呀。但看着这几块玉也很欣慰，终于还是买上了好东西了，也不枉此行了。我会拿出来和大家分享的，去看看吧，这就是我最大的收获了。

买玉人因在和田买不到好玉而懊恼，而我却长长舒了口气。

这是一个迟来的好消息，但还是来了。政府终于下了决心，在眼前利益与千秋功罪之间做出了明智的决断。亡羊补牢，犹未晚矣！这是和田玉的幸事，是大自然的幸事，是人类的幸事！

我们已开始赎救自身的罪孽！

而玉市呢？这个愈来愈壮阔的充满活力的新兴市场，能否同时得到必要的整饬和清理，促使其走向有序和规范，让传承数千年的玉文化在盛世中国得到进一步发展繁荣？这该是当政者同时要做的事情，也是全体玉界从业人员、广大玉器消费者共同要做的事情。

我想人们会明白，这绝不仅仅是对我们身外物质世界的肃整，也是对我们心灵和精神的必要洗礼。

和田「欲」

　　还是妙乐居，还是新疆人，还是一桩玉石买卖。与本书开篇故事不同的是，我不是买主，是被朋友请去掌眼，去看一块据说是罕见的羊脂级别的白玉籽料。

　　果然让人眼睛一亮。石头 13 公斤，除玉根部位薄薄一层礓石糙皮之外，其余全是绝佳玉质，其细腻白润程度，在羊脂级别玉石中，也难得一见。

　　这是 2005 年冬天的事情。对这块石头有意的朋友共 3 位：最年轻的是原公安部一位部长的孙子，另两位是在 798 开画廊的老板，不便道出真名，就以姓氏称他们王君、刘君、马君吧。3 人打算合伙拿下这块石头，但卖家开价太高，他们拿不准，让我帮着把把关。

　　这回的卖家是一位汉族同胞，交流方便一些，料没得说，那就从价格谈起。卖家开价 280 万。

　　这是报价，当然可以商量。王君拦腰一刀，还价 140 万，新疆同胞头摇得像拨浪鼓，满脸不屑的神情，说："开玩笑！140 万？140 万还用跑到北京？我在乌鲁木齐不出家门就卖了。"

　　3 位朋友把我叫到另外一个包间，向我讨底，问多少钱拿下值。

　　这是一桩大买卖。生意上的事，实在很难给人出主意，何况玉石这类东西，没有个恒定标准，交易时很难参照什么，全看你怎么测算价值了。想囤料，等待时机转手挣一笔钱，那就有很大的不可预知性，钱砸下去，等于押赌，这不是旁人能给拿主意

的。如果想做东西，做什么？请谁做？工钱料钱刨过有多大利润空间？都说不准。我告诉3位朋友：我只看料，可以保证的是，这是一块上上品白玉籽儿，至于价格，说140万元是它，说280万元也是它，只能你们自己拿主意了。

这话等于没说，3位朋友当然不干，逼我画个杠杠——定个上限。

王君刘君马君3人，都是平日里过从甚密的朋友，给他们这一逼，不担待点就不够意思了。我思忖半晌，上限划定200万。

我在心里算了一笔账：这块东西开50块牌子没问题。玉器行里，选料最讲究首推素活，也就是炉瓶熏鼎之类，过去老国有玉厂进了料，素活车间师傅先挑选，因为素活对料要求极高，不光体量要足够，还不能有一丝绺裂，不能有少许脏点。素活下来就是牌子。牌子属于佩饰，佩饰伴随着玉器的发展演进历史，各朝各代均有不同样式，到了明代，一代宗师陆子冈，在玉雕中汲取文人画神韵，融入传统书法意趣，创造了一种综合诗、书、画、艺为一体的牌子范式，世称"子冈牌"，后世的牌子雕刻基本沿袭"子冈牌"的路子。牌子因为器型规矩，也不得有绺裂脏色脏点，选料仅次于炉瓶，再下来才是人物花鸟走兽山子。我在心里盘算，50块牌子，按当时的加工价格，2万元一块，就能请到国内一流的玉雕大师了，加工费100万，料钱200万，总投资300万元，而当时市价，如此高档的羊脂白玉，加上一流大师的精工细作，每块牌子卖到10万元不成问题，保守估计，赚200万不在话下。

这一笔账算得 3 人心里有了底。重又回到新疆人面前，开始了艰难的讨价还价。

当晚没谈成。新疆人降到 250 万，3 人出到 180 万。那料主贼精，看出 3 人动了心，咬定 250 万再也不松口。

放放再说，放凉了，卖主心气会泄一泄，价就好商量了。三人撂话给新疆人，可以再加，但不会多，请他考虑个实价回头再来喝酒。

接下来几天，王君拿着那块玉石照片，又请了几个行内人看，都夸料好，价格人家要得也不算过分，王君几个商定，即使突破 200 万，只要不是太多，就可以拿下。

一桩买卖有望成交。就在重新约见料主的前一天，事情却出现了变故。据一位看过照片的人爆料，此块玉石涉及一桩命案。爆料人讲：玉石是和田某人为打官司送给自治区某高官的礼物，某人的儿子在一次械斗中打死了人，为救儿子一命，以玉石送高官，求得儿子免除了死刑。王君几个一听，心里打起了鼓，石头连着命案，心里硌硬，更重要的是，这块石头若是有案底，牵扯行贿受贿，有朝一日东窗事发，不光鸡飞蛋打，怕是还要搅进官司中去了。3 个人反复斟酌之后，决定放弃。

事情到此算是了结，谁知后来又有了故事。

时过两年，2007 年某天，王君来电话，问我看过当天京城某晨报没有。

我说没看，问什么事情。

王君那头情绪激动，说报纸上登了张石头的照片，报道说是京城最近成交的一块天价和田籽玉。我问天价是多少，王君回答是 1700 万。

我说不算高，还有 2000 万、3000 万的。

电话那头急了，提高了声调："就是那块，200 多万没买的那块，报纸上的照片我一眼就认出了，重量也一样，怎么说涨就涨得这么高？"

听得出他相当后悔，我安慰道："市场是很难预测的，现在玉石天天在涨，也不排除有人为炒作的因素，就当你和那石头没缘分。再说，当时我们谁也没看走眼，不就是牵涉到命案嫌硌硬才放手的嘛。"

这一说王君更是激动，甚至有些激愤："命案？命案是某某说的，我拿照片给他看，他说有命案，说得有鼻子有眼，他不是又开店又倒腾石头嘛，我怀疑他在编故事，我们不买,他再出手,乘虚而入,说不定那石头是他买走了,说不定价钱还会再压低,我这闹心啊,当时怎么就信了他,没托人了解了解?这孙子!"

我想王君也许因为后悔太过武断,但心里也不由打鼓:不排除这种可能,玉器生意圈里什么人都有,什么事都可能发生。但猜想终归是猜想,没有真凭实据肯定说某某横插一杠拦路夺宝。

我说:"事情过去了,就随它去吧,把猜想当真,不是更闹心吗?"

2006年10月,和田玉限制开采令下达后,白玉价位一路飙升,原来顶级白玉籽料,6万元一公斤便是天价,两年后涨到令人瞠目结舌的地步,拇指大小一块红皮或洒金黄籽玉,市场上敢开口要1万、2万。而随后几年更是翻着跟头暴涨,按2012年行情估算,那块从王君3人手边漏掉的石头,说值一个亿,也非妄语。

2007年11月3日,位于北京三元桥附近的老国际展览中心,一场拍卖会备受关注。这是一年一度"中国玉雕·石雕作品天工奖"举办现场,将要拍卖的不是玉雕石雕作品,而是和田玉籽料原石。我早就注意到这场拍卖,"天工奖"操办者奥岩,是多年来活跃于玉石行业的一位专家、学者,组织、主持过许多重大活动,对行业发展起到重要作用,我们有交往,对他举办的活动也就格外关注。还有,一位玉雕家朋友决定参与竞拍,早就打招呼让我去现场帮着参谋。拍卖会定于下午3点开槌,我和朋友2点半赶到时,偌大场地内已是座无虚席,座席两侧和后边也被站立的人堵得水泄不通。好在有号牌,工作人员颇费周折,才在最后边一个角落,为我们安排了两个位子。

竞拍开始,就觉得今天有好戏上演。拍品数百件,印有图录,前方台口播放PPT,前边几颗很是一般的籽料,竟也出现多轮竞价,一下子便让整个拍卖现场进入热烈气氛。再往下,大凡入得眼、有品相的拍品,台下都要有一番较量,远远高出底价成交。

最激烈的竞拍是针对一颗带皮籽料。拍品预展我没看,看图录照片和PPT投影,确实是一颗好东西,重量标注138克,状如鸡蛋,饱满、润泽,无任何瑕疵,更叫绝的是那天然色皮,深枣红色,包在"鸡蛋"两端,中间透出凝如脂膏的白色玉质。白玉行里,如此完美的原石,一般是不会雕刻的,它本身就是造化奉献的一件绝品,可

和田籽玉以克论价,优质籽玉价格远超黄金(李明摄)

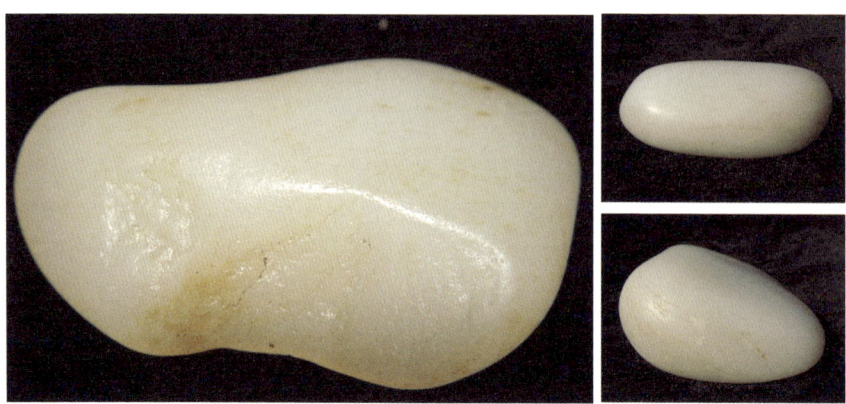

极品和田白玉籽料

品赏，可把玩，可供人无限想象，倘若动刀子，100个玉雕师会有100种想法，谁若按自己的想法雕出来，肯定会被其他99个所指责。但这东西又对玉雕师构成无限诱惑，禁不住会激发他们的创作冲动，谁不想假以这样的材料展示自己的智慧、技艺和才华，使之成为一件绝世精品？

"鸡蛋"底价30万，竞价一路飙升，拍卖师口中的叫价每抬升一个阶梯，台下应者一片，有人干脆站起来使劲摇动手中的号牌。当叫价闯过百万大关时，台下一片骚动，叫好声鼓掌声响了起来，气氛火爆犹如滚汤。但仍未打住，叫价还在抬高，竞争者还在举牌，最终，在138万的价位上落槌。

138克的一块石头，138万的价格，每克一万。黄金不是值钱吗？但黄金算什么？在这里，一块来自新疆玉龙喀什河的石头让黄金黯然失色。

朋友有意于3块石头，第一块，底价8万，四五个对手在竞争，当叫价抬升到14万时，我制止了朋友，那东西够个头，3010克，但玉质一般，还有一道脏绺。第二块是一个片状籽料，玉质不错，切几块牌子没问题，底价也是8万，但一路竟叫到了20多万，最后27万成交。朋友在20万时就退出。第三块，是块青花籽，肉质细腻，黑白分明，朋友早就相中要做一只把件，黑色底坨大，雕一只熊，白色在上部，雕一只鹰，这是现代玉雕中常见的题材，有鹰有熊，所以也就借助谐音，将其命名为"英雄"。朋友这番是铁了心，经过多轮竞价，最后在15万的价格上敲定，如愿以偿收归己有。朋友没亏，"英雄"把件雕成后，在全国性评奖中捧得银奖，45万大洋被一位将军收去，那位将军后来还成了朋友店里的常客。

2007年11月13日，《北京晚报》2版，发表了一张和田白玉籽料价格走势图，走势图显示，每公斤籽玉，1980年200元，1990年3000元，2000年3万～5万元，

2007年普通籽料15万~20万元，一级籽料200万元。

在我看来，这张走势图只是一个粗略的估算，比如80年代的价格，那时籽玉并不值钱，北京、扬州、上海的玉器厂去新疆选料，首先选个头比较大的山料或山流水料，因为能做炉瓶、山子、大的人物和花鸟摆件，当时产销挂钩，渠道单一，主要是针对外贸，陈设玉、大摆件一直走俏。籽料块头小，只能做小玩意儿，所以很少有人问津。新疆玉料供应商央求大家伙帮帮忙，搭配着买些籽料，各厂家磨不开面子，于是才捎带手地买点。1982年，我眼见和田人半麻袋籽料，800元钱便出手卖掉。那是多少钱1公斤？怕是连5元钱都不到。

白玉籽料涨价是20世纪90年代中后期的事情，那时国有玉器厂普遍经营不善，一批有才华的玉雕技师纷纷离厂创办个体作坊，下海试水，事业草创，资金有限，只能拿籽料做些小玩意儿，一些本来在厂子瓶素车间做炉瓶器皿的高手，也不得不转向人物、把件、佩饰雕刻了，当今赫赫有名的一些大师，如上海的刘忠荣、吴德昇、易少勇等，均是当初为情势所迫不得不重起炉灶的。但他们是给自己干，做活做得很用心，又恰逢国民渐渐走向富裕，在对普通日常生活用品需求满足之后，开始有了珠宝玉石消费需求，身上佩戴的牌子，手中把玩的把件，随之渐渐走俏，这样的供需关系，才促成了和田白玉籽料的一路升值。发展到后来，像上边所举老国展拍卖会的例子，特级籽料已远不止200万1公斤。

与《北京晚报》和田白玉籽料价格走势图同时刊登的还有记者的调查报道：《揭秘"疯狂的石头"》，记者在玉龙喀什河滩、和田玉石巴扎、乌鲁木齐玉市、北京等地调查之后，提出了4点发问，暴涨：为什么是和田玉？籽料价格被人为操纵了吗？真正的罪魁是流动性过剩？又一个普洱神话？

前3个问题值得思考，代表了市场、收藏家和玉石消费者的疑惑。但第四个问题，把和田玉与普洱茶价格暴涨现象视出一辙，则于常理不通。普洱茶树的叶片，长出来，摘了，又长出来，树在，茶叶就会绵绵不绝地生长出来。和田玉则是亿万年前地壳运动的偶然产物，不可再生，不可复制，挖一块就少一块，二者不可类比。

2007年之后，和田玉价格暴涨，纵有诸多因素，在我看来，首要一点在于资源稀缺和玉料源头出产成本加大。和田玉产业链犹如当下中国许多河流，上游水源本来就近于枯竭，又有人为封堵，沿河又筑起许多堤坝截流，能流到下游的水，自然金贵。玉料价格的飙升，是势所难免的事。

  2010年8月，我来到和田考察玉石市场。沿着玉龙喀什河溯流而上，经玉龙喀什镇、布亚纳瓦、喀拉央塔克，一直进入到昆仑山口里边。因为限制挖玉，数年前沿河大兵团机械化开采玉石的混乱景观不复再现，但河滩里仍有机器轰鸣。那是出高价承包了曾经被人开采过无数遍的河滩的心存侥幸者，一些锲而不舍的投资商。

  陪同我考察的，还有3位我们单位的同事。在一处挖玉现场，我们守候在两台机器边观察，一台是挖掘机，一台是推土机，挖掘机刨开河滩砾石，推土机推到一边，从一铲一铲堆积而起的高高砾石堆上往下倾卸，下边的斜坡上，排开一支挑拣玉石的队伍，有男有女，女人居多，花头巾包着头，大块小块的石头就从那些花头巾上方滚落而下。这些身上脸上被尘土污垢弄得脏兮兮的男人女人，用小耙子或小木棍拨拉着那些砾石，一般石头瞥一眼就拨拉过去，遇到需要辨识的石块便捡拾起来，拿到手上打量一番，看看是不是玉石。在我们观察的两个小时里，男男女女二三十人，没有捡到一块玉石，连指盖大一块也没有。

  一个像是现场管理模样的窄脸维吾尔族汉子，操着维吾尔特色的汉语告诉我们：三四天里，一块像样的玉石也没挖出来，在这里工作的机器烧油要钱，司机要给工资，雇来的这二三十号拣玉的男女要发工钱，老板天天赔，但还是天天挖，河滩是承包的，钱早给了政府，不挖就等于认输了，挖，说不定撞运气能挖出玉来。

  我问：这样挖下去，挖出玉的把握性有多大？

  窄脸汉子摇摇头，回答说这块河滩承包过几遍了，看这样子，挖和不挖，都是干瞪眼。

  我们说话的时候，远处一辆摩托车从坑洼不平的土石路上驶来。驾车的是位皮肤黝黑的维吾尔族青年。青年向窄脸汉子打问什么，跨在摩托上没有下来，得到回答后，摩托掉转头，一路黄尘又驶走了。他们交谈的是维吾尔语，我问窄脸汉子摩托青年来干吗，回答说是收玉的，听说没挖出东西，走了。他向我们介绍：每天都有人骑摩托

白玉牌《玉骨寒香》(作者：易少勇)

来收玉，这些人都是小贩子，好的、大的籽料，轮不到他们收，挖玉老板有自己的销售渠道，小贩子只能收些不起眼的小籽玉，拿到沿洛浦走来的公路边或者和田桥头去倒卖。

回和田的路上，我们顺道参观玉龙喀什河分流引灌大闸，刚踏上大闸堤坝，便有三五人向我们聚拢过来，真没看清他们是从哪里突然冒出来的。每人手里都有玉石，小的如栗如杏，大的如梨如桃，一概透亮发白。不用上手，便知是阿富汗玉经过磨光处理的仿冒籽玉。他们死磨硬缠，推销手中的赝品，待看到真的没有了机会，忽然不知从哪里——就像他们不知忽然从哪里冒出来一样，又拿出几颗小籽来，这回真的是和田籽玉，大小如花生，如纽扣，也没有什么好品相，却成百上千块钱要，搞得人不胜其烦。

和田城区南边玉龙喀什河大桥，从桥头往南，沿河岸数百米，是壮观的玉石交易市场。有摆摊设点的，有流动推销的，与外地客人交易，当地玉石贩子自己之间也在交易，人气之旺，用摩肩接踵、喧声鼎沸来形容，毫不过分。那些大大小小的玉石，或摆放在木板架子上，或浸泡在盛水的铁皮箱槽里，待价而沽。价呢？与数年前我来这里相比，涨幅自是翻了几个跟头。

这里绝大部分是真正的和田籽料，但也有用山料经过打磨染色的假冒籽料，也有青海玉、俄罗斯玉混杂其中。8月的骄阳当头照着，市场暴露在光天化日之下，无遮无拦，摊主们个个面孔黝黑，但个个目光灼灼，前来参观的游客和真正来寻料的买主，他们一眼便能识别，态度因此而大为不同。游客问价，他们爱理不理，而看准对方是潜在的买主，便会喋喋不休地缠住你，不厌其烦地把一块又一块石头捧起让你看。盯住游客的是那些流动小贩，如同我们在闸口所看到的把戏，真假全上。这些小贩还有一个特点：爱起哄。哪里发生交易，呼啦一堆人便聚了过去，把客人团团包围起来，争先恐后推销自己手中的东西，甚至对客人你拉我扯。生意行当，哪怕是小商小贩，也有个基本规则，不抢别人的顾客，但这规则在这里不复存在，这里有这里的做法：用手中的石头，把客人腰包里的钱装进自己腰包，才是硬道理。

本书开篇故事的主角老艾——艾则孜·卡斯木，听说我到和田，一定要请我和我的同事去他家做客。

晚饭前，老艾来接我们，开一辆艳红的本田，人也像车一样精神，杏黄色长袖衬衣，裤线笔挺、质感很强的隐格毛料西裤，头发刚剪过，打理得一丝不苟。车上，老艾说去他的新家，新买的楼房。

老艾的新家地处和田闹市区中一个居民小区，一年多前刚买下，三室两厅，装修不错。他的老婆肉孜古丽和女儿热依汗古丽在家等着，客厅茶几上摆满了各种食物、水果和饮料。其时尚在斋月期间，我知道老艾全家封斋，禁食用食由日出日落时间决定，每天几点几分日出日落在伊斯兰历法中标注得很清楚，便问今天几点太阳落山，老艾说是21时2秒，看看还有将近一个小时，我们几位客人也就不吃不喝，聊玉石，聊在和田的见闻，聊老艾一家的幸福生活。

艾则孜一直在做玉石生意，时而北京，时而和田，有时也跑广州、天津、上海、苏州、扬州等地。在和田，老艾算不上生意行里的大老板，但他们夫妇汉语讲得好，善于沟通，人缘也就比较广，生意上虽没有大手笔，但总得有做。在多年的交往里，我发现老艾一个最大的特点，那就是，无论你要什么玉料，他都说有，其实他手头囤货很有限，但他答应你一天半天，准会从别的地方弄来，你不满意，他便又去熟人手中倒腾，卖掉从中挣差价，卖不掉还石头给人家便是。头脑活络，人缘又广，所以这些年老艾不算大发，也早小康了。

太阳落山，开始进餐。这一晚神聊海吃，主客都很尽兴。

没有料到，就这样一个精明活络的老艾，后来差点栽了大跟头，设套算计他的正是一位江湖"朋友"。

2012年12月一天，晚上9点多钟，我突然接到老艾电话，说他在徐州，女婿出事了。

出事？什么事？

老艾说，女婿多里坤被当地公安抓了起来。

徐州？女婿被抓？所涉何事？

老艾在电话上讲了事情原委。

半年多前，徐州一女士从多里坤手里拿走两块石头，一大一小，分别为20多公斤和2公斤。女士是个倒料的主儿，过去和老艾做过生意，老艾后来介绍给女婿多里坤。这女士能说会道，这次和多里坤做的是一桩不小的买卖，大石头500万，小石头120万，石头先拿走，钱随后付。有姓有名有电话有地址有欠条有身份证复印件，更重要的是多里坤送石头到徐州，看那女士有家有室有根有底，无妄无欺无瞒无骗，心里倒也踏踏实实。

女婿生意做得比老艾大，一直在北京，连房都懒得租，常年包住潘家园龙福宫宾馆，图的是舒适自在。女婿回到北京，静候女士汇款打钱。1个月，2个月，3个月，女士一拖再拖。打电话催，回答说大价钱的买卖，接手的买家不太好找，待找到合适买家，马上给多里坤付款。多里坤心里发虚，第四个月头上，跑了一趟徐州，找到女士，女士说已经找到了买主，邳县的，石头已经拿走了，就是钱一时不凑手，顶多再过十天半月，就可以付款给多里坤。多里坤将信将疑回到北京，十天半月过去，还不见打款，遂第三次赶赴徐州。这次他拿定主意，要么拿到钱款，要么带回石头，不能让这提心吊胆的事情再拖下去了。

但这次，不光石头没看见，连人也不见了影子——那女子不露面，去家里锁门，打电话关机，从人间蒸发了。

多里坤报了案。

据艾则孜讲，当地公安机关先是不受理，说是生意上的事，不便插手。多里坤说不是生意，是诈骗，是犯罪。好说歹说立了案，几个警察出动，但女子还是没找到。公安让多里坤先回去，他们负责找到当事人并追回石头。多里坤无奈，只好回京。

回到北京，多里坤一等就是一个多月。这期间，多次电话与当地公安联系，回答都让人失望。多里坤急了，和妻子热依汗古丽一道，第四次跑到徐州，没想到这次被公安抓了。

老艾电话上央求我在徐州托人找关系，放出女婿，要回石头。

在徐州，我倒是有一位朋友——徐州玉文化研究会会长李维翰。但事情到底是怎么个情况，是否如老艾所说那般？派出所能随随便便抓人？我给李维翰打电话，希望他先帮着了解一下情况。电话关机。第二天再打，还关机。正想办法如何与李维翰取

白玉山子《放鹤图》（作者：顾永骏 陈冔 赵卫红）

得联系时,老艾电话又打来,说人已放出,公安抓到了那位女子,石头也找了回来,不用麻烦再在徐州找人了。

事后我了解的情况是:多里坤这次是冲着徐州公安去的。他在派出所闹腾,人家把他轰出去,他就坐在派出所门口示威,大喊大叫,惹得公安很恼火,干脆把他弄了进去。说是抓,有点言过其实,派出所让他待在一间屋子里,同时开始行动,布置了人手四下抓那女子。那女子就在徐州市内一处地方藏身,人抓到,也起获了骗走的两块石头——石头压根儿没有送往邳县,而在一处隐秘地点藏着。

这的确是一桩诈骗案。所幸的是,石头终于找回,骗子没能得手。多里坤和妻子热依汗古丽把对徐州公安的怨恨转化为感谢,高高兴兴雇车带石头回了北京。

欲望如火,燃烧起来,会让人利令智昏。

当我为此书出版补充书写这一章时,正值全国各地认真贯彻执行中央"八项规定"之际。公款消费遭遇打遏,高档餐饮门庭骤冷,娱乐场所少了热闹,玉器市场也迎来了冬天。"雅贿"一词,如今频繁地出现在一些贪腐案件的报道中,中央反腐的高压态势,使得此前以公款购买玉器字画之类的所谓文化消费,大为减少,赠以玉石字画贿赂权贵的手段也再难以通行,玉器行当的老板们,都说生意难做了。我的一位蚌埠朋友,在蚌埠有店,苏州有店,早几年在北京天雅古玩城又开了店,店名乃请我为其所题,去年将店已转让他人。玉器不比大蒜生姜,炒起来价格飞涨,落下去跳水猛跌,玉器原材料的价格摆在那里,更有原材料出产愈来愈少,这就决定了即使市场遇冷,店家也不会把玉器商品大砍价出手,只能选择硬扛。骤热骤冷,都表现出市场不稳定、不

167

白玉《寿星》(作者:夏惠杰)

成熟的状态,这种状态要彻底改观,恐怕还需要长期努力。

但我并不悲观。

2012年,我随中国作家代表团,赴英国参加伦敦国际书展,期间去大英博物馆参观,在中国馆,同行的中国作家们让我讲讲展示在眼前的那些玉器。大英博物馆馆藏中国玉器,相对于其他浩博的中国藏品,数量不算太多,等次参差不一,却涵盖了从史前到明清各个历史时期富有特色的器物,勾画出中国玉器和中华玉文化发展的脉络。无论是神秘玄幻可做多义诠释的良渚文化玉琮,以拉丝工艺精细镂雕的商代玉鹿、西周玉人,代表封建礼制显示品秩地位的汉代玉组佩,拟或敬天礼地、奉神事鬼的璧璜管勒、窍塞覆面,装点威仪的鞢佩剑饰,明承宋工以繁复的花下压花手法雕琢的玉带板,清代的玉陈设器摆件,所有这一切,其各有特点的纹饰工艺和所承载的不同文化功能,构成了前后贯穿数千年的中国历史、中华文化的图像叙事,让参观的中国作家们从一个全新角度——玉琢器物角度看到中华文明根系和承传发展链条,看到了书面叙事之外的对中华文化的另一种解读,也让陪同参观的英国作家同行深受震撼,景慕不已。

著名社会学家、民族学家、中国社会学和人类学的奠基人之一费孝通先生,曾论及中国古代玉器与传统文化的关系:东方文化,尤其是中国文化,有很多独特的东西,但是哪些东西是西方文化所未见而为中华文明所独有?费孝通先生指出:"在此,我首先想到的是中国玉器。因为玉器在中国历史上曾经有过很重要的地位,这是西方文化所没有或少见的。"费孝通先生寄期望于专家学者:中华民族有什么伟大的精神和优秀传统贡献给未来世界?如何将最能代表中国文化独有特点的东西,从理论上加以剖析并展示于世人面前?毫无疑问,应该"将对玉器的研究作为切入点,把考古学的研究与中国传统文化和精神文明的研究结合起来"。费孝通先生没有选择汉字、瓷器、丝绸,而将玉器作为中华文化最具代表性的概念符号,并认为应该把对玉器的研究作为研究民族精神和优秀传统的导向和钥匙,将这一人类宝贵财富,贡献给未来世界。

在中国玉器发展历史上,曾经出现过多个高峰时期,这些高峰期,无论是史前文化的红山文化、良渚文化,还是后来的三代(夏商周)、两汉、三朝(康雍乾),其繁荣鼎盛程度，都构成了特定时代特定社会文化力的标志。当下中国欣逢盛世，就玉器而言，相对于历史上曾经出现的高峰，尽管不可简单纵向进行质和量的比较，但我还是要说，当下中国是玉器和玉文化有史以来前所未有的发展黄金机遇期。

撇开科技进步带来的生产力水平提高因素不谈，关于玉器发展的一些根本性问题，诸如玉器的服务对象、玉器的交流传播方式、玉雕艺术家的主体性地位、各级专业性机构组织的配置、原材料的开发周转、各种推动创作和生产的激励机制等等，这些都发生了根本性变化，是既往任何一个时代都难以比拟的。

鬼神天命束缚和王公贵族专享，是中国玉器数千年摆脱不掉的藩篱和桎梏，《左传·桓公十年》云："周谚有之：'匹夫无罪，怀璧其罪。'"现在的服务指向则彻底解脱出来，目标归依于人民大众，人民大众享用玉器，他们的审美理想和消费需求，成为玉器生产和玉器市场的主宰，成为服务对象的主体架构。

早先玉器"不鬻于市"，绝无在市场流通的可能性，宋代虽开玉器买卖之先河，但构不成玉器交流的主要通道，主要通道仍在权贵之间的非市场流通，而今天，玉器市场声威壮阔，以匪夷所思的海量吸纳吞吐，以神奇的魔力打造了一个属于中国人的运营和消费模式，直接推动了一个完整产业链的形成和发展。

中国古代从事玉雕行业的人地位低下，被称为"玉工""磨玉匠"，《吕氏春秋》载古时有"物勒工名"制度，一些重要的器物上，必须刻上工匠的姓名。举世闻名的秦始皇兵马俑，上边就留有工匠的名字。不少宋版书，在书口内就有刻工的署名，有的刻工署名竟达10多人。古代的器物勒名制度，目的是为了保证质量，便于责任追查，同时不能排除，也有某种纪念、肯定的意思，典型的例子就是干将镆铘宝剑，一对工匠夫妇造出上好的剑，就用这对夫妇的名字为宝剑命名，应该是很高的荣誉。碑文刊石也都会镌刻上工匠的名字，可见，古人对有文化含量的创造性劳动也还是刮目相看的。但唯有玉器属于例外，工匠绝不能勒名于物，不是制作者不重要，而是作为玉器的器物太重要，中国古代存世玉器数不胜数，但知名知姓的玉雕人仅能数出孙寿、陆子冈、姚宗仁等不多几位。如今随着社会的进步，玉雕工作者的地位在一步步提高，有成就者被评为大师，"玉工""磨玉匠"的称谓已不复闻，改而被尊为玉雕艺术家，他们的作品可以理直气壮地署名，可以成名成家，可以先富起来，这使得他们的艺术创造才华和主观能动性得到极大发挥，自觉性和品质意识得到极大提升。

过去有玉器生产的专业组织管理部门，但那是宫廷造办机构，是为统治者服务的，现在建立有各级专业学会、协会，其宗旨是为玉雕艺术家服务，为行业发展和社会公众玉文化消费服务，自然有着本质的不同。过去玉器原材料受到开发、运输、配置等条件制约，现在这一切均不成问题。政府和民间组织的各种评选、奖励、展卖活动，也是早前中国从未有过的文化景观，是一种制度创新、机制创新、文化创新。

所有这一切，犹如火箭之于卫星，助推中国玉器和中华玉文化一飞冲天，跃上历史发展的一个全新高度。

中国玉雕艺术传承着中华民族的古老技艺，有着物质文化遗产和非物质文化遗产的双重特性，本身就是一种文化符号，承载着既往和当下的许多信息，它是生活的艺术，是历史文化的"活化石"，既有历史性又有现代性，是历史文化和现实文化的复合体，是古老民族文化积淀的记忆和象征。玉雕艺术家的作品，如同作家写书、音乐家谱曲、画家画画一样，对受众来说，现在和将来，都有可能成为一种获取观念、解读社会、认识历史的重要物质对象。

市场的魔力现在已经被我们大家所公认，它不光使玉器以商品的形式得以流通，经济价值得以实现，而且让玉文化，让玉雕技艺，让不同风格流派成果样本得以快速传播，促进了文化与技艺的交流与融汇。市场以一种残酷又多情的方式运行，自有规律，又变化无常。它让人欣喜让人忧，让人爱又让人恨。但不论怎么说，市场的重要性是不言而喻的，没有市场，玉雕艺术作品就不能高飞远航。

所以说，市场是玉雕艺术的翅膀。

我们要学会驾驭这一双翅膀。

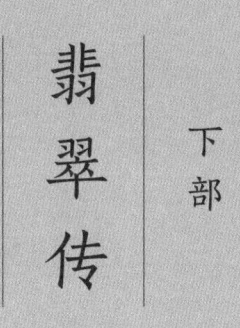

翡翠传　下部

魔鬼"石枕头"

隆肯是缅甸北部克钦邦一个偏僻的地方，也叫隆肯寨。这里距克钦邦首府密支那136公里，距勐拱102公里，距中国腾冲360公里。

杨毓荪和陪他前来的一位云南保山伙伴，在这里已经被折腾五天五夜了。

折腾人的不是每夜叮咬他们的蚊虫，不是那不争气的肚子——到隆肯第二天杨毓荪就拉肚子，还有那些总能遇见的不怀好意的军人。这一切，虽然让人烦恼，但较之他们即将要做出的一项抉择，可以说已经算不得什么。

折腾他们的是一块石头。

面对这块只有11公斤重的石头，几天来杨毓荪睡不安寝，食不甘味。这块石头外形非常像一只枕头，只是个头比普通的枕头小一些，形状略显扁平，中间微凹，两头鼓起，中国农村乡下，就有人选择这样的石头枕在头下睡觉。当然杨毓荪可不是为了挑选一块石枕跑到这里来的，他在押宝，他要玩一把赌石！

这是一块翡翠毛石。

出售这块赌石的是一家小店，老板是个罗锅。杨毓荪和他的伙伴是鬼使神差来到隆肯，又来到这个小店的。此番缅甸之行，他们的目的地本来是勐拱，勐拱既是翡翠的产地，又是翡翠毛石的中转、集散地，素有"玉石之乡"的美名，这里店铺林立、商贾云集，玉石生意异常火爆，特别是到了秋冬时节的旱季，挖玉的、买卖玉石的、经营玉石运输的、各色各样的生意人，将勐拱闹腾得像一锅滚水。但杨毓荪和他的伙

伴却发现,这里翡翠价格并不便宜,曾看过几块赌料,不光没有把握,风险太大,而且价格也杀不下来。泡了几天,眼看一无所获,杨毓荪的保山伙伴突然提议到隆肯走一趟。隆肯有翡翠最优质的矿区,缅甸国有宝石企业勘查和开采总部便设在隆肯,因为地处偏僻,交通条件不好,去那里的人远比到勐拱的人少。杨毓荪不甘心两手空空打道回府,脑子一热,好,就去隆肯撞把大运!

这是20世纪90年代初的事情,其时由于缅甸国内时局动荡,勐拱到隆肯虽说只有100多公里路程,却充满风险。伙伴在勐拱的朋友请一位在军方供职的人照应他们,坐了军方一辆中国造212破吉普,一路经过重重哨卡的盘查,才到了隆肯。

隆肯的翡翠毛石并不比勐拱便宜多少,但这里买主相对少些,少了勐拱市场那种甚嚣尘上的喧闹和嘈杂,可以从容不迫地挑选石头,做生意的老板也似乎比勐拱老板实在些。头一天,两人在街上转了一圈,去了不少店铺,还看了两家囤积毛石的仓库。杨毓荪入行时间不长,全凭保山伙伴掌眼。这位伙伴年龄不大,30岁不到,但在翡翠行里已摸爬滚打了10多年,算是个玩赌石的老手了。"石枕头"是他们在一家背街小店发现的,说来有趣,隆肯厕所很少,街上行人想方便了,随便找个僻静处,对着一堵墙或一棵树就能解决问题。这天在街上两人都想方便,便入乡随俗,找了个僻静处,对着墙角办完事,反身往回走的时候,发现有家玉石小店,顺便走了进去。小店货架上地上堆满了石头,另外有个铁皮柜子,柜子半开着,里边展示着几块黑的黄的赌货,

缅甸翡翠矿区 （图片提供：乔丽）

"石枕头"就在其中。

翡翠砾石在开采出来时，被一层风化皮包裹着，看不见内里的情状，就像西瓜隔着皮看不见里边的瓤儿一样。赌石，实际上就是赌翡翠原石里玉质的种水和色泽的好坏。

起初他们并未对"石枕头"动心，这块赌货通体被一层黑色皮子包裹着，行话将这种皮子称作"黑乌砂"。用专业强光手电筒打去，透过皮薄的地方隐约可见里边包含着一层绿色。赌石行里有句买卖经：宁要一条线，不要一大片；还有一句：丝线钓葫芦。意思是，大凡赌石，包含线状绿色，往往出优质翠甚至是高翠，一条细绿线，有可能连接着一大疙瘩绿翠。相反，看去皮下有整片绿色，但解开后仅仅一层薄绿，其余全是白茬子，俗话叫串皮绿。这块"石枕头"便有点串皮绿的味道。

但小店老板却对他们的判断不以为然，问："看清厂口了吗？"

罗锅老板是老缅，但汉话讲得蛮顺溜。老板软绵绵丢出的这句话，很有挑战性。所谓厂口，就是翡翠产地的采坑口，行话讲："不识厂口，不玩赌石。"不同厂口出产的翡翠有着不同的特征，翡翠产地有十大名坑，各有不同的原石出产，不懂它们的特征就没有条件做赌石生意。

伙伴听了这话心里不自在，反问："你说哪个厂口？"

老板答道："帕岗。"

伙伴笑了："帕岗？帕岗还有黑乌砂吗？"

帕岗是一处翡翠出产老坑、名坑，原石皮薄，皮多呈灰白和黄白色，在历史上，帕岗以产皮壳乌黑犹如煤炭的黑乌砂驰名，种好，色足，透明度高，个头也较大，但早已全部采完，现在的帕岗出产的大都是砖头料，中低档的东西，如果是老帕岗的黑乌砂，那就非同一般，需另眼相看了。

老板眼皮轻轻一翻："知道这是什么时候进的料？在我手头搁了近20年了。"

伙伴将信将疑，却把"石枕头"重新捧在手中打量。

"我看是麻蒙厂口。"

麻蒙也是一处著名厂口，多出产黑乌砂，皮子黑中带灰，水地一般较差，而且玉中常夹黑丝或者白雾，绿色偏蓝，自然难与老帕岗的黑乌砂同日而语。

罗锅老板嘴角挤出一丝不屑,轻描淡写地说了句:"要看成麻蒙,你就放下吧。"

伙伴没有放下,又用强光手电照射。

老板端来一盆水,撩洒在"石枕头"上。一沾水,那石头突然像是有了灵气,在强光下透出大片汪翠。

杨毓荪终归是个新手,先动了心,跃跃欲试的表情已经挂在脸上,问道:"你想开什么价?"

老板不说价钱:"你们先把石头看好。"

伙伴看了杨毓荪一眼,示意他不要太性急,仔细地研究起那皮壳来。赌石行里水太深,作假的事情层出不穷,绿色可以用薄翠片镶嵌进去,也可以用染料灌注进去,但镶嵌和灌注作假,就必须在石头上打洞,洞眼封死后,封堵的痕迹经过酸处理,与原皮壳并无多大差异,不是行家里手,很难明察就里。

伙伴研究了半天没有发现破绽,才开了口:"说个价钱吧。"

罗锅老板拿过一截两头开口的麻布套筒,他和伙伴各伸一只手进去,在里边捏价码。这是这里的交易规矩,谈价钱不能让第三者知晓,以防被人搅局。尽管小店里没有别人,但双方还是按照规矩行事。

捏完价码,杨毓荪看见伙伴在摇头。他问是什么价,伙伴伸出3个手指头。

"3万?"杨毓荪问。

"后边再加个零,30。"伙伴说。

老板说:"有人已经出到25万了,没卖。"

"30万?"杨毓荪有些吃惊,这个价钱,实际上已经是在赌里边有无高翠了。

两人又反反复复把那块赌料琢磨了半天。随后连续几天,他们都去那家小店铺,将石头放在阳光下看,放在水盆里用刷子刷了看,用灯光照射看,用放大镜、查尔斯镜看,杨毓荪越看越动心,伙伴却还是没有把握。石中有绿没有问题,他担心的是,有多少绿?会不会仅仅是表面薄薄一层?

当然,在隆肯玉石店铺,囤料的仓库,他们也没有少转少看,但这一块最撩拨人。

说撩拨人是因为这块石头很有赌性，强光照射明明可以看见里边有绿，但老板没有开一个"门子"。"门子"是在赌石原料上用砣子打磨出的擦口，以便观察里边的玉质和颜色。没开"门子"说明卖方也没把握，这样的毛石赌性最大，"门子"越多，赌性便越小。老板开价30万，看来这个价钱还能往下谈，如果真能出首饰品级高翠，那可值大发了。

杨毓荪拉肚子拉得脸色蜡黄，但他却像中了魔障似的，精神头高涨昂扬，晚上在小旅馆不睡觉，喝茶、抽烟，和同伴探讨那块石头。好不容易躺下，又一个鲤鱼打挺爬起来，一咬牙："明天就去谈价钱，20万以内就拿！"

同伴说这块石头有魔性，叫人很难看准，劝杨毓荪再冷静些，多掂量掂量。杨毓荪的性子上来了，说："不用掂量了，天亮就去谈。"

一场赌博就此拉开序幕。

杨毓荪，平湖派琵琶第八代嫡派传人，中国琵琶学会秘书长，中国珠海珠宝乐器厂厂长。其父杨少彝，平湖派琵琶大师，西安音乐学院教授，著名音乐教育家。杨毓荪自幼随父学琵琶，十三四岁年纪，《霸王解甲》《平沙落雁》《塞上曲》《月儿高》等平湖派著名文曲武曲全拿得下来。"文革"开始后，杨少彝被关进"牛棚"，后来又被发配到"五七"农场喂猪，杨毓荪在猪圈旁又跟随父亲两年，不光全部掌握了平湖派"十三大套"，而且深得平湖派妙韵，具备了这一著名琵琶流派所主张的意在指先、意至指随、以意带气、以气带力、以力触弦、力足音实、音实韵长的造诣。谁知杨毓荪命途多舛，他父亲后来被迫害致死，而死得又很惨，是用一把修琵琶的刀子结束了他的生命，这一惨案后来多年又难以昭雪，杨毓荪一怒之下，离开了西安这块伤心地，只身到了珠海。

杨毓荪是我的好朋友，他此番去缅甸赌石，我是知道的，此前我写过表现他传奇经历的报告文学《平湖梦》。他一直在和命运赌博。他告别舞台去珠海便是场大赌，他借朋友2000块钱，从西安拉上十几个人的队伍，到珠海租了几间破草棚，创建民族乐器厂。在草棚厂房里，他却做着一个金子般的美梦——紧紧盯着我国高、特档乐器出口交流的空白领域，企图打入国际市场。他首先研制出高档改革玉相琵琶，以玉石为相代替传统的象牙、牛角，既符合保护野生动物的时代潮流，又增强了乐器本身的名贵度和音质、音色的纯正。玉相琵琶很快获得国家专利，并被列为广东省重点科研项目。也正是在此时，他收到日本琵琶协会会长普门义则寄来的一组照片，上面是一把背面镶满贝壳的中国唐代琵琶。琵琶珍藏在日本的博物馆里，普门义则希望杨毓荪能为他仿造一把。杨毓荪眼睛一亮，心想：如果把贝壳换成宝石，琵琶不是价值更高、更为名贵吗？

但是，买现成的宝石，以他的财力，那是空想。他想到了翡翠，想到了赌石，他想去这个充满风险又充满诱惑和刺激的战场搏击一把。

"石枕头"便成了他这场赌博的目标。

第二天一早到小店铺，人家还没开门。他要敲门，经验老到的同伴拦住了他。"人家看你这样性急，价钱还有得谈吗？"

他们在街上的小馆吃了早点，又溜达了一圈，才又回到小店。

罗锅老板正在喝茶吸水烟，见他们来了，放下足有一米长的烟筒，说："还看？看一遍是它，看一百遍还是它。"

杨毓荪说："我赌了，说个实价吧。"

老板沉吟了半天，说："看来你们真是上了心，这样吧，我退一步，二十五。这是甩货价了，一刀解涨，满绿高翠，你们就发大了。"

伙伴说："不值，解落呢？那不要命了。我看撑破天也就几万块钱。"

解涨也叫赌涨，就是买家赌赢了，解落就是赌输，都是些行话。就这样，在价格上又展开了拉锯战。

双方我进你退，磨了整整一天，最终在十五万的价位上拍板成交。

这个数字杨毓荪是满意的，但伙伴心中仍是忐忑。罗锅老板急于知道分晓，鼓动就地在隆肯的解玉行解开，看来这块赌货真有些魔性，他真的也吃不准。

杨毓荪说："我们拿回去做活，不是做买卖。"拒绝了老板的请求。

两人回到腾冲，请来几位经验老到的行家过眼。有说赌涨的，有说赌垮的，也有说看不准的。一个被大伙叫作"长腿"的中年汉子，特别有信心，拍着胸脯说肯定有高翠，还和预言赌垮的人打赌说,要是没有高翠,就剜了他的眼睛。人家说,剜你眼睛干啄?看走了眼,就割了你的"长腿"。经人解释,杨毓荪才知道,此兄男人的家伙特长特大,所以人送绰号叫"长腿"。

"长腿"的信心对杨毓荪是极大的鼓舞,当天晚上他喝得站都站不稳,回到旅馆,还嚷嚷着让同伴去买啤酒。

离开腾冲的前一天,"长腿"领来一位广东老板。广东老板将"石枕头"看了又看,慢悠悠地开了腔:"这块石头嘛,还可以玩一玩啦。当然,风险还是很大啦,我知道杨老板是15万赌来的,这样吧,我给你20万,你赚5万很不错啦。"

杨毓荪笑笑摇头:"不卖。"

广东老板往上加,25万、28万、30万。

半路上杀出这么个主儿,挺逗。30万等于翻了一番,伙伴动了心,杨毓荪也有点动心。毕竟这是自己平生第一次玩赌石,旗开得胜,利润丰厚,钱到手比什么都踏实。可是现在他已不能有效地掌控自己了,他已经进入了一个魔幻赌场,赌徒惯常会出现的心理也出现在他心中。他要憋大的,就像麻将桌上既要清一色又要一条龙一样。

他说:"60万,一分不能少,愿意你拿走,不愿意咱们再别谈。"

他张口报出这个价,连同伴也吃惊,那个广东老板更是瞪大眼珠子盯着他,半天才说:"杨老板真是做大事的人,服了,服了。"

撵走了寻上门的买主,同伴直抱怨。杨毓荪却说:"本来就没想卖嘛,往后谁想买都是这个价。"

同伴警告说:"一刀穷,一刀富,一刀穿麻布。拿回去一刀解垮可别后悔。"

杨毓荪说:"放心,不会。"

"石枕头"带回珠海,又有人出价要买。杨毓荪心气更高,突破了原定的标的,人家出到60万仍不松手。他的新标的是一百万。

也难怪他如此"心黑",价是人抬起来的,一些行家看过"石枕头",都说里边"有货",种、水、色都没得说。这让杨毓荪更是喜不自胜、难以自持了。

一个月后，杨毓荪抱着"石枕头"来到北京。

他要一赌到底，解了它。珍宝琵琶的设计稿已经完成，他要制作一把盖世绝伦的镶满高档翡翠的珍宝琵琶。

他把"石枕头"送到玉器厂，定了开解的日子。

解料的头天晚上，我请他吃饭。地点选在新街口的知味观。我发现他有点紧张。点了盘鳝糊，他不吃，说是赌石行忌讳吃蛇鳝之类，这些东西会钻会溜。饭后见他仍是魂不守舍的样子，我拉他去卡拉OK唱歌。在新街口豁口外环幕立体影院改成的歌厅里，他不喝酒，也不跳舞，只喝茶水，听歌，看那些红男绿女又跳又唱。我知道，他正在经历一场煎熬。

大凡赌石，解料的时刻是非常惊心动魄的。在缅甸玉石矿区以至云南腾冲一带，料主在解料前三天，有很多戒律，主要是戒欲，绝对不能沾女人，老规矩说女人会带来晦气霉运。解料头天晚上，要焚香净身。毛石开解前，要杀一只红公鸡，再请一个童男子焚香净手掌住砣盘，现场绝不能有女人的身影。这种场合，心理承受能力差的料主一般也不在现场，而是躲到一边去，听候人来报告消息。解玉的工匠，并不把毛石全部剖开，总要连着一点，让料主或者代理人最后磕开一见分晓。这是最要命的时刻，赌输赌赢全在这一下子。有些人在磕开料石的那一刹那，未及察看，已经浑身软瘫，晕厥倒地。

杨毓荪不迷信，但他也不敢犯忌。

第二天，我陪杨毓荪到了玉器厂。

60万人家要买的一块石头，净赚45万，硬不出手，就是要等这一刻。

解玉师傅征求他的意见，是剥皮呀还是开解？

剥皮不伤料，一点一点从玉石外皮碾磨，看皮下的种水和颜色。这种开法对"石枕头"没有意义，这块料皮下的绿是显而易见的，问题是满绿还是薄绿？是玻璃地、冰地、蛋清地，还是浑水地、石灰地、狗屎地？这只能彻底解开来看了。杨毓荪在"石枕头"一个角的弧面上画了条线，让师傅顺线开解。

铡砣沙沙地响起来，杨毓荪一支接一支抽烟。

有一根塑料管不停地往铡砣上滋水,水从玉石上滴答滴答滴落到水箱里。我不知道杨毓荪听到没听到那滴水的声音,也许他没有听到,事实上铡砣的沙沙声完全吞没了滴水声,但我却听到了擂鼓一样的滴水声,每一滴水落到水箱里,都像鼓槌敲击在我的心上。这是一个让人窒息的过程,这样的赌博比任何一种赌博都来得凶险和刺激。

开解的面积不大,半个小时不到,铡砣停了。玉工抬起铡砣,捧起"石枕头"。在切割缝隙底部,约有半公分厚度相连。师傅示意杨毓荪敲开,杨毓荪挥挥手,让师傅开。师傅手捧"石枕头"在砣架上一磕,相连的地方断开。师傅先看切口,看后没说话,把"石枕头"递给杨毓荪。

其实杨毓荪和我都悬着心,紧张地观察解玉师傅的表情。见师傅毫无表情,我知道不妙。果然,杨毓荪接过"石枕头"一看,脸色顿时煞白。

串皮绿!最担心的结果出现了!

造化真会捉弄人,这块玉石中的绿色厚度仅仅像张纸,沿着表皮裹了一圈,其他全是白苍子,而且种水也不好,接近绿皮的部分还算得上糯化种,往里就是糙米一样的白沙地,干白短水。

这是坏得不能再坏的结果。

杨毓荪手指哆嗦再点了一支烟,抽了几口,扔了,脸色由煞白转为铁青。"有戏没戏,当间一锯,从中间开!"他不甘心,向师傅发出指令。

从中间开了,仍是串皮绿、白苍子。

杨毓荪一脚踹开面前的石头,头也不回地出了玉厂。

当天下午,他就乘飞机回了珠海。

第二天,玉器厂给我打电话,说是给杨毓荪打电话,让他把解开的石头拿走,把解玉的工钱结了,杨毓荪甩了电话。玉器厂让我去拿石头办手续。我到了玉厂,问这种串皮料能值多钱,师傅说,卖料肯定没人要,若是借绿巧用俏色做3个大件,也许能值三五万。我不寒而栗。

当然,这只是杨毓荪玩赌石的前传。这是个决不服输的汉子,后来又数次到缅甸,又赌了几次,没有大输也没有大赢。直到后来赌赢一块黄砂皮,才一把赚了回来。

这属于杨毓荪玩赌石的后传,要写大概需要相当长的篇幅,这里只能简略记述。

这是他第五次去缅甸回来路上捡来的一块料。在勐拱的翡翠毛石市场,他转了3天,一无所获,回来到瑞丽,3万块钱买了块黄砂皮毛石,本来他对这块石头没抱任何期望,卖家说不清厂口,旁观的人有的说是帕岗厂口,有的说是抹岗厂口,他随随便便地买,随随便便地带回珠海,只想用它做改革琵琶的玉相,谁承想一解开,里边竟包着一大疙瘩高翠。就是这块料,成全了他的珍宝琵琶梦。

让我们先来看看国内各大通讯社有关珍宝琵琶的报道——

新华社北京1992年9月14日电:三把名贵的珍宝琵琶由中国珠海珠宝乐器厂研制成功并将公开拍卖,每把底价不低于一百万美元。

这三把分别被命名为"绿珠""红石榴""蓝雨点"的珍宝琵琶是珠宝乐器厂厂长杨毓荪设计并制作的。

"绿珠"选用翡翠五百九十二颗镶嵌在琵琶背面,为唐代梅花图式;"红石榴"共镶红石榴宝石四百五十六颗,其中琴背镶三百六十五颗,喻一年三百六十五天吉祥友爱;"蓝雨点"镶嵌蓝宝石四百五十六颗,"雨点"是鸽子的一个品种,取意祈祷和平。

三把琵琶的珠宝经过国际有关宝石机构鉴定,琵琶音乐质量经过中国有关机构和专家鉴定,评价为"盖世绝伦之珍品"。

中新社北京1992年9月14日电:一套名为"绿珠""红石榴""蓝雨点"的三把珍宝琵琶今天首次向中外记者和首都各界人士展示,并在近期以每把不低于一百万美元的底价向海内外人士公开拍卖。

"绿珠"选用翡翠五百九十二颗,头饰图案为龙凤呈祥传统样式,嵌以高翠绿珠,琴背为唐代梅花图式,较唐代琵琶背镶略大,富于浓郁的东方文化色彩。……

由中华炎黄文化研究会、中国琵琶学会、中国珠海珠宝乐器厂联合举办的珍宝琵琶问世新闻发布会,于1992年9月14日在人民大会堂天津厅举行,中外记者和首都各界人士共计二百多人出席会议,杨成武、张爱萍两位将军为珍宝琵琶亮相揭幕。82岁高龄的日本琵琶学会会长普门义则先生,专程从日本赶来,并在新闻发布会上用他带来的仿唐琵琶弹奏了一曲他年轻时创作的《崩》,祝贺中国珍宝琵琶问世。

一抱琵琶拍卖底价一百万美元,这身价无疑开创了中国民族乐器之最。这个价格并不是杨毓荪异想天开随意定的,而是经音乐界、珠宝界专家鉴定之后做出的评估。

珍宝琵琶制作完成后,杨毓荪首先找到两个人,一个是中国琵琶学会会长、著名琵琶演奏家、中央音乐学院教授林石诚先生,他要林先生对珍宝琵琶的音乐品质进行鉴定。演奏家弹奏,林先生在近处听、远处听,随后他亲自试弹了每抱琵琶,文曲、武曲一一来过,他给出了7个字的评语:"盖世绝伦之珍品。"

另一个人是我。杨毓荪将为3抱珍宝琵琶命名的任务交给了我。

"蓝雨点""红石榴"两抱琵琶的命名,取意如新华社报道所言。但是,包括新华社在内的各媒体对珍宝琵琶铺天盖地的报道中,对"绿珠"的命名取意却不见诠释。其实这抱用翡翠镶嵌的琵琶是三抱珍宝琵琶的扛鼎之作,杨毓荪最为珍爱。

绿珠,西晋时一名绝色女子,美而艳,善吹笛,为富有而风流倜傥的石崇所养。《晋书·石崇传》载:石崇在少年时代便才华过人,他的父亲石苞在临终前分财物给诸子,偏偏不给他,说这儿子长大后一定能创家立业。果如其言,石崇在宦途上一路扶摇直上,官至卫尉卿,成了朝廷权贵,同时也是屈指可数的大富豪。石崇后遭罢职,一向与他不和的朝廷宠臣孙秀垂涎绿珠,派人找石崇要人,石崇从他所养的女子中选出十位,让来人挑选,唯独藏起绿珠不予。来人催逼甚急,绿珠感念石崇对她的情义,言道:"当效死于官前。"因自坠楼而死。孙秀被惹恼,石崇招来满门抄斩的惨祸。绿珠的故事,南朝刘义庆的《世说新语》亦载其中。《乐史·绿珠传》有诗云:"石家金谷重新声,明珠十斛买娉婷。此日可怜无复比,此时可爱得人情。君家闺阁未曾难,尝持歌舞使人看。富贵雄豪非分理,骄矜势力横相干。辞君去君终不忍,徒劳掩面伤红粉。百年离别在高楼,一旦红颜为君尽。"一位重情重义的女子的芳名,由此为世所传。

命名翡翠琵琶为"绿珠",自有感情色彩和文化借喻包含其中,杨毓荪既非"石

珍宝琵琶问世新闻发布会在人民大会堂天津厅举行

珍宝琵琶亮相

在珍宝琵琶问世新闻发布会上,张爱萍、杨成武为珍宝琵琶亮相揭幕

家金谷",亦无"明珠十斛",但他忠贞于民族音乐,潜心笃志,情痴意迷,历尽艰辛,万难不辞,"此日可怜无复比,此时可爱得人情",其精神自有与绿珠相通之处。翡翠琵琶惊艳问世,妙乎天籁之音,复以"绿珠"为名,径可供人无限遐想。新闻发布会的通稿是我写的,对此我做了简要介绍,但各媒体发消息时均未采用。大多数人只道琵琶镶嵌了绿色翡翠,故命名"绿珠",隐含的动人故事消失了,不能不说是一个遗憾。

珍宝琵琶制作完成之时,正是举世瞩目的"1992北京国际拍卖会"即将举槌之际。这是新中国成立以来,首次参照国际拍卖规则举办的大型拍卖会。世界两大拍卖业巨头,苏富比和克里斯蒂拍卖行对此表示高度关注,拍卖会组织筹办机构专门邀请了香港著名拍卖师胡文启主槌。珍宝琵琶每把一百万美元的拍卖底价,就是胡文启参照各方意见确定的。这个价格,成为"1992北京国际拍卖会"2000多件天下珍奇中价格最高的拍品,也是最为引人瞩目的拍品,一时间有关珍宝琵琶参拍的消息和照片,继新闻发布会后又纷纷刊登于各报刊版面。

3抱珍宝琵琶最终未能在拍卖会成交,原因出自多方面,不必细说。但它们缔造的辉煌是世人看得见也感受得到的。1995年杨毓荪举家移民美国,"蓝雨点"和"红石榴"还清了办乐器厂所有的银行贷款,自己则落下了"绿珠"。"绿珠"伴随着这个生来爱做梦的汉子,漂洋过海,到另一块大陆定居安家了。

扑朔迷离的身世

翡翠发现于何时，何时跻身中国玉器行列，虽说已有被大多数人认可的普遍说法，但也有不同的声音。

普遍的说法是，翡翠明末清初由缅甸传入我国，因清廷统治者喜欢，特别是受到慈禧太后激赏，从而在中国风靡起来，成为中国玉器中的后起之秀。

这就是说，翡翠在中国的历史并不长，不过400年时间，而真正"火"起来广受追捧的时间则更短。

这种说法依持的根据是，从考古出土和宫廷珍藏来看，至今尚未发现明朝以前有翡翠。最有说服力的事实是，在明代，翡翠尚无任何进入内廷的文献记载和实物证据。明十三陵发掘了定陵，在这座明帝陵寝中，出土了不少陪葬玉器，却没有一件翡翠。试想，如果翡翠在当时盛行其道，广为世人所认可，很是喜欢玉器的万历帝朱翊钧不会不选翡翠作为陪葬品的。

但有人不同意这种说法，认为翡翠早已进入中国，根据是"翡翠"的名称在汉代就出现了。翡翠本鸟名，但班固《西都赋》中有："翡翠火齐，流耀含英，悬黎垂棘，夜光在焉。"张衡的《西京赋》亦有："翡翠火齐，络以美玉。流悬黎之夜光，缀随珠以为烛。"两赋中所提到的火齐、悬黎、随珠，都是古时宝石的名称。而《淮南子·人间训》也把"犀角、象齿、翡翠、珠玑"并列而提，由此可见，"翡翠"一词在古代可以用于飞禽，同时也是宝石名称。南北朝时梁朝的《玉台新咏序》有"琉璃砚匣，终

日随身;翡翠笔床,无时离手"之说。到了宋代,更有言之凿凿的记载,欧阳修在《归田录》中记述了他所珍藏的一件翡翠——

  余家有一玉罂,形制甚古而精巧,始得之,梅圣俞以为碧玉。
  在颍州时,尝以示僚属,座有兵马钤辖邓保吉者,真宗朝老内臣也,识之曰:"此宝器也,谓之翡翠。"云禁中宝物,皆藏宜圣库,库中有翡翠盏一只,所以识也。其后,余偶以金环于罂腹中磨之,金屑纷纷而落,如砚中磨墨,始知翡翠能屑金也。

  两种说法都有根据,长期以来各执己见,莫衷一是。
  在这两种说法之外,尚有第三种说法,只是听到的人较少,除了一些专家学者感到极大兴趣外,其他人并没有去探究。这第三种说法把翡翠的身世推到一个更为遥远缥缈的境地。
  章鸿钊在《宝石说》中记载:"罗雪堂家藏翡翠刀柄,云洛阳出土者,花纹同谷璧,故断为周物。(图存《石雅》上编第三卷)今虽未能明辨其是非,顾亦不得谓周时必无翡翠也。"罗雪堂(1866—1940),即著名的语言文字学家、中国甲骨学和敦煌学的奠基者罗振玉,字叔蕴,浙江上虞人。1911年当章鸿钊毕业于东京帝国大学理学部地质系时,"先是奉罗叔蕴夫子手谕,约予毕业后,担承京师大学农科大学地质学讲师。盖

翡翠《事事如意》(作者：颜桂明)

翡翠《天涯共此时》(作者：马铁军 件员)

罗师时为农科大学校长也"。(章鸿钊《六六自述》)罗振玉是位考古大家,又是章鸿钊的恩师,而章鸿钊作为中国地质学会首任会长、研究翡翠自然历史的开山鼻祖,没有见到实物,大概是不会妄言的,更不会将图片收录于他的《石雅》中,并清楚地注明"周代翡翠器","上虞罗氏藏"。

章鸿钊的这一说法如果成立,那么翡翠在中国发现并被应用的历史,一下子向前推到了周代。

《宝石说》中对翡翠的历史还有更供人遐想的论述。"尤可异者,日本与朝鲜本不产玉与翡翠,乃其发见之古玉中翡翠尤多于玉,识者莫不断为自中国输入者。"章鸿钊援引日本考古学者滨田耕作的研究报告:"日本古时之勾玉,不仅古墓中有之,其出于石器时代之遗墟者亦不少,且其大部分实非玉,乃翡翠也。"章鸿钊基本认可日本学者的观点,即翡翠是从中国经由朝鲜,或者从中国南方直接输入日本。

章鸿钊在《宝石说》中关于翡翠的记载,为后世翡翠学者广泛征引,奉为圭臬,引出了很多讨论,虽然大多数学者对此持保留看法,甚至引发了日本古时是否出产翡翠的话题,但见仁见智,难有定论。

在我查阅翡翠历史的有关文献中,时间较早、言之确凿、可靠性比较高的记载,当是《徐霞客游记》。

明崇祯十二年(1639)春,大旅行家徐霞客游历至滇西,农历四月十二日,他渡过水流湍急的潞江,登上被称为"天界"和"高脊排穹"的高黎贡山,再沿岭西古道而下,到达腾越即今天的腾冲。此前在大理和保山,他已注意到市场上的翡翠交易,当时这种来自缅甸的石头,人们还不把它叫作翡翠,而叫作翠生石。"观永昌贾人宝石、琥珀及翠生石诸物,亦无佳者。"永昌就是今天的云南保山。徐霞客在腾冲共40天,重点对那里的火山、地热、山川、物产、民情、风俗进行了考察,留下了4万多字的游记,其中记述了他与翡翠的一段缘分。

这段缘分,起自别人给他介绍的一位玉商潘捷余,《徐霞客游记》云:"遂往晤潘捷余,捷余宴贾宝舍人。"也就是在这个时候,他结识了多位经常往返中缅的玉石商贾:"潘生一桂,虽青衿,而走缅甸,家多缅货,时倪按君命承差来觅碧玉,潘苦之,故屡屡避客。"又记："同往苏元玉寓观玉……皆为簪,但色太沉。""潘捷余以倪院承差苏姓者,索碧玉宝石,窘甚。"这时候,他对翡翠已经有自己的认识,甚至可以说已经很感兴趣了:"潘生送翠生石二块。苏元玉苍华茶竹方杯。"当他归途再返永昌时,特地拿着友人相送的石头:"导往碾玉者家,欲碾翠生石印池、杯子,不遇,期明晨至。""崔顾同碾玉者来,以翠生石畀之,二印池,一杯子,碾价一两五钱,盖工作之费逾于价矣。以石重不便于作,故强就之。"

《徐霞客游记》中关于翠生石的记载,为我们提供了明代晚期有关翡翠的名称、分类、碾制、工价等重要线索。这些第一手材料,对于研究翡翠在中国的传播历史,至关重要。

到了清代,纪晓岚的《阅微草堂笔记》里的一段记述,也显得异常重要。纪晓岚记述了乾隆晚期至嘉庆初期京城有关翡翠价格上扬的情况,纪昀云:

"云南翡翠玉,当时不以玉视之,不过如蓝田干黄,强名以玉耳。今则以为珍玩,价远出真玉上矣……盖相距五六十年,物价不同已如此,况隔越数百年乎。"

说这段记述重要,因为寥寥数语,却包含了真切而丰富的信息。第一,翡翠在早先人们并不"以玉视之",这个早先早到什么时候?五六十年前,即纪晓岚写作《阅微草堂笔记》之前的五六十年。《阅微草堂笔记》成书于乾隆五十七年,是乾隆晚期,这就是说,在乾隆初年,人们还不认为翡翠是玉,"不过如蓝田干黄,强名以玉耳"。第二,到乾隆晚期,翡翠已经被人们视为珍玩了,在市场上得到了广泛认可。第三,随着人们认可程度的提升,翡翠的价格也扶摇直上,已经远远超过真玉即和田玉。第四,由此推断,随着时间的往后推移,翡翠的价格还会飙升。

可以看出,纪晓岚对此的态度是不以为然的。关键一点在于不认为翡翠是真玉。纪晓岚的态度其实代表了此前千百年间主流意识形态的一种根深蒂固的用玉观,玉的首要特性是"温润而泽",要内敛、含蓄、欲看不透,而翡翠却过于扎眼爆亮,缺乏和田玉那种润泽的玉性。但纪晓岚也是无奈的,昔日不入眼的东西,眼下已经被视为珍玩,而价格也超过了真玉,只有叹息世风不古、人心不古了。

其实在纪晓岚之前,即使比较认可翡翠的徐霞客,也有着近似的认识。在《徐霞客游记》里，还有一段记载，说的是他对潘捷余所送那两块翡翠原石的评判："此石乃潘生所送者，先一石白多而有翠点，而翠色鲜艳，逾于常石，人皆以翠少而弃之……余反喜其翠以白质而显，故取之。潘谓此石无用，又取一纯翠者送余，以为妙品，余反见其黯然无光也。"杨伯达讲："汉族知识阶层受到和田玉玉文化熏陶，爱和田玉如命，成了和田玉癖，所以看到新来的翡翠便以和田玉与之相比较，往往采取排斥的态度。徐霞客作为一位出身江南的知识分子游历到云南永昌时，看到市场上的翡翠称作'翠生石'，低和田玉一等，故不称玉而称石。"和田玉以白为贵，徐霞客喜欢白底翠，毫不奇怪。

还有一个问题：纪晓岚在这里谈到的是市井中的现象，那么，内廷呢？皇室是否也受到这种风气的影响，从而对翡翠予以认可？

这需要借助文献和实物来说话。

有些学者就此查阅了清廷内务府造办处档案、贡档等文献。结论是，至清代，翡翠已进入内廷。

最早的档案记录是雍正十一年，云南巡抚张允随向雍正皇帝进贡永昌碧玉一具、青绿石盘4面、云石珠40盘，雍正帝看后传旨，交与常保收下。

据《清档》记载，乾隆二十七年，清宫造办处有云南玉回残料23块、云南玉石子一块、云南玉瓶坯一件，于十月九日呈览。奉旨："云南玉料、石子等交广储司银库收贮，云南玉瓶着启样官收贮。"

乾隆二十九年五月十六日，太监胡世杰交云南玉腰圆手镯一只，传旨"着照样配做一只。钦此。"于本日挑得云南玉册片一片，画得手镯3只交太监如意呈览，奉旨："准做。钦此。"

乾隆三十六年五月十八日，交彰宝呈进云南玉佛手洗一件。传旨："交广木作配座，完成后带往热河。"本月二十七日广木作工毕，呈进带往热河讫。

《贡档》记录，乾隆四十一年十二月二十一日，云贵总督图思德进呈年贡，年贡是例贡中的大贡，其中多有滇玉制品，仅驳出退还不收的就有14项："奉旨驳出交伊差人领支的有：滇玉太平有象花尊、滇玉双耳瓶、滇玉灵芝花插、滇玉荷叶洗、滇玉松柏灵芝笔筒、滇玉水盛霞洗、笔架、镜嵌、滇玉扁盒。"

以上所记载的永昌碧玉、青绿石、云南玉、滇玉，据专家研究考证，都应该是翡翠。

值得思量的是，清《贡档》记载乾隆四十一年十二月二十一日发生的这件事情，为什么图思德进呈的多达14件翡翠，要被乾隆退了回去呢？图思德身为云贵总督，绝不会把次等翡翠进贡皇上。有专家解释说大概是工艺水平欠佳，这是有可能的。但通观驳出退还不收的14件翡翠，大型玉件尊、瓶、花插、洗、笔筒等占多数，乾隆真要是喜欢翡翠的话，完全可以传旨宫内造办处玉作重新改工，但乾隆帝却没有这样做。解释得通的原因是，乾隆对翡翠并没有太大的兴趣。

光绪元年，缅甸国王为朝贺光绪帝登极而派遣一支象队，大象披挂五色璎珞，象背上载着金碧辉煌、玲珑剔透的象亭。据记载，这次朝贡的供物中，有金叶表文一道，长寿圣佛一尊，驯象五只，象牙一对，红宝石戒指二道，雅青金戒指二道，玉石3块，金箔一万张，檀香8斤，降香8斤，红檀香9斤，玫瑰香水10瓶，桂花油10瓶，贴金镶镜盒子8个，大缅盒4个，小缅盒50个，象图9张，孔雀尾15束，都是缅甸高贵特产和精致工艺品。应该注意的是，其中玉石仅3块，说明直到光绪初年，在朝廷，翡翠的地位仍然不算显赫。

至此，我们可以得出这样一个结论：翡翠至迟在明代，已经被发现并被应用，但此时，翡翠的身价还很低，流传的范围也仅在云南一带，在内地尚未得到广泛传播和认可，特别是在官方上层和文人雅士中，对翡翠尚持不屑的态度。《徐霞客游记》所载"时倪按君命承差来觅碧玉"，可以看作是地方官员一种假借君命的敲诈勒索行为。翡翠开始被广泛认可并被市场接纳，是乾隆晚期的事情。即使此时有人开始追捧翡翠，社会上仍有不同的声音。陈性在《玉纪·出产》中就有："……其西南陬阿丹，巴勒布诸处所产者，体似翠石。"又加注道："翡翠石亦出西南陬，形虽似玉实非真玉也。"《玉纪》成稿于道光十九年(1839)，晚于纪晓岚《阅微草堂笔记》。陈性咸丰初年尚健在，可以代表嘉道年间文人收藏家对翡翠的一般看法。形成这种看法的主要原因与徐霞客、纪晓岚一样，是受到传统的和田玉文化束缚所致，实不足怪。同时也不能不承认翡翠的历史文化底蕴不足，故遭受文人收藏家贬抑这一事实。

[清]翠玉白菜(台北"故宫博物院"藏)

［清］翠玉松鹤山子（台北"故宫博物院"藏）

翡翠《龙凤呈祥鼻烟壶》（作者：李振庆）

但到了晚清，这种情形发生了根本性变化。

两个因素，促使了这种转变的发生——一个是国家背景，一个是个人意志。

大清王朝历经开国和康、雍、乾三朝励精图治，国运达鼎盛之势，但在此之后，即走向平庸，到了朝廷权柄掌握在慈禧手中的时候，已呈衰微态势，内忧外患，局势动荡，祸难频生，江山不稳。此时，已于乾隆二十四年（1759）平息新疆叛乱之后畅通无阻的通往内地的玉石之路，也不那么顺畅了，和田玉难以满足朝廷和民间的需求，而其他传统玉石如岫岩玉、独山玉等又品位不高，这便给翡翠带来了机会。翡翠经云南腾冲、大理、昆明运进北京、天津、杭州、广州等大城市，开始占领和田玉在玉石市场上原有的份额，而且份额越占越大，最终超过了和田玉所占的比例。

慈禧太后生性张扬，喜欢珠光宝气，对于玉石而言，翡翠逼人的光彩较之和田玉的内敛蕴藉，更对慈禧的胃口。从现存的清宫档案到遗留下来的实物，均可证明慈禧是何等珍爱翡翠，她的簪、坠、戒、镯都是用上品翡翠制作的。据杨伯达介绍，慈禧太后还向各海关、织造等衙门索贡翡翠首饰。当时内廷称翡翠为"绿玉"。粤海关、织造接到传办绿玉咨文后，往往以"恐难依期办足""实属无从购觅"等语推诿。其根本原因是，"海关厘局收数短细，军务、河务拨款多而且急，形同竭瀨，前项工料银实难筹拨"。此外还有一个重要原因，就是翡翠价格飞涨，朝廷传办的数量也较多，因而各关不堪胜任，一次很难付出巨额款项以完成传办活计。如一次传准安关办理的绿玉活计共有"绿玉竹节式镯子三对、绿玉双喜字耳挖勺式小长簪一只、绿玉双喜字耳挖勺式长簪六只、绿玉双喜字钳子二对"。这4种17件绿玉活计共用银39994两，每只绿玉活计平均价钱为2352.58两。这一价钱已经再三核实，是不能再降的最便宜价格。当然，晚清宫廷及派出机构极端腐败，过手内帑或贡奉金银时有其隐情是不言而喻的，但说翡翠到此时已达天价，绝不过分。

慈禧死后还殉葬了大量翡翠，如著名的翡翠西瓜、翡翠甜瓜、翡翠白菜等，均为俏色翠雕，价值连城。

至此，翡翠已然被朝野广泛认可和接纳，与和田玉并驾齐驱，成为中华玉石家族中的翘楚。

翡翠《蛙鸣九重天》(作者:冯志文)

极边第一城

2009年秋,我循着徐霞客游历滇西的路线,经大理、保山,翻越高黎贡山,来到腾冲。

370年前,徐霞客渡过水流湍急的潞江,登上"高脊排穹"的高黎贡山。这是3500万年前地球造山运动留下的惊世之作,站在海拔4058米的峰巅,向东跨一步,是欧亚大陆,向西跨一步,是印巴次大陆,一滴雨水滴在分水岭上,如果劈为两滴的话,那么一滴将流入太平洋,另一滴则将流入印度洋,难怪古时人们便把高黎贡山称作"天界"。徐霞客记录山中景色:"峡底无余隙,惟闻水深潺潺在深箐中。峡深山亦甚峻,藤木蒙蔽,猿鼯昼号不绝。"唐樊绰《蛮书·卷二·山川江源》除记载高黎贡山的地理环境和自然景观外,还记载了当年有关边贸活动的信息:"高黎贡山在永昌西,下临怒江。左右平川,谓之穹赕、汤浪……草木不枯。有瘴气。自永昌之越赕,途经此山,一驿在山之半,一驿在山之巅。朝济怒江登山,暮方到山顶。冬中山上积雪苦寒,秋夏又苦热,穹赕、汤浪,毒暑酷热。河赕贾客在寻传羁离未还者,为之谣曰:'冬时欲归来,高黎贡山雪。夏秋欲归来,无那穹赕热。春时欲归来,囊中赂贿绝。'"这些记载,都透露出翻越高黎贡山之难——河流天险,山雪苦寒,林暑瘴气,兽类出没……

如此之难,越之何为?

一切都是为了去往一个地方,从那里可以抵达天外的世界,连接着发财致富的梦想。

这个地方就是腾冲。

上述《蛮书》的记载，颇多生僻又拗口的地名。查阅地理志，在《元史·地理志》中找到解释。越赕即今天的腾冲，"腾冲府，在永昌之西，即越赕地。穹赕、汤浪在永昌西怒江西岸，且当永昌赴高黎贡山途中，则穹赕、汤浪在今之怒江坝，怒江坝气候炎热，冬草不枯，昔人视畏途。河赕（今大理）贾客经穹赕、汤浪越高黎贡山至寻传（伊洛瓦底江以东，怒江以西的广大地区）经商，必经越赕……"腾冲在古商道上的重要地位，由此显然可见。

这是一片由厚厚的火山灰堆积起来的台地。数十万年前，这里浓烟蔽日，岩浆奔突，数十座火山竞相喷发，炼狱般的景象持续了相当长时间。这种缘自南亚次大陆漂移与欧亚大陆挤压形成的地球奇观，随着大地深层能量的逐渐衰减，渐渐归于平息，最终，狂野化为静穆，炼狱成为沃土，腾冲便在这块土地上孕育了。

腾冲地处西南丝绸之路——"蜀·身毒道"的要冲，综合各种史志记载，我们可以对腾冲历史简括勾勒出一个脉络：早在新石器时代，腾冲境内就有先民繁衍生息，史称乘象国，也称滇越。秦汉时期，这里已是一个商贸重镇。唐南诏时"畴壤沃饶，人物殷凑"，筑腾充城，为云南西部重镇。宋大理国设腾冲府。元至元十一年（1274）改藤越州，又立藤越县，十四年（1277）改腾冲府，置腾越、越甸、古勇三县。至元二十五年（1288）罢州县，府如故，隶大理路。明洪武十五年（1382）设腾冲府，后

20世纪30年代腾冲小月城的繁荣景象

废。永乐元年(1403)置腾冲守御千户所,隶金齿军民指挥使司。宣德五年(1430)置腾冲土州。明正统年间的三征麓川之役,以腾冲为战略基地和管制边境土司的触角,大军云集腾冲。万历年间平息岳凤之乱,平叛大军从腾冲挥戈收复三宣。清康熙二十六年(1687)裁卫入州。乾隆三十九年(1774)置腾越州判分防南甸。乾隆四十年(1775)改腾越协为腾越镇。嘉庆二十五年(1820)升腾越州为直隶厅,隶迤西道。道光二年(1822)降直隶厅为厅,隶永昌府。道光三年(1823)改腾越州判为经历,仍分防南甸。光绪年间,爆发了抗英的"马嘉理事件"和"甘稗地之战"。宣统三年(1911),以张文光为首的革命党人,发动了推翻清王朝的武装起义,在腾冲建立了云南第一个资产阶级革命政权——滇西军都督府,出兵占领了整个滇西,促进了辛亥革命在云南的胜利。民国二年(1913)改为腾冲县。民国三十一年(1942)5月,腾冲被日军侵占,1944年9月14日腾冲光复。

在这个粗线条的勾勒中,我们发现腾冲建制和隶属不停调整,反复变化,而且多有纷争战火,这起码让我们获得3点印象:一是各朝各代对腾冲格外看重,煞费苦心,总想以最有效、最得体的辖制体系予以辖理;二是对于这个远踞于大华夏王国一隅的西南边陲之城,也颇费踌躇,管辖思路总在不断探索调整,要么心无定数,要么各有招数;三是这是一个在政治、经济、文化、军事各方面均不可小觑的极边之地,堪称

二战前的腾冲城

戍边战略之要冲,文化汇聚之重镇,对外交流之大门。

腾冲翡翠文化源远流长。至迟在明代,腾冲就首开世界翡翠加工之先河,明末清初日趋兴盛,清朝中期至民国初年,腾冲翡翠经营加工达到鼎盛。清代,华侨大规模地经营玉石厂,腾冲的雕琢业因而更加繁荣,涌现出了毛应德、寸尊福、张宝廷等多位"翡翠大王",诞生过绮罗玉、段家玉、正坤玉、王家玉、寸家玉和官四玉等美玉、名玉。历经数代商贾、从业人员的不懈努力,腾冲成为历史上曾经辉煌一时的"翡翠城"。腾冲被举世公认为重要的珠宝翡翠集散地、加工地和发祥地,逐步形成完整的珠宝玉石文化。

早期由于翡翠尚不为世人所熟知,腾冲的精加工作坊甚少,主要是将翡翠毛料分解后发往永昌、大理等地雕琢,在云南就地销售。后来,由于运输和各方面的制约,已不能满足外地市场的需求,许多外地工匠辗转来到腾冲,在绮罗村和老城隍庙附近建立了加工点。当时的工艺,主要是按玉料的形态而制,制作手携、耳饰、头饰和一些简单的佛工、礼祭、生活用品。清前期,随着经济的发展,城市规模的扩大,腾越商风日盛。翡翠的产出、销售、加工规模、碾琢技艺,有了很大的进展。加工作坊中,分解、大荒匠、小荒匠、打眼、细雕、抛光上亮,各道工艺已有明确分工,艺人已能得心应手地利用工具,处理好形与神、骨与肉的关系,把美术和玉雕巧妙地融合起来,

高黎贡山脚

马帮与腾冲文星城楼（解宏伟摄）

出现了佛教、人物、花鸟和与现实生活紧密相连的各种玉器,玉雕业已初具规模。清朝中后期及民国初年,收藏翡翠之风渐炽,翡翠饰品已成为广大市庶百姓聘礼、装饰、馈赠、把玩鉴赏的主要对象,市场供不应求,腾越翡翠玉雕业空前兴盛。《腾冲县志》载:"民国初年,从事玉雕的作坊有 100 多家,工匠 3000 多人。"国内各地的能工巧匠也纷纷慕名而来,并带来了他们各具特色的加工技艺,形成了百家争鸣的局面。鉴赏当时的玉佩,各种艺术流源繁多,而主要以北京、上海、扬州工为主。北京工讲求浑厚圆润和大方流畅,多制作佛工和人物佩件。上海、扬州工则追求层次感,工艺繁复精细,玲珑典雅,主要生产花鸟虫鱼佩件。纵观这一时期的玉雕作品,造型精美,形制丰富,配伍完备,让现代许多工艺大师都自叹不如。民国后期和新中国成立初期,由于战争和其他原因,翡翠业曾一度衰落,直至改革开放才重焕生机。

像翡翠的身世之谜一样,腾冲与翡翠缘起何时,也是一个谜,我查遍众多文献资料,尚无确切记载。简要的记载可归纳为:约 500 年前,腾越商人在缅甸的商务活动中,意外地发现了翡翠,遂带回家乡,随之成为腾冲翡翠文化的起点。

《滇海虞衡志·卷二》记有:"玉出南金沙江,江昔为腾越所属,距州二千余里。中多玉,夷人采之,撇出江岸各成堆,粗矿外护,大小如鹅卵石状,不知其中有玉,并玉之美恶否,估客随意买之,运至大理及滇省,皆有作玉坊,解之见翡翠,平地暴富矣。"《腾越厅志》载:"玉石以红白分明,透水者为佳。翡翠为上品,其名不一,均出励拱。"清末,腾越著名学者尹子监《老困游记·野人山调查记》一文云:"野人山为我孟养司及茶山里麻两地官司属土。虽前代称为藩屏……"这些史料均将翡翠与腾冲紧密联系在一起,不光强调产翡翠的野人山地区,历史上曾一度是我国的"藩屏",是腾越的属地,而且证实腾越人是翡翠的发现者、引进者、加工者。翡翠面世以后,腾冲人立即疏通了数条通往玉石厂的道路,并把采掘、运输、加工、集散,推到了一个极其辉煌的阶段,从而奠定了腾越"翡翠城"在中国玉器史上不可动摇的地位。

腾冲素有"琥珀牌坊玉石桥"之美誉,足见玉石珠宝给这座边城带来的繁华与显赫。清末民初,腾冲翡翠商行有 40 多个,玉石作坊达 100 多家,工匠 3000 多人,以至到后来很长一段时间,相传腾冲城里地下随处可以挖掘出当年弃置的翡翠边角废料,更玄的说法是，人们修建房子，从地基里挖出翡翠弃料，其价值可以盖几栋新屋。

对于这些说法，我没有深究，但翡翠成就了腾冲的辉煌，却是无疑的。更重要的是，从某种意义上说，是腾冲人发掘并奠定了中国翡翠文化的最初基础，中国翡翠界关于翡翠的名词术语，比如种、水、色等，都是由腾冲人命名，再被行业认可并流传的。当年腾冲那些玉石巨商大贾，很多是儒商，他们既善经营又善诗文，流传至今并被行内当作教材一样使用的《相玉秘诀歌》，就是出自他们之手。

来到腾冲的第二天，我便登上风景秀丽、与县城相依相偎的来凤山。这里有一座中国独一无二的寺庙——白玉祖师殿，供奉的是春秋楚国人卞和。卞和本来与腾冲不搭界，与翡翠也不搭界，卞和三献楚王的是一块荆山璞玉，但在道光元年（1821），腾越"宝货行"出资修建了这座祖师殿。在中国，很多行当都有自己顶礼膜拜的祖师，这是中华文化传统基因诞降的一种习俗，也是整个行业的精神归附和执业旨向。卞和在相玉上慧眼独具，并且具有求真务实勇于坚守的精神，腾冲翡翠商人便格外敬仰他，奉他为师祖。具有卞和的慧眼，会为他们带来机会好运；推崇卞和的精神，会让行业健康发展。这种宗教般的虔诚，因腾冲人所倡导，而生出诸多行业规矩，时至今日仍在沿袭。

这是一处朴素又雅致的小四合院，院内有主殿、两厢和戏台，院外有青石镶砌的小月台。时值上午，阳光透过树丛洒在院落里，斑斑驳驳，卞和造像庄重肃穆地踞坐在殿堂正中，面前供案上香烟袅袅。我突然产生一种恍惚迷离的感觉，我的思想穿越数百年光阴，遥想早先那些踏上南金沙江两岸，也就是缅甸乌龙河一带玉石厂的腾冲人，他们押上身家性命去开矿，去赌石，不可知的命运横在他们面前，而卞和，这位被他们尊为"白玉真人"的祖师，便成为他们命运的幸运神、守护神，会给他们力量、好运和福祉。我依稀听见他们虔诚祈祷的声音，看见他们跪伏在南金沙江畔点燃香烛祈福纳拜的身影。

腾冲清末举人王开国，曾为白玉祖师殿题联云："莫妄逢人轻自献，窃怜抱璞有谁知。"为卞和的不幸遭际深表同情与惋惜。腾冲人呢？他们在从家乡到"夷方"往来奔波的道路上，有过哪些遭际？有过哪些幸与不幸？

穷走夷方急走厂

秋日亚热带耀眼的阳光下,我站在著名侨乡和顺村头的"隔娘坡"上,眼前是弯曲延伸通向远方的路。这条路与和顺的历史、腾冲的历史、翡翠的历史联系在一起,与血和泪联系在一起,与希冀和梦想联系在一起,与太多的传奇、荣耀、财富、华贵以及太多的破灭、沮丧、纠结联系在一起。这是昔日马帮践踏出的道路,是"穷走夷方急走厂"的人出走和归来的必经之路。

"隔娘坡"的名字,已让人思绪万千,感慨无限。

和顺村依山傍水,古宅,牌坊,小月台,石板路,装点着这个被称作"驿路商旅第一村"的侨乡,让它显得古香古色。和顺老辈人讲风水,怕门前蜿蜒而过的河水冲走了财气,凡大户人家门口必修筑月台和照壁,以此保护风水,拢住财气。而村中最醒目、最具有沧桑感的还要数那些祠堂。和顺十大姓:寸、刘、李、尹、贾、张、赵、许、钏、杨,都是最有代表性的家族,无一例外也都是出"走夷方"筚路蓝缕、奋勇开拓继而衣锦还乡、光宗耀祖的家族。十大宗姓,姓姓都有宗祠,这些宗祠至今矗立在村落怀抱之中,尽管岁月的刻刀在那些廊檐门脸、深庭旧院间留下斑驳的雕痕,但这些维系着宗族血脉和故园情怀的建筑,仍以它们阅尽沧桑的姿态,向世人讲述着悠远的往事。

在贾氏宗祠的石阶下,一把铜锁阻断了我造访的念头。

我之所以专意造访贾氏宗祠,因为贾氏祖上是来自陕西的戍边将士。我的这位同乡军人是否在远离故土的戍边生涯中建功受勋,不得而知,但他的后人从先祖开创的

新家园出发,在东南亚闯荡经营,最终赢得显赫家业,却已载入和顺的传奇。

在高悬"贞寿之门"匾额的贾氏故居,我拜访了现在的主人贾廷中先生。贾老先生77岁,枯坐庭院一把破旧藤椅上,默默看着小儿们在院中嬉戏,看着檐角麻雀上下翻飞,目光平静如水,似乎回想遥远的往事,又似乎什么都没想。据陪同人介绍,贾氏在海外第一代创业者叫贾学林,字汉卿。清末光绪年间,在缅甸做蜡烛生意起家,后来与同为和顺人的钏德广、李兆安合开商号,因为3人都属虎,商号故名"三寅祥"。三寅祥主营黄丝生意,兼营玉石,那些绿色的石头辉映着他们灿烂的梦想,也差点腰斩3只猛虎的事业。一次往香港发翡翠毛料,货船在海上被日本内山丸号撞沉,三寅祥蒙受惨重损失。贾学林在海外经营生意,他的妻子贾李氏留守和顺操持家中一应事务,恪守妇道,持家有方,赢得乡里一片好评。贾李氏90多岁辞世,高悬在门厅上"贞寿之门"的匾额,就是对她的褒奖。贾廷中系贾学林三世孙,四世孙贾思义,缅甸著名实业家,经营石油,虽然早入缅籍,却仍心系故土,为和顺捐资120万修建中心小学,和顺无论谁家孩子考取大学,均奖励1万;汶川大地震发生后,在第一时间为灾区捐款300万。

晚清到民国年间,和顺在海外的家族商号有多少?腾冲县委宣传部副部长、和顺人李继东曾经做过调查,写有《和顺侨乡商号述略》。和顺人前往缅甸经商,在明代中期已经开始,并有少数开始在缅甸寓居,至晚清到民国,李文记述的商号有:谦和号、

和顺元龙阁（解宏伟摄）

正兴号、茂生号、万顺号、元盛号、太和号、德盛号、美顺号、立昌号、玺顺号、茂盛号、福裕号、和盛号、正泰号、建昌号、三成号等 60 余家。李继东表示，他文中的列举并不全面，还有更多商号，现在已经很难准确统计，而这些商号的故事，也需要从漫漶流散的记忆和零散的传说中去钩沉。但翡翠大王张宝廷、寸如东、张兰亭等人的名字以及他们的传奇经历，至今仍鲜活生动地传于坊间，为人津津乐道。

张宝廷，名德珩，字宝廷。清咸丰九年（1859）生于和顺。我查阅腾冲地方人物志，对张宝廷的介绍，有两个版本，其中对其早年经历记述略有出入：一曰少年即好读书，尤好骑射，人生得英武俊朗。家族寄望他于仕途发展，他却无意官场。当他遵从父命应试武举，骑马射箭时故意只中半数，考官让他再试，他仍然只射中半数。考官见他相貌英俊，器宇不凡，不忍把他弃于武林之外，破例请奏当道封他"翼都尉加蓝翎衔"。一曰幼年读书时即喜欢骑射之术，厅、府试俱获第一名；后参加院试，因生病，"两试不售，遂无意进取，弃而之商，遨游缅甸"。为了安慰他父亲，他通过向清政府"纳粟"，得到"游击加蓝翎衔"。

这里的出入，相对于后来张宝廷另外一番事业，已算不得重要，无须细考，他的辉煌在缅甸。

张宝廷于清光绪五年到缅甸，他对于商业，"不乐琐屑，经纪常图大者、远者"。由于"勤奋自持，渐次遇缘发迹"。缅甸沦为英国殖民地后，他看到种植经营咖啡有较大的利润，遂在八募购买了若干亩地种植咖啡，因土质不适，加上病虫害的侵蚀而未能成功，经济上受到很大的损失。之后，他又在革洒开设解木厂，买入大片山林，驯养几十头大象，把木材从深山运出，再用车船运送到缅甸各地和其他国家。但解木厂耗费大而利润小，加之后来欧战爆发，运销停滞，只好放弃解木厂。他又向英国殖民当局承包了在缅甸一些地区的骡马运输业务，称之为"洋脚"。他在运输道各站盖茅屋旅栈，供马帮住宿，雇用国内盈江蛮允的傣族汉子赶马。此项包办洋脚，获利甚厚，使他积累了发展事业的资金。让他事业如日中天、名利双收的是随后的玉石生意。他与乡人寸如东、张德茂、刘宝臣合伙开设"协源公司"，经营玉石，继而又以每年交付印洋 30 万元向英国殖民当局承包了勐拱玉石厂的税收，并在勐拱买了玉石矿洞开采

中缅古道上的马帮客栈

玉石。他在勐拱开设"宝振公司"办理税务，兼营玉石，又与乡人张德茂、张兰亭合资，在曼德勒开设"宝济和"商号，经营翡翠。宝济和的翡翠生意，往来于中国香港、上海、广州与缅甸之间，获利甚巨，故享有翡翠大王之称，名声显赫一时。发达起来后，他富而不吝，乐于公益事业，经常指导缅甸小商贩、小企业主如何经营生意，为之谋划，帮其致富。他耗巨资开垦勐拱荒田数百亩，分给当地农民耕种，不取一颗一粒租谷，最终连田地也给了他们。英国统治者看在眼里，不得不敬佩他，更因为他承包勐拱玉石厂纳税有年，对英政府有莫大之利，故英政府对他格外垂青，英皇特授其金质勋章一枚。

寸如东，名尊福，字如东，清咸丰五年（1855）生于和顺黄果树。10多岁时，跟随马帮走夷方，在缅甸勐拱玉石厂随腾冲绮罗玉石商李先和学事。由于他吃苦耐劳，为人机敏，省吃俭用，逐渐积攒了一些本钱，与同乡张宝廷等开办"协源公司"，经营玉石生意。数年后，寸如东又在曼德勒开设"福盛隆"商号，以玉石业为主，兼营其他，经常往来于上海、勐拱之间。由于他对翡翠有着过人的眼力，有胆有识，大买大卖，几年之后便成为显赫的翡翠巨商。1919年，寸如东在勐拱以7000卢比赌得一块翡翠毛石，经过剥皮打磨后，不但种水好，底色还是秧草绿。寸如东将其运到上海，以12万元出售，买主转手后，又赚得大笔银钱，成为玉石行"好货富三家"的佳话。和顺人至今还在传说，寸如东过60大寿时，玉石从天井码到寿堂，楼上放着60万卢比，以至于压弯楼楞。

清光绪十一年（1885），缅甸沦为英国殖民地，英军在缅欺压华侨，侵害华侨利益，寸如东挺身而出，联合闽、粤华侨，向英军统帅慷慨陈词，要求英政府保障华侨生命财产安全，维护华侨的正当权益。经过斗争，英方终于答应约束英军。从此，寸如东声名鹊起，从达官贵人到平民百姓无不知晓。闽、粤、滇侨推举他为中华会馆会长，云南同乡选他为云南会馆会长，英国政府也聘他为缅立法会议议员。清光绪三十一年至宣统二年（1905—1910），革命党人黄兴、居觉生等先后几次秘密至缅甸，鼓动革命，发展同盟会会员，寸如东与他们一见如故，热情接待，在华侨中积极宣传革命纲领，并由黄兴、居觉生、吕志伊介绍，加入同盟会，并被选为同盟会缅甸支部常务理事。孙中山先生先后两次为他题赠："中外垂名"，"华侨旗帜，民族光辉"。

张兰亭，名成芝，清同治十年（1871）生于缅甸勐拱。其父张元宗，早年即赴缅甸经商，张兰亭5岁时，生母黄氏病逝，父亲把他送回家乡，由寸氏母教养。7岁从学岁贡寸先生。他敏慧好学，勤慎明理，寸先生非常器重他，并将女儿许配于他。17岁即赴缅甸辅佐父兄经理商务。清光绪三十三年（1907），父兄先后病逝，他以非凡的坚韧与毅力，接手家业，重振旗鼓。他与张宝廷、张德茂合开宝济和，在张氏3人中，兰亭为叔辈，但年龄最小，许多艰难事务多由他办理。他带领挖玉矿工，冒险探矿，足迹踏遍乌龙河上下的东摩、麻蒙、帕岗等玉厂所在的干昔、赖赛土司辖地。他鉴玉眼力超凡，经他相中的璞玉毛料，解出来常是上等翡翠。几年之后，宝济和事业如日中天，他也成为巨富。

经营玉石致富后，张兰亭在和顺购置了家业田产，宅第装有英国产的铁艺大门和花窗，家用花盆、碗碟都从景德镇定制，上边都有"张兰亭置"的戳记；客堂中的桌椅，

翡翠矿山图（图片提供：乔丽）

Photo - Ko Zaw (Phar

今日缅甸翡翠矿区（图片提供：乔丽）

选广东楠木镶大理石由上海木工精制；所悬挂的杭州"都锦生"西湖风景图，是腾冲最早的丝织艺术品，对勐拱关帝庙、云南会馆、家乡宗祠、学校的修建，他都积极捐款。

张宝廷、寸如东、张兰亭是和顺商人的代表性人物，像这样的成功者，于腾冲不在少数，即以另一侨乡绮罗村而言，便有李先和、尹文达、段盛才，另外还有毛应德、王振坤、马步云、"东董、西董、南刘、北邓"……他们都与翡翠结缘，都因翡翠而兴而名，他们的传奇都可以写成厚厚的大书。

他们是成功者，也是幸运者。

幸运终归不可能降临到每个人头上，更多"穷走夷方急走厂"的汉子，则用他们的血汗、泪水、年华、生命，书写了另外一本苦难之书、悲情之书。

让我们不妨用想象还原一组历史镜头——

旱季。缅北高原。原来被绿树、修竹、青草、藤蔓覆盖的山坡已被彻底揭顶，四下到处都是弃石废土。一群光脊梁汉子，有的正挖土，有的正撬石，有的正从坑底向外排水。红土往山下坍落，弃石直滚山谷。一个黑黢黢的洞子向山脊深处延伸，汉子们肩挑手提，把渣土碎石向外搬运。日复一日，洞子挖过了沙土层，又到了溶岩层，已经十数丈深了，仍然不见翡翠踪迹。每挖一个洞子都是撞大运，挖到翡翠矿苗算是烧了高香，挖不出算倒霉，认了，换个地方，再打洞，再挖。劳工的报偿，大都与是否挖出翡翠挂钩，多少天苦力白费，汗水白流，光脊梁的汉子们，只能仰天长叹。

雨季。乌龙河流域到处湿漉漉一片。大多数挖玉人已经撤离，可是仍有一些人留了下来，挖玉一般是在先年10月到来年5月的旱季进行，雨季洞子积水，风险太大，可是这些人甘愿用性命做赌注，再博一把，行里话把这叫作"打雨水"。山坡高处，他们开挖小沟，将雨水引入沟内，再导入矿洞顶头早已修凿好的蓄水池。他们冒险进入洞中，将泥土挖松，然后放水入洞，松土被冲刷而去，如是再挖再放，直至洞里泥土被冲尽见到石层为止。至于石层里是否夹有翡翠，只有天知道了。

河边。三四汉子结成一帮，潜水找玉，行话称之为"潜水洞"。一名汉子带上通气面罩，手持短把十字镐和篾篮，跃身潜入水中，从河床底子挖出沙石，装入篾篮，一人接应篾篮；另一人在岸边打气，所谓气泵不过就是给自行车打气所用的气筒，只是把三四个捆连在一起而已。一条长长的管子，把空气供给潜水的人。从水洞子捞出的玉石称作水石，种好、品质好、价格也高，但水石不容易找，有时几天下来，也可能一无所获。而危险时时会有，溺死于河中者，不在少数。

一天辛苦下来，汉子们回到他们栖身的窝棚。窝棚非常简陋，用大竹或树干搭架子，盖上茅草或树叶。用糙米、干腌菜、干鱼、芋头、洋葱、辣椒填饱肚子后，长挺挺一躺，荤素话题便扯将起来，有的闷在一角抽朵巴——一种大烟，有人怪声怪调唱起他们自编的记录挖玉生活歌谣："一进帕岗玉厂内，四妹（毒品）飞舞也搭睡；三星高照吹嫖赌，六亲不认传染症；五（捂）头盖被发痖瘴，九着九死救不存；七（齐）头栽进红药水（印度止咳药，服后上瘾），八（拔）死八（拔）活拔不退；二人同心抬宝石，十（实）心十（实）意实互惠。"

瘴气弥漫，蚊蝇嗡嗡。好端端的精壮汉子突然一头栽地，"夷方病"击倒了他。"穷走夷方急走厂，遇着痖瘴死路旁。"瘟疫瘴疠对走夷方的人始终是最大的威胁，一旦沾染上猩红热、急性疟疾、慢性疟疾等热带病，或忽冷忽热，水米不进；或口鼻流血，痛苦难当；或恶烧恶冷，筋骨剧痛；或浑身抽搐，周期发作，最终十有九亡。在玉石厂散布的克钦山上，白骨成堆，坟丘累累。

陡峭山野，崎岖古道。驮运玉石的马帮蹄声踏踏，铃铛叮咚。突然，风雨雷电袭来，继而，险石恶水阻断去路。走出风雨险关，前边不定会遭兵匪路霸洗劫，关卡也许又会遇贪官恶吏敲诈，瘴气弥漫四周，野兽出没身边，灭顶之灾，一路伴随。

…………

我在此借助想象勾画出的这些镜头，绝非虚幻无稽的猜想，而是历史影像的写真。对于很多人来说，这是铭刻于骨的记忆，时至今日，在西南中国连接着滇缅的山道上，历史的回声依然传递在山谷和河流之间。

我曾经读过李根源《重修猛拱关帝庙碑记》，李根源，腾冲人氏，辛亥云南重九起义领导人之一，滇军名将，曾任北洋政府农商总长、署理国务总理。碑文记曰：

> 猛拱为玉石厂总汇。采运玉石者，在康雍朝尚未敢历险涉厂地。迨乾隆

初元,玉石厂尚有汉人足迹。故我腾越之人采山而求瑰宝者,数百年来咸居于猛拱焉。居之久而聚落以成,不能无里社,于是有关帝庙之建立。盖汉人崇拜英雄,凡会馆公所,往往塑像祀之,其风遍天下,由来尚矣。……民国十有六年,淫雨匝旬,江水溢。猛拱全境汇成泽国,崩壁坏屋者相望,庙乃为墟。……(旅缅华侨)各醵其所赢,以襄成之。鸠工饬材,徒作护噪,不数月而告落成。邃宇高墙,既崇既完,有殿有堂,有庑有楼,……规制宏大,度越前绩。……诸君侨居猛拱,独能守前人之绪,岁时伏腊,乡社鸡豚,全境虽沦于左衽,而此一席香火地尚能保持勿坠,抑使千载而下令人复见汉官之仪,是殆大《易》所谓硕果者耶?所愿后之人深念前世创造之艰棘,今日继志之剧勋,东望神臬,西瞻戎索,时思所以光大而发挥之,不使随蛮烟瘴雨以俱泯没……

碑文对滇侨创业的艰辛有所记述,但总体上重在褒扬他们心系家国、坚守中华传统文化的赤子情怀。

我还读过另一篇碑文,那是一张拓片的影印件,碑石早年存缅甸阿瓦古城洞缪观音寺。碑文记述了滇侨开发玉石厂的奋斗历史,还刻有 5000 "穷走夷方急走厂" 客死他乡的亡灵的姓名。阿瓦观音寺先后在 1810 年、1829 年、1837 年 3 次遭火灾焚毁,建筑早不复存在,夷方客亡灵碑也不知所踪。英国人乔治·居里在其所著《英国人占领缅甸》一书中,对亡灵碑留有记载,参与《云南华侨史》《云南珠宝史》研究编撰工作的腾冲人马宝忠,曾多次访缅赴阿瓦古城,寻访碑刻遗址,最终在阿瓦荒野寻找到两块残碑。

5000 亡灵,一个让人多么震惊、多么伤情的数字!在那每个名字的背后,历史的尘烟湮没了多少血泪故事?

呜咽随流水,逝者长已矣!

翡翠矿区：一个人的详密踏勘

缅甸翡翠矿区，很多人对其充满好奇，而它于我们也颇具神秘的诱感。多年间曾有几次机会，玉界朋友邀我同去缅甸翡翠产地，但因种种原因，至今我未曾踏上那片土地。这是我的遗憾，也是一个难以释怀的旧梦。

我常常向人打听有关缅北高原克钦帮所辖乌龙河一代的一切：人文、地理、风物、矿产、气候、交通、饮食、治安……那里的山水孕育了一种绿色精灵，凝聚着日月的晶辉，汇集着天地的精魄。从各种各样的介绍中，我相信自己已经收集了足够多的信息。但这些信息在我觉来，总有一种间离的感觉，查阅各种文献，照样会有同感。然而有一天，当我意外地读到一份70多年前的档案，其中关于缅甸翡翠矿区真切的记述，一下子让我有了身临其境之感，此前我对那里朦胧模糊的感知，瞬间在眼前生动活跃起来。

这是一个身负重要使命的民国官员对于乌龙河沿岸的勘察日记。

尹明德，字泽新，腾冲河西勐连人，早年毕业于北平工业大学，民国政府外交部专员，滇缅界务委员。民国十八年（1929）春，中缅未定区域江心坡的景颇族人民反对英国军队侵略，派代表到腾冲向政府请愿，南京政府外交部设立滇缅界务研究委员会，并选聘专家。鉴于尹明德对界务之事已初有了解，被推荐参加。滇缅界务，涉及诸多历史旧因，后又有英国人插手，呈现异常复杂的局面。滇缅界务研究委员会采纳了他"应先派员详密勘察，然后交涉，乃有把握，否则任人指划，失败堪虞"的建议。

据此，内政部会同外交部正式任命他为滇缅界务调查专员。

民国十九年（1930）五月起，尹明德组织6个调查组，分头潜往此段未定界的茶山、里麻、孟养等我旧属司地，及浪速、求夷各地，详密探查。十一月十七日尹明德率员蒋恩洲、缅语译员李宗云、野人语译员蒋万青及随行3人，变装易名，从腾冲出发，深入中缅边境北段界区，历经艰难险阻，于二十年（1931）二月返回。其中二十年一月五日至十五日期间在猛拱、老玉石厂、新玉石厂探察。此行沿途尹明德皆做日记，返回后著有《滇缅界务交涉史》一册，《滇缅界务北段调查报告》一册、《云南北界勘察记》八卷。

《云南北界勘察记》中，尹明德对猛拱及新老玉厂当年的情形，有着详细记述，但这份文献云南重要史志均未收录，加之当年"界务现尚未定，阅者千万守密"等因，文稿印刷发行有限，范围较小，故知之者甚少。

我所看到的这份文献，是经腾冲贾志伟先生辑注并提供的，原文为日记体。这是我们今天了解和研究当年猛拱新、老玉石厂的一份第一手资料，十分珍贵。

民国二十年（1931）一月四日，曼德勒火车站，尹明德一行登上了开往猛拱的火车。此时，尹明德的身份不再是外交部专员，而是一位前来做生意的商号老板，也不再姓尹，而姓张。此次中方派员勘界，属秘密之举，尹明德一行不得不把真实身份隐藏起来，小心从事。

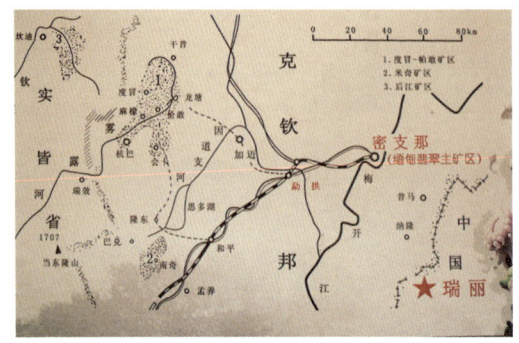

缅甸翡翠矿区分布图（图片提供：乔丽）

火车行驶 25 小时，于五日清晨抵达猛拱。

尹明德日记载：

> 六日，晴，住猛拱。
> ……猛拱为玉石、琥珀总出口处。每年四五月间，玉商咸集于此。
> 故猛拱之名甚著于世。实则居民不过三百户，街市亦不十分热闹。有英人厅署与玉石岗税所，至于玉石厂与琥珀厂，尚离此地二三百里也。……早餐后……旋赴华侨所建关帝庙一游……庙内附设腾商"洪兴公司"承抽玉石、琥珀岗税所。明德急欲知此二物每年产量及抽取办法税率，询据经理人云：前三年包收玉石及琥珀岗税，每年缴纳英政府卢比八万一千元，尚有盈余。由十八年十月起，另行承包，因为乡人不顾大局，群起竞争，英人抬高税额，此三年包成，每年须缴纳英政府岗税卢比十九万二千元。过来一年所收税额，除解缴英政府及开销外，毫无益处。抽税办法，玉石值百抽三十三，琥珀值百抽五，此两者全靠玉石出产……猛拱所抽者归政府，即国家税。尚需缴纳百分之十与地主，昔或赖赛头人（昔属孟养土司，又称坐把，皆蒲蛮人）。并以所收之岗税计之，则每年所出玉石琥珀价值约在卢比百万元之谱……缅政府收税办法：独身苦力，年收卢比二元。小家户视家庭状况而异，年纳门户数元至十余

元不等。商家则收所得税，如十万元以下资本，抽盈余十六分之五。每年缴纳政府八十五元以上者，准请照得购用鸟枪一支。

猛拱，今天一般写作勐拱，缅北一个小城，是缅甸产地古时唯一通向腾冲的集散地。《缅甸史》记载一则传说：公元13世纪，缅甸密支那以西南拱河右岸，当地第一代土司珊龙帕渡河，无意中在沙滩上捡拾到一块形状如鼓的蓝色玉石，惊喜之余认为是神灵降谕，于是决定在附近修筑城市，并起名猛拱，意思是鼓城。从此，那块玉就作为传世之宝，由历代土司保存。由此传说可见，猛拱建城伊始，就与玉石联系在一起。旧《辞海》"勐拱"条这样记述："缅甸北部城镇。在密支那西南铁路沿线上，南通曼德勒。有玉石矿长约三十公里，盛产玉石，为全国最大玉市。"

日记中所谓玉石岗税，是一种充满机巧、加之智慧、还要比拼眼力和赌性的征税方式。因为翡翠作为一种特殊矿产，其优劣和价值难以预测，早期缅甸政府对于征收玉石税并无成法，正如前文引述《滇海虞衡志·卷二》记载：玉石从河中采出，"撒出江岸各成堆，粗矿外护，大小如鹅卵石状，不知其中有玉，并玉之美恶否，估客随意买之，运至大理及滇省，皆有作玉坊，解之见翡翠，平地暴富矣。"英政府统治缅甸后，对玉石矿产实行岗税制。所谓岗税制，就是在玉石产地设立监督玉石交易的关卡，关卡叫"岗"，政府把"岗"承包给某些特定的人，承包人就叫"岗家"。岗税是政府确定好的定数。玉石产出后要进行交易，必须先到岗家那里报岗，因为翡翠毛石难明就里，质地差别很大，报岗时先由玉石主按质按量估出一个价格，报给岗家，这种报价称作"叫岗"。因为岗税是按价格比例征收，所以玉石主都尽量压低报价，但岗家都是一些颇有眼力的行家，心中自有一番估量，低报自然很难瞒天过海。这就开始斗智斗勇斗心眼了。"叫岗"只有3次机会，玉石主第一次低报，可以让你再次"叫岗"，再叫还低，岗家还会再给你一次机会，第三次"叫岗"合适，没说的，通过。若还是低于岗家估量的价格，那好，岗家就按你的"叫岗"价格收买这些玉石。对于"叫岗"一方来说，关键是要拿捏好分寸，价格叫到不吃亏，少纳税，又不能太过投机而鸡飞蛋打。而岗家最较劲的则是眼力，有一副好眼力，既能保证岗税的征收，对于寄期望于瞒天过海者，又可借坡赶驴，顺手牵羊，就地敛财。

张宝廷、寸如东、张兰亭都曾做过岗家。缅甸翡翠产区的岗家，许多年内一直由腾冲人充任。由于岗家获利颇丰，后来引来恶性竞争，都想做岗家，竞相抬高承包额度，英国人坐收渔利，将岗税承包额提高一倍多。这种"窝里斗"的悲剧，正是尹明德日记中痛心记载的"不顾大局""毫无益处"。

  七日，晴，由猛拱赴玉石厂，宿南鸦。
  上午十一时许，乘汽车出发……车向西行八十里，经甘板，适正午十二时。甘板英人设立厅署营盘，常驻兵四五十名，治理玉石厂及户拱一带山寨，归密支那府节制，邮政、电报各局均有备。居民百余户，华人（华人营小买卖为生，兼做揽头，为英人雇工修路）、缅人、焚人、野人均有。……由此西去南鸦，四十二里，路较崎岖，仅小汽车能行驶。……在甘板茶息半时，复前行二十六里，有英人官站一所……明德等由官站与往户拱路分道，向左行十六里抵南鸦已下午二时。宿腾侨商李品尧铺内。李经营小商业兼招待往玉石厂之乡人，计本日行程一百二十里。南鸦在群山中小冲内，往玉石厂必经之村寨，亦为由甘板来路上独一无二之村寨。有英人官站一所，居民七八十户……汉人亦有数户。
  八日，晴，由南鸦至龙潭。早八时由南鸦乘马出发，行山箐中，远处猿猴喧叫，山谷皆应，三十里抵南汀。……有英人关站一所，居民三户。在此备午餐，饭后复行，亦系山箐道，或上或下。路旁无居民，途中惟遇野人、赶马人及上玉石厂华人，三十里抵龙潭，计行程六十五里……
  龙潭居万山中一小坝，有外龙潭、里龙潭二寨。……是处有英人官站一所，居民二十余户……华人亦有六户。……由外龙潭沿雾露河北上约五十里，为蒲蛮干昔土目住处，南汀河以西归干昔土目管辖。

尹明德所到之处以及周边更大地域，按照《滇海虞衡志》的说法，历史上曾一度是腾越的属地。清末，腾越著名学者尹子监《老困游记·野人山调查记》一文也载有："野人山为我孟养司及茶山里麻两地官司属土。虽前代称为藩屏……"英国人从19世纪初叶就开始侵入缅甸。道光四年（1824），英军借口印缅冲突问题，侵占了缅南昂光地区；咸丰二年（1852），英军又借口缅甸"虐待英国人"不宣而战，侵占了勃生、勃固、卑缪一带；光绪十一年（1885），英商孟买有限公司在缅北砍伐大量柚木而瞒关漏税，被缅王下令封禁，英政府密谋出师讨伐，诡称以轮船送逃亡在外的缅皇室储子归国袭职，11月27日英军船队到达曼德勒伊洛瓦底江江边，进宫俘获缅王锡卜和王妃，次日即流放印度洋拉得乃奇黎岛，从此缅甸沦亡。此后，英军又占据缅北。对于克钦山丰富的玉石矿产资源，他们垂涎已久，欲强行将玉石厂地权卖与英国大商人，遭到克钦人和华商的坚决抵制，英缅密支那府才不得不收回成命，华商玉石厂的开挖权始得保留。但缅甸全境终归沦陷于英国人之手，即使在尹明德所往那样偏僻的地区，仍能时见英国人驻兵和所建的厅署官站。

雾露河，今天多称乌龙河，帕敢也称作帕岗。玉石矿厂主要分布在乌龙河流域范围里。玉石厂，这个神秘的地方，将在尹明德——当然还有我们——眼前展开怎样的景象呢？

九日，晴，由龙潭至帕敢玉石厂。

早八时，向西行渡雾露河达里龙潭。河冬季有竹桥通往来，人亦可徒涉，夏季水大，用竹筏或小舟过渡。里龙潭居民较外龙潭多……经里龙潭后道分为二：一向西往格地模、东摩各厂；一向西南沿雾露河往帕敢厂。明德等向西南行，约十六里，过麻蒙湾。居民二十户余，为缅人、焚夷两种。此去山边水尾，即为挖玉者。又行三里许，经芭蕉园，居民四五十户。再行数分钟，抵帕敢宿，时为上午十一时，计由龙潭来共二十余里。

帕敢居民百余户，华人、缅人、焚夷、野人均有。干昔土目在此设岗抽收出地税，即挖出玉石一件，抽值百分之十之款归干昔土目。统计每年出地税总额，由卢比七万至十万之谱。帕敢有小市集一条，尚热闹。腾冲、保山各种食品、土产、咸菜均有出售。所遇十分之八皆为家乡人，几乎忘其身居蛮烟瘴雨之异乡也。下午出外游览。帕敢随近挖玉石者遍山皆是，大都是二三人或四五人合挖一个洞，闻雾露河东岸尤多……

晚间，沿小街一游，饭馆、茶铺、烟馆、赌场均有。

英人于缅甸烟赌禁例甚严，独于玉石厂放任，准其大赌特赌。赌捐归干

翡翠毛石运输（图片提供：乔丽）

昔土目抽取，每年包捐卢比七千元。鸦片虽不收捐，但昂贵异常。故走厂者，一旦挖获玉石发财，多惟烟赌是务，能保持负载而归者甚罕。

倘始终未挖获玉石，则狼狈可怜之状，更不堪言。而染瘴死者，更不知凡几矣。

玉石厂在雾露河沿岸，产玉区域，纵横约百里，西北区属干昔土目，有东摩、格地模、麻蒙、帕敢、妈萨五厂。东南区属赖赛土目，有会卡（又名汇康）一厂。东摩称新厂，其余皆称老厂。老厂由明朝嘉靖年间开采，新厂何时开采则不详。干昔、赖赛两土目（又称头人或称坐把，皆蒲蛮种），原属我孟养土司。

原本偏远荒蛮之地，因为玉石，寂寥平静不复存在，转而呈现出一片骚动和纷乱。寻梦者身影碌碌，侵略者虎视眈眈，山野里坑洞遍布，街市上尘嚣弥漫，烟馆、赌场，是不是还有妓寮？也难怪，挖玉，原本就是一场赌博，无常的命运掌握在无常之手，苦在一搏一拼，梦在一癫一醉，悲夫！子不知明日矣！

日记记载旧厂新厂，是当今玉石市场仍在沿用的两个概念。老厂开采早在何时？《民国腾冲县志稿》载："自明中叶启玉进而还，又开玉石、琥珀、石油、树胶等厂。"腾冲华侨先辈尹子章、尹子鉴合著的《芸草合编》云："约开采于1443年。玉石厂位于北纬二十五度、二十六度之间，不论华人、缅人、野人、僰夷，山边水涯均可开挖，毫无限制。"至于新厂，徐宗穉《玉石厂记》云："光绪初年发现新山玉。"《芸草合编》说是约开采于1883年。尹家令《玉石厂记》讲："新山洞子，昔年为厂地头目、山官所凿,光绪末年卖与汉人。"今天的玉石市场，"老厂""新厂"，或曰"老厂口""新厂口"，是区分玉石品质的重要概念。一般讲来,老厂所产要优于新厂。但今天市场对于新、老厂的划分,已不同于昔日,20 世纪 80 年代以后,乌龙河沿岸陆续发现多处新矿并开始开采,如目乱干、龙坑、香拱等,现在所谓新厂一般指这些厂口而言。

  十日,晴,住帕敢。……渡河顺流而下,未几至老帕敢。路旁开挖者有四五洞,深浅不一,有甫挖二三尺即至石层者,有挖至三四丈始达石层者。而石层之厚薄、疏密又不一。因玉石多产于石层中,故挖玉者,能得石层厚而密之洞,则希望较大,谓之"好洞"。然亦有石层疏薄而获玉,石层厚密而无玉者。又有挖开草皮泥土中即获玉者,名曰"草皮矿"。每年到各厂洞挖玉者数近二万人。有到后挖采未久即得玉者,有力尽汗干挖四五月而始终未获一玉者。厂地有在半山者,有在河边者。在河边者,挖下丈余即有水,须一面挖,一面以竹筒扯水,至石层翻完始止。因石层下系泥土,则无玉石矣。

  由老帕敢南区六七里抵幽麻,其南面河边,厂洞遍地皆是。因去岁出玉石较多,故今年人争趋之,大小四五十洞。宽窄互异,深浅不一。众皆人各发奋,争欲得此地宝。挖玉石者汉人、缅人、僰人、野人均有,而以汉人为多。幽麻居民十余户……

十日日记,详细记载了挖玉人从寻矿到挖玉的全过程,尹氏实地踏勘,亲历其境,深入了解,所得均为一手资料,至为珍贵。

  挖玉之法:先寻选无人挖过之地,而较有希望者,以小树或竹一株插地认下,或堆石为记,所谓插草为标也。然后用香烛、三牲祭祷,默求神灵庇佑,早得玉石。祭祷毕,始破土动工。多以三人合挖一洞。自备吃费挖采者,得玉石即自行享有。老板每人月给吃费卢比十元,小伙计出力合挖者,得玉石,老板小伙计各半均分。如始终未挖获玉石,则老板贴吃费,小伙计白出力。此种劳资办法,亦甚公平。得玉石后,缴值百抽十之款于干昔或赖赛土目,再纳百分之三十三之于英政府包出之猛拱税岗,此外即无开费。老厂各洞如帕敢、麻蒙、麻蒙、妈萨、格地摸、会卡各厂办法皆同。走厂挖玉石者,大抵由十月起至翌年五月止,在此期间挖玉者,约二三万人。买玉商人则于三四月间集中厂地,数近万人，五月内纷纷离厂地。然亦有数千人在厂地度夏者，谓之"打雨水"……

我也曾接触过不少去过缅甸玉石矿区的人，听他们讲述现在挖玉情景。玉石厂的山上长满竹林、芭蕉、棕树及各种灌木，乌龙河弯弯曲曲地穿行于其间，忽而隐，忽而现，忽而又水天一色。本该是山清水秀的景色，但玉石厂的野蛮开采破坏了这一切。无数架挖掘机日夜操作，无数台载重车来回运输，一座座苍绿葱翠的山头被扒成红土秃岭，寸草不见。河边各处打进数十米至数百米的深井，泥土碎石滚入河里，河水已经变得浑黄，有些河道已经被淤阻。现代化开采手段自然要比原始手段威力大很多，探测器、炸药、大型机械设备都在使用。挖掘机把一铲沙石倒下，矿工们手持钉锤蜂拥而上捡拾玉石。到处机器轰鸣，到处尘土飞扬……

尹氏的记载与现代人的讲述互为补充，构成了一幅乌龙河古今挖玉图。

十一日，晴，晚微雨，住帕敢。

早饭后偕钏铸山、陶伯乐往板殿参观伯乐厂洞，洞在雾露河上游东岸。由芭蕉园分路，向东北行未几渡河即是。此洞工程较大，夏季用雨水冲去五六丈方至石层，现正翻挖石层。路上所经厂洞甚多，与昨日所观大略相同，旋由麻蒙湾、小岔河参观而回。在此两日巡游，未闻何洞挖得一较有价值之玉石，其事之难可想而知。

十二日，晴，由帕敢赴东摩新厂。

早饭后偕钏铸山、蒋恩洲并随从向西北出发。离帕敢登山极陡峻，路难行，幸所乘骡马颇得力，行二十余里抵山巅，有野人村寨腊猛在焉。野人二十余户，盖蒲蛮种，归干昔土目管……复行十余里抵东摩厂。下午二时抵东摩，稍息即赴厂洞参观。新厂挖采之法，与老厂迥异。各厂户先向干昔土目在地面购获厂地，其价每方丈由数千元至数万元不等。然后由总洞门入，向所购方位暗中摸索。玉石在地面下约十四五丈深，系青石中夹玉石脉一层，故挖玉石者，须将青石凿尽，然后取得玉石，凿石之法：或以汽机敲凿，或以炭火焚烧，将石打碎背负而上。入洞者，皆手持一灯，极不卫生。每八小时轮班工作，昼夜不停。各户所购之地位不同，有出美玉者，有出玉石不多者，此亦视乎各人之命运耳。挖出玉石，只纳猛拱百分之三十三国家税，无须再缴出地税。洞内夏季为水所淹，

如今的缅甸翡翠矿山场景（图片提供：乔丽）

冬季以机器排水,每年仅于春季工作三月。挖采时,每日有苦力五六百人在洞内工作。新厂所出玉石较老厂各洞所出者水色稍欠,称曰"新山玉"……

东摩,地理名中又记作东募、朵摩,位于勐拱西北约40多千米处。玉厂在山顶,山势高峻,海拔约1500~1700米,新厂代表性矿区之一。腾冲和顺人张兰亭、腾冲绮罗人李本仁(字寿育)都曾在这里开采经营,著名马家大玉便出产于此地。以后不断发现矿床,周边又有新厂出现。

十三日,晴,由东摩赴龙潭。
……同乡李寿育(本仁)有矿洞在新厂。甫由猛拱来照料厂中排水事,今晨邀早餐,意颇诚挚,遂约铸山、恩洲同去。早餐后即辞回出发。闻干昔土目在东摩东四五里地另辟新厂,顺道一游,行未几,抵是地。野人甫将地面大树砍伐,挖一二洞,深丈余,尚未至产玉石处。此地将如老厂办法开明洞,惟干昔土目拟抽出山岗十分之四,挖玉者以抽税太昂,多不愿。将来玉石色彩好坏,与夫能否热闹,尚不可知。日来干昔土目参马弄召集野人,杀牛祭鬼,商议开辟江心坡,山官腾南滚札之子亦在此。明德乘间摄一影。

由东摩行二十余里抵格地模,亦属老厂之一,惟挖洞者较帕敢少,因往年此地出玉石者不多,故今岁来者较少。格地模居民约三十户,有饭馆、赌

今天的翡翠厂口（图片提供：乔丽）

场、茶馆，尚热闹。由格地模东行五里抵龙潭，计本日行程三十余里。外龙潭英人拟设教堂一所，以资传教。孟养教堂颇大，传教分缅人、僰夷、野人三组……此外并以英文字母拼音编成蒲蛮语，灌输野人。

　　十四日，晨雨，日晴，由龙潭返南鸦。

　　……早饭后铸山由此握别返帕敢，明德等回猛拱。行三十余里抵南汀，造午饭果腹。甘板厅官与医官一人，率士兵二十余人，随带驮马二十余匹，赴帕敢一带巡查，并收派门户钱，在此相遇。厅官、医官骑马，士兵步行，枪支系五子枪。南汀午餐后，复后三十余里抵南鸦，仍宿乡人李品尧处。

　　十五日，晴，由南鸦返猛拱。

　　早饭后小汽车迟迟未至，待至上午十一时始来，即乘之离南鸦。经甘板，住乡人蔺思浩铺中略息。蔺来此已十年，人地颇熟，除开杂货店外，并承揽修筑进户拱汽车路工程。据云：由甘板到猛拱共约一百八十里，民国十七年修起至今春季止，已修竣一百二十里。再二年，全路竣工。户拱由民国十四年，英人始着手经营，刻尚未收派门户钱，土人除一二寨僰夷外，概系野人。英人派头人就近约束，道设巡查一人，常驻其地。冬驻兵百余名，夏则退出。……商旅虽可任意往来，有时尚有抢劫之虞。在甘板略息，复沿旧路行抵猛拱，已下午三时。计本日行程一百二十余里。……

　　今天，介绍翡翠产地的图书、资料不在少数，其中不乏精到详备之作，但尹明德勘察日记，无疑是翡翠现代叙事的开山之作。

　　这份难得的历史文献，为外界，为世人，提供了一套系统的早年翡翠矿区信息，带领我们穿越时空，在遥远的乌龙河翡翠矿区漫游，让我们感受到那绿色精灵无尽的魅惑和出世的艰难，感受到华夏民族、华夏文化与她的绵绵情缘和心心相印。

玉案惊奇

在腾冲,数十年致力于研究翡翠文化的张竹邦先生告诉我,别的地方可以不去,但绮罗村一定要去看看。

绮罗村就是 370 年前徐霞客在腾冲曾经落脚的地方。

徐霞客甫抵腾冲,消息就在城里传开,官方和各界对这位大旅行家的到来表现出很高热情,他被安排在"官店"下榻。明崇祯十二年(1639)农历五月初二,绮罗村一个名叫李虎变的州庠生拜访徐霞客,邀他去绮罗小住。徐霞客应允。五月初四,李虎变到县城迎接徐霞客。徐霞客在游记中写道:"时微雨,遂与之联骑,由来凤山东南麓循之南,六里,抵绮罗。""是夜,宿李君家。"

我也"由来凤山东南麓循之南",来到绮罗村。

当年徐霞客对绮罗感觉不错:"绮罗,志作矣罗,其村颇盛";"西倚来凤山,南瞰水尾山,当两山夹辏间,竹树扶疏,田塍纡错,亦一幽境。"与和顺一样,这也是一个著名侨乡,村里的华侨遍及缅甸及东南亚各国,有的则侨居西欧、北美,大都从事商务活动。村里人依姓氏而居,每个姓氏自成巷道,每个巷道口建有一幢"总大门",多用腾冲火山石镶砌成八字形的石墙,中间拱起门洞,门洞上方用三砖一瓦方式镶成飞檐墙顶。"总大门"对面,往往辟一月台,月台上砌有半月形照壁,以护风水。村内一开阔处,很大一面白墙上用油漆大字书写着李虎变迎徐霞客来村中驻留的概况。

在当地朋友引导下,我来到玉虎巷最东头一条小巷,这里有一处明清风格的建筑,

这便是李虎变的老宅。据介绍,李虎变原名李正邦,其父李必升,字翘先,以卖酒为生,常接济穷人。一天,李必升从鹤庆驮酒行到荒郊,突然出现一头白虎,他以为必然要命丧虎口了,谁知那白虎转了三圈后竟不见了踪影,虎爪踩过的地方却出现白花花的银子。李必升将桶里的酒倒掉,将白银驮回家。为了纪念"老虎变银子"的奇迹,李必升将随后出世的长子小名取为"虎变"。因为这传说太过神奇,后来李正邦的大名没有叫响,李虎变这个名字却传之于世。

李虎变夫妇双双活过百岁。后来,他的重孙当上了知县,奏请朝廷,乾隆三年(1738)皇帝降旨,旌表两位老人"双寿",赐匾两方,分别刻有"升平人瑞"和"贞寿之门"。据传这两方御赐匾额现在还在,为李虎变后人李太和保管,只可惜我没有见到李太和,也就无从考察其究竟。

徐霞客到绮罗,共7天,住李虎变家4夜。李虎变陪同徐霞客考察了水映寺、天应寺、团山、长洞、罗汉冲等地方以及附近的山脉、水系和罗汉冲温泉。正是在这里,徐霞客结识了玉商潘捷余和后来送他"翠生石"的潘一桂,自此,绮罗在《徐霞客游记》中留下了重重的一笔。

让我感到意外的是,绮罗村中许多老宅,现在空荡荡闲置在那里,有些年久失修已经呈现出破败的模样。翡翠巨商李先和故居算是好一点,刚刚修缮过,但没有了人气,我们走进院子转悠半天,才有一个中年女子从一个拐弯抹角的地方出来,陪同朋友介

绮罗文昌宫老照片（图片提供：腾冲县委宣传部）

20世纪80年代的绮罗村

李虎变故居,明代大旅行家徐霞客入滇曾住这里(图片提供:腾冲县委宣传部)

和顺小巷口,许多腾冲玉商从这里走向发财致富或倾家荡产之路(寸晓红摄)

和顺弯楼子,早年翡翠大亨的宅第(解宏伟摄)

绍她就是现在的女主人,叫杨杏湘。

这是一座四合五天井格局的两层建筑,分前后两院,前院是花厅,后院是正房。正房中庭设"天地巴",也叫"暖阁家堂",是供奉祖宗牌位的地方,李先和画像挂在正中。门前廊柱上镌刻有楹联:"叔祖支分当年服古入官久列循良乘传;男儿志奋此日兴家立业宏开富贵根基。"横匾是"崇德象贤。"字迹斑驳,但仍不难辨认。楹联无疑在颂扬李氏先祖创业的功德,与女主人交谈,她却什么也说不上来,她说丈夫知道,遂给丈夫打电话,要他马上回家。

不一刻,男主人进了家门。

男主人叫李家旺,李先和五世孙。他先领我们前后院参观。房子很多,很大,李家旺一家住前院花厅,他在热河小学教书,妻子在茶厂打工,一个孩子正在县城五中读书,平时就这三口人守着偌大的老宅。今天正好杨杏湘没去茶厂,要不我们肯定会吃闭门羹。

李家旺是个有心人,他正在收集整理先祖李先和的有关资料,并且尽自己所能,分步骤一处一处修缮老宅门脸和一些紧要的地方。李氏后人现多居海外,缅甸、中国香港、中国台湾都有,正院房屋挂在家旺大爹名下,但大爹已经80多岁,旅居缅甸,房子交由家旺代管。这是在李先和手中建起的产业,从格局的考究,设计的精心,选材、用料的讲究,可以想象当年的堂皇,而楼上的夹壁墙、正房南侧碉房里可供藏人藏宝的暗道,也不难想象这个家庭的富足殷实和由此生出的念虑顾忌。

李先和7岁跟随父亲往缅甸,未及成年就开始经商。14岁,父亲去世,他独身跑到瓦城,先在商号里做学徒,后自己做起百货、棉布生意。成年后,奉母命回老家娶妻成家,老太太满心希望李氏家族人丁兴旺,但李先和与妻子只生有一个女儿。在缅甸,李先和的"福和美"商号生意兴隆,由于他聪敏干练,做事勤谨,为人谦恭,得到缅王锡卜赏识,将王妃的侄女许配给他,生下三男两女。与王室有了这一层关系,李先和得到了缅甸与中国贸易的更多生意,他联合其他华商,生意越做越大,除经营木材、黄丝、棉花、布匹、洋杂等,猛拱玉石厂也是他的主营之一,寸如东10多岁闯荡缅甸,最初就是随李先和在猛拱玉石厂学事,最终成就了翡翠大王的鸿业。

明末以降，绮罗村先后出过尹文达、李先和、李本仁、刘宝臣、段盛才等翡翠巨商。他们起点不同，性情各异，但有一点是相同的，那就是有着在缅甸闯荡的经历。他们历尽艰难，千辛万苦，在异国他乡打拼出一片天地，然后衣锦还乡，富甲一方，光宗耀祖。绮罗村街巷里那些器宇轩昂的宅屋就是他们成功的标志、象征。然而三十年河东，三十年河西，如今绮罗村辉煌不再。同是侨乡的和顺村，现在开发成著名旅游点，成为"驿路商旅"的代表性村落，而绮罗似乎被人遗忘了，很少再有人关注它，它默默地蜷缩在腾冲城外一隅，那些年久失修的宅第建筑像垂垂老矣的历史剧角色，向后人讲述着人世沧桑。

感受到这世道轮转、沧桑变化的不光是我们这些外人，绮罗人可能比我们感受更深。先祖创业，儿孙守成，但他们没有守住，那些留给他们的祖宅，在他们手里一天天破败衰朽，正像李家旺对我所讲：老祖宗留下的屋子，住得起，修不起。他有海外大爹的支持，才零敲碎打很有限度地对老宅进行一些必要的维修。绮罗村的人，要想依靠自己的力量使这个历史名村焕发光彩，几乎不可能，他们现在只能寄希望于未知的某一天，绮罗纳入开发规划之中，有政府或商家的投入，这里才有可能发生变化。

即使这一天来到，那些破败的老宅建筑被保住，但绮罗先祖骨子里的那些东西呢？他们的精气神，他们创造的属于自己的村落文化，还会继续存在吗？对此我持悲观态度。

绮罗，还处于对往昔辉煌的遥想回味中。

长久以来，腾冲最脍炙人口的传说，莫过于六大名玉传奇。

六大名玉，前两名即为绮罗人所有，而名头最大占据首位的，即以"绮罗玉"命名。

"绮罗玉"的主人尹文达，绮罗村尹家巷人。相传尹文达的祖上在缅甸经商，明朝末年从猛拱玉石厂购得一块大玉。此玉通体被黑乌砂皮包裹，运回绮罗后，许多行家断定其中一片窑烟死黑，是块废石，根本不可能有翠。尹文达祖上很丧气，遂将其垫在马厩里，未再作理会。

时光流转，岁月更迭，数十年之后的某一天，尹文达进马厩，恰有一束阳光从屋顶瓦缝透过，照射在地面那块石头上，石头上显现出点点绿光。尹文达急忙刨出石头，细细打量，原来数十年间石头经马蹄踩踏，皮壳已被磨去，透出里边的瓤来，竟是一片高翠。尹文达大喜过望，把石头运到解玉作坊，解开后得到很大一块色泽艳绿的翠玉。尹文达命工匠将此玉加工成一盏宫灯，中秋节高悬于水映寺，点燃里边的蜡烛，顿时那翡翠宫灯绿光闪闪，水波盈盈，显得美轮美奂，围观者一层一层，水泄不通。继后，尹文达根据这块玉石"愈薄愈美"的水色特点，将所余玉料制成耳片出售，世人竞相求购，当年，滇西地区无论是大户人家妇女，还是坊间年轻女子，都以拥有一对"绮罗玉"耳片为荣，引得行情大涨，一对耳片竟卖到二三十两纹银。有些投机取巧的商家，请来技艺高超的玉工，将原来的耳片一剖为二，一片变两片出售，照样为人争购。

位于六大名玉第二位的段家玉，主人段盛才出生于清咸丰末年。段盛才幼年丧父，寡母拉扯他由腾冲后董库迁居绮罗。段盛才小小年纪，便以割马草养家，后来学得一门做豌豆粉的手艺，每日挑担四处叫卖，苦是苦点，却也逍遥快活。然而就在这逍遥快活中，他结识了一帮赌徒，遂沉迷于骰子的摇转和骨牌的花色之中，竟连做豆粉的本钱也输了个精光。一天，他在和顺卖完豆粉又参赌，输得灰头耷脑，在铺台下一歪睡了过去。一位老倌走过来用拐杖戳醒他："家中老娘等你找米下锅，你这个不成器的小子还缩在这里，你要是能出息个人样，我在手心里烧肉吃！"老倌的嗤笑刺激了段盛才，他一跃而起，扔了粉筐扁担，回到家中禀告老母：他要走夷方，去缅甸发财，不闯出个名堂，誓不为人。

到了缅甸，段盛才在野人山一克钦山官家中做帮工。他勤勉干练，对主人晨昏服侍，忠心耿耿，深得山官赏识喜爱。野人山是玉石产地，他常与各种玉石商打交道，悉心钻研鉴玉知识，练就了一副好眼力。数年过后，他惦念家中老母，想回家看看。山官与他结算工钱，他什么都不要，只求带走山官府宅门前两块上马石。那是两块玉石，主人不看好，随便丢弃在那里，但他相信里边涵种涵色。山官慨然应允。

在驮运石头回腾冲路上，有玉石商也相中了那两块玉石，出价求购，被段盛才拒绝。回到家中，他把两块玉石送到腾冲南门外官四爷的解玉作坊，官四爷断定这两块蒙头货是水沫子（一种近似翡翠的玉石，属纳长石类，不可与翡翠同日而语），劝他不要解。官四爷乃赌石行里的老手，他的劝告该是有些分量的，段盛才却一笑置之，执意要解。石头上架，拉丝锯开解，一听解玉沙摩擦的声音，官四爷又放话：不是水沫子，他不要解玉工钱。水沫子结构比翡翠松散，开解时是"沙沙"的闷声，段盛才仍执意让解玉工继续往里解。待拉丝锯吃进一寸多，"沙沙"声变了，变成了脆硬的钢音。待到开解完毕，众人一看，那石头心里竟然是水色俱佳的满翡，水是透明的玻璃水，色是艳绿的水草花，官四爷登时傻了眼。段盛才后来用两块玉石制成玉镯二三百对，玉镯品相就像清澈透亮的一汪水，里边有翠绿的水草在飘曳拂动。手镯每对售价达 1000～3000 银圆，另外还加工有数十支玉环和玉簪。段盛才由此发迹，兑现了他出门前的誓言，而"段家玉"的名声，也就远近盛传开来。

继后段盛才在腾冲西街购了地，盖了楼，开了玉器作坊，经营起"富盛兴"商号，子孙后代遂也从事起玉石经营。

除绮罗村的"绮罗玉""段家玉"外，六大名玉还有腾冲县城的"振坤玉""官四玉""马家玉"，大盈江一头一尾的"王家玉"（两家王姓的玉）。这些名玉都有它们为人津津乐道的故事，而在这些故事中，最具传奇色彩、最富戏剧性特色的当数"官四玉"。

官四就是为段盛才断玉的官四爷。官四后面加上"爷"的称谓，是后来的事，他本名上官占吉，在家中行四，穷家小户野小子一个，没头没面，人们也就懒得称呼他的复姓大名，直呼"官四"图个方便。官四 17 岁离家赴缅甸走厂，开过洞，挖过矿，背过石头，也曾帮人盘赌吃饭，苦熬苦拼 50 多年，临到老也没能发达起来，只落下被扁担压驼的背和被铁撬磨出的满手老茧。发财无望，已是年老体衰，官四满怀悲凉准备背起行囊回乡了，临行前的晚上，他做了个梦，梦见他面前走来两个白胡子老头，其中一个指着他对另一个讲："此人出来时间很长了，能不能给他一点？"另一个翻开一本簿子查看，讲："这里面没有他的名字，怎生给他？"先一个又讲："他快 70 了，你要不给他，我就把他收了去，免得他留在人世受罪。"这两个白胡子老头，一个是阎王，一个是财神。官四从梦中惊醒，突然生出一种希望，天一亮就又重回他挖过玉石的坑里，连挖数日，可是仍然一无所获。他彻底断了指望，背起行囊要走，想想老天爷也欺侮他，心里愤愤不平，转身向玉石矿坑里撒了泡尿。谁料那尿撒出去，冲开土层，亮出一块

绮罗文昌宫大门（图片提供：腾冲县委宣传部）

号称世界上最大的翡翠毛石（刘正凡摄）

敢赌一把吗？

玉来，他转怒为喜，捧了那玉回到老家腾冲，就此发了大财，转换了命运。他带回的那块玉石，就被称作"官四玉"，而他也被人们尊称为官四爷了。

"官四玉"的故事过于离奇，不排除有想象杜撰的成分夹杂其中，但官四实有其人，"官四玉"实有其物，据讲此玉整体艳，淡水绿，种老，个头大，多数加工成了手镯，当年作为高档货大多销往境外，现在腾冲依然存有，但已经是凤毛麟角了。

在六大名玉中，最让我感兴趣的是"振坤玉"。它不光在初问世的清末民初引起轰动，更在日后留下一长串故事，此外还有重重谜团，有由时空构筑的足够供人探究和猜想的历史剧情。在腾冲，它活在传说里，而在我这里，它活在我眼前，活在我曾经触摸的感觉里，活在我熟悉的玉雕大师的刀砣下。它的故事，构成了百年来最引人入胜的玉石传奇。

像其他名玉一样，"振坤玉"以它最初的拥有者王振坤的名字而命名。王振坤，腾冲邻县盈江人，旅缅商人，后设"振坤记"商号于腾冲县城太平街，故后人多将他看作是腾冲人。清宣统二年（1910），王振坤在猛拱老厂挖到一个巨大玉石，当地人形容其形状，像是一颗巨大的"芋头"，足有一二千斤。在当地剖解成五大块（有资料讲约50厘米×100厘米），水色绝佳。他在其中一块上切下一角，制成若干对手镯，每对以缅币千盾卢比以上的价格卖出，用以缴纳岗税，其余几块决定以生货(毛石)销售，桩口定在上海。

桩口就是适销对路的特定市场。玉石交易很讲究桩口，玉石要发往市场了，商家会按玉石种、水、色以及个头大小，来确定不同的走向。比如上个世纪初叶，种、水、色俱佳者为上品，运往上海转销美国、日本，称上海桩或上桩；带绿色而种、水稍次者，为玉中之中品，运往广州销售，称广桩；运往香港者，称港桩；种、水、色较次，但个头大，可用于雕大件者，运往北平销售，称北平桩。王振坤把桩口定在上海，可见他信心满满。

玉石装箱运抵上海。当时上海，中外客商如云，显贵巨室麋集，翡翠是富商巨贾、贵妇名媛炫耀身份、装点摩登最抢眼的配饰，而作为生意来做，翡翠又是奇货可居，所以滇侨玉石商人在这里如鱼得水，大显身手。好东西在手，王振坤心气颇高，价格定在白银 100 万两。

100 万两白银,是个什么概念?我查阅历史资料,对 20 世纪初叶上海的物价信息获得了一个轮廓性了解,当时市面上,银两与银圆并用,但银行结算却按照老传统以银两为单位。而银两与银圆兑换一直在浮动之中,一般在七钱之上八钱之下,所谓七上八下。取个中间值,按 7.5 钱来计算,100 万两白银,相当于 133 万银圆还要多。当时上海工人的月工资一般为 20 元上下,家庭月收入超过 50 元的话,就基本达到小康水平;如家庭月收入有一二百元,就可算是中产阶层。张治中回忆录记载,他于 1921 年因失去军职而避居上海,在法租界租了一个楼面,月租 16 元。房间用布帘隔开,一间做卧室,一间做书房,他与妻子及一个孩子每月的生活费是 50 元。对于张治中来说,这算是拮据的,但仍能过得下去。在此前后上海的米价,每百斤通常在 8 元到 13 元上下浮动,齐白石的画每二尺一元,大学教授月薪 80 元,一辆小汽车的价格也不过 1000 元左右。据《白银时代生活史》的作者、上海名中医陈存仁透露,当时最赚钱的买卖是投资地皮和珠宝玉石。他在静安寺路愚园路(今常德路)花 5200 元买了一块面积 3 亩 7 分的地,不到 3 年的时间,便以 3 万元的价格出手,而数年之后,更是涨到了 10 万元。他太太花 120 元买了一对翡翠耳环,二三十年后,陈家夫妇到了香港,以原价一千倍的价格出手,后来更是涨到了 5000 倍的价格。

可见,100 万两白银,在当时已经是一个天文数字了。

没有人能扛得起这几块石头。

对这几块玉石动心的大有人在,有人出价 20 万,有人出价 30 万,距王振坤的期望价相差太远,一时卖不出去,他便将玉石暂且抵押给设在上海的云南"天顺祥"商号,抵银为 20 万两。

后来不知何故,王振坤一直没有去赎取这几块玉石。是否另有其他投资占用资金,临到期限拿不出赎金?或是突生某种变故,王振坤已无暇顾及?不得其解,也就不好妄加猜测。事实是:过期未赎,"振坤玉"遂归"天顺祥"所有。

在腾冲,关于"振坤玉"的来龙去脉,我走访了不少专家和业内人士,此前此后也查阅了不少资料,故事演进到上海滩都戛然而止。没有人知道"振坤玉"此后的踪迹,个别传说将故事延续到广州,抑或是北京,也有说此玉后来被一位银行家买走,但都似是而非,语焉不详。"振坤玉"成了一出有头无尾的悬念剧。

零散的记载是有的,其中龚子俊对"振坤玉"的描述被人引用最多。龚子俊在他的《腾冲珠宝业》一文中写道:"王振坤的这件玉石,可以说是近一百多年来,在腾冲市场见过最上乘的玉石,其质量为满绿夹丝丝放堂,底是化马洒,无杂质,无瑕疵,像化学烧料一样,我经营玉石从小到90岁,只见过4只振坤玉手镯。1982年腾冲供销社玉石收购门市部调给广东珠宝玉器公司一只振坤玉手镯,调价为1300元,该公司将这只手镯在广交会上陈列,即被一个外商以8万元买去,这个外商买得后,还夸赞不绝:'太好了,很便宜!'"龚子俊是腾冲老一辈著名翡翠专家,从业珠宝玉石经营数十载,后担任腾冲县政协委员,这是他91岁发表的一篇文章。老先生见过"振坤玉"的制成品,他对该玉的评价自然具有权威性,但文章也只局限于对"振坤玉"手镯的描述和对其中一只身价的记录,只能算作"振坤玉"在上海"演出"之后的零星花絮,或者说仅仅是凤凰绝踪后在其巢边捡拾的小片翎毛,无关"正剧"的发展,无关凤凰的去向。

其实,"振坤玉"的剧情并没有终止于上海滩那个名叫天顺祥的云南商号,它还有下半出,下半出的演出达60多年之久,剧情千回百折,波澜起伏,高潮迭出,蔚为壮观。

它牵动了一位国家总理,成就了一项国家工程,创造了翡翠文化发展历史上一段空前的奇迹。

20个世纪80年代末,一件轰动海内外的消息被媒体广为传诵:4件精美绝伦的翡翠巨作《岱岳奇观》《含香聚瑞》《群芳览胜》《四海腾欢》在北京问世。经国内权威专家团队评审鉴定,4件作品被定为"四大国宝"。

"四大国宝"用料来源,一直令人们倍感兴趣同时也争论不休。有说法是新中国成立时接收上海洋行的资产;坊间传说是国民党高官显贵从大陆撤退,慌忙中未及运上船遗落在上海码头的;还有专家论证是慈禧时代的宫廷藏玉流入民间,再辗转落入政府手里。说法各异,云山雾罩,难明底里。

"四大国宝"的制作，启动于 1982 年 11 月，预定 1986 年完成，故当时命名为"86 工程"。"86 工程"主创团队——北京市玉器厂，当年参与制作如今仍健在的几位大师，我都熟悉；规划、组织、指导"86 工程"的原国家轻工业部副部长陈士能，我也认识并数次听他介绍过当时的情况；我也曾有幸与"四大国宝"零距离接触，亲手触摸过它们，仔细瞻仰其尊容。一个判断逐渐在我心中形成，而且随着各方面信息积累和了解的一步步深入，这判断愈来愈清晰，这就是——

制作"四大国宝"的用料，正是销声匿迹 60 余年的"振坤玉"！

这是"振坤玉"的后传，一部大戏最为壮阔、最有声色的后半出。

"卅二万种"

1980 年 6 月 5 日,《北京晚报》发表了一篇题为《宝石何在》的文章。文章系记者采访北京市玉器厂中国工艺美术大师王树森后写的一篇报道,意在寻找一块石头。这是一块翡翠原石,它有一个奇怪的名字:卅二万种。

有关"卅二万种"的故事,曾任北京颐和园办公室主任的作家徐凤桐在《一块巨型翡翠的跨世纪传奇》一文中,有过生动的记述。结合徐文和我采访了解的情况,这一传奇故事即将引领我们的读者,穿越一段颇具神秘色彩的往事。

王树森寻找这块石头已经多年。王树森 1917 年出生于北京一个玉雕世家,13 岁随父学艺,20 多岁已成为玉器行中佼佼者。20 世纪 40 年代,即以高超的玉雕技艺闻名于京城。新中国成立后,在徐悲鸿先生的关照下,曾进入中央美术学院进修。在北京玉器行的能工巧匠中,人们最为推崇的有 5 个人。他们的名字是潘秉衡、何荣、刘德瀛、王树森和刘鹤年。北京人有个习惯,喜欢把一些出了名的人物归类成"四",像京剧中的"四大名旦"和"四大须生",武术界的"四大拳脚",等等。北京人也把玉器行里的 4 位有名人物,即潘、何、刘、王称呼为"四怪",即 4 位各怀独特技艺的怪杰人物。为了不埋没刘鹤年的独特技艺,人们又在"四怪"之外加了一个"魔"字,把刘鹤年称为"一魔"。这样合在一起,在北京玉器行业里,就有了"四怪一魔"的美誉。

早年随父学艺时,父亲要王树森到一条街上去买磨玉的沙子,路过一家不太大的玉器作坊,王树森偶然看见工匠正在雕刻一件活计,这件活计引起了他的极大兴趣。

玉料块头不小,冰种,菠叶绿,水头足,无绺裂。如此成色和质地,加上体量之大,是他从来未曾见过的。他不由连连赞叹。

正在干活的工匠说:"小兄弟,没见过吧。告诉你,这算不了什么,这只是从一块大料上切下来的小边角,要是让你看看几百斤的大料,肯定吓死你,那才真的是惊世绝品呢。"

王树森将信将疑:"还有一块更大的料?"工匠说:"对。听说在那大料上还标有'卅二万种'几个字,多年来,还没有一个人能说清楚这几个字是什么意思。"

这是王树森第一次听说"卅二万种"。难道真有"卅二万种"?那看一眼也值了。过后不久,一位玉石商人来王家作坊,闲聊中说到"卅二万种",商人说确有这样一块巨料,最初在云南一个大户人家手里,大户人家的几个儿子为争夺这块巨翠,斗得你死我活,不可开交,老人家极为气愤,一怒之下,将巨翠捐给当地官府,以断子辈贪婪之心,以绝兄弟阋墙之祸;也有说法是老人担心巨翠藏于家中日久生患,遂将"卅二万种"托付给地方衙门一位当官的友人代为保管。还有一说,"卅二万种"是被云南一地方军阀强行抢走的,那是一个风雨交加电闪雷鸣的夜晚,军阀动用了地方驻军,一部分人换上便装起运巨翠,另一部分人荷枪实弹进行保护。不论哪种传说是真,后来的结果却只有一个:巨型翡翠自此失去了踪影。

时光荏苒。新中国成立后,王树森一次参加由文化部召集的老艺人座谈会,会上有关"卅二万种"的线索再次浮现出来。一位云南老艺人说他听过有关"卅二万种"的事,并进一步说,有一位玉石工匠曾在这块玉料上喷洒火酒做试验,发现未开"天窗"部位的成色极好,鲜润浓绿,品第极高,而且是目前世界上体积最大的一块翡翠,其价值难以估料。这位云南老艺人还披露了一个重要消息,据说这块体积巨大无比的玉料早已不在云南,曾被运到上海,因为要价太高,很长时间难以出手,后为贷款抵给一家外国洋行。上海解放时石头被国家没收,再后来就不知所踪了。

"卅二万种"是真实存在还是虚传?如果真有的话,现在到底在谁手中?隐藏在什么地方?多年前在街上小作坊见到的那块"菠叶绿",是不是真的从"卅二万种"上切下来的?所有这些问题,对于王树森来说,都是一团迷雾。

曾有一次意外的"邂逅",王树森恍惚间觉得似乎看到了"卅二万种"的影子。但随后发现自己这种判断缺乏根据。

那是1955年某天。一位不相识的人转弯抹角托关系找到他,请他去鉴定一块玉石。

他被带到东单北大街遂安伯胡同一个小院里。

替人看料掌眼是常有的事,王树森起初并没有太在意,待到看到那块石头,他着着实实吃惊了。

那是一块高翠原石,个头极大,足有五六百斤重。石料大型为三角形,3个面经过切割,另外一面为土黄色石质外皮所覆盖。从切割面看,材质细密,晶莹灵透,翠色浓艳,而且呈丝絮状,分布均匀,种水均属上乘。王树森从未见过这么大块、同时质地如此之良的翡翠原石。兴奋中,他头脑中闪出的第一反应是:莫非这就是传说中的"卅二万种"?

但是,他仔细察看石料的每一处,用专业手电细细检查石质皮层那些不容易看清的模糊地方,都未发现有"卅二万种"的标记。他怕有人刻意将标记打磨掉,反复检查,没有发现打磨的痕迹。

他问请他来的人:"这是哪里来的料?"

对方是一位文文气气的年轻人,30岁不到,却显得老成持重,在王树森看料的过程中,他始终一言不发,陪伴一旁,此时见王树森问他,便回答道:"哪里来的我也不清楚，是一位朋友托我找专家看看。"

王树森琢磨不透年轻人是真不清楚，还是不愿意回答，不便再问，又弯下腰察看那石头。

年轻人问："王专家您看这东西成色如何？"

王树森半天没吭声。

年轻人小心翼翼："我想听听您的判断，从您眼下过的东西不在少数。"

王树森从石头上收回目光，缓缓摇了摇头。

年轻人不解："你是说不怎么样？"

王树森开了口："不，你说我看过不少石头，可我从来没有见过这么大、这么好的石头，这是一块百年难得一遇的翡翠原料。"

闻听此言，一直把持有度的年轻人，难掩激动之情，连声说："那就好，那就好。"

从遂安伯胡同返回后很长一段时间，王树森犹如沉陷梦中，在他眼前不停晃动的是一团光影，那是"卅二万种"，倏尔清晰，倏尔模糊，倏尔有形，倏尔无形，倏尔近在眼前，似乎伸手可触，倏尔远在天外，看都很难看见。他不止一次把遂安伯胡同小院里那块东西与"卅二万种"联系在一起，只有那块石头，才配得上关于"卅二万种"的传说，但最关键的证据，那几个神秘的汉字，并不存在。看来"卅二万种"仍旧隐身他处。

遂安伯胡同的经历让王树森坚定了一个判断：坊间种种有关"卅二万种"的传闻，绝非空穴来风。人世间既然会有遂安伯胡同那样的美玉，为何不会有"卅二万种"？新中国国泰民安，国家正在进行三大改造，前一年同仁堂已经公私合营了，今后玉器作坊肯定也要划归国家统一经营管理，"卅二万种"作为可能加工的玉器原料，一定会现身于人们的视野之中。

但此后25年过去，有关这块巨型翡翠的事，王树森再也未能听到任何音信。

岁月匆匆，垂垂老矣，寻找"卅二万种"，成了王树森的一块心病。这是磨玉人对好玉的痴迷。王树森总觉得冥冥之中有一种召唤，那是"卅二万种"的召唤，一块石头的召唤，一方神灵的召唤。那是人世间的一个传奇，一件百年难得一遇的国宝。

巨型翡翠原料之一

他要寻觅它的芳踪，只要一息尚存，他绝不会放弃。

1980年初夏，北京市人大开会，王树森是市人大代表。在会议的讨论中，王树森专门就寻找"卅二万种"的事情做了发言。

王树森讲："我小的时候就听说咱们国家有一块世界上少有的体积巨大的翠料，上面标有'卅二万种'几个汉字。现在半个多世纪过去了，这块玉料不知道流落到什么地方去了。我自己到处打听了几十年也没有打听着。过去我一直不敢说这个事，现在好了，国泰民安，我们应该设法把这块巨翠找到，由我们这些人把它雕刻成国宝贡献给国家。"他还说，"好玉千载难逢。我和玉器打了一辈子的交道，现在到了晚年，作为一名全国劳动模范，这一生最大的夙愿，就是能用自己的技艺，雕刻一块大料，以此报效祖国，只有这样，才不负此生。"

王树森说得情真意切，动情之处声音哽咽。对玉石的痴爱，对玉雕事业的情怀，深深打动了与会者，但是，众人皆爱莫能助，因为他们当中，谁也未曾听说过有关"卅二万种"的事，更提不出有价值的线索。

但这事被记者知道了，于是便有了《北京晚报》上《宝石何在》的文章。

《宝石何在》发出不几天，一位来客找到北京市玉器厂，提出要见王树森。那天恰巧王树森临时外出办事，来客便在厂办公室等候。接待人员给他倒水，问他有什么事，与王树森认识不认识，他说与王专家有过一面之缘，至于什么事，待与王专家见了面再谈。那天王树森回来较晚，来人便一直等候，直到饭口。

王树森回到厂里，听说有人找，本想去食堂的他，便先来到厂办。

王树森见到来人，不由一愣。

一张记忆深刻的面孔。虽说这面孔由一个俊朗青年转变为鬓角花白的壮年，但王树森还是认出了他。他就是25年前带他去遂安伯胡同的那位"神秘人物"。

"神秘人物"是王树森在心里对当年那个年轻人的称谓。王树森不知道他的身份，不知道他姓甚名谁，不知道他带他看石头是为何人服务，他只隐约感到年轻人颇有背景，当时运动一个接一个，人家不愿透露底细，总该是有什么忌讳，他也不去询问。但那张面孔，他是记在心里了，就像将那块石头记在心里一样。

王树森惊叹："是你！"

来人快步上前，一把抓住王树森的手，一阵紧握："老人家，认出来啦？"

王树森嘴角一笑，说："遂安伯胡同。"

来人忙说："对，对，遂安伯胡同，25年前。"

王树森突然转变了神情，定定地盯着来人的眼睛看。

"莫不是，"王树森问，"你……'卅二万种'？……"

来人点头。

王树森紧问："你知道下落？"

来人又点头。

王树森眼睛放光："宝石何在？"

来人回答："老人家放心，国宝安然无虞。"

王树森大叫一声"好",拉着来人,忙往厂办的简易沙发上让座,"来,坐,快坐,慢慢讲,把你知道的都讲出来。"

两人的对话,一旁人听得莫名其妙。王树森见厂办的人发愣,又忙吩咐:"去,把厂长叫来,叫他来一块听听。"

很快,厂长、厂总工艺师等人,都来到厂办。听说王树森老人一直寻访的"卅二万种"有了消息,大家很感兴趣,都想听个究竟。

正可谓:众里寻他千百度,蓦然回首,那人却在灯火阑珊处。

来人叫翟维礼,解放军某部干部。

王树森对众人说:"在遂安伯胡同就觉得他有些神秘,这不,真和他挂上钩了。"他又转向翟维礼:"可是你让我看的那块石头,并没有'卅二万种'的标记呀。"

翟维礼笑道:"老人家别着急,听我慢慢说。'卅二万种'不是每块上都有标记,你看过的那块上就没有。"

王树森吃惊:"怎么,'卅二万种'不是一块石头,是两块?"

翟维礼说:"还不止两块,是这个数!"他伸出了4个手指头。

"啊!"王树森又惊又喜,"快说快说,究竟是怎么回事?"

翟维礼开始叙述。他这一讲,便是半天。在座的都没有吃饭,但把吃饭都忘到爪哇国去了,有关"卅二万种"的传奇经历,让大家听得如痴如醉。

1949年5月下旬,上海吴淞口。

国民党军队和上海滩诸多达官显贵刚刚从这里逃离。落荒而逃的军队,丢弃下11艘舰艇,另有大量物资和装备,而那些仓皇奔命的权贵们,则将许多来不及运上船的货物丢弃在码头。这些装备和物资,都要逐一清理和造册登记,负责接收和清理事务的人民解放军军管会忙碌异常。

在未来得及运上船的货物里,有3个木箱和一只帆布袋子。

起初,军管会并未在意这几样东西。因为他们发现木箱和帆布袋子里装的是4块绿色石头。登记之后,4块石头和其他东西一起,被运进军管会的仓库里。

转眼到了1955年。仓库清查库存物资，在一个角落，4块石头被重新翻腾出来。这次有人认出这不是一般的石头，而是名贵的翡翠。清查人员发现其中一块翡翠上有一个特殊标记"卅二万种"。这个标记是什么意思，谁也不懂，但意识到长期压在仓库不是个办法，于是把仓库里发现国家特殊物资翡翠之事报告上海市人民政府。上海市人民政府很重视，马上报告国务院。谁也没有想到，这一报告，引起了周恩来总理的重视。

若干年后，在计划经济条件下，国家依仗工艺美术品出口创汇，周总理说过一名言：石头加工艺等于外汇。总理见多识广，知道翡翠的名贵。看过上海的报告后，当即批示：即将翡翠转运北京。

1955年4月23日，首都北京。解放军某部年轻干部翟维礼被叫到领导办公室，领导指示：翌日带一支精干人马，去北京火车站，接从上海开来的14次列车。这趟列车挂有一节军用车皮，要把车皮里的东西，安全迅速运到指定地点。领导郑重叮嘱：这是周恩来总理交办的任务，务必做到万无一失，务必严格保密。

24日清晨，14次列车到站，翟维礼和他带来的人，按照事先确定好的联系办法，登上军用车皮。

这是一节全封闭的车皮，偌大车厢里，除了几个荷枪实弹的押运人员外，只有3个旧木箱和一个脏兮兮的大帆布袋子，其余什么东西也没有，空气里还弥漫着一股刺鼻的气味。翟维礼心生奇怪：难道这就是周总理要他们接的东西？他问押车的军人，箱子里装的是些什么。押车军人说，领导交给他们的任务，就是严密看守这批货物，一定要昼夜守护，寸步不离，决不能出现任何闪失，要保证完好无损地将这几件东西交给北京的接货人。为了做到寸步不离，他们连大小便都是在车厢里解决的。至于里边装的是些什么东西，他们也无法回答。翟维礼这时才弄明白，原来那股刺鼻的气味是这几个人的排泄物造成的。他断定所接的不是一般货物，无须多问，一干人立即将木箱和帆布袋子装上汽车，快速离开北京火车站，运到了指定地点——一座戒备森严的储藏军需品的仓库。

为了与其他物品隔绝，大库房内，专门修建了一个小房间，成了一个"房中之房"

工艺美术家　王树森

和"库中之库",木箱和帆布袋就被秘密地存放在这个"库中之库"里。到了这个时候,翟维礼等极少数人才知道,周总理让他们接收保管的这东西,是4大块价值连城的巨型翡翠。周总理指示,对于"卅二万种"要严格保守秘密,要有人专职看守,没有国务院指令,任何人不得动用。

没过几天,他们又接到总理办公室的来电,要他们取出其中的一块,设法找一位玉石专家,让专家对玉石进行评估,于是就有了翟维礼与王树森在遂安伯胡同见面的那一幕。

从此之后,翟维礼对于看管这些东西就格外用心。随着岁月的流逝,翟维礼由一名普通干部升为副科长、科长,后来又由科长升为副处长、处长,虽然职务屡经变动,但"卅二万种"却从始至终日复一日年复一年地由他负责看管。

"文化大革命"初期,北京的红卫兵到处抄家扫"四旧",今天冲击这里,明天横扫那里，搞得人心惶惶。翟维礼他们日夜都在为这4块巨型翡翠的安全提心吊胆，虽说保存在军用仓库，一般情况下红卫兵难以进入，但谁能保证不会有意外情况发生？再说还有部队院校，他们也被卷进"文革"狂潮中，他们要是来扫"四旧"，那么后果便不堪设想。

有一天周总理起床后，突然将他办公室的一位秘书叫去。

总理吩咐："你马上打个电话，查一下那几块巨型翡翠的情况！"

天下大乱，九州动荡，作为国家总理，周恩来要关心和处理的事情实在太多。在如此艰难的岁月，他一觉醒来为何突然会想起那几块尘封了10多载的巨型翡翠？是不是富有灵性的"卅二万种"，运用什么方法把信息传递给了曾经保护过它们的周总理，使周总理在睡梦中见到了它们，并听到了这灵玉的呼唤，希望继续得到周总理的保护？

原因不得而知。人们知道的是，"卅二万种"牵动着周总理的心。

翟维礼所在单位，在那个动乱的年代的一天中午，突然接到总理办公室打来的急电，询问那几块巨型翡翠是否绝对安全，会不会受到红卫兵的冲击。周总理指示他们，为防不测，必须尽快拿出一个安全可靠的保管方案。

为落实周总理的指示，翟维礼单位立即召开会议，研究如何更安全稳妥地保管巨型翡翠。大家一致认为当时的北京的确不够安全，为了保险起见，必须马上将"卅二万种"秘密转移到外地去。会议一结束，他们马上派人去外地进行秘密侦察，最后，在河南某地发现了一个非常秘密的山洞，作为储藏"卅二万种"的地方非常理想，于是向总理办公室做了汇报。周总理同意他们的转移方案。同时要求他们，一定要像25年前去北京火车站那样，做到干净利落，不露风声，不留痕迹。

就这样，他们又重演了1955年4月从上海往北京发专列的那一幕，用了一节军用车厢，作为军用品由军人押运，仍然使用原有的包装，悄悄地将"卅二万种"运出北京，秘密地贮藏在河南那个非常隐蔽的山洞里。

原本以为这次安排是万无一失了。但是，过了几年之后，有关人员向他们反映了一个异常情况，说在一个风雨交加的夜晚，就在这个山洞附近的山头上，发现有些黑影来回走动，形迹非常可疑。根据这个可疑情况，他们加强了布防。过了一段时间，有人又向他们反映，说在另外一个山头上也发现了类似情况。大家对于这一异常现象的出现都觉得蹊跷，难道有关"卅二万种"的事走漏了风声？种种迹象向他们提示，此地也非绝对安全。当时已是"文革"后期，北京的情况好转了许多，相对于河南，安全性有了更多的保证。大家的意见还是把"卅二万种"放在北京比较保险。他们将这些情况向总理办公室做了汇报，经周总理同意，又用了同样的办法，悄悄从河南那个秘密山洞里，将"卅二万种"巨型翡翠安全地运回了北京的"故居"。"卅二万种"安抵北京，周恩来总理与世长辞。

有关周总理关注巨翠以及巨翠辗转于河南、北京两地之间的情景，在徐凤桐《传奇》一文中，有着精彩的描述，这里权且粗略带过。

翟维礼对于"卅二万种"的情况介绍，具体而又生动，讲到周总理如何倾心保护"卅二万种"的事，又特别动情。这是一位伟人与几块石头的缘分，是天地万物间两种性灵的不期而遇，他们彼此间未曾谋面，却心融神汇，息息相通。同时，这是一种暗喻，为故事的后续发展留下了巨大的想象空间。

王树森等人听罢翟维礼的介绍，都异常激动。"宝石安妥，那太好了。"王树森说，"翟同志，整整25年，辛苦您了，我们磨玉的人谢谢您，国家也要感谢您，你们为保护国宝尽了力，立了功。"

翟维礼说："老人家，25年前，您慧眼识宝，说这石头是宝贝，有您的判断，更有周总理的指示，我们就知道了肩头担子的分量，守护它是我们的职责。"说罢，他顿了一下，凝望着王树森，目光里透出一丝犹疑，"到了今天，这么给您说吧，我也快退休了，可总理叫我日夜保护的这几件宝贝到底该怎么办？周总理不在了，让我去请示哪位领导？这一直是我的一大块心病，我还要听听你们的主意哩。"

王树森哈哈一笑说："甭愁，只要宝贝在，就没有犯愁的事。"

翟维礼笑了："也是，有了你们，我心里也有底了。"

第二天，翟维礼领着王树森和北京市玉器厂几位主要负责人，走进了一间很大并有些神秘的军用库房，然后又走进那间"库中之库"的小房间。翟维礼所说的那3个旧木箱子和一个脏兮兮的帆布袋，仍然完好地储藏在里边。

他们非常小心地打开3个木箱和布袋，在灯光照射下，4大块色彩艳丽的巨翠，立即绽放出水汪汪的艳绿光泽，纹理匀称，通体照人，正如人们所传的那样，真的是"世上罕见，品第极高"。王树森和玉器厂几位来人兴奋得一会儿用手摸摸这一块，一会儿又用手摸摸另一块，他们看得专心，摸得仔细，不一会儿，王树森终于兴奋地叫出声来："在这儿！"

在一块巨料的侧面，终于发现了4个不大的汉字——"卅二万种"。

王树森高兴得有些手舞足蹈。啊！终于找到你们了！这就是那让人寝食难安、魂牵梦绕的"卅二万种"啊！老人感到内心有一股热流在奔腾涌动。这本是一个梦想，一个几乎遥不可及的梦想，今天终于变为现实，他数十年的追寻终于修得正果，真是三生有幸啊。王树森俯下身，面颊紧紧贴着标有"卅二万种"汉字的那块巨料，欣慰的泪水夺眶而出。

四大国宝

"卅二万种"神州重现,身份也得以确认,引起国家有关部门高度重视。怎么对待这稀世国宝,成为当时一个重要课题。

面对这4块巨型翡翠,人们自然而然会首先想到周恩来总理。

作为国家的总理,周恩来为什么要倾心秘密保护"卅二万种"?毫无疑问,这里边肯定有总理的良苦用心。这番良苦用心究竟是什么,虽然周总理从未对别人讲过,但是,人们可以从周恩来一生的追求和他的信仰、思想、道德、性格、学识、作风、爱好、历史文化底蕴等,进行实事求是的分析。通过这些科学的分析,人们得出一个共识,这个共识就是:一旦时机成熟,周恩来就会想方设法,把这世上难得的巨型翡翠玉石,变为中华民族的重器,成为中华人民共和国的传世国宝,让华夏古老文明在新的历史条件下重现光芒,辉耀于世。

非常遗憾的是,一代伟人情牵巨翠,凡二十余载,最终夙愿未了,人却仙逝。

这是周恩来总理未圆的"梦",也是一个国家未圆的"梦"。

在有关部门研究如何对待4块巨型翡翠过程中,以王树森为代表的北京市玉器厂一批老艺人和技术骨干,想法最多也最为具体。这不光因为王树森与巨翠有着特殊渊源,还因为这里大师云集,人才荟萃。他们个个身怀绝技,而且都像王树森一样,愿意将平生所学之佳艺施诸良材,造就出惊世翠宝。

玉石材质,对于琢玉人来说,那是他们技艺的载体。无论多么高明的玉雕艺术家,

离开这一载体,一切便无所附丽,天大本事也无从施展。玉材之于琢玉人,犹如舞台之于角儿,球场之于球星,土壤之于花儿,云朵之于雨水。良工得美玉,那是一种天作之合,很多情况下是可遇而不可求。而一旦有幸得好玉而琢,实在是修来的造化。而这四块稀世巨翠犹如潜龙在渊,久隐于世,如今驭风而起,近在眼前,哪位玉雕人愿意错过这百年难得一遇的机会?

1980年8月2日,《北京晚报》刊发记者报道:《宝玉完好无损,艺人愿献技艺》。嗣后,北京市工艺美术总公司、北京市玉器厂领导研究决定,要用四块巨翠制作成大型工艺美术珍品,并逐级呈报请示。报告最终到了国务院,万里、张劲夫等几位副总理签署同意,并指示轻工业部全权负责,国家计委也应予以支持关注。1982年11月3日,轻工业部发出文件〔82〕轻艺字第29号《关于将国宝翡翠设计制作大型工艺美术珍品的通知》。为了4块石头,国务院发声,有关部委下发红头文件,这在中国工艺美术史上是空前的。

11月9日,4块巨翠从国家物资储备库武装保卫运抵北京市玉器厂。

北京市玉器厂坐落于京城东南角龙潭湖畔,这里曾是京城手工业聚集地,被看作是首都工艺美术的发祥地、特种工艺的摇篮。新中国成立前,各行手工业艺人大都在这一带谋生。北京制作玉器历史悠久,新中国甫一成立,政府就将失散的个体玉作艺人组织起来建厂建社,从业人员达千人。在此基础上,1958年,建起北京市玉器厂。

时任国务院副总理张劲夫、文化部副部长英若诚在审查山子《岱岳奇观》

王树森（左三）等在讨论山子《岱岳奇观》创作问题

山子《岱岳奇观》局部琢制过程

《岱岳奇观》造型墨线大效果

当时，北京玉器厂不光拥有潘秉衡、何荣、刘德瀛、王树森、刘鹤年这"四怪一魔"，还有王仲元、夏长馨、高祥、张云等一批大师。直至今天，提起这一长串名字，仍如星耀长空，熠熠生辉，而他们创作的大批堪称国宝级的玉器珍品，早为各大博物馆所收藏，这其中有：潘秉衡作品珊瑚《六臂佛锁蛟龙》、王树森作品白玉《东坡夜巡》、夏长馨作品白玉花熏《巾帼英雄》、王仲元作品翡翠《三秋瓶》、杨世昌作品松石《花鸟瓶》、宋世义作品珊瑚《麻姑献寿》、李博生作品珊瑚《鼓上飞燕》等等。

我曾多次向参与"四大国宝"设计制作的郭石林大师、张志平大师，了解情况的宋世义大师、李博生大师，还有北京市玉器厂前后两任厂长刘继庭、郭友臣，以及一些直接或间接的参与者，询问当时制作国宝的情况，通读了北京市玉器厂存档的厚厚一册《国宝日志》，这使我对这一堪称为"国家行动"的工程有了比较全面的了解。

那是一个神思飞扬、激情浩荡、信心洋溢，同时又是提心吊胆、焦虑相伴、挑战层出的过程。

北京市玉器厂一座三层小楼被封闭起来，与厂内其他地方完全隔绝，自成一统，四块巨翠就被安置在这里，一天24小时都有厂保卫科人员轮班值守。

1982年11月12日，也就是巨型翡翠运进第三天，北京市玉器厂召开创作设计人员动员大会。厂长崔万卷做动员讲话，总工艺师董文钟宣读轻工业部《关于将国宝翡翠设计制作大型工艺美术珍品的通知》和国家计委有关文件，厂办主任菊曼梅宣布成立翡翠国宝安全保卫班子，北京市工艺美术总公司总工艺师徐锋代表总公司讲话，宣布总公司成立以总经理陈山为组长，徐锋、李兴业、王树森为副组长的领导小组，

四大国宝之一山子《岱岳奇观》正面

四大国宝之一山子《岱岳奇观》背面

成立专门跟踪拍摄国宝制作过程的三人摄影小组。全部工作计划于1986年完成，因此其代称为"86工程"。

在领导小组之下，北京市玉器厂成立了"86工程办公室"，具体负责工程的日常施工调度指挥工作，由厂总工艺师董文钟担任办公室主任，又从生产车间抽调出一批优秀的设计、生产人员负责施工任务。参与工程的有：著名工艺美术家、国家工艺美术大师王树森老艺人，国家工艺美术大师高祥老艺人，王仲元老艺人，年富力强的业务高手、北京市工艺美术大师蔚长海、郭石林、张志平、董文钟、陈长海、马庆顺，高级技工黄宝瑞、刘永芳、张德海、雷玉林，曾获设计创作奖的赵立平、戴庆珍、董玉庆、沈淑珍、王振宇，抛光高级技工李立明、张宝和等。这是一支由老、中、青3代40余人组成的精英团队，是完成"86工程"的技术保证。

4块原材料，首先予以编号。原材料总重803.6公斤，分别重量为363.8公斤、274.4公斤、87.6公斤、77.8公斤。"86工程"人员遂以重量，将它们编为一号料、二号料、三号料、四号料。

用它们做什么？这是"86工程"面临的第一道考题。

按照国务院和轻工业部的要求，4块材料要制作成"大型工艺美术珍品"，这就是说，4件翡翠是一个整体的艺术组合而不能分割，更不能分散。但"大型工艺美术珍品"是个概念，具体做什么呢？

北京市玉器厂向全厂业务人员发出征集设计方案的通知。轻工业部则由副部长季龙牵头，组成包括杨伯达、郑可、杨士惠、王树森等专家、大师在内的15人题材审议委员会，为创作题材把关。

我查阅《国宝日志》，在"86工程"初期的记载中，深深感到这是一个极为艰难、又饶有趣味的过程。十八路神仙各显其能，各种设计方案，无论是深思熟虑，还是灵光乍现，无论是借用传统，还是刻意创新，都传递出创作的雄心、经验的结晶、担当的勇气、创造的智慧。我统计载于《国宝日志》研讨题材的专门会议，先后竟达42次之多，这其中还不包括设计人员听专家授课、外出考察和实地采风。方案从4块大料分别雕琢一套4件作品，到四料合一雕琢一件整体巨制，具体内容从名胜古迹、革命领袖组像、革命根据地、著名工程、园林、祖国山河,到花灯、花鸟、花熏,还有望海楼、巨龙颂、五谷丰登、太平景象、五岳朝天、中华之光等等,正可谓百花齐放、霓彩万般。

在这一过程中,"86工程"办公室还邀集李可染、黄胄、李苦禅、启功、华君武、黄永玉、郁风等艺术家,向他们征询意见,指导方案设计。

1985年3月28日,方案最终敲定。4块料各做一件作品,一号料制作泰山、二号料制作熏、三号料制作花篮、四号料制作插屏。1985年5月9日,轻工业部〔85〕发出轻艺字第21号文件《关于四块大型翡翠的题材设计及有关制作施工问题的通知》,正式批准了这一方案。

从题材规划看,4件活计,普普通通,毫无出奇之处,何以如此大费周章?要知道,玉雕行里有一个铁定的原则:循料取形,因材施艺。料的形状、大小、颜色、质感、光泽都是玉雕作品的重要艺术元素,都要物尽其用,如有瑕疵,还需巧思妙想,剔脏去绺,变瑕为瑜。一件玉料,能做什么,不能做什么,不是随意能够选择决定的,原材料对于题材的制约性很大。玉雕艺人拿到玉石,首先要做的是审料问料,剔除毛病,突出亮点,这才是玉雕艺术的妙谛。

由此可见,"86工程"在题材规划上,可谓用心良苦,下了大功夫。

块头最大的一号料,即王树森早年在遂安伯胡同看到的那块,料形为三角形,包括两个平面及一个斜面。斜面表层呈油青色,两个平面上有3块绿色较为集中,其中一块既浓且艳,其他绿色呈丝丝绿。料上有五道绺,两长两短,一道隐约可见。绿色中间,夹杂着白、灰色。玉料质地极佳,色泽明快,绿色面积大。设计人员在用料上提出3个原则:保体积、亮绿、破平面。泰山为五岳之首,气势磅礴,被视为中华民族的象征。但用这块料雕琢泰山也有不小难度,料的边沿较薄,在两个平面上雕琢山体、建筑、林木、风景,对料大破或不破都不可。设计方案选中天门以上景物,集中表现登山最难处十八盘及玉皇顶,其他则用山水、人物、飞禽、走兽来衬托、点缀。景物分3层处理:第一层为近景,用下面绿做苍松翠柏;第二层为中景,以最旺的一块绿做一座山峰,既破了平面,又展现了这块宝玉的精华,给人以峰峦叠翠之感,同时又

四大国宝之二花熏《含香聚瑞》

花熏《含香聚瑞》顶盖开光抛光

很巧妙地利用了上面最长的一道绺，其他绺也可以借势巧妙处理；第三层为主峰，迎面而立。料的白做浮云，增加山的气势，工艺上写实与夸张相结合，圆雕与浮雕相结合，同时用虚实、大小、聚散等对比手法，来突显泰山的雄姿。

二号料形状比较方正，色泽均匀，但有一道显而易见的恶绺。根据玉器设计的原则，必须去绺、躲绺、亮绿、保绿，方案确定将其做成《九龙献瑞熏》。熏这种器皿物件，在玉作行里叫作"平素活计"，"平素活计"向来是北京玉雕的高精尖品种，也是北京市玉器厂的拿手绝活。他们曾做过直径20厘米的碗状花熏，轰动一时，但设计中的这件花熏，直径、体积要比早前的作品大得多，分为5层，有着伟岸挺拔的气势、秀美典雅的造型、玲珑剔透的做工、繁华亮丽的图纹。设计方案确定从熏胸内掏盖，从盖里掏足，做出的活计可以比原料高出一倍。

三号料确定做《提梁百花篮》。原料呈扁三角形，有3个切面，沿着土黄色皮层部分，覆盖一片绿，与一块"脏"相邻，其余色泽呈油青。4块料中此料相对而言最差，在使用制作上难度较大，做什么确实令人犯难。一度大家都将眼光集中在一、二、四号料上，甚至想用三号料做上述3块好料作品的拼镶辅助用料。但它毕竟与其他3块翠料一起来自国库，既不能弃之不用，也不能将其做辅料，假若4块材料最后只做成3件作品，不好向国务院、轻工业部交代，更与红头文件精神不符。以王仲元、高祥二位老艺人为首的工艺师们殚精竭虑，反复推敲，权衡利弊，做出制作提梁花篮的决定。这一设计方案足以加高原材料的高度，也是一种"小料做大"的手法，经过剜脏去绺，利用好料琢花卉插于花篮之中，必可形成一件精美的陈设珍品。

四号料形状规整，长74厘米，宽37厘米，边沿厚8.8厘米，中部下凹，厚7.8厘米。此料地子致密，水头足，透明度好，还夹有藕粉色地。关于此料的使用，意见比较统一，一开始便倾向于做插屏。根据原料本身具有的天然色泽、大面积绿的走向、质地颜色的分布，认为插屏上琢龙比较适宜。龙是中华民族的图腾，是中华文化创造出来的奉为神奇的、吉祥的，甚至至高无上的形象。设计方案取名为《云龙九现图》，九这一数字寓意最多最大，九条神龙纵横于云水之间，时隐时现，海天交融，波涛澎湃，不光与原材料质地、色泽吻合，而且气势雄浑。

方案既出，4 件活计开始投产。

详细描述 4 件国宝制作的艰辛过程，那是一本厚厚的大书才能完成的任务。限于篇幅，在此只能选取其过程中一些袢节儿，加以概要叙述，由此一窥国宝诞生的跌宕起伏。

一号料确定做泰山，仅仅解决了一个方向问题，具体到加工尚有不少难题。此件作品主设计者陈长海，他于 1957 年在玉器社从师刘文亨学艺，后又在玉器厂再拜名师王树森深造，名师出高徒，不久即成为一名擅长人物玉雕设计的佼佼者，尤其在玛瑙俏色上颇有独到之处，获得北京市工艺美术大师称号。但做山子不是陈长海的长项，也不是北京玉器厂的长项。中国玉山子制作，当数扬州玉雕。自清代乾隆年开始，扬州玉雕对玉山子制作便积累了丰富的经验，清宫内《大禹治水图》山子、《会昌九老图》山子《秋山行旅图》山子等，都出自扬州玉雕艺人之手。扬州玉山继承了宋代以太湖石为主景的构成做法，往往层次深远或突兀高耸，玲珑剔透，生动有致，后世将这种做法称为"南派玉山子"。毫无疑问，一号作品泰山，应学习借鉴扬州经验，但不能全盘照搬，泰山撼人之处在于气势，巍峨、奇险、崇高、神圣应是它给人的主要印象，这与扬州风格相去甚远。然而，实现这一目标，谈何容易！

陈长海、张志平等一号作品主创人员，在设计泰山玉山稿时，曾两上泰山，一下扬州，实地考察泰山的雄姿伟貌，向扬州师傅取经，又先做了两个石膏稿，一个泥塑稿，做到成竹在胸。他们剑出偏锋，大胆冒险，利用一号料绿色旺的一面的一棱二面三道绺的缺陷，作为作品的正面，变劣为优，体现了泰山山势的雄伟险峻、巍峨挺拔、群峰斗艳、异彩纷呈的景象和气势。作品不仅在整体把握方面取得成功，并且在细部景观刻镂上也达到了细碾精琢的高超水平，再现了造化的钟灵毓秀和大自然恩惠的人间奇景。

四宝之一泰山问世，"北派玉山子"的旗帜张扬而起。专家以这件作品为范本，总结出"北派玉山子"的艺术特点：一、以实景为题材，具体名胜景点均与实景基本吻合；二、山子形貌与实景近似或接近，一目了然；三、以山石为骨、树木为肉、溪瀑为血脉，突出山石，点缀以树木，以溪流瀑布串通山石，使整个景观融为一体；四、

四大国宝之三花篮《群芳览胜》

近景之山石树木运用树皮皴,山石不用南宗山水之大小披麻皴,更不能搬用"矾头",而采用直擦皴或大小斧劈皴。自此,北派玉山子与南派玉山子双雄并峙,南北呼应,在中国当代玉雕艺术的天穹双星闪耀。

值得载于国宝史册的是,1988年6月26日,这件作品的第一主创人员陈长海,因病不幸逝世。他的心血与智慧倾注在玉山翠绿的峰峦和葱郁的林木里,倾注在每一处山石和白云之间,倾注在溪流与飞瀑的浪花之中。他没有看到作品的最终完成,他的合作伙伴张志平,系北京玉坛"四怪"之首潘秉衡的高足,成为他的继任者,领衔一号作品创作,完成了他未竟的事业,实现了他生前的宏愿。

二号料呈不规则斜长方体,高55厘米,长边66厘米,短边37厘米,厚36厘米,四面均经切割,有一面呈土黄皮壳。此件做熏,领衔人物为工艺美术大师蔚长海。器皿这类平素活计,虽是北京市玉器厂的长项,在国内无人可以比肩,但摆在他们面前的任务仍然是艰巨的。此中关键性的工艺难关是怎样旋成直径30多厘米的球体来。厂里原有的碗形砣、旋碗机两种设备,都不能胜任这道工序,必须对设备加工革新,改造制成一台新型的加工规格大、精确度高的大型旋活机。此熏由顶(钮)、盖、球身、中腰、覆盆底等5部分组成,均从斜长方体翠料中取出,钮和鼓形是沿绺痕切割出的大块圆锥体所制,余下一长方体翠料正好充作半球形下身的主料,宽达65厘米,从中心部位旋出直径34.5厘米、高17.25厘米的半球体身,再从此中取出直径32.5厘米、深12.3厘米的半球状盖,又从盖料中旋出面盆状底足。五部分以子母口或螺纹口衔接成一整器。这种做法行内称作"小料做大"。

此熏的创造性价值,不仅表现在"小料做大"的创新工艺上,更重要的是表现在它的造型和装饰上。盖的五龙钮与应龙耳都是硕大的块体,超乎正常的盖与钮,身与耳的比例异乎寻常,依常规看,这样的钮、耳的体积和重量,难免有超重失调之感,但富有经验的大师和玉工们,将圆锥体之钮和长方形的耳,以蟠龙为饰,施之于镂镂之工,改实体为剔透虚灵,减轻了重量,排除了重压抑郁的感觉,获得了完美的艺术效果。由于器型灵透,原材料老种、玻璃地、水头足、翠色鲜艳的优势,得到了极为充分的展示。另一超乎寻常之处是,此熏造型完全以曲线为基础单元,巧妙地、多层次地盘绕、组合，突现了纹饰的繁复堂皇。在玉雕中，单一的曲线结构很容易引出柔弱绵软、缺乏力度的视觉效果，但此熏却无上述弱点，反而给人以伟岸挺拔的阳刚之美。熏上雕琢的九龙和四灵（龙、凤、龟、麟）、四神（青龙、白虎、朱雀、玄武）以及灵芝、蕃草等常见的传统图案，形象上富有新意，无不具有繁荣昌盛、国泰民安的吉祥寓意，增强了熏的文化内蕴。表现这些吉祥图案的工艺手法，丰富多彩而又和谐统一，凸起的五龙钮与应龙大耳，本来就有着可供各角度观赏的圆雕效果，又兼用镂空、隐起、阴刻等工艺手法，雕琢其细部，还琢出4个活环，应龙耳附有两大活环，还有鼓腰上的活环，上、下3层，共10个活环。盖与足各有4个花瓣状开光，内填"四灵"与"四神"。可以说，此熏的雕琢工艺手法无所不包、样样俱全。故宫博物院副院长、著名玉器专家杨伯达以全国各地馆藏历代器皿玉雕为参照，这样评价此熏："我只想告诉观者，此熏形饰是庄重典雅的、灵动华丽的，它的诸种内在美与外在美是和谐统一的一种完美，可以说在古今器皿玉雕领域已达到至高的艺术境界，确乎是出类拔萃、无与伦比的。"

三号作品的设计者是老艺人、中国工艺美术大师高祥。他13岁即入旧京城"顾成召"玉器作坊学艺，师从琢玉名家顾成召。出师后，先后到"瀛昌祥"等玉石作坊，与著名艺人、师兄刘德瀛、陈文忠一起做活。高祥以擅长雕琢花卉而闻名于世，追求"绝、润、精、俏"，用料上常有绝处逢生的本领，时见神思妙想，多有神来之笔。其翡翠作品《三秋瓶》，被认为是北京玉雕花卉水平最高的杰作，玛瑙俏色《虾盘》《蟹盘》《龙盘》被誉为"东方瑰宝"。把质地相对较差的三号料交给他，可谓物尽其用，人尽其才。

三号料确定做提梁花篮，必须首先解决提梁、活链、花卉和花篮如何取材的问题。难在这4部分不仅出自同一块料，还要连接为一体。该料中心部位一块绿，是全料中的最佳处，按保绿、亮绿、突出绿的原则，创作者将其设置在造型最突出的上面，以其为中心，找出提梁、两条活链、篮盆和底平。活链的雕琢曾遇到不少问题，在不如人意的料坯上，取出数十环相连的活链子，确是一种冒险的举动，实际上在加工过程中，也经历了如履薄冰的险境。《"86工程"工作总结》详记了这个过程——

原料脏，绺多，在取活链过程中，因为绺的影响曾三次移动中线，四次改变活链路线。为了躲绺,链条的走向曾被迫改变,右边的一条链子拐了九个弯,左边的一条拐了四个弯。更难的是上下拐弯取链在坑洼中起链活环,可以说是工程道路崎岖多险,稍一不慎,前功尽弃。参加制作的人员都是花卉高手,有着极为丰富的经验,他们采取了各种措施,保证遇到绺后可以自然改道,没绺的情况下也仔细观察,兢兢业业,一丝不苟,加强安全保险措施,终于将两挂32个环的提梁链保了下来,达到比例准确,环形规矩,大小一致的高水平。

花篮里的花卉也费琢磨。经过讨论,高祥他们决定以绿色的菊花和藕荷色的牡丹为主体花卉,辅之以玉兰、梅花、月季、荷苞、茶花、萱草等穿插于主花周围。花篮的用料为暗青色,发蒙,工程人员采用掏膛处理,从篮的底部向上打了深6厘米的管形孔,挖掉余肉,然后镶底密封,同时将花篮表面遍饰镂空菱形格,斜交的骨架雕刻牙编纹,制成仿牙雕的八角花篮。

最后的插花拼镶工艺也是一个难题,将若干形色各异的花卉和枝叶,拼镶成一束篮中之花,并非易事,工程人员将困难逐一克服,将一丛惊艳绽放、永不凋谢的百花成功拼镶于篮中。于此,一件国内最大、最美、代表20世纪最高水平的翠雕活链百花篮,终告诞生。

四号作品领军人物、中国工艺美术大师郭石林,1962年北京工艺美术学校毕业进入北京市玉器厂,师从王树森,并进修深造于中央美术学院雕塑高级研究班。他是我很熟悉也很尊敬的一位玉界朋友。我曾认真观察过他相料、画活、指导年轻技师的活计。我曾从广东四会购得几件翡翠人物,不满意其做工,请郭大师改作。郭大师并未大动手脚,只在一些关键之处重新勾画,付诸刀砣,作品便改换模样,人物变得灵动活泛,有了魂灵和精神。

四号料形状规整,但做插屏,锯切开片是一道险关。翠料边沿厚度8.8厘米,中心厚度仅7.8厘米,究竟开几片?开片越少,安全系数越高,但拼接起来画面过小,气魄不足,有人曾提出八开,但在安全上有很大冒险性,而且厚度不足1厘米的翠板,会冲淡底色和翠色。最后从安全系数和插屏画面大小两个方面衡量,采取了四开方案。

切割下来的 4 片翠料，表面切平之后还要拼接成一个整幅，每片翠料的拼接面都要做到垂直平整，翠料共有六个拼接面，必须严丝合缝，色泽纹理走向必须衔接一致。经过改造切割设备，又经过精心操作，四片翠料终于拼接成功。

郭石林大师为设计九龙腾跃云海的波澜壮阔画面，多次到北海、故宫、大同三处九龙壁写生，搜集材料，向古人学习，吸收精华，剔除糟粕。杨伯达先生为其提供有关历史资料以做参考，还专程到玉厂，讲授历代龙的造型变化和特点。"云龙九现"插屏雕琢手法主要采取浮雕，古代称为"隐起"，插屏云龙海水图案形象高度不超过 1 厘米。这种"隐起"做工，过去的高低层次大致不过两三层，四五层少见，而此屏海水云龙层次达五六层。龙头是关键之处，均由郭石林大师亲手碾琢，可谓精细入微、形神兼备。

历经 8 年艰苦努力，"86 工程"终告完成。

4 件翠宝，原定名称分别为：《泰山》《九龙献瑞熏》《提梁百花篮》《云龙九现图》。后听取启功先生建议，分别改为：《岱岳奇观》《含香聚瑞》《群芳览胜》《四海腾欢》。

1989 年 11 月 23 日，"大型翡翠艺术珍品鉴定验收会"在北京市玉器厂隆重举行。国务院副总理张劲夫、北京市副市长吴仪、文化部副部长英若诚，以及国家计委、物资部、财政部等部委有关负责人，故宫博物院、中央美术学院、中央工艺美术学院、国家文物研究所等单位的专家、教授、著名工艺美术大师，共 21 人组成的鉴定验收委员会，出席会议。会议认为，4 件翡翠作品，原料之贵重，创作之精美，都为古今中外所未有，堪称稀世之珍宝，盛世之祥瑞。4 件作品充满时代感，无愧为推陈出新的典型、继往开来的丰碑。张劲夫副总理在总结讲话中，兴奋之情溢于言表，盛赞"四宝唯我中华有，炎黄裔胄共珍藏"。

1989 年 12 月 29 日，国务院发布嘉奖令（国发〔1989〕89 号文件），全文如下——

最近，由中国工艺美术大师和技艺能手组成的大型翡翠艺术珍品创作集体，完成了山子《岱岳奇观》、花熏《含香聚瑞》、提梁花篮《群芳览胜》、插屏《四海腾欢》四件艺术珍品的创作。经专家鉴定，四件艺术珍品原料之贵重、创作之精美，为古今中外所未有，堪称国家珍品，是玉雕艺术推陈出新的典型。

在创作过程中，创作人员立志为国争光，发扬了无私奉献的精神，他们呕心沥血，夜以继日，做到了精心设计、精心创作、精心施工，圆满完成了任务。四件艺术珍品的创作，体现了集体创作弘扬民族文化的爱国主义精神和高超的技艺。为此，特发布嘉奖令，对大型翡翠艺术珍品创作集体予以嘉奖；并请轻工业部对创作有功人员进行表彰。

国务院号召广大工艺美术技艺人员，要学习他们精益求精、为国争光的精神，不断提高技艺，繁荣创作，为我国工艺美术事业发展做贡献。

中华人民共和国国务院
一九八九年十二月二十九日

国宝既出，华夏祥瑞。遗憾的是，领衔制作四大国宝的灵魂人物王树森，未能看到这个嘉奖令，未能出席1990年3月6日在人民大会堂隆重召开的嘉奖大会。在国宝完成之际的1989年，老人不幸因病逝世，享年72岁。

四大国宝被永久珍藏于中国工艺美术博物馆。

现在，该回到前边《玉案惊奇》一章我所提到的那桩"悬案"了——四大国宝用料的源头来自何方？

这是一个至今没有明晰解答的疑案。我在云南保山、腾冲、芒市、瑞丽采访，接触到一些专家、玉商、开矿老板，他们对早年各种名玉津津乐道，那些犹如戏文一样的故事脍炙人口，经久流传。一块玉何人采、何人买、何人解、何人做，做成什么，价值几何，大概都有个说法，那是口头流传的"名玉档案"。这些"档案"为我探究"振坤玉"与"四大国宝"的关系，提供了多条线索导向。

其一，名玉很多，但大名头的名玉也是有数，在具有代表性的"六大名玉"中，上千斤重的只有"振坤玉"一块。这是我将"四大国宝"与"振坤玉"联系在一起的首要原因。

其二，其他名玉最终都有下落，唯"振坤玉"只说是到了上海，最终不知所踪。

四大国宝之四插屏《四海腾欢》

是羽化成仙，隐匿消遁？抑或雾消岚散，从人间蒸发？当然不会。

其三，传说中"振坤玉"像是一颗巨大的"芋头"，巧合的是，4块巨翠刚运抵北京市玉器厂时，大家将其合拢，发现4块料是由一块原石破解而成，那形状，大家都说像是一颗"大土豆"。芋头和土豆，大形近似，两种比喻何其相似乃尔！

其四，还有一点与传说对应，"86工程"人员合拢4块大料后，发现有一较大缺口，应该是早先被人切去。云南方面说王振坤将玉石切成5块，从其中一块上又切下一角，做成物件卖银两用以充付岗税，其余运抵上海，临解放5块翠料剩下4块，那一块去了什么地方？这不能不使人联想到王树森早年在北京街头玉器作坊看到的那块翠料，很有可能是那5块料中的一块，在某个时候从上海贩卖到北京，料主在北京委托玉匠加工，恰巧被王树森撞见。

其五，北京颐和园内藏有6块大小不一的翡翠插屏，都是通透嫩绿，质好色艳。"四大国宝"加工临近尾声阶段，有人惊讶地发现颐和园插屏用玉和国宝用玉，在材质的种、水、色泽、纹理走向等方面，非常近似。颐和园插屏用玉从何而来？是否与"卅二万种"有关联？为寻求答案，有关方面5家单位，委派专家进行研讨。5家单位是：颐和园管理处、北京市玉器厂、"86工程"小组、中国工艺美术总公司和北京市工艺美术品总公司。经过仔细观察，审慎比对，充分论证，参与研讨的大部分专家发表了肯定性意见，即：颐和园翡翠插屏，原材料取自"卅二万种"。翻查颐和园库存文物档案，在一份尘封多年的资料上查到了这样一条记载。其大意是：1951年3月8日，颐和园收进珍贵玉器×件。此品是北京市军事管制委员会于1949年初，作为逆产没收的，先储藏于西郊公园，后转交颐和园长期收藏。逆产，就是背叛国家民族的人的财产。北平解放时，这些人的财产，都以"逆产"论处，无条件收归国有。王树森看到小作坊加工的翠件，很有可能就是这插屏。这不光基本确定了颐和园插屏与"卅二万种"的关系，回答了巨翠"大土豆"上那个大缺口的疑问，也为"振坤玉"系四大国宝原料，提供了又一证据。早先王振坤将"大芋头"切为5块，后边国宝翠料"大土豆"原本也是5块，两个"5块"，恐怕不是一个简单的数字巧合。

其六，腾冲翡翠大家龚子俊在他的《腾冲珠宝业》一文中描述"振坤玉"："王振坤的这件玉石，可以说是近一百多年来，在腾冲市场见过最上乘的玉石，其质量为满绿夹丝丝放堂，底是化马洒，无杂质，无瑕疵，像化学烧料一样……"龚子俊说的是腾冲玉行里的老话，化马洒底，就是冰种或玻璃种，满绿夹丝丝放堂，是说绿色饱满，在光线映照下丝丝放光。这样的描述，与"86工程"专家对4块翡翠大料的鉴定结论，高度一致。

上述6点理由充分不充分，有多大说服力，我不知别人持何看法，在我看来，差不多已经可以得出结论了——"四大国宝"用玉，来自清宣统二年（1910），腾冲玉石巨贾王振坤在猛拱老厂挖到的巨大玉石，即"振坤玉"。

上述论证诚然较为浅泛，但却是截至目前玉界和学界首次对"四大国宝"用玉的探本溯源，此前人们为那些含混不清、模棱两可的说法所困扰，希望我的努力能为人们答疑解惑，或者起码提供一条探寻的思路。

当然，有些疑惑依然存在，比如翡翠大料为何有"卅二万种"这个奇怪甚至有些神秘的名称？传说中巨翠最初在云南跌宕的遭际经历，怎么看待？"卅二万种"的名称确实曾难倒"86工程"很多专家，谁也不懂其含义，只能猜想：或与厂口产地或与岗税征记或与某种掌故或与交易代码有关。猜想终是猜想，留下这个谜一样的名称，供世人来玩味也是一件饶有趣味的事情。至于巨料最初在云南的传奇故事，那不过是对这块大石头的一种渲染，权当故事来听就行了。

搭错车的女人

第一次与张安凤见面，是在北京新侨饭店。出现在我面前的是一位中年女子，中等身材，上身着一件湖绿色 V 领长袖装，下身是米黄色西裤。肤色微黑，但很润泽。给人印象深刻的是那双眼睛，很大，眸子乌黑晶亮，透出一种娴静、从容又有些刚毅的神情。这第一印象，与我心中的形象吻合——这就是中国最有名的翡翠商人之一、瑞丽的翡翠女皇张安凤。

2009 年 11 月，我去瑞丽，曾多次听人讲述过张安凤充满传奇的创业史，那些讲述有声有色，引人入胜。瑞丽市委宣传部副部长、文产办主任储云春，曾陪我去珠宝街张安凤的美珏珠宝有限公司，参观了她的店面，看了店内陈设的商品。店面位于瑞丽珠宝街中心地带，位置优越，占地很大，装饰考究。那几天张安凤不在瑞丽，遗憾没有见到她，但从她的下属，那些接待人员和销售人员的言谈举止可以看出，张安凤拥有一支训练有素的专业团队。与那些精雕细琢的翡翠一样，这支队伍，也是张安凤精心打磨出来的作品。一个人的成功，总是由诸多方面因素构筑而成。

张安凤很谦和，我能觉察出，她是刻意避免给人留下一个成功商人那种自傲气盛的印象，做到"低调做人"。但她没有意识到，一种可能是惯常性的安排，让她显露出"富婆"的身份定向——陪在她身边的是一男一女，男的一身黑西装，高大魁伟，板寸平头，一眼看去就是贴身保镖；女的很年轻，很漂亮，着一身合体的粉色西式套装，侍应在她身边，当然就是秘书了。这是在很多场合常能看到的富豪出场的组合情景。但

是我弄错了,这一男一女不是外人,而是她的弟弟和女儿。张安凤大概看出了我的误解,随后向我介绍了二人。但我相信,我的"误解"在其他场合肯定具有普遍性,人们看到这种组合,大多会得出和我一样的判断,而且,这大概也是现实境况里的实际工作分工。

在夏日的这个傍晚,在新侨饭店幽静的包间里,我们从容交谈。随着张安凤武汉口音夹杂着滇西南语调的叙述,我的面前铺展开一位女性的传奇人生,一部近乎《天方夜谭》的东方叙事,一条由翡翠铺就的财富之路。一切皆由一次常识性低级失误——搭错车引出。

1986年,西南边陲盘旋山道,一辆破旧的长途汽车颠簸行驶。客车在沙石路面驶过,卷起旋风一般的尘土,尘土扑向路边的树木和草丛,也扑进四处透风的客车内。扬尘加上燥热,使车厢内异常憋闷,乘客们大都无精打采,昏昏欲睡,只有车厢后排一对男女,虽是满脸倦容,却毫无睡意,他们不时探头向窗外打望,神情略显茫然和不安。

窗外是典型的亚热带风光,凤尾竹掩映下的竹楼、棕榈树、槟榔树、叶子硕大的芭蕉,以及一些茂盛的不知名的花草,让这片红土地显得生机勃勃又带有异域风情。但这一对男女显然无心观赏风景,他们窃窃私语了几句,女的小心翼翼拍了拍前排座

姐告国门一级口岸（图片提供：乔丽）

奋进的边城瑞丽

小小玉石摊点（图片提供：乔丽）

位一位身穿军装的乘客肩膀。

"请问，离西双版纳还有多远？天黑前能不能赶到？"

军人回过头，是一张年轻的面孔。那张面孔上透出惊讶："你们要去哪里？西双版纳？"

女的点头："对，西双版纳。"

年轻军人叫道："啊呀，错了，这车不是去西双版纳，你们坐错车了。"

闻听此言，男女二人紧张起来。女的急急分辩："怎么不是西双版纳？我们买了车票的，西双版纳的票。"说罢，从口袋里掏出车票，让年轻军人看。

军人看过票，说："你们买错了，去西双版纳要买景洪的票，你们买了去德宏的票，景洪和德宏是两个方向，两地距离1000多公里呢！"

这一下，这对男女彻底蒙了。男的不太爱出声，但眼神里透出慌乱。女的甩着双手，像自语，又像是问别人："这下咋办？这下咋办？"

这对男女是夫妇，是从湖北武汉来云南的。男的名叫钱建华，女的名叫张安凤。本来夫妇二人都在国企工作，纺织女工张安凤先下岗，随后丈夫钱建华也丢掉了工作。家里很穷，又无事可做，两口子便商议去南方看看。张安凤一个舅舅在景洪，他们便奔赴云南而来。

从武汉上了火车，两口子便提心吊胆，惴惴不安。到昆明的火车票是20元一张，他们此行身上只有300元，便只买了一个人的票，看见列车员就心虚害怕，遇到查票张安凤就躲进厕所里。火车早晨9点到昆明，车站乱哄哄一片，到处是拉客的男女，嘴巴对着手提喇叭不断高喊长途客车要去的地名。夫妇两人对云南一点地理概念都没有，听喇叭喊什么"宏"，以为是景洪，便上了车。

这一错，谬之千里。

年轻军人给他们出主意，到保山后下车，保山有去景洪的长途客运，虽说已经绕远，但换乘后仍可到达目的地。

两人犯难了，改道去景洪吧，还有1000多公里，太远，还要花钱买票，不去呢？到了德宏投奔谁？做什么？心里一点底儿都没有。

中缅边境瑞丽口岸联检中心（图片提供：乔丽）

丈夫终归是男人，心一横："德宏就德宏，出来本来就是闯荡，天无绝人之路，到德宏再看。"

就这样，夫妇俩踏上了德宏的土地。没本钱，没技艺，没特长，到这人地生疏的地方做什么？而且这地方让他们有种莫名其妙的恐惧感，当地人说话，他们听不懂，那投过来的眼神，也都怪怪的，老乡吃过的槟榔，就吐在地上，红得像血，不小心踩一脚，吓死人。

但有一样东西他们不缺，这就是吃苦耐劳。他们为一位缅甸老板打工。这位老板在瑞丽做国际贸易，"国际贸易"听起来蛮唬人，实际上是做旧服装生意，就是从世界各地把旧服装收来，打包、装箱，然后倒腾到中国来卖。那时云南边贸口岸有人专门做这种生意。在这里打工又脏又累，搬运货箱、拆包、整理分类，清点数目，简易的工作场所里整天弥漫着分辨不清的难闻味道。张安凤干得很卖力，这是她的饭碗，没有这饭碗，她就难以在南国边陲这个燥热的小城落脚。

张安凤是个有心人。打工中，她发现中国人和缅甸人做生意时，在语言交流上有很多障碍。她便在日常留心学习缅语，从最简单的数字学起。时间一长，她用缅语做简单交流已没有问题。没想到，这竟成为她此后一度谋生的手段。

瑞丽，傣语叫勐卯，意思是"雾茫茫笼罩的翠绿地方"。瑞丽江像一条闪闪发光的玉带，陇川江又像一条金色的缎带，从东西两面缠绕着翡翠般的瑞丽坝。这里是昆（明）瑞（丽）公路与中印公路（史迪威公路）的交会处，东接潞西，北接陇川，西北、西南、东南三面与缅甸山水相连，村寨相望。在这里，中国瑞丽与缅甸木姐共同构成一坝（瑞丽坝）、两国（中国、缅甸）、三省邦（云南省、克钦邦、掸邦）交会，四区（瑞丽经济合作区、姐告边境贸易区、畹町经济开发区、畹町合作区）、五城市（瑞丽、畹町、木姐、南坎、九谷）的边境地理特色，以及一桥两国、一街两国、一寨两国、一院两国、一岛两国的特殊地理景观。这里还有瑞（丽）木（姐）、瑞（丽）南（坎）、瑞（丽）八（莫）、畹（町）九（谷）4条跨境公路相通。瑞丽是中国对缅贸易的最大口岸，是通向东南亚、南亚的重要门户，是西南沿边对外开放的国际商贸旅游城市。

但在20世纪80年代中期，瑞丽只是中缅边境上一座小城，经济发展刚刚起步，一切都在探索之中。一些缅甸、印度、巴基斯坦等国商人涌入这个小城，他们以倒贩玉石珠宝为主要营生，多为私下交易，无规无序，却异常活跃。在外国人中，缅甸商贩最多，大都倒腾翡翠毛石，也有一些手镯之类工艺比较简单的首饰。这些人有的摆摊设点，有的走街串巷，生意做得还都不错。但在这种交易中，由于大多数缅甸人不会讲中文，需要人来翻译，张安凤学来的缅语就派上了用场。她为缅甸玉石商做翻译，成交后她会得到5块或10块钱的翻译费。这种钱来得轻松，动动嘴皮子便有了进账，张安凤做得蛮开心。

刚接触翡翠，张安凤一点也不明白人们为何喜欢这种鹅卵石一样的石头。不错，在她眼中，缅甸商人手中那些东西，就像长江边的鹅卵石，有的黑黢黢，有的灰溜溜，有的乌蒙蒙，有的黄得土拉吧唧，这样的玩意儿为何能叫人怦然心动，甚至有人愿为其一掷千金？渐渐，她发现，这些表面看去不起眼的东西，解开之后里边呈现出各种颜色，变化多端，质地各异，有的美艳，有的灵透，也有的像狗屎一样不堪入目，确乎有种琢磨不透的玄妙。

自此，她喜欢上了这种石头，也尝试着做些翡翠小生意，十块八块钱买进，十五块二十块钱卖出，赚头总是有的。后来她干脆辞了倒腾旧服装的工作，在街头摆起一个专卖翡翠的小摊。

第一笔赚"大钱"的生意，至今让张安凤铭刻在心。

那是一个秋日的下午，一天的生意都不太好，她摊上的东西多为低档货，看的人多，买的人少。天气干燥燠热，她口干舌燥，正想托旁边朋友代管摊子去讨口水喝，这时来了一位中年男子，翻检摊上的货品。男子看去有些失望，打算离去，她忙热情挽留。

"不要看啦，没有我要的。"男子说，听口音像是港台人。

"大哥要什么？挂件还是手镯？"她眼巴巴问。

"要手镯，当然是好的啦。"

"好的？有，有，想要什么价位的？"

"价格要看货啦，十万八万都行，只要东西好。"

"有，什么价位的都有，包大哥你满意。"

男子有些怀疑："你这摊上的东西……"下边话没说，但意思张安凤明白，那潜台词是："就你这小摊，敢说这话？"

张安凤忙解释："什么架板摆什么货，你说这街上小摊，能把十万八万的东西摆出来？家里有，大哥等一刻钟，我马上去拿给你来。保证比店里买便宜很多。"

男子将信将疑，但显然动了心，却又犹豫："等？你让我在这儿等？"

张安凤鼓动："我保证让大哥你等得值，好东西，便宜价格，我拿来你看不上可以不买。"

她说得很真诚。男子说："好。"

男子说了这声"好"，张安凤心里却犯起嘀咕：他诳我咋办？拿来他不买，或者走人没了影儿，涮你一把，你干瞪眼有啥办法？

她正儿八经地对男子说："这可开不得玩笑哟，大哥别耍我让我瞎跑路。"

男子也认了真："怎么是开玩笑？我跑了半条街，就想买一只好手镯给太太，可店里的东西价格高得没谱，带我去的人是托儿，如果你这儿合适，就在你这儿买。"

她听男子说得挺实在，看他人样，也不像是存心耍戏人的人。她遂拿定主意，从屁股下抽出小板凳递给男子："请大哥先坐，就当是替我看一会摊儿，我速去速回。"她托付邻摊小妹代管小摊，照顾客人，又在旁边冷饮摊上买了一听可乐，塞到男子手中："天气热，大哥先喝口饮料，你我今天有缘，我把压箱底的东西拿给你。"随后匆匆而去。

张安凤说她什么价位的东西都有，是吹牛，她所有的货品，全都摆在了摊上，但她不愿意失去这个交易机会。她认识一位姓刘的开店老板，从他那里可以拿出东西代售，那里才是什么东西都有。她来到刘老板店里。

听说她要代售十万八万的手镯，刘老板一口拒绝。像这类高档货品，那是要押钱才能拿出店的，刘老板清楚张安凤的底细，她哪能拿出什么大钱？生意人做事要讲规矩。

翡翠山子《居山静思》(图片提供:美珏珠宝)

翡翠《硕果累累》（图片提供：美珏珠宝）

张安凤好说歹说，许下一个又一个承诺，说买主就等在她的摊上，拿了手镯马上就可以把钱送到店里来，但刘老板不为所动，只说要按规矩办。

张安凤情急之中，心一横，说："我没有押金，给你押人行不行？"

刘老板惊诧："押人？"

张安凤说："一个大活人，我的老公，你们一块喝过茶，总能抵得上十万八万吧。"

刘老板没有经过这样的事情，他认真打量着张安凤，相信了她的实诚，终于松了口："也好，那我就和你老公再喝一次茶。"

张安凤出得店门，风风火火去找老公。好在老公打工的地方离刘老板的店铺不远，不长时间，老公被领进来，人换手镯，张安凤反身又赶往自己的摊位。

那位男子还在等待。她拿来 4 只高档高翠手镯，请男子挑选。男子选中了一只冰种阳绿带春的新款扁镯，讨价还价后，定在 8.8 万元成交。

生意做成，货款和其余 3 只镯子，交付刘老板，赎回了老公。出了刘老板的店，张安凤只觉得晕乎乎飘飘然，有一种要飞的感觉。斜阳很刺眼，她眯起眼睛看着小城的街道、房屋和树木，看着天上的白云，空中飞过的小鸟，觉得像是在梦中，要不是老公捅了她一下，她还回不过神来。

老公说："这事只有你做得出来，做生意押老公，就不怕传出去让人笑话？"

张安凤却扬扬得意："这不是赎出来了？委屈你一下，值了。哎，你知道挣了多少？"

"多少？"

"8000，整整 8000 块。"

老公吃惊："啊，8000？"

8000 元钱，是张安凤两口子南下闯荡以来最大的一笔收入。他们辛辛苦苦打工、做生意，一心想改变自己的贫穷命运，但只能挣到一点小钱。他们在瑞丽租住最便宜的房子，吃最简单的饭菜。他们给自己规定一天生活费不得超过两块钱。每天菜市场收摊的时候，张安凤去买菜，说是买，实际上是去捡，捡那些人家丢弃的菜帮菜叶。他们太穷，太知道缺钱的滋味。今天她动了点脑筋，跑了几趟路，一下子就挣了 8000 块，原来钱还能这样挣！两口子简直喜晕了。

然而，张安凤的高兴劲，只维持了不到一天一夜。第二天摆摊回家，她发现丈夫不见了，连同丈夫一块消失的，还有那没有焐热的 8000 块钱。

丈夫去了哪里？他带了那么多钱去干什么？去赌？不会，丈夫对赌没有兴趣；去嫖？更不会，打死他他也不会做出这样的事情；去外地游逛？他才舍不得花那冤枉钱呢；回武汉老家？这倒有可能。几年都没有回去了，他家有老爹老娘，过去手头紧巴巴的，回去一趟不少花费，他们有心无力。如今平地暴发，手里攥了大把钞票，风风光光回老家去，这就是从古到今都讲究的"衣锦还乡"。嗯，回武汉的可能性很大，但你总该吭一声啊，这不声不响走人算是怎么一回事？

3 天后，丈夫钱建华回来了，他并没有回武汉，而是去了趟省城昆明。

钱建华买回一条金项链。8000 块钱一分不剩。

"送你的，"钱建华把项链递到妻子手中，"你嫁了我没有过过一天好日子，连条围巾都没有给你买过，这是在昆明老凤祥挑的。你戴上，给自个长长精神。"

那时，中国女性讲究"穿金戴银"，黄金首饰是最为流行的富贵装饰。在钱建华看来，妻子该配有这样一件金光灿灿的东西，他要还给妻子做女人的风光和骄傲。

张安凤心疼那钱，8000 块，8000 块哟！她心里做过筹划，要用那钱进几款像样的翠件，钱进货，货生钱，慢慢把生意做得像样一点。这下可好，8000 块钱变成了一条金链子！

但她还是被丈夫感动了。这个男人平日不多言，不多语，默默吃苦劳作，在她面前也不大会表露感情，但他在心里爱她，疼她，怜惜她，这是一个懂感情、重情义的男人。

张安凤戴上了那条项链。

生意一天天做，经验一天天积累，眼力一天天提高，人脉一天天积攒。无论是毒日当头，还是风雨披身，张安凤从不懈怠。1992 年，她终于开了自己的店铺。一位台湾人给店铺起了名字：美珏珠宝。珏，是两块美玉合在一起的意思，寓意张安凤和丈夫钱建华合力打拼，前程美满。

开了店铺，成立了公司，业务从早先单一的进货销售，也发展到采购毛石设计加工。购买毛石自然存在风险，但风险高，可能回报也高，赌石的魅力正在于此。

张安凤在毛石上掘得的第一桶金,是一块重约 20 公斤的白沙皮料。

从厂口看,这是一块达摩坎料,身穿多条"蟒带",上有两处擦口,灯光打进去,透出水汪汪的绿色。达摩坎,也有人叫大马坎,从这个厂口出来的毛料,是乌龙河里的水石,多出高色玻璃种,但经过河水的冲刷和水流的搬运,毛石绺裂较多。这块毛石价格不菲,张安凤和丈夫看了 3 天,才决定下手赌一把。

切石头时,张安凤没有去现场。终归是女人,她怕自己经受不住那种刺激。石头切开,丈夫用切石厂的座机给她打来电话。钱建华只说了两个字:"涨了。"

这是决定命运的两个字。

翡翠行里,眼力的重要性毋庸置疑,但有时还要讲运气、胆量和智慧。一次,缅甸人拿了 3 个高翠戒面,要 150 万,张安凤 138 万买到手。别人都说她买贵了,她把其中一只,请高手设计,用铂金钻石镶嵌,结果那一只便卖到 80 万。

张安凤的运气也实在是好。她做翡翠,选对了一个合适的时机,也落脚在一个合适的地方。

历史上,翡翠毛石和成品交易的中心是腾冲、盈江,但瑞丽是一块伸进缅甸的地方,在中缅界河瑞丽江东岸,还有属于中国的一块飞地姐告,借助这一特殊地理位置,瑞丽翡翠贸易后来居上。起先多为毛料走私,一年可达 600 吨,后来当地政府调整政策,敞开大门,关闭小门,疏通渠道,让翡翠交易在阳光下运作,翡翠贸易随即成为瑞丽的支柱产业之一。1991 年经省政府批准,设立姐告边境贸易经济区,在中国第 81 号到 82 号界碑处,中缅双方共建的宽大的中缅商贸大街,区内最活跃的便是翡翠毛石交易。1993 年,瑞丽工商局大胆投资,建设了拥有 84 间铺面、136 个摊位的"瑞丽市珠宝交易市场",宽松的准入制度,让所有铺面摊位很快就被不同国籍的玉石珠宝商认购一空。此后,德宏州和瑞丽市工商部门又先后对珠宝市场进行了 7 次改扩建,仅 2002 年之后总投资即达 4.2 亿元,建成了占地面积 290 亩、建筑面积 142000 平方米的珠宝市场,大小铺面 1450 间,摊位 840 个,形成了集旅游、购物、观光为一体的现代化珠宝步行街,成为云南最大的珠宝市场。

张安凤的"美珏珠宝",正是借助这样一个时机、这样一个背景,由小做大,由大做强，进而雄起一方，成为业界一面耀眼的旗帜。

　　白手起家，经年打拼，训练出张安凤敏锐的感觉。在她眼里，机会有很多，就看你抓得住抓不住。

　　2000年，张安凤开始涉足树化玉。"树化玉"是云南市场的叫法，学名叫硅化木。查"360百科"，在这一词条下有如下解释："硅化木也称木化石、树化玉，是数亿年前的树木因种种原因被埋入地下，在地层中，树干周围的化学物质如二氧化硅、硫化铁、碳酸钙等在地下水的作用下进入到树木内部，替换了原来的木质成分，保留了树木的形态，经过石化作用形成的植物化石，因其中所含的二氧化硅成分多，所以，常常称为硅化木。"云南市场的树化玉来自缅甸北部，靠近翡翠产地，它保留了树木的木质结构和纹理，颜色有土黄、淡黄、黄褐、红褐、白色、灰白、灰黑、绿色等，抛光后具有玻璃光泽，不透明或微透明。缅甸人采掘翡翠，挖出树化玉，就地敲碎，与碎石一起推掉，因为他们认为它是没用的东西，不值钱。最早是瑞丽人注意到树化玉，一位做翡翠生意的蒋老板，以极便宜的价格购进很多树化玉，但国内市场上对这种东西，既无概念，更无销路，无奈之下，蒋老板只好推着树化玉毛料沿瑞丽珠宝街逐家推销。到了"美珏珠宝"，张安凤看后觉得有价值，花300元，买进50公斤毛料。毛料都是有树皮的，颜色灰脏很不好看，但去皮打磨抛光后，肉质细腻，水分很足，像玉一样晶莹剔透，看去很舒服。张安凤让公司技师设计雕琢成一只花瓶，摆在店里最醒目的柜台上，吸引了很多顾客欣赏的目光，不少人想买，张安凤却不卖，吊足了顾客的胃口。

　　那时树化玉5元钱1公斤，张安凤出手购进10吨。她与一位姓肖的设计师是朋友，鼓励他去买，姓肖的朋友大不以为然，说："物以稀为贵，你看那些农民，开拖拉机整车整车把那玩意儿拉来，我要它有什么价值？"

　　半年之后，树化玉市场价格急剧攀升，最高时毛料涨到1000元1公斤。

　　张安凤仍未罢手，她开始打树化玉高端市场，瞄准开口好的毛料，做高精尖产品。树化玉毛料生意和赌石一样，交易时也只擦皮，具有很大风险。一次蒋老板进口了4棵很好的树化玉，要价120万，她只给60万。她对蒋老板说："这东西就是我的了，风险很大，60万够你的了。你要是给了别人，以后我跟你一分钱的生意都不做。"张安凤一直是蒋老板的大买家，只好给了她。剥皮的那一刻，张安凤知道赌赢了，水色好，质地细腻，中间绿色艳，形状也颇佳。其中一棵，张安凤后来就卖到200万。

2005年，张安凤又瞄准了黄龙玉，8万块钱买了10吨，一年后，那10吨黄龙玉的价格翻了100倍。

关于张安凤在树化玉和黄龙玉生意上的事，瑞丽传说很多，上述便是坊间流行的版本，对此张安凤不予认可。她说："那是夸大了，有些还是编造，说我树化玉赚了几个亿，没那回事。"

她倒是很乐意听坊间流传的另外一件事情，并加以肯定。一位客户在她手里以138万买了一块翡翠明料，委托他们加工一件首饰。首饰加工完成，剩下一块小边角，有关人员把这块余料留给了公司。这是玉器加工行里并不鲜见的做法，原料破开做东西，体积自然会变小，那些切下的边边角角，有的加工者便留给自己，而委托加工的人往往也是稀里糊涂，不清楚原料剩了没剩，所剩几何。有关人员把剩料拿给张安凤看，那是一块橡皮大小的东西，仅裸石就值20万。张安凤火了，责成办事人归还客户。客户拿到定做的首饰和那块剩料，欢天喜地，逢人便讲张安凤做事诚信，可交朋友。

有些来店顾客，对翡翠了解并不多，面对货柜里琳琅满目的商品，不知该做如何选择，张安凤便给他们参谋，帮助他们挑选。她承诺，凡从她的店里卖出去的商品，一年后可回收，返10%价钱给顾客，两年后返20%。可一直无人退货。她说做生意最大的窍门其实只有一个，那就是真诚。

如今，"美珏珠宝"已经发展成为一家集开采、雕刻、加工、批发、零售、设计研发以及文化推广于一体的国际化、现代化的珠宝公司，在职员工约百人，经营的品种包括翡翠饰品、摆件、红蓝宝石、树化玉等。那位曾经充当"人质"、把第一笔大钱一分不剩花给老婆的丈夫钱建华，已经完全退居二线，他喜欢喝茶，喜欢养鸽子，他的鸽子里，有不少名贵赛鸽品种。他精心地饲养它们，喂食喂水，清理鸽舍，繁育幼鸽。不忙的时候，就坐在他家的小楼上，品着工夫茶，眺望鸽群在蓝天盘旋，聆听鸽哨美妙的鸣响。一切都不用他去操心了，公司有老婆在打理，他相信老婆的本领比他强。

2013年，玉石界国家级"百花奖"年度评选在首都北京进行。瑞丽"美珏珠宝"

送展参评的是一件大型翡翠雕刻《中华爵》。张安凤亲自带队赴京。经过评委会专家组层层审议,在全部送展参评的 1000 多件玉石作品中,《中华爵》脱颖而出,斩获特等奖。特等奖只有一件,只有足以代表当今中国最高玉雕艺术水准的作品才能当选,对材质、设计、工艺加工、文化创意等方面要求极高。《中华爵》是一件体量硕大、气势雄浑的雕件,冰种,水头十足,含春带彩,大造型为仿商周青铜爵,玉雕元素被巧妙地融合进去,缀以中华传统吉祥纹饰,其间一朵盛开的牡丹花头,呈浓艳的帝王绿,翠色欲滴。美珏珠宝公司人员介绍,雕刻这件作品时,从这浓绿处切下一块料,做了一对满绿手镯,仅手镯就卖出 4000 万元。

张安凤,这个在南下闯荡途中晕头转向"搭错车"的女人,她的故事,她的创业经历,一如神秘的翡翠一样耐人琢磨。她以青春勇气做注,以夫妻二人身家命运做注,赌了一把,这一刀,她"切涨"了,赌赢了。

五彩梦想

北京潘家园旧货市场，有很多翡翠店铺和摊点。在大棚下二区甬道，我认识一对摊主夫妇，河南南阳人。宽窄一米的摊位，每月2万元租金，这还是原始租价，如果想从别人那里倒手转租，价格还要高出许多。认识他们是10年前的事了，周六周日，是潘家园市场交易的日子，这两天无论天晴天阴，刮风下雨，他们夫妇当中总有一位，坐在摊后的小马扎上，接待熙来攘往的顾客。他们的生意做得很好，其证明是，有人要掏很高的价格从他们手里转租摊位，他们也不肯放手。

他们有自个的经营招牌：摊前竖一方块三合板，上写"A货保真。假一赔十"。小牌下放一摞名片，名片上印有姓名、电话、摊位号，最为醒目的是上面标注有厂家，是广州一家玉石珠宝工厂。摊主说，那是他们家开的厂，他们直接从缅甸进翡翠原石，自己加工，所以能够"价格低廉，杜绝假货，保A无虞"。

男的姓杨，在与我的交往中，感觉人还算厚道，他的摊上果真没有"B货"，更不会有"C货"，价格也不会乱要。他们有不少回头客，不摆摊的日子，也可以去他家里选购采买，还会受到热情招待。

我第一次去他家，是10年前的一个晚上。同事W想给妻子买一只手镯，原则是价位不要太高，但必须看得过眼，要有绿，自然首先绝对是A货，请我帮忙选购，我便想到老杨。打过电话，老杨请我们去他家。

那是潘家园附近一栋老式住宅楼。楼道里光线昏暗，楼梯扶手上有斜挂的自行车，

用铁链子锁着,上楼需小心谨慎,以免剐着碰着。老杨住三层,是租来的一室一厅,房子显得破旧,坐在蓝布面软塌塌的沙发上,屁股下的弹簧吱吱直响。

老杨老婆从卧室里拿出一堆手镯,还有一些挂件,让我们挑。每件东西都用白色道林纸方方正正包着,用细红绳结扣。老杨老婆很精干,她对纸包里的东西像对自己的手指头一样熟悉,打开瞥一眼,就知道归属哪一类,价钱是多少。在他们这里,讨价还价的余地很小,大都是实价。W 给妻子挑了一只油青手镯,1200 元,又给自己挑了只福禄寿小挂件,800 元,买卖双方都很满意。

老杨夫妇都是河南南阳镇平的农民。镇平县号称有 10 万玉石从业人员,县内以石佛寺镇为玉器市场大本营,集中了一大批从业者,其余散布在全国各地。在国内不论哪个城市,有卖玉器的地方,就有河南镇平人。老杨夫妇原来在家老实务农,春种秋收,辛辛苦苦,但一年下来,收入还远不如邻家一个摆摊卖玉器的女孩。他们决心一下,放弃了土地,也出来做玉器生意。老杨告诉我,他们有哥仨,他是老大,老二老三在广州开厂,专做翡翠,活儿全是广州工。他卖的全是自个工厂的东西,货源充足,质量有保证,所以生意也就做得不错。

老杨强调他们家在广州有工厂,活儿全是广州工,是有特别用意的。河南南阳是国内后起的玉器加工中心,以产量大、价格便宜著称,但工艺较为粗糙,"河南工"早先在玉器市场,被当作是粗糙低劣的代名词。老杨张嘴说话一口河南腔,生怕人家把

翡翠《生生不息》（作者：仵先春）

翡翠《生命》(作者:常万亭)

他的东西与"河南工"等同起来,所以无论是名片还是口头上,都突出货源来自广州,那话外之音是:自己的货品比其他老乡同行高出一个档次。

  但毕竟是离乡背井在外创业,老家还有一儿一女,一个读高中,一个读初中,都要花钱,原来家底薄,吃苦受累,日子过得紧巴一些,是不可避免的。这两口确实也能吃苦,周六周日在潘家园摆摊,河北雄县也有一个玉器市场,逢周一开市,他们要赶过去。周四是天津沈阳道古玩市场的交易日,他们在那里也有摊位。在这三地奔波之外,还要抽空去广州进货,两口子忙得像陀螺,但有钱挣,倒也是不亦乐乎。

  直至过了很久,我才知道,老杨向外界是吹了牛,他家在广州根本没有工厂,两个弟弟在广州是真的,但像他一样,都是摆摊做生意,他手里的东西,全是从广东平洲、四会进的货。告诉我真相的是他的一位老乡同行,他那位老乡说:"老杨那人看起来老实,其实精得很,两口子都跟猴儿一样,脑筋比计算机都灵。"同行之间难免有抵牾,不管说话者居何用心,但在此后,我把老杨看得不那么简单了。

  号称在广州有工厂,那是一种营销策略,货真是广州工,倒也说不上是瞒哄欺骗,老杨的生意一直顺风顺水。儿子高中毕业没有考上大学,来到北京跟着老杨两口子学做生意。多了一个帮手,老杨不再那么死守摊位,重点转移到跑店。跑店就是给店里送货,经营玉器的店家都要进货,老杨拿东西上门供店家挑选,有时一成交就是一批,相当于批发。他的生意,又拓宽了一条路子。

  一次我在潘家园转悠,见到老杨,老杨问我在东风汽车4S店有没有熟人,他新买了一辆CR-V,发现车身和方向盘有时莫名其妙地抖动,修了两次不见改观,想退换。我无能为力,没有帮上他的忙。那天老杨还告诉我,他买了房,是一套两室一厅的二手房,厅很大,有30平方米,这下去他家就不那么局促了。虽说是二手房,却是2000年后才盖的,质量不错,地点在松榆里,欢迎我去他的新家做客。

  又买车又买房,看来老杨已今非昔比,生意成功,日子过得也滋润了。

  距这次见面过了3年之后,一家公司需要一批礼品,礼品的置办有多套方案,最终定为选购翡翠玉件。经办者是我一位朋友的朋友,找到我请求帮忙物色。我想到了老杨,他那里货有存量,整批次的东西较多,这些东西规格样式质量大体近似,适宜于做会议礼品。在电话上与老杨约好，他准备东西，我们次日去他家看货。

第二天，按照老杨给的地址，我们来到京城东南角的松榆里。老杨在小区大门口接我们，这是一个新建的小区，很大，汽车七拐八拐，才到了老杨家的楼下。电梯一直把我们送到12层。在一户房门前，老杨摁门铃，她老婆开了门。两口子很热情，让座，拿烟，倒茶，我却东瞅西瞅，心里直纳闷：不是说是两室一厅的二手房吗？怎么来的是新区新房，而且明显不止两室一厅？

老杨见我四下打量，笑说："噢，忘了给你说，这是新买的房，刚搬进来不久，你闻，还有装修的味呢。"

我问："不是你已经买了一套两室一厅的吗？"

老杨说："儿子来了，家里的闺女将来也有可能来，两室一厅有点小，就买了这套，三室两厅。"

"那套呢？卖了？"

"还留着，没卖。"老杨说，"两套房都在松榆里，离得不远，那套正在重新装修，这新房在小区老里头，客人来寻找不方便，原先那套以后专门放货、喝茶、接待客人，也就算是个小会所吧，装修好我就请你过去，带上朋友更欢迎。"

这个老杨，几年工夫，连跨几大步，与当初比，已不可同日而语。坐在宽敞客厅米黄色的真皮沙发上，我想起了早年那个破旧小屋里屁股下的感觉，想起了那吱吱作响的沙发。一个人的命运走向，就这样难以预测。

像老杨夫妇一样，众多从土地走出的农民，并无多高深的文化，并非天生有什么过人的禀赋，因为与玉石结缘，而重塑了自己的人生。他们中间一些人，曾接受过我的采访，有的还算是朋友，我清楚他们一路走过的足迹，从一无所有到家财万贯，从居无定所到有车有房，他们甚至连自己都不相信会有今天。据有关资料介绍，十一五期间，镇平玉雕产业年产值100亿元，年销售150亿元，年均创增加值30亿元。这还不算那些在外地从业的镇平人的收入。一位镇平县政府领导告诉我，每年年底，是当地银行、邮局系统处理汇兑业务最繁忙的时候，从全国各地汇往镇平的钱，少则几亿，多则十几亿。玉器产业让镇平人受益无穷。

待价而沽（图片提供：乔丽）

翡翠赌石（图片提供：乔丽）

成功，其实有时仅仅是一个相宜的时代，做出一种相宜的选择。

在瑞丽，我与亚洲珠宝联会翡翠研究会的秘书长邝山，有过一番深入的交谈。

这位北师大中文系毕业、属于北京最早一拨儿"潮人"的文学学士，步入翡翠行业，纯属偶然。

邝山出身于知识分子家庭，父亲延安鲁艺毕业，母亲是中央人民广播电台编辑。邝山自小颇具文艺天赋，吹拉弹唱样样在行，特别是声乐，美声民歌都能唱。1978年考大学，他本来想上音乐学院，却考进了北京师范大学中文系。1982年大学毕业，他被分配到景山中学教书。人们心目中的中学教师，应该是安分守己、循规蹈矩那样一类人，他却属于另类——西装领带，长尖角火箭头皮鞋，一头烫发蜷曲打卷，整个学校里就他显眼。书记找他谈话，告诫他收敛一点，他却说："每个人都有个性，我就是我。"谈话不欢而散。

1983年，深圳特区在北京招聘人才，报名、面试地点设在长城饭店，邝山去应聘。办完必要程序后，他见很多人手里都拿着一张纸条，他却没有，以为自己没戏，但3天后他收到被录用的通知。

深圳录用他的部门是教育局，他在育才中学教了6年书。深圳那个地方，经商的诱惑是很大的，一位外籍华商与一位东北商人在长春开了一家夜总会，外商认识邝山，聘他去做管理工作，他答应了外商，放弃教职，奔赴长春。

"生活对我真正的历练，是从做夜总会开始的。"邝山对我说，"社会的复杂，人性的美、丑、善、恶、贪欲、忠诚、欺诈、满足、无奈，在夜总会这个特殊环境里，展露无遗。每天你都需要真切面对这一切，想回避也回避不了。"他从副总经理，做到常务副总经理、代总经理，学会了怎样与富商大亨、高官名人、恶棍流氓、黑道白道打交道。"有人说，这个世界是由最好的人与最坏的人统治着，"邝山说，"那么，你就要学会与这两种人交往，可能永远不会是朋友，但要让人觉着就是朋友。"一次，公司保安把一名民警的鼻梁踢断，警察来抓人，他找到派出所所长出面把事情摆平。他的继任者，一个上海人，上任不到半年，脑袋被人砍了20多刀。

坐在我面前的邝山，文静谦和，人长得很帅，个头超过1米8，一副典型学者的模样。我想象不出这样一个人，怎样跻身凶险江湖，在夜总会那种酒池肉林里，与他所谓的好人和坏人周旋。

在傣族风格的竹楼茶舍里，我们把盏而谈。窗外凤尾竹姿影婆娑，街上灯光辉耀。他给我讲述着往事，说到江湖凶险，他浅浅一笑，谈起另外一个江湖，谈起珠宝玉石市场的恶风险浪，他说，这个行当里的凶险，一点不比夜总会少，只不过变换了另外一种形式。

随着他的讲述，我看到了一个人蹒跚前行的身影，他的前边是彩云，那是梦想，他的身后是阴影，那是现实。这个讲述者拥有一副优美的歌喉，但在这个晚上，在瑞丽江寂静流淌的江水的陪伴下，在凤尾竹、棕榈树沙沙作响的背景音中，这个男人的声音有点低哑。

> 1992年，上边总公司派我来瑞丽审计下属一家公司，第一次接触到翡翠，一下子就喜欢上了。这东西太有意思了，它的绿，与大自然的生命同一色调，给人生机勃勃的感觉；它的红，是温暖的红，热烈的红，像血，像火苗；它的黄，像秋天的收成，充盈、丰沛。翡翠行业又充满挑战，我喜欢挑战，就想来瑞丽做翡翠。向总公司提出要求，1992年6月瑞丽建珠宝街，我9月份就来了。

过去瑞丽做珠宝翡翠,像走私一样看待,抓住就没收东西,拘留人。建了市场,地下交易转为合法,我觉得抓住了一个好机会。原来在长春,我是2000元的月薪,在20世纪80年代末90年代初,这就是很高的收入了,到瑞丽后公司让我自报工资,我报月薪1500,但有个条件,在公司业务之外,我也可以自己买卖,公司抽成10%,公司答应了这个条件。3个月下来,我赚了8000元,知道自己能养活自己了,便辞了职,自己干。

第一笔生意做的是红蓝宝。宝玉石中有"五皇一王一后"的说法,"五皇"指的是五大名贵宝石:钻石、红宝石、蓝宝石、祖母绿、金绿宝石;"一王"指玉石之王翡翠;"一后"指珍珠。人们出于对红蓝宝石的喜爱,赋予红宝石"彩宝之王"、蓝宝石"天国之石"的美称。我是和北京一位做藤条生意的老板合伙做,他出资,我经营。星光素面红蓝宝,买进50元一个,卖出150元一个,还是搞批发。开始觉得赚钱很容易,就凭一张嘴,钱就流进了口袋,这一行真是海阔凭鱼跃,天高任鸟飞,可以大有作为。

可是往后,事情就不像想的那么简单了。

瑞丽是翡翠毛石主要集散地,不做毛石,光做明料,发不了大财。可是不进来不知道,进来了你才知道这里边水有多深。首先是好东西、大价值的东西,已经被人至少赌了一道了,再赌,胜算概率很小。蒙头货更是害死你没商量,缅甸人作假很有一手,他们主要是做皮。有些厂口,尤其是一些新厂口,永远出不了好料,那是自然造化在生成玉石时就决定了的,就像猪会产崽,却产不出大象一样,是天生的,不是人为的。所以毛石市场很讲究厂口,厂口主要从皮色来看,缅甸人就在皮色上作假,把新厂料做成老厂料。行里都知道,有"蟒"的料,大都有绿,他们就在毛石上擦出像"蟒"一样的东西,绿色粉末加胶刷上去,用中和液中和一下,外边再洗刷,假货就做成了。这种假货,用10倍放大镜是看不出来的,有经验的行家用20倍放大镜可能会看出端倪。有些料切了一刀,又粘上皮子,作假者已经在里边打了洞,把牙刷把、玻璃球一类绿色的东西塞了进去,手电一打,透出绿光。擦出的门子也不可轻易相信,那可能是"镶口"。上这一类当的人很多,我身边的朋友就有栽得很惨的。有句流传的话说:瞎子买,瞎子卖,还有瞎子在等待。江湖黑道上有打打杀杀,这里却是杀人不见血。

你想想,在这样的行业背景下做生意,需要多么小心谨慎,有时候整个人都很扭曲，把心中对真善美的信念给抽走了。我也吃过亏，吃了几次亏后，看每一个人都是骗子，处处给你下套。你面前站着一个女孩子，说话笑眯眯、软绵绵，实际上可能是一个"冷血杀手"，一不留神就会宰了你。还有些智商很低的人，但演戏比演员还强，从他们口中说出的话，真真假假，你要是信一半，那你就是傻子了。

从1993年开始，我做瑞丽宝玉石协会常务副秘书长。我给瑞丽人讲，什么时候，把瑞丽这个宝玉石集散地，变成宝玉石文化中心，那我们就有希望，就有更大的前景了。

那一晚，邝山给我讲了很多。这位学者型的宝玉石商人，对行业的乱象忧心忡忡。现在，他不再做单纯的宝玉石买卖，而改做镶嵌，办了一个镶嵌厂，开了3个店，学习台湾、香港先进的镶嵌工艺，生意还不错。这是一个风险不大，不怕谁来算计的行业，他觉得踏实、稳当。

这位来自北京的寻梦人，在南国边城继续着他的梦想，较之当初，这梦想注入了更多理性成分和现实因素。

我是一位垂钓爱好者，在京城，我有很多钓友，我们常去的地方是"竿坑"。垂钓分几大类：野钓、竞技钓、竿坑钓。野钓是去荒郊野外的坑塘湖泊水库，不花钱，趣味就在一个"野"字；竞技钓就是打比赛，有专门一套钓法，争名次，比输赢，是有组织的竞技赛事；竿坑钓也叫池塘钓，鱼塘老板花钱买鱼撒进塘里，垂钓者下竿，一竿多少钱规定好，钓上鱼池塘老板会收购，购得的鱼再批发送给鱼市。具体讲来，比如一根竿一天150元，钓者渔获30斤，鱼塘每斤以5元收购，这样垂钓者收支相抵，打了个平手，行话叫作"上岸"。钓得多赚钱，钓得少赔钱，全看垂钓者的钓技和运气。鱼塘老板把收购来的鱼，批发给鱼市7元钱1斤，每斤可赚2元。在北京，这种鱼塘，也叫"黑大坑"，开坑的老板和垂钓者之间实际上玩的是一种博弈，一方总想让你少钓，一方总想让自己多钓，于是双方各出招数，明争暗斗。

书归正传，该请出本节故事的主角，一位开黑大坑的老板了。

鉴于种种原因，请允许我隐去鱼塘和老板的真实名字，以大杨树鱼塘和 Z 老板来替代。

就像上世纪末和本世纪初，很多富商巨贾热衷投资电视剧一样，近 10 年来，一些有钱人开始进军玉石市场。这是一支异军突起的投资队伍，本来他们与玉石毫不搭界，但社会疯传、媒体热炒资源性的玉石奇货可居，加之股票长期熊市，有钱没处投，便瞄上了玉石市场。这些人大都不具备玉石知识，对市场规律缺乏深入认识，听了一些因玉石暴富的故事，翻看过几本玉器书籍，认识几位行家里手，便动了心思，甚至是萌动了雄心，要在这个领域一显身手了。

Z 老板就是这一类人。

他开的大杨树鱼塘，地处首都机场附近，环境不错，距离市区又不远，在京城周边众多鱼塘中名气还算不小。我常去那里垂钓，与 Z 认识。他 40 多岁，长得人高马大，夏天常光着膀子，手端一只大号紫砂壶，往坑边树荫下的塑料椅上一坐，看大家伙钓鱼。

鱼口不好，有人满腹牢骚，就拿他开涮："哎，Z 老板，茶味不错吧？"

"铁观音。"他一甩头，"怎么？渴了？"

"不是我渴，是让你小心烫了嘴，嘴一烂，就像这鱼儿一样，连食儿都不吃就惨了。"

钓友话里有话。一些鱼塘老板为了少出鱼，在鱼儿撒进池塘前，会玩活儿，用高锰酸钾或尿素之类东西，掺进运鱼车的水箱里，鱼儿一两天内就不会再吃东西，当然也就不会咬钩，这一手，行话叫"杀口"。钓友说小心烫嘴的话，大家伙都能听出意思来，坑边一阵哄笑。

Z 老板是老油条，并不去辩白，反倒哈哈一笑，顺着话茬往下说："今儿个家伙使大了，下了半桶药，你们还想钓上鱼，没门，就想治治你们！"

有人搭腔："你就不怕鱼全死在池子里？"

Z 老板说："不怕，你没瞅房后边新栽了几十棵紫薇呢，死鱼我就当肥料给上了，明年你再看那花儿开得怎么样。"

这号人没治。

他的肚子很大，有人便拿他大肚子逗乐："哎，Z 老板，肚子那么大，晚上碍事不碍事啊？"

Z 说："你想试不想试？想试了过来趴下！"

钓友说："小心把你那家伙弄折了，那玩意折了可不好打石膏。"

众人又一片哄笑。

又有人大声叫："收了竿就在老 Z 这喝酒，钓不着鱼，有肥肠爆肚下酒也行，光让他老 Z 宰咱们，这回宰了他，他那一副好下水够咱们喝几顿的。"

Z 老板把肚皮拍得啪啪响，说："这里边还有屎，你们吃不吃？"

Z 老板就是这样一个人。

有两次去大杨树垂钓，没有看见 Z 老板。有人说，Z 老板最近在玩新动作，忙得屁股后直冒烟。我以为是说给鱼使家伙的事，钓友却说，Z 老板最近在玩赌石。

"赌石？"我一愣，"他玩赌石？"

钓友扬起下巴一指："你没见饮水间旁边的屋子，石头都堆满了？"

收竿的时候，我经过饮水间，旁边房门锁着，隔玻璃窗户可以看见屋内地上果真堆了一堆大大小小的石头，像是翡翠原石，看不清东西好赖，但 Z 老板玩起赌石，看来是真格的了。

近年来，北京六环以内，村庄一个一个相继拆掉，大片农田，变成了商业建设用地，失去土地的农民，被安置在统一规划建设的高楼里，这些人，叫作"拆迁户"。Z 老板就是一名"拆迁户"。"拆迁户"按原有住房面积和家庭人口多少，获得相应补偿。在新建的"拆迁户"小区，他分得 4 套新房，据说还得到了一笔补偿费，遂成为一名不大不小的"暴发户"。他在一位钓友那里看到过我的书法作品，还获悉我是中国作家书画院的负责人，曾向我了解当今书画市场行情，似乎有做书画生意的打算，还问有无与中国作家书画院合作的可能。大概见我态度并不积极，后来他再没提这个话茬。不知道什么东西触动了他的神经，如今他倒是要玩玉石了。

有一段时间，我没有去大杨树，再去的时候，发现垂钓场院子里一排平房，挂上了"翡翠加工部"的牌子。我进去看，在一间屋子里，有两名师傅正坐在砣机前干活，机器是新的，旁边台面上摆了不少切开的翡翠原石。这回 Z 老板在场，正与干活的师傅争执什么。

Z老板好像很欢迎有人来参观他所开辟的新领域，停止了与师傅的争执，向我介绍："看吧，都是翡翠，缅甸进的，光原石就进了一吨多近两吨。"

我察看案子上那些切开的石头，大都是白碴子，没种没水，都是些新厂劣等料。在翡翠交易市场，这样的东西，一般无人问津。Z介绍说，他专程去了缅甸，在那里疏通了一些关系，交了一些朋友，进货渠道打通了，往后想进多少就进多少。我很想告诉他，翡翠原石，不是以数量论价值的，而是要看品质，但见他兴致蛮高，并且不无得意之色，也就没说。

他和师傅争执的是正在加工的一件活计。他手中有几张照片，是在某拍卖会展厅从不同角度拍的一只取名《一鸣惊人》的翡翠雄鸡。他把照片拿给师傅，让照着样儿也雕出一只来。做这等活儿，师傅很腻味，何况材料形状色泽质地不同，很难照葫芦画瓢，但师傅还是耐着性子雕刻公鸡。活儿基本做完，Z看后却不满意。照片上雄鸡尾羽有道分叉，师傅的活儿却没有，他让师傅改，也做出那道分叉来。师傅解释说：照片上的翡翠雄鸡，原材料可能有毛病，尾羽分叉的地方可能是一道绺，人家是无奈，才把绺做成了分叉。Z听不进去，执意让师傅做出照片上的样子来。"人家有毛病？拍卖图谱上标价80万，就按原样做，改！"师傅哭笑不得，只好说："你说改就改，做活不由东，累死也无功，听你的。"

那天Z老板兴致很好，给我讲翡翠生意不可限量的前景。他从腰间掏出一只三条腿带麻点的金蟾，递给我看："这批石头里的料做的，你估个价。"

看那雕件，糙米地，水头谈不上，可看的是在俏色上用了点功夫，石头肉质里夹杂的脏灰色，琢成了金蟾背上的突点，看去还有那么点意思。我回答说："价格不好说，黄金有价玉无价，就看你喜欢不喜欢了。"

Z很高兴，说："这话说到点子上了，玉石无价，就这一件，大几万总该值吧，只可惜现在产品还不多。"

他那雕件，市场上也就值1000～2000元，是他真不懂行情，还是对自己的东西过于偏爱？

Z信心满满:"我这儿现在刚起步,老白你等着看,看看三年五年后我是什么气候。"

不久后,我听说Z老板在附近镇子的大市场举办了一场赌石拍卖。那是一个农副产品市场,人气很旺,拍卖现场租了充气彩虹门,插了彩旗,装了音响,还聘请了礼仪小姐。没有请拍卖师,掌槌的是他们村一位京剧票友。他把收揽来的石头,拉了一面包车,每块上都贴了号,在现场地面的塑料彩条编织布上一字排开。但据说看热闹的人多,掏钱去赌的人寥寥无几。Z老板有些失望,自我解嘲说:"这哪是宣传呢,简直是铺路呢!让大伙了解一下翡翠知识,财路铺在你面前,就让你来练胆呢。"

后来我在他聘用的师傅那里听到另外一种声音:"赌石拍卖?他想得简单了,不懂的不会去赌,懂的人更不会去赌,石头不行嘛。他哪里去了缅甸,就是在云南转了一圈,没准那石头是论堆儿撮的,千人挑、万人拣剩下的,没几块能做活儿的料。"

两位师傅是江苏邳州人,在Z老板这儿待得不顺心,不多日子都走了。Z又雇了人,南阳玉雕学校刚毕业的两个小年轻。

过了一阵子,我去大杨树,发现鱼塘换了老板,一个父亲带着儿子儿媳在经营。钓友告诉我,Z老板把鱼塘转包了,他一门心思去做翡翠。听说他又去了一次缅甸,又弄了些翡翠原石回来。

这天临收竿的时候,Z老板回来了,他前边开车,后边还跟了一辆,下来两个女的,随他一同进了翡翠加工部。

工夫不大,两个女的走了,Z送走人,看见我在坑边收拾钓具,忙过来帮忙。他帮我拎着钓箱,执意让我去加工部坐一坐。

加工部里两个小年轻正在埋头干活,桌子上摆了许多雕好的小件。让我心生奇怪的是,这天Z对我显得特别热情。往常,他是开鱼塘的,我是钓鱼的,虽说坑边常打交道,但关系仅限于此。这番他又是沏茶又是拿烟,让我摸不着头脑。

我说:"喝多了?"他满嘴酒气,不张口都熏人。

他手一摆:"不多,中午跟朋友在一块吃了顿饭。"

我说:"酒驾就不怕警察逮住?"

他满不在乎地一笑:"没事,眼睛放亮点,别往枪口上撞呗。"

我说:"真有你的,胆子不小。"

他又嘿嘿一笑,然后定定地看着我,说:"你这是真人不露相啊,在我这儿搞潜伏!"

我问:"什么意思?"

他说:"我看了网上,才知道你是玉文化专家,还是玉雕专业委员会副会长,过去总是老白老白地叫,失敬失敬。"

我说:"如今满世界都是专家,一抓一大把,说谁是专家,听着都像是讽刺话。"

他说:"哪是讽刺?不敢不敢。我弄这摊子事情,你都看到了,还想请你给指导指导呢。"

这家伙蛮有心计,他想让我帮忙请一位或几位玉雕大师,做他的顾问,一个月来几趟就行,从他这儿出的东西要挂上大师的名头。我告诉他这是不可能的事,大师都很忙,也不会轻易让人借用他们的名头。他执意让我找找看,说会给大师付费用。我说不是钱不钱的事,钱并不能解决所有问题。

他说:"你是说我这儿的料、设备和规模都不行?"他一甩手抛掉手中的烟头,"刚才来的那两个娘儿们,珠宝城开店的,想让她们代销我的产品,一看没说几句话就走了。牛×啥呀,我要请大师,还要进设备,按正规化那样做,现在是刚起步嘛,等新设备进来,你先帮我请几位大师来看看。"

我实言相告:"你现在的当务之急,不是请大师,也不是进设备,是要了解掌握翡翠行业的一些基本法则和规律,这和你开鱼塘的道理一样,里边都有哪些道道,要清楚,要做个明白人,黑灯瞎火是做不好的。"

"我做过调研,"他不以为然,分辩道,"我认识不少做翡翠的,光翡翠书就买了10多本,去过拍卖会,没事了就去转店,也到过云南、缅甸,那些不比咱强多少的人,做翡翠都发了,我就不信咱不如他们。"

我说:"事情不像你说的这么简单。"

"我知道还有料和加工的问题,"他指指两个正在干活的小年轻工人,"这两个光会雕刻,设计不行。我还想请个画活的师傅,再进些好料,做一批精品出来。当然还有长远规划,上电脑。我从云南回来,绕道去了一趟广东的平洲和四会,看那里的电脑雕刻机，特先进，最先进的德国机器，有十几个雕刻头，过去电脑光能做平面，这种电脑机能拐弯抹角，能做圆雕活。"他说得兴起，身上可能燥热起来，时值中秋时节，天气已凉，他连扯带拽解开扣子，敞开衣襟，袒露出大肚皮，接着往下说："大型电脑机后边考虑，先弄进几台一般能用的，效率高，省工省钱。不是吹牛，这一行的前沿技术咱都懂。"

我笑道："你说我是专家，我看你就是专家嘛，懂得不少，又有信心。"

他忙抱拳打拱："见笑见笑，土老帽一个，才上道，白老师往后还要多关照。"

此后我去大杨树垂钓，见到Z，推托不掉的时候，还会去他的加工部坐坐。没见他进什么好料，也没进电脑雕刻机，倒是请了一位画活的师傅，也在机器上做活。我见过他接待上门的客人，我真佩服他那一张嘴，能把黑的说成白的，把死的说成活的。他对来人大讲翡翠知识，手里攥一个把件，说渴了，端起大紫砂壶喝口茶，那言谈做派、气派架势，确像是一位大专家。

在玉石古玩行里，什么都不懂的人不怕，最怕的是"半瓶子醋"。不懂的人处处小心谨慎，生怕吃亏上当，"半瓶子醋"对很多东西似懂非懂，却常常自以为是，笑话多是这一类人闹出来的。Z老板虽说是个特例，但通过玉石企图发财致富的急迫欲望，却是这个行当里普遍的心态。玉石生意有时投机性很强，但它也是一门学问，这学问来自日积月累的实践经验，来自孜孜不倦的钻研探索，更深厚更稳固的，则是来自文化学识和人格素养。投机偶然会博得成功，侥幸撞大运的想法有时可能也会实现，但幸运之神不会天天陪伴着你，做生意，还得实实在在地去做。

截至目前，大杨树鱼塘边的"翡翠加工部"，还是当初的模样。Z老板的"长远规划"未见付诸实施。我最近一次去钓鱼，没看见Z，听钓友们说，Z老板又去缅甸或者是云南了。

寻根——"B货""C货"

长期以来，翡翠市场对于普通消费者来说，最大的困惑莫过于真假难辨。

所谓假，是指在翡翠原料或半成品上，利用专业技术做了手脚的东西，俗称"B货""C"货。

翡翠是自然界在复杂的地质构造运动中形成的矿物质，其成因，学术界有着专门研究。早先人们曾以为翡翠像钻石一样，是在地壳深部几千摄氏度高温、高压条件下结晶形成，美国地球物理学家在实验室做了大量仿真实验，又结合世界各地发现翡翠矿床的实际情况，得出结论，翡翠并不是在高温情况下形成，而是在低温条件下，在极高压力下变质形成。日本东北大学砂川一郎教授在《话说宝石》（1983年出版）一书中，更具体指出翡翠是在一万个大气压和比较低温度（200～300℃）下形成。人们知道地球由地表到深部，越往深处温度越高，压力也越大。但翡翠既是在低温高压条件下结晶形成，当然不可能处于较深部分，那么高压究竟从何而来？研究家指出，这高压是由于地壳运动引起挤压力所形成的，现已获得证实，凡是有翡翠矿床分布的区域，均是地壳运动较强烈地带。

还有另一个因素是：凡发现有翡翠形成的地方，均有含钠长石的火成岩侵入体。钠长石化学成分为 $NaAlSi_3O_8$，所以可以推测翡翠是在低温、高压条件下由含钠长石岩石去硅作用而形成。若要成为特级硬玉——翡翠，还须具备以下条件：翡翠围岩必须是高镁高钙低铁岩石。这种环境产出翡翠更纯净，少铁使翡翠地子不发灰。尽管低

铁但还是有铁存在,要翡翠十分纯净无杂质,还须在强还原条件下,即在还原环境中生成。因为在缺氧环境中,它所含的铁会形成磁铁矿而析出,而不进入翡翠晶格内,可使翡翠绿更正。再者要有生成翡翠后地质作用及多次强烈热液活动,把翡翠改造得绿正、水好、地纯的特级翡翠。翡翠成色过程是伴随着热液活动进行的,为多期强度不同成色过程。而且缓慢分解成铬离子的致色元素,要长时间处在150～300℃,最佳温度是在212℃左右,铬离子才能均匀不间断地进入晶格,在这种条件下生成的翡翠绿色非常均匀。完全生成特级翡翠后,还不能有大的地质构造运动,否则将会产生大小不等方向不同的裂纹而影响质量。以上各条件很难同时具备,这就是为什么特级翡翠稀少的原因。

我之所以在此不厌其详地引用专业文献的表述,是想强调翡翠在大自然中形成的偶然性,它是大自然的奇迹,是大地母亲在极为苛刻条件下艰难孕育的灵宝。它是造化奉献给这个世界稀缺的物质资源,具有先天的不可再生、不可复制、不可替代性。但人类是一种极富想象力并且敢作敢为的动物,天然优质翡翠难得,那就动脑动手炮制吧,世上无难事,只怕有心人。

在翡翠商贸中,惯常有"A货""B货""C货"的说法,未经充填和加色处理的天然翡翠玉件称为A货。如经过充填(如充填高分子聚合物等)处理的称B货;如经加色处理的称C货。这一称呼,分别由英文Allowing 、Bleached and Polymer impregnated Jadeite、Colored Jadeite 的字头而来。A、B、C 不是等级高低之分，而是质地构成的区别。

翡翠 A 货（Allowing），也可能经过浸蜡处理。翡翠是不透明至半透明宝石，我们所看到的翠绿色，是阳光或白光中部分光质被翡翠吸收反射绿色光质的结果，好的翡翠颜色，要达到浓、阳、正、和这 4 个要件，必须要有致密而光滑的表面，才能有如镜子般的反射光，偏偏翡翠常与其他物质混合而成岩石，因此组织构造欠均匀，磨光后的表面并不十分光滑，在放大镜下观察，有如鲨皮纹凹凸不平，反射能力大受影响，为此在琢磨过程中，最后一道工序磨光完成后，再浸泡在果酸当中，将其表面的含铁或其他杂质轻微漂洗一遍（行话称为"去黄"），另外特别再浸入蜡溶液中，使蜡渗入填补裂隙缝及小坑洞，以提高反射能力，增加光泽。这种做法已行之多年，为一般人所接受允许，人们依然将其当作天然翡翠来看。

要命的是 B 货、C 货。

让我们先来看看 B 货（Bleached and Polymer impregnated Jadeite）。

它的英文命名，翻译过来就是"漂白注胶处理的硬玉"，其英文的第一个字母为 B，所以玉商行业里简称为 B 货。翡翠漂白灌注胶料处理，最早盛行于中国台湾、中国香港及日本玉器市场，大约在 20 世纪 80 年代传入中国大陆。其手法包括两个主要阶段：第一阶段是漂白，又称褪黄，就是将已剖开成片状的翡翠原石或已琢磨成型的翡翠，以化学处理方法除去令人讨厌的棕褐色、灰黑色或其他脏色。第二阶段是注入聚合物，甚至于添加绿色色素。

漂白是把已剖成板状的翡翠原石，或已琢磨成形的翡翠如戒面、挂坠、手镯等，浸化学药品去除存在裂缝或粒子构造间铁化物形成的脏色。盐酸、果酸是最常用的漂白剂，其他钠化合物也常被用来漂白翡翠。翡翠所含的脏色和杂质各不相同，有的只要浸泡几小时，有的却要浸上几个礼拜才见效。当所呈现的颜色经判定已达最大的改善时，取出后以清水不断清洗，有的进而用碱性物质中和残留在玉上的酸。漂白完成后，裂缝或粒子间全部或大部分脏色杂质已被清除，却留下明显的孔隙，而且呈易碎裂状态，甚至于最低品质的漂白翡翠，手指用力捏就有可能被捏碎。如不加以处理镶成首饰佩戴，过了不多时，这些孔隙又会填满脏色和杂质，更不美观，因此必须注入聚合物。聚合物大部分是树脂，替代被除去的物质，以填满孔隙并固结松散的翡翠，有些技师将染料与聚合物一起注入，灌注完成后再将残余的聚合物除掉。那些本来瑕疵毕现的原料或成品，就此脱胎换骨，改造完成。

C货更有过之而无不及。C货（Colored Jadeite），英文所指就是染色硬玉。早期染色只用于完成琢磨的半成品，方法较土：首先像炒栗子一样，将翡翠放入装满铁矿砂（炒栗子用小石子）的锅中间接加热，要让翡翠受热均匀，如加热太快，易造成破裂，然后放入染色液中，使染色素浸入裂缝、主脉纹及毛细孔中，以达染色的目的。这种土法染色费时较长且常需重复若干次才能获得良好的效果。随着科技进步，利用新手段、新技术大规模染色开始出现，已不再用铁矿砂加热，而代之以现代化的设备如烘箱、压力锅等等，填充物也愈发精良。

用于染色的翡翠原料，一般都是质地粗松的低等货，剖解开来，有的就像冬瓜瓤，有的还像是糠萝卜，它们的底色多以乳白、灰白、浅绿为主，结构看起来犹如粗盐粒压在一起，底色中常常散布着绿色、暗绿色、墨绿色。颜色的状态一般呈现出云朵状、浸染状、脉状、团块状，分散凌乱，观感不雅。经过一番"乔装打扮"，藕粉绿翠，耀眼夺目，披上这样的盛装，就可以惊艳面市了。

B货、C货，在市场上屡见不鲜。那些精细的染色品，外行人用肉眼很难辨识，所以吃亏上当的事情就见怪不怪。

一次，一位朋友要我帮人看几样东西，对方是一位有些背景的阔太太，她确实有些好东西，而她最喜爱的是一只福禄寿三色手镯。福禄寿也称三星高照，指的是手镯上有3种颜色，最好是红、绿、紫，具有升官、发财、长寿的寓意。这只手镯上虽无红色，却有黄翡、阳绿和紫罗兰，三色齐备，而且绿得艳、黄得嫩、紫得鲜，很是惹眼。

也许过于完美，我不由仔细打量，这一打量，疑点来了。

首先是那颜色，乍看艳丽，细品味却似嫌妖冶，有种"邪"的感觉。用细绳儿拴了，拿1元钢镚轻轻敲击镯子边沿，声音有些阴沉。在放大镜下观察，看到那颜色不是自然地存在于玉质内部，而是从主脉纹上分出若干细脉，如同植物主根分出侧根四下延

翡翠B货、C货加工的设备

工人在为酸蚀过的手镯料坯上色

伸,呈现网状分布,没有色根,个别细微地方还有聚结未化的色块。

至此,结论已经得出——这是一件C货。

女人让我估个价,看看这只手镯值多少钱。

我如实相告:不值钱,是件C货。

"不可能,"女人说,"你再仔细看看。"

我说:"不用再看了。"然后问:"花多少钱买的?"

女人说:"朋友送的。"

我说:"那就是你朋友那里出了问题。"

"他敢?"女人眉头一挑,疾言厉色,"他敢把假的送我?"

请我看东西的朋友也说:"不会是假的吧,这么漂亮,作假作得出来?"

我只好给他们讲我做出此番判断的道理,我告诉他们,鉴定翡翠通常从6个方面入手,早有明训6字诀:色、透、匀、形、敲、照。别的怕他们一下子听不进去,就演示了"敲"。我先用钢镚敲女人物件里一只A货翡翠,再敲那只"福禄寿"。天然未经处理的A货手镯,发出清脆悦耳的钢音,而"福禄寿"则发出阴郁、沉闷的哑音。我说,这是翡翠结构内的胶料阻断声波,而未处理者的A货声波振动无阻,就跟敲击完好的瓷器与敲击破损的瓷器声音不一样是一个道理。

这下两人无语了。

将假当真，把次当好，这样的事例非常多，有时看到那些光鲜亮丽或是较有身份的女性，哪儿都不赖，却佩戴一只染色翡翠饰品，让人对她的印象顿时打了折扣。更不幸还在于，她们本人对此浑然不觉，美滋滋地陶醉于良好的感觉里。每逢碰到这种情景，我就像自己哪儿不对劲一样，不由自主地在心里别扭起来。

多年前，我开始追寻探访制作B货、C货的源头。过去有关知识，有些是从文献和资料中得来的，有些是听人讲的，从未见识过实际加工，没有任何现场感知。我想亲临一线一探究竟，想会一会那些技艺高超却不知其姓、不知其名的"隐身大师"，探一探那些神秘的加工作坊，那里潜藏着巨大的秘密。

我知道这不是一件轻松的事情，需要时间，需要精力，需要人脉关系，甚至需要冒险。我做好了准备，决意投身一项极富挑战，同时又极富诱惑的工作。

可问题比我想的还要复杂难办。

首先遇到的问题是，这些"作假"的人，这些作坊，在哪里？原以为这是个相对简单的问题。店铺里有C货、B货，小摊上的C货、B货更是不计其数，销售渠道是根藤，顺藤摸瓜往前找，不就很容易找到源头吗？但事实告诉我，此路不通。

先是在北京大钟寺收藏品市场找到一位摊主，河南人，他那里常有C货、B货出售。我和他认识，缘于一次帮人退货。朋友在他那里购买了一个观音佩件，我一看是C货，陪朋友一块去退。摊主却说是真的，不同意退，只答应换。他从一个纸壳鞋盒里拿出一堆翡翠雕件，让我们挑，但那些东西也全都是B货、C货，换不换一个样。他坚持说货是真的，没问题，两下谈不拢，我提出去做鉴定。大钟寺市场里就有检测部门，若检测出有问题，那就是欺诈顾客，不光退货，还要接受处罚。这下他有些软了，答应退钱。

退完货，摊主心有不悦，但大面还算过得去，我们临走，他起身相送："二位再来啊，下次来我把好东西拿出来给你们看。"

以后再去大钟寺，从他的小铺前经过，彼此打声招呼，算是混了个半熟脸儿。

但这番找到他，从他嘴里打探不出半句实话来。

大钟寺收藏品市场楼外东侧有一排简易平房，他的摊点就是平房中的一个小门脸。不是周末，生意有些冷清，我坐在摊前与他闲聊。闲聊中，我婉转地问及他的进货渠道，他来了警惕，眼睛瞄着我，问："大哥是工商局的？"我说不是。他又问："是媒体的？"我说也不是。他好像松了一口气，说："大家出门都是混碗饭吃，别和我们过不去啊，上回的买卖不是都两清了嘛，大哥你还问这话是啥意思？"

我解释道："老板误会了，没有想和谁过不去，我是好奇，随便问问。"

他又瞄我半天，问："莫不是你有人要做翡翠生意？"

我顺水行船，说："有这个可能。"

不承想这一说，他把口封得更严。"这进货渠道哪有个准啊，今天郑州，明天云南，后天可能就有人送上门了。"他手拿苍蝇拍，啪一声打死一只苍蝇，"干我们这小买卖，是瞎猫乱碰哩，碰到什么，觉得合适，就进，哪有什么固定渠道啊。"

他是怕来了一个商业竞争对手，有意搪塞我，这人很鬼。

我干脆直说："我是做学术研究的，一不想搅你的生意，二不想抢你的进货渠道，就是想弄明白B货、C货是怎么做出来的，纯粹是学术研究。"

他一听，头摇得像拨浪鼓："哪来的C货、B货，我们自个不会造，都是进人家的，人家说A货我们就相信是A货，守个小摊儿挣点辛苦钱，就这回事，我也不懂你研究不研究的，你就别多问了。"

算是彻底碰了壁。

我没有气馁，继续着"顺藤摸瓜"地探寻。

一段时间内，看到店铺或小摊上有B货、C货出售，我便想方设法打探他们的货物来源，但是谁也不会告诉你。一次在上海城隍庙古玩市场，与一个摆摊的聊得还算投机，我花200元，买了他一只手镯，并且成功地让他相信我是一个想在北京也做此类生意的人。他给了我一个电话，说是他的供货人，要想进货可打这个电话。可是电话打过去，却发现对方也是个倒家，并非造假售假的一线源头。见我执意打听货物来源的第一渠道，对方起了疑，问我："我爸都给你说了些什么？"原来上海城隍庙那位是他的父亲。我被人涮了一把。

此路不通，必须另辟蹊径。

长期以来，坊间盛传河南人造假成风，玉器市场的假货，多出自河南。我决定亲赴河南，河南玉雕大师中，多位与我保持着良好的关系，做生意的人中也有熟人，他们也许能给我提供帮助。

河南的首选之地，自然是镇平县石佛寺。

石佛寺位于镇平县城西北约20里处，此地原有一座古寺，寺内供有石佛，故称石佛寺。据镇平县官网介绍，石佛寺镇人口62036人，以玉雕为特色支柱产业，玉雕原料丰富，产品种类齐全。原料主要有新疆白玉、青海白玉、俄罗斯白玉、南阳独玉、辽宁岫玉、阿富汗白玉、韩国白玉、加拿大碧玉、俄罗斯碧玉及各类水晶、玛瑙等近60种，产品主要有饰品和摆件两大系列十大类近10万个品种。齐全的品种和多样化的档次，使石佛寺玉雕驰名中外，独领风骚。全镇现有佩件、摆件、人物、炉熏等种类专业村落14个，专业市场4个，玉雕从业人员近5万人，各类玉雕加工企业（户）1万多家，年产销玉雕产品10亿多件。

一个并不产玉的地方，拥有如此之大的玉器产业规模，很多人表示不解。其实相传石佛寺人自新石器时期就开始雕玉，距今已有6000多年的历史。至宋、元时期渐具规模，明、清时玉雕业已成为当地一大产业。至于先人们为何选择在此琢玉，说起来也很简单：因为流经石佛寺的赵河里，有一种硬度很高的河沙，经过反复淘洗后得到的"红沙"，便是琢玉的重要材料"解玉沙"，不仅可以用来加工硬度不高的岫玉、蓝田玉等玉石，甚至可以用来"攻"和田玉、翡翠等高硬度的玉料。由于琢玉时所用"解玉沙"的量远大于玉料的量，将红沙运输出去不如将玉料运到石佛寺加工划算，石佛寺的玉雕事业就此蓬勃发展起来。石佛寺的玉雕业兴盛后，向周边辐射到了镇平县，再到南阳市。很多人最后知道的小小石佛寺，却正是引爆河南玉雕业的原点。

在石佛寺接待我的是一位专营独山玉的朋友。他是土生土长的石佛寺人，知道当地有玉石"作假"专业户，但"道不同，不相为谋"，彼此并无交集，不清楚其中的门道，他说先带我去市场看看。

石佛寺玉器批发市场多而大，仅其中之一玉博苑玉器批发市场，大小店铺摊位就多达数千家，每天都像庙会一样，购物的客人川流不息。朋友说瞎转不行，必须要有个牵线搭桥的人，否则就是找到作假的也了解不到什么。他打电话叫来一个染了黄头发的小年轻，说了我的意思，"黄头发"满口答应。

我们先到一个街边摊点，摊主是位中年妇女，很胖。"黄头发"叫她四姨。"黄头发"没有客套话，上来就说："四姨，来了位老板，想看看你的东西，啥货啥价直说。"

小摊上摆的全是手镯，白的绿的都有，用绳子穿起来，一兜篓一兜篓地堆成了小山。女摊主报价：批发3元一只，零售5元一只。这种东西我知道，乳化玻璃加铅粉，冒充白玉和碧玉，制假的技术含量很低。我问有没有翡翠制品，女摊主说没有。"黄头发"带领我们又走了两家，一家销售树脂合成假货，从大摆件到小佩件都有，这种树脂学名叫热固酚醛树脂，添加上玉石粉末或者氢氧化铝之类的填充料之后，再配上颜料和固化剂等，经过高温高压以后就能大批量生产，用以冒充和田玉、俄罗斯玉。另外去的一家是作坊，用劣等的青海料、韩料、岫玉、阿富汗玉，经加温、上色、擦抹等工序，仿冒制成和田玉的假皮色、假沁色，"变废为宝"，拿到市场上去欺诈消费者。这一套造假手段，我早在蚌埠见识过，不足为奇，我要探寻的是翡翠作假。

但一圈转下来，一无所获。

小年轻"黄头发"告诉我，他没有见过翡翠作假，他们这里没有。

后来，我见到中国工艺美术大师吴元全。吴元全与我有着不错的关系，他担任中国宝玉石协会玉石专业委员会副主任、河南省珠宝玉石首饰行业协会常务副会长、南阳宝玉石协会常务副会长。吴元全见我来河南寻访翡翠造假，笑了，说："你是高看河南的造假者了，他们还没有这个本事，起码南阳没有人会做翡翠B货、C货，翡翠作假基地在广东。"

吴元全的说法并不孤立，在坊间盛传河南人玉石造假的同时，也有说法翡翠假货出自广东人之手。翡翠B货、C货的产业化，20世纪80年代初自港台传入大陆，登陆的首站便是广东，广东是全国最大的翡翠加工地和翡翠产品集散地，翡翠假货源自广东，不是没有可能。

我把目光转向广东。

广东有 4 个大的翡翠加工基地，也是四大翡翠交易中心：广州、揭阳、四会、平洲。2007 年 11 月，我第一次到四会。

在四会，从市上主要领导，到玉器商会会长、玉雕大师、商铺经营者，我广泛接触各方面人士，了解四会玉雕产业发展历史和现状，对情况有了一个基本的了解。

"四会"之名乃因四水汇流而得，置县始于秦，至今已有 2000 多年历史。四会玉器产业萌芽于清末民初。清朝末年，中国处于水深火热之中，内忧外患，使得不少宫廷玉器匠人流落民间。此时的广州作为我国对外交往的主要窗口，经贸活跃，一些北方玉器匠人南迁于此。他们在广州开办玉器作坊，招收学徒，经营玉器生意。四会临近广州，当时一些青年农民，迫于生计，逃离故乡，在广州、香港等地从事玉器、象牙和骨、木等雕刻手艺。起先他们主要在广州谋生，开始的时候是学徒，出师后，有的在原来的作坊里做师傅，一些人则出来开小作坊。当时四会籍的玉器匠人在广州已是一个不小的群体。辛亥革命爆发后，广州处于动荡不安之中，为了躲避战祸，不少人回到乡下老家，将玉器雕刻技术带回四会。四会玉雕由此起步，先是开办一些小型作坊，新中国成立后，出现了一批社办、队办加工企业，从事玉器加工的人也渐渐多了起来，"文革"后又成立了四会玉雕工艺厂。20 世纪 80 年代中后期，集体所有制的玉雕工艺厂倒闭解体，从事玉器加工经营的个体工商户却如雨后春笋般冒了出来。这些个体户，先是有人在县城沙尾一路开办了几家玉器店，由于这些店面的翡翠产品价格低廉，适销对路，生意经营得红红火火，遂吸引更多个体工商户纷纷搬到沙尾一路来设店开厂。于是，此前分散在城区的玉器加工作坊、经营门店，开始往沙尾一路聚集。短短几年时间，沙尾一路就变成了一条集玉器加工、销售于一体，生意兴隆、人流汇聚的玉器街，规模效应开始呈现。

四会的玉器加工业有着自己的特色，与众不同的是他们销售半成品。所谓半成品，就是只完成了雕刻活儿，还缺最后的打磨抛光工序。这些半成品很受玉器中间商欢迎，他们购进后自己或请工匠打磨抛光，然后再高价卖出。这种经营方式，四会玉器加工户资金回收快,中间商利润空间大,可谓两下相宜,互利互惠。

四会玉器,以翡翠挂件、翡翠摆件及翡翠圆珠散件为主要产品,由于价格相对低廉,赢得了全国翡翠经营者的青睐,每天都有从全国各地,甚至是香港、台湾、澳门前来选购玉器的客商。除了玉器街和遍布全市大街小巷的商铺从早到晚红红火火营业外,四会还有一个著名的"天光墟",每天凌晨三四点,人们还在梦中,这里已是商家云集、人流熙攘,各地进货的客商来这里各取所需,加工好的成品,未经打磨抛光的半成品,都走得相当好。天色放亮,"天光墟"便散了,客商们步履匆匆踏上归程,去做自己的生意。玉器产业也为四会带来了旅游、物流、商贸等第三产业的发展,成为龙头产业之一。

廖锦文是我在四会结识的一位玉雕大师。当我问到四会是否存在制作翡翠B货、C货的作坊,廖锦文摇头:"没见过,也没听说过四会有作假货的。早先市场上有卖的,是从外地进来的,后来市场整顿,现在你在市场上也很难见到有出售假货的了。"

还有几位业内的熟人,他们都说四会不存在翡翠造假的问题。市上有关领导告诉我:"在四会,谁要搞这种歪门邪道,是会遭到唾弃的,政府也绝不容许这种情况出现。"

2007年之后,我又两次到四会,通过考察和走访,我相信廖锦文他们对我讲的是真话。

四会玉器,固然"行活"居多,有被动迎合市场、迎合消费者对玉器浅层次审美需求的倾向,但四会却与制作翡翠假货无关。

我把探寻的方向转移到广州、平洲、揭阳。

这3处地方,揭阳以加工高档翡翠制品而闻名。揭阳地处广东省东南部,东邻潮州、汕头,西接汕尾,南濒南海,北靠兴梅,是广东的一个地级市。揭阳东山区磐东镇,有个名叫阳美的村子,原本是一个偏僻的小乡村,村民们以农为主,20世纪初,村里有人开始从事玉器行当,起先是货郎式的买进卖出旧玉,遇到一些残缺玉饰,就学着自己修补,形成了阳美最初的玉器加工。后来加工范围逐步扩大,自己也雕刻一些东西,这种手艺也就在村里传承下来。这些玉器加工户,虽不乏能工巧匠,但因为多是小打小闹,加工工艺较为原始,加之市场信息闭塞,因而发展一直较为缓慢。改革开放以后，开始引进了一些先进的设备和技术，生产效率明显提高，玉器交易量也逐渐增加，但分散的、家庭作坊式的生产经营格局始终没有改变。直到1997年，一个"能人"被推到阳美村的权力中心，这种局面才得以改观。

他叫夏奕海，阳美村新一届党总支书记。

在夏奕海看来，阳美玉器加工虽有近百年历史，但阳美人总富不起来，症结在于没有得力的组织引导，小农经济的传统思想束缚了人们的手脚。要把祖先传下的基业接过来，把阳美的玉器行业做大做强，必须破除小农意识，打破家庭式的小打小闹生产格局，整合脆弱分散的生产要素，打造联合舰队冲击市场经济大潮。

通过对国内外玉器市场现状和发展趋势的全面分析，夏奕海一班村官们，提出了"以纯天然玉器为品牌，以机制创新为动力，以改善经营环境为先导，以开拓市场为目的"的发展理念，培植阳美玉器效应，以特色取胜超常发展。村官的决策变成村民的共识，阳美村的玉器业就此冲天而起。

在阳美国际大酒店行政层阳美集团总裁办公室里，我与夏奕海啜茗叙谈。这位生于1962年的汉子、玉都阳美这艘玉业航母的掌舵者，生得五大三粗，颇像武行中的豪杰硬汉。胆识过人，这是人们对夏奕海的评价，此番接触，又与多方阳美人士交谈，对此我获得了深刻的印象。

在中国，夏奕海也许是唯一一看缅甸新闻的基层村官。

如果不是外出，或者有特殊的事情，每天的固定时段，他都要在自己的办公室，看一段缅甸的电视节目，密切关注着这个东南亚国家的时局。

阳美加工的玉材，依赖于从缅甸进口的翡翠。阳美最初从云南购买翡翠原料，20世纪90年代中期之前，他们坐火车穿过中国南部，辗转到腾冲、瑞丽、盈江等缅甸玉石流通之地，也只能选取一些不尽如人意的毛料。何不从缅甸直接采买原料？有了这个念头，夏奕海便下了决心，带领阳美的采购队伍，直接杀到缅甸玉石市场，由此打通了缅甸到阳美的玉石之路。后来阳美人牛到干脆包机，从广州直飞仰光，据资料记载，首次直航，阳美人一次就购买了10亿元的翡翠原石。到2000年，阳美取代台湾和香港，成为缅甸翡翠毛石市场的主角。

B 货手镯

翡翠毛石交易有很大的赌博成分,在阳美,夏奕海把"赌玉"变为"担玉"。一块稍微看上眼的小小毛石,价格少则几万、几十万元,多则几百万元。由于高风险,人们对购买毛石既向往又害怕,以前各家各户分散经营,谁都不敢,也不可能把玉器生意做大。为有效规避风险,夏奕海一班阳美村的带头人,引导村民放弃一夜暴富的幻想和倾家荡产的担忧,凡购买玉石,他们便组织有经验的业内高手进行鉴别评估,洽谈价格,村民们实行自愿参与,组成股份合伙,待玉石解开后,重新定价分红或计赔,实现利润共享、风险共担。用夏奕海的话说,这就是"担玉"。

"担玉"是阳美人的创造,这种原料采买方式,后来也被南阳人广泛应用。

夏奕海告诉我,阳美玉器之所以名气大,成气候,关键是"高端"二字。从原料到加工,他们一直推行精品战略,坚持把纯天然玉器加工作为主攻方向,以优质赢得市场,以信誉取信客户,以诚信打造品牌。那种利用科技手段制造假货的做派,是对玉文化的背叛和亵渎,为阳美人所不齿。

2002 年 6 月,阳美村党总支被授予"全国农村'三个代表'重要思想学习教育活动先进集体",2005 年 4 月阳美村被亚洲珠宝联合会授予"亚洲玉都"称号,2006 年 1 月被中国轻工业协会授予"中国玉都"称号。

揭阳阳美之行,虽未获悉翡翠假货制造线索,但我却感到非常欣慰。

剩下的还有广州和平洲。

C 货手镯

    广州和平洲两地，是最令我生疑的地方。对它们我并不陌生，每次出差到广州，我总要抽空去康王路、上下九荔湾广场、华林玉器交易市场、长寿路玉器街转转看看。平洲虽归佛山市管辖，但距离广州不到一个小时车程，那里的玉器街和一些玉器作坊，我也去过不止一次，与平洲珠宝玉器协会负责人也有过接触。这两地市场规模都很大，但鱼龙混杂，B 货、C 货公开出售，行规是标明 B 或 C 就行，一些不良商家有时却并不遵守这行规，以假充真，蒙骗消费者。在广州华林市场，我就亲眼见过一家小店老板向一对年轻情侣推销手镯，明明是 C 货，却信誓旦旦地说保 A 保真，且要价不菲。

    从 B 货、C 货营销规模和市场放任程度来看，翡翠造假基地，应该就在广州、平洲一带，或者说周边地带。问题是，你可以看见假货，可以看见交易，但却看不见背后通向假货源头的隐秘来路，看不见那些隐藏的作坊生产线，看不见那些隐身的造假者。谁也不会告诉你货从哪里来，谁是制假者。你眼前有一道黑幕，就像舞台纵深处不透光亮的幽暗背景，你可以感受到那里隐藏的诡秘，甚至可以嗅到那神秘吊诡的气息，但你仍然不明就里，不解底细。你和所有普通消费者一样，浑浑然被蒙在鼓里。

    事情的突破出现在我寻访的第五个年头。其时情况有了改观，广州开始整顿 C 货、B 货市场，平洲出手打击"少数害群之马在零售玉器成品时把 B 货当 A 货卖，把 C 货当真色卖，以次充好，以劣充优，强买强卖，损害消费者利益，败坏平洲玉器市场声誉"（新闻报道语）的行为，终于有位业内人士，愿意充当内线，带我去造假基地一窥究竟。

不过，"内线"事先和我讲好条件：不得暴露他的身份，不得透露具体地点，不得公开造假者的姓氏名号。"内线"讲：这不光是为了保护他，还涉及一个群体的生计饭碗，人家也是靠手艺吃饭，他可不想砸了人家的饭碗。

我答应了"内线"的条件。

"内线"杨总——遵照"三个不得"约定，"杨总"及以下人物、地点名称均系虚拟——是某珠宝玉器市场的负责人。因种种原因，他了解制作 B 货、C 货的内情，并和造假者多有往来。在他安排下，我们来到南方 G 省 SS 村。

其实多年前，我就到过 SS 村的边沿。像周边很多村落一样，这是一个正在由乡村过渡为城镇的转型之地，到处是新盖的楼房，贴了白的黄的瓷砖，在阳光下分外明亮耀眼。脚下是水泥街道，两侧店铺林立，多是从事翡翠生意，也有超市、KTV 歌厅、洗头房、名牌服装专卖、搭出大棚的大排档和成人用品店，呈现出既繁华亦无序的情景，只在一些小巷的深处，可以看到少数残留的旧式低矮瓦屋和泥渣土路，些许透露出早先此地的风貌遗痕。杨总告诉我，这里的人都很忙，都很富，南方很多城镇的人喜欢在街上搓麻，但在这里你看不到，大家都在忙着做生意赚钱。

我们要造访的人，是一位做 B、C 货的高手。杨总介绍说，20 世纪 80 年代，某地一家玉器作坊从香港请来一位师傅，专做 B、C 翡翠，此人是香港师傅的第一批徒弟。技艺学到手后，给别人打了几年工，后来自己撑起一摊子干，在这一行摸爬滚打了二三十年，算是个"腕儿"了。SS 村像这样的人物还有不少，多年来，做翡翠 B 货、C 货加工，已经成为这个村镇的支柱产业。

杨总带我走进背街一座楼房。一座楼房其实是一户人家，正是我们要造访的对象。主人姓陈，50 左右年纪，长得黑瘦精干。我们先在一层的客厅喝茶，杨总给陈老板介绍我是来自北京书画界的朋友，有意兼做翡翠生意，但不大懂行，先来 G 省蹚蹚路子。

杨总对我的介绍，是事先商定好的，我们觉得算是一个合适的说法。但不知陈老板是起疑，还是真的那么想，他瞟了我一眼，说："书画家该是有钱人啊，做生意不做

A 货跑到 SS 村来，和身份不相称啊。"

他这么说是料到的。我回答："开个小店，主要是想让孩子练练手，没有一定之规，什么合适就做什么。"

陈老板说："北京是首都，麻烦事多，我们和北京来往不多。"我不知他说的"麻烦事"指的是什么，但看得出他对我还是不放心，这是个有城府的人。

杨总说："白先生这次来主要是想开开眼，他连 B 货、C 货都不认识，把 B 当 A 进。这趟来想学点知识，陈老板你就多给予指导。"

陈老板说："杨总就是大行家，你给指导不就行了嘛。"

杨总说："他想看看实际加工过程，知其然还要知其所以然。白先生是我的朋友，你就不要掖着藏着了。"

一杯茶没喝完，一个工人模样的小伙子走进来，手里拿块脏乎乎的破布，破布上托了块冻豆腐一样满是窟窿小眼的片状东西，让陈老板看。陈老板瞅了瞅，让我们继续喝茶，他随工人走了出去。

杨总对这里很熟悉。他介绍说，这楼房地面上四层，还有一层地下室。一层是客厅、厨房、切料间和放料的仓库，陈老板一家老少三代人住二、三层，四层是工人宿舍。陈家雇用了五六个工人，忙时还临时雇用周边村子一些妇女，主要做上色和打磨的活儿。作坊在地下室，这个家庭就是一个工厂，一条生产线，还是一座"化学反应堆"。

"待会儿去下边作坊看看，"杨总知道我的心思，"赶上时候了，看样子今天要出货。"

不大工夫，陈老板返回客厅。杨总问他近期有没有进料，他说进了 3 吨多，本想进点好的，做批高 B 出来，但稍微好一点的料又在涨价，进的还是"83 料"。"83 料"是指 1983 年在缅甸翡翠产地出现的一种新厂翡翠，是一种水干、地子差、结构疏松结晶粗大的低档砖头料，B 货、C 货一般都用这种玉料来做，若不进行人工处理很难看。杨总提出去作坊看看，陈老板没有推辞，带我们走向地下室。

走进地下作坊的那一刻，我的心里五味杂陈。数年来，我东奔西走，探寻翡翠 B、C 货的加工源头，功夫不负有心人，在这个下午，在 SS 村这座楼房的地下作坊，那道深不可测的诡秘黑幕，终于要在我面前掀开了，我将亲眼目睹 B、C 翡翠的加工处理过程，这是一个胜利，我为自己的成功感到兴奋。但我又知道，这不是去欣赏什么美妙事物，展现在我眼前的，不过是蒙人戏法的晦暗谜底，也许并不值得如此庆幸。

地下室很大，有若干个大小不一的房间，环境有些脏乱，楼梯口、过道里、房门前，随意堆放着桶、罐之类的杂物，地上有水渍，石头、废料和垃圾堆在墙角。我们先走进一个大房间，杨老板告诉我是酸碱处理室。

酸碱处理室安置着两排长槽，每排由七八个方槽组成，方槽盖着盖，有气体从里边冒出。刚才去客厅的那个工人，正在照看槽子下的炉火。

杨总告诉我，槽子里是浓硝酸和浓盐酸的混合液，俗话叫"王水"，腐蚀性很大，金子放进去都能被溶化，只有不锈钢耐酸耐碱，所以槽子必须是不锈钢的。说话间，陈老板打开一个槽子盖，用钩子钩出一笼正在处理的料片，放到清水池里用水龙头清洗。清洗之后，拿过来让我们看。

这是一块块切割得规规矩矩的方片料，说这些东西像冻豆腐，确是一个贴切的比喻，上边全是蜂窝状的小眼隙，蒙着一层白霜，看上去又糟又酥。这是一批手镯料坯，陈老板说这次是5个槽子一批下料，原料粗粒结构，太松，加热煮了3个礼拜，脏地已经去得差不多了，今天就可以完成酸处理。

我在心里算了一下，那不锈钢槽子，每个大约深40～50厘米，宽50～60厘米，长80厘米左右。像眼前的坯料，一个槽子一次可以下200~300块，5个槽子就是1000多块。1000多块料坯，也就是1000多只手镯，假如手镯成品做出后，每只批发价100元，这批货毛值已达10多万元，效益相当可观。

我问酸处理之后还要做什么，陈老板说还必须碱处理。

碱池子也是不锈钢方槽，酸处理后的料坯，经过清水洗涤，放入烧碱溶液中加热浸泡，一来中和了酸液，二来由于强碱作用，加速裂隙的扩大从而进一步松化翡翠结构，便于此后往里注胶。酸碱处理经验非常重要，要根据原料的不同结构，来掌握酸碱浓度、加热的温度和处理的时间。溶液温度一般保持在90℃之上，100℃之下，既要煎烫又不要让其沸腾，沸腾了酸液会蒸发，造成过多的浪费。过去用炭火加热，掌握起来比较费事，现在改用燃气，掌控温度的环节已经变得比较容易。

酸碱处理室旁边是一间支着长案的房子，四五个妇女俯身案头，正在对一批酸碱处理后的手镯进行着色处理。不同于前边看到的片状手镯料坯，妇女手中的手镯酸碱处理前已经旋成环形，女工们手拿毛笔蘸着颜料在上边点染，旁边一位领班技师在查验指导。

我问颜料有没有腐蚀性，陈老板说没有。

陈老板介绍说：翡翠中的绿色主要是因为有铬离子，紫罗兰主要是因为有锰离子，这两种金属都无毒，加进油溶或水溶颜料，对酸碱处理后的材料可点染也可浸染；可染同种颜色，也可以同时染多种颜色。染色后再进行注胶充填处理，更显得自然柔和，而且稳定不易褪色。

这与我早先了解的情况有出入。我曾听人讲，翡翠 C 货、B 货加工地污染很严重，由于酸碱和染色颜料对人体和环境有害，在加工 B、C 货的地方，鱼塘里的鱼都会死去，人也会染病甚至有丧命的前例。不过这是个很忌讳的话题，我并未向陈老板细加追究。

我们来到另一间房子，这里有烘箱、有高压釜。那些烂糟糟的翡翠手镯在这里进行注胶填充处理，是完成脱胎换骨变化的最重要的一道工序。胶的化学名称叫环氧树脂，是一种工业用的胶黏剂。酸碱处理后的翡翠由于结构遭到严重破坏，充填树脂不仅能够胶结已成为松散状的结构，提高强度，还能增加透明度。充胶的大概程序是：酸碱处理后的翡翠，先放入烘箱中烘干，再移入高压釜中，将环氧树脂和固化剂二乙醇胺以一定比例混合，加热降低其黏度，加入高压釜中，然后抽真空加压。高压釜内真空状态保持一段时间，然后关闭真空泵，恢复常压，再往高压釜内加入一定压力。经过这一番操作，环氧树脂被充入翡翠松化的结构中，取出后加热至其表面固化，随后再进行抛磨成型、雕刻等后期工序，至此，B 处理过程就算完成了。如果是染了色的原材料，就叫 C 货或 B + C，也可把颜料加进树脂材料中，进行注色充填，就看你想要什么样的东西了。

陈老板从靠墙的铁皮柜里拿出一只成品手镯，让杨总和我看。

这是一只非常漂亮的手镯，冰地夹带秧苗绿，其中一小段紫罗兰，含春带彩。陈老板让杨总估个价，看看这只手镯在市面上能卖多少钱。

这种东西，行里叫"高 B"，即使有经验的人，稍一马虎，也会打眼当作 A 货。杨总说很难估价，关键要看是谁卖谁买。

陈老板说："有人从我这儿拿走，在市场上卖了 5 万。"

这个价格让我和杨总咋舌。

陈老板说："现在有钱人多了，眼头也高了，不像过去那样，只要是玉戴在身上就行，现在市场逼着你做高 B。"

国内 B、C 翡翠，早先灌注的是国产胶，做出来的东西树脂光泽比较明显，缺乏灵性，三五年后还会老化褪色。后来这一行走高端路线，首先选用密度较高、细粒结构、地子较好的翡翠原料，把国产胶换成了高质量的进口德国胶，还有种说法是加水玻璃或用有机硅取代环氧树脂，不光观感好，而且放上十年二十年也不会变色。我不知陈老板手中的高 B 东西具体是怎么加工的，但这件手镯，显示了他的高超技艺，证明此人手段确是十分了得。

重新坐回客厅喝茶的时候，陈老板发了一通"宏论"。

话题从那只高 B 手镯的价格引出。

我问他："你认为那只手镯值不值 5 万？"

他干脆利落地回答："不值。"他说现在中间商心太黑，从他这里拿出去的货，向人讨价时一般后边都要加个"0"，干这一行利润最大的是中间商，而不是一线生产者。说到这里他把话题一转，问我："你说，这说明了什么？"

我说："说明这个市场无序，也说明你的活儿好。"

陈老板摇了摇头，说："说明对 B 货的看法，必须扭过来。长期以来，社会上很多人谈 B 色变，把 B 货看成洪水猛兽，其实大可不必。"陈老板开始阐述他的理论，中心意思是：无论是 B 还是 C，原材料都是翡翠，经过技术手段处理，把难看的变成好看的，把差的变成好的，价格又便宜，谁都消费得起，既有审美价值也有使用价值，为什么就不能存在呢？还有人说 B 货、C 货染色，对人体有伤害，你头上的帽子，身上的衣服，脚上的鞋袜，哪件不是染色的，你为什么还要穿戴？你看到了，我们产品是进行了酸处理，但经过了清水反复冲洗，又用碱中和了酸，还会对人体有多大的伤害？所以说，现在人们的看法是一种成见，宣传有片面性，一些专家也跟着嚷嚷起哄。B 货加工，是一项变废为宝的事业，能发展经济，利国利民，为什么不可以鼓励发展？

这是我第一次听到如此新鲜的说法。它有悖于我们的普通常识，有种强词夺理的味道，但看陈老板的表情态度，他是很认真说出这一番话的。对此，我只能将其看作是他在为自己寻找维持道德平衡的支点。长期投身这种职业，他必须为自己找到从业的理由，在溟蒙晦暗的行业背景里，他需要为自己点亮一盏激励前行的心灯。当然，也不排除他就是真的这么看，这么想，事物有别，人心各殊，立场角度不同，看待问题的眼光就会不一样。

在 SS 村陈老板处只待了大半个下午，因为时间关系也没顾上去更多的地方看看，但总算与翡翠 B、C 加工有了零距离接触。源头已经找见，但肯定地说这只是源头之一，散布在 G 省还有多少这样的专业户、专业村，仍旧是个谜。如今每一天，依然有不计其数的翡翠 B 货、C 货流入市场，为珠宝玉器市场带来五花八门的乱象，如何整饬管理，的确是一个不小的难题。

翡翠充胶、染色，改变的只是一种石头，人心如果填满利欲、染上邪色，那么改变的可能将会是一个世界。

甘地 20 世纪 30 年代访问英国时，记者询问他对西方文明的感想。刚参访过伦敦贫民窟的甘地回答道："我想那是个相当不错的主意。"生活于现时的人们，希望从高度发展的现代化科技中分享红利，文明发展到今天的成果确实也极大满足了他们的需求，但最终它能成功达成它许下的承诺吗？以科技进步为标志的现代文明是珍贵的，是一项值得持续的实验。但它也是晃荡危险的，因为我们在攀爬进步之梯的同时，也顺便把下面的阶梯踢掉了。对于具有 8000 年玉文化历史的中国人来说，玉石造假，正是踢掉了我们正在攀爬的阶梯。

翡翠中华

翡翠作为玉器中的后起之秀，演进发展历史并不算长，却以自身的优异品质，在玉石家族中奠定了牢固又尊贵的地位。翡翠为传统中华玉文化注入了崭新的内容，极大地拓展了玉石的审美空间，丰富了玉石的审美内涵。以翡翠制作国之重器，现在已成为中国玉器行业屡见不鲜的选择。

2012年6月，一面翡翠巨雕作品《清明上河图》，在"2012中国玉（石）器百花奖"展厅亮相。这块由云南勐拱翡翠公司历时8年之久打造的屏风，原材采自缅甸帕岗，毛石重约7吨，制作完成后，屏风翡翠材质部分重2吨多，加上由缅甸黄花梨所制外框，整体总长18.6米，总高3.13米，总面积达58.25平方米，由国内著名屏风设计大师高爽设计。以往，以《清明上河图》为题材的工艺美术作品较多，但采用翡翠为材料而且规模如此宏大的作品，在国内尚属首例。

在百花奖评选作品展出前，我曾应邀参观过这件作品。那是在北京大羊坊路一家玉器公司的展厅里，面对巨型翡翠屏风，首先感染我的是那种扑面而来的荣华气息和耀眼夺目的锦丽光彩。作品由25片材料拼接而成，分布着绿、白、紫罗兰各色，绿色浓艳，白色透亮，紫罗兰俏丽。屏风充分利用材质的自然美、色彩美，以张择端原画为蓝本，因材施艺，布局巧妙，雕刻各种人物600余个，牛、马、骡、驴等60多匹，船20多艘，房屋楼阁30多栋，车、轿20多辆。在雕刻中，除浮雕手法外，还借鉴了微雕方法，采用手工阴刻填色工艺，使画面清晰灵动，层次分明，楼城屋舍历历在目，

车马人物无不栩栩如生,凑近翡翠屏风细看,酒楼、茶馆、当铺、拱桥、人流、溪水……汴梁城内街市上纷然杂陈的繁荣景象,在这块巨幅屏风上展现得别有一番神韵。

这面翡翠屏风,被评为"2012年度中国玉(石)器百花奖"特等奖。

这类作品出现,与中国经济市场化进程密不可分。

新中国成立以后,玉器生产集中在北京、上海、苏州、扬州、广州等地为数不多几家国有工厂,改革开放后,计划经济体制被打破,单一垄断的生产和流通渠道被冲垮,玉雕业生产力得到了极大的解放,民营或个体玉器企业,如雨后春笋般成长起来,玉器产业的一个全新格局,很快得以建立。市场的活跃,不光刺激了消费需求的增长,也让玉器像其他艺术品一样,成为新型经济结构中的一种投资方向,随着玉器产业走向成熟,一些强力资本开始进军高端艺术作品市场,像获得最佳工艺奖的《清明上河图》这样的翡翠巨雕,没有巨额资本的介入,是很难完成的。

与《四大国宝》那种由政府牵头、国家财力支持的制作方式不同,当下大型玉雕作品制作,皆由民间资本的力量来完成。

中国当代大型翡翠作品制作,据我所知,始于一件名为《炎黄之根》的大型翡翠巨制。

1997年5月19日,香港会展中心。

42天之后是香港回归中国的日子，香港政权交接仪式届时将在这里举行，这座现代化宏伟建筑即将成为全世界凝神注目的中心。然而今天，这里已是群贤毕至，名流如云。即将上任的香港特别行政区首任行政长官董建华、新华社香港分社社长周南、中华名人协会会长荣高棠，以及工商、文化、艺术各界巨擘大家的身影出现在人们的视线里。同样引人注目的，还有一块石头，甚至可以说，这块石头在某种程度上比许多名流更加耀眼风光。

当然，这不是一般的石头，而是一件巨型翡翠玉雕作品《炎黄之根》。

这是"中华名人庆'97香港回归联谊会暨艺术品展"现场。董建华和当届"香港小姐"翁虹为《炎黄之根》揭幕。众人被这座巧夺天工、艺术价值极高、重约1吨的翡翠瑰宝紧紧吸引，久久欣赏，由衷赞叹。第二天，中国港、澳、内地以及东南亚各媒体纷纷报道，称《炎黄之根》的展出为香港回归献上了一份厚礼。而'97献宝的主人公乔立君，随之也成为一位传奇式的新闻人物。

所谓传奇，是乔立君当初拍出1000多万元决意上马"炎黄之根文化工程"时，玩的实在是一场赌博——千万元买回一块大石头！

乔立君出生于孔孟之乡山东，20世纪80年代中期，二十刚刚出头的乔立君只身闯荡京城。毛头小伙子，在人才荟萃的首都想站住脚谈何容易？然而他却很快融入大都会的商潮之中，结识了一批商界优秀朋友和文化精英人士。朋友圈里他年龄最小，但他天资聪颖，悟性极高，似乎有种本能的经商天分，生意上决策，他的意见往往起重要作用。然而这块经商的好料有些地方却让朋友们难以理喻，搞贸易能赚钱，但他对搞贸易赚钱却心有不甘，一心想钻进文化圈做些事情。90年代初，他打点行装，毅然决然告别了北京，南下深圳，扯起一面大旗，创立了深圳新炎黄文化交流中心。

这是一个全部由二三十岁年轻人组成的群体，他们以张扬民族文化为己任，以文化与市场经济结合为目标，立志建立具有浓郁民族特色的文化产业。也许因为这面旗帜，很快，中心得到了众多文化名人、文化官员、老一辈无产阶级革命家的支持，这些人在中心背后形成了一个强大的顾问群体。

短短几年，深圳新炎黄文化交流中心以商业运作手段成功地操作了一批文化项目。

乔立君蓄势待发，决意向他梦寐已久的一个神奇领域进击。这便是玉文化领域。

当初，乔立君将自己公司名称确定为"深圳新炎黄文化交流中心"的时候，就是想通过自己之手为炎黄儿女创造点什么。炎黄儿女钟情于玉，他自然对玉也是万般珍爱。能否将中华文明史雕刻于中华文明的代表性器物之上，将人类流动的光芒凝聚于一种象征民族精神的物质之中使其辉煌永恒？

"炎黄之根文化工程"最初的构思在乔立君心中萌动了。

乔立君知道，玉石行业，一件作品的题材、构思、设计和加工，均需视原料的具体情形才能确定，制约人们想法的是原材料，这里没有主题先行，但他执意要来一次"命题作文"，要在一块巨翠上浓缩中华5000年的历史。这种不合规矩的思维立即遭到众多行家的否定，认为他是异想天开。乔立君却将反对之声当成耳边风，他笑笑：不搞这个题材，我玩这一把有什么意思？

乔立君走进了赌石这个惨烈的战场。

一年时间里，他七上云南高原，五进缅甸深山，为萦绕于他心中的那个宏伟的梦想寻觅翡翠石料。此举绝非儿戏，他请来几位行家高手随他同行。他们走遍了这里的赌石商号，最后，终于在中缅边境盈江的一家商号里停住脚步。

这里一块巨石，足有上吨重，却只有巴掌大一块擦口，擦口透出诱人的绿色。擦口这么小，说明卖家对自己的东西也缺乏足够的信心。赌石场的经验是：多看、少买、多擦、少开。乔立君何尝不明白这道理？但多看不可能，他宏伟的构想只能靠巨料来承载，而走遍料场，此石是绝无仅有的一块；他不敢多擦，擦出的"门子"越大，绿色越多，价格肯定越高，高到他买不起。

乔立君和为他掌眼的几位专家，围绕着这块石头煞费精神。专家可以发表各种各样的看法，但谁也不会下断语，最终拿主意的只能是乔立君自己。寝食难安的三昼夜过后，精力几乎临近竭尽的乔立君终于下了决断，孤注一掷，押出全部身家性命，将1000万元人民币，连同全部希望和追求拍了出去，购下了那块大石头。

巨款拍出，反而平静下来。里三层外三层的围观者也都静下来。大地仿佛哑了一般，凝神屏气地等待那惊心动魄的一刻。

大型翡翠插屏《清明上河图》

人群里传出很小的声音:"本大利大风险大!""这完全是赌命,一点后路也没留啊!"

闭目片刻,乔立君睁开眼:"不在这里开了,运回北京开。对不起,让大家扫兴了。"

巨石运到北京,北京市玉器厂承担了开剥工作。

开剥的一刻,乔立君忽然想起滇西的大山和路边的万丈深渊,那也许是自己最好的归宿。值吗?为了一个梦想,用全部身家性命做抵押,是不是昏了头?

砣具加石,声声轰鸣在他心头,璞退玉露,乔立君的喉结使劲抽动,声音稍重些,全身便随之一阵战栗,好像生怕那金石的撞击会惊醒一个梦。赌石不同于赌钱,1吨多重的巨石,全部剥开要七八天。这真是煎熬人的日日夜夜。

第一天剥下来,巨石顶部露色,戴绿帽子一般。玉器厂的师傅脸上露出笑:"乔总,看样子解涨了,至少已经能保本!"

确实,如果按现在能看到的品相成色而论,这块石头足可保证他卖出1000万元。但这远不是他的追求。师傅们用二锅头向他祝贺时,他只喝矿泉水:"刚刚开剥,剥完我一定喝。"

剥到第八天,那一方巨型美玉就像健美比赛的冠军一样,裸露出自己的全部真容:冰底仔石,色青带绿,绿、白、淡青变化和谐,浓淡相宜,细润柔滑;一侧是大面积平面,形若半碑,另一侧鼓胀饱满,气势磅礴。一片唏嘘赞叹声中,北京市玉器厂厂长刘继庭感慨道:"这么大,这么好的翡翠料,太难得了,你有玉缘,乔总!"

刘继庭是最早支持"炎黄之根文化工程"的人之一。除这块巨料之外,以前乔立君还购得分别重480公斤、250公斤两块优质翡翠,刘继庭非常赞赏支持乔立君的构想:3件作品构成一组凝聚民族文化灿烂光辉的艺术作品,分别为《炎黄之根》《华夏古风》《文采千秋》。

为了能让这必定成为瑰宝的玉雕尽善尽美,不留遗憾地完成,刘继庭厂长先后组织了全国十几家玉雕厂的南北派大师云集北京,商讨方案,博采众长,继而委派厂里最优秀的年轻工艺美术大师姜文斌主持设计这震撼人心的系列大型翡翠雕刻。

姜文斌在玉雕业内可谓后生先进、成就斐然。他的作品《枫桥夜泊》《剑魂》《钱塘江传说》等曾获国内大奖,也曾东渡扶桑访问、讲学,传授、交流东方文化。辽宁鞍山举世罕见的重达270吨的九彩岫玉佛的设计,他也是参与者之一。乔立君赴云南选料时,他曾作为其中一位"名眼"陪同前往。

面对可能成为世界之最的翡翠作品,怀着对华夏5000年文明史崇高的敬意和对玉文化的执着追求,姜文斌的创作冲动和雕刻欲望被点燃了,同时,他深知自己面对的是一种什么样的使命,肩上的担子是何等分量。

这回轮到姜文斌几天几夜合不上眼。

人琢玉,玉磨人。

作为一位玉雕艺术家,其素质要求很高,不光要会识料、会设计,熟练掌握玉雕技术,还必须能绘画、懂美学、熟悉历史,掌握各种文学史学典故,宗教、天文、地理知识也要具备。《炎黄之根》系列玉雕工程抛开了传统的佛、道、仙、神、花、鸟、鱼、虫题材,开创新的玉雕艺术表现主题,弘扬华夏文明根本内容,这一设计要求,迫使他必须通过手中的作品展示一幅壮观深远的历史画卷,在世人面前树立一座东方文化不朽的丰碑。

北京市玉器厂为《炎黄之根》的琢磨制作,专门开辟了一个车间,巨型翡翠在这里雕刻琢磨,历时三载。

1997年初,"炎黄之根文化工程",件作品全部竣工。

重约1吨、高1米有余的《炎黄之根》,以华夏文化、黄帝功德为主要轴线,进而扩展,辐射出中华民族起源、创造、发展的辉煌历史脉络:黄河这条古老龙源贯穿于中,我国各代优秀的、有代表性的建筑艺术,诸如秦万里长城、唐大小雁塔、麦积山石窟、悬空寺、赵州桥、天坛祈年殿等错落其间,郁郁苍柏之间,是汉武帝率军在黄帝陵祭礼人文初祖的壮阔场面。作品背面中心部位用汉代砖刻的风格雕刻黄帝造像,以拙朴粗犷的线条突出"炎黄之根"的主题。以摩崖形式表现的"神鹿喂奶""射猎耕种""桑蚕染织""大战蚩尤""发明指南车"等历史传说环绕四周,摩崖壁上布以历代名家对始祖黄帝的祭文、题词。布局巧妙合理,穿插起伏有序,人物、建筑与山川、河流交相辉映,翠柏林立,曲廊穿回,鹿鹤行于其中,灵气与仙气潜然荡出。作品蕴含巨大的思想容量,整体效果气势磅礴,令人叹为观止。

400多公斤的《华夏古风》，创意于琴棋书画四大国粹，以琴棋书画具体形象来造型，构思优雅精巧，舒展流畅，人物线条生动细腻，烟柳山岚飘逸于亭台楼榭之间，体现了中国文化的典雅之风。

200多公斤的《文采千秋》，取材于儒家圣贤孔夫子。它的原材料以春彩为主色，作品肃穆庄严。孔子端坐于大成殿上，凝重深邃的目光中流露着慈祥谦和，在浮云、绿树之中，有连有断地突出排列夸张的竹简，孔子的经典言论刻于其上，使这位文化伟人的形象和思想借助美玉的托举光耀千秋。

作品完成了，梦想、希望、心血都已体现在3件作品上。乔立君心潮澎湃，请刘继庭厂长、姜文斌大师等痛痛快快喝了一顿庆功酒。酒与激动的泪水一起下肚，喝得酣畅淋漓，也喝得酸甜苦辣多种滋味一齐涌上心头。人人都有了醉意。

第二天醒来，乔立君却又敛起激动喜悦的心情，一如平日那般矜持文静。他以平静的心情，等待着专家权威们对作品的鉴定，特别是那块用巨翠雕刻的《炎黄之根》。他很自信，但他知道，无论人们怎样为《炎黄之根》叫好，但对于玉雕作品来讲，唯有专家的意见才能一锤定音。

不久，一份《大型国宝级翡翠艺术珍品〈炎黄之根〉鉴定书》正式公布。由中国宝玉石协会会长张文驹担任鉴定委员会主任，中国佛教协会副会长周绍良，中国民族博物馆馆长谢启晃，中国宝玉石协会副会长兼秘书长李劲松，中国北京工美集团公司总经理、中国工艺美术学会副理事长王振，中国北京工美集团公司副总经理、高级工艺美术师唐克美，中国故宫博物院陈列部主任、故宫博物院研究员单国强，中央工艺美术学院教授袁运甫，中国玉雕专业委员会主任刘继庭，中国高级工艺美术师董文钟担任鉴定委员会委员的这批权威泰斗，在他们亲笔签名的《鉴定书》中，郑重地写下了如下文字——

中国宝玉石协会于1997年1月24日邀请国内宝玉石、工艺美术、馆藏、玉雕、宗教、美术等方面的最高权威、著名专家、资深学者组成评审委员会，对大型翡翠玉雕《炎黄之根》进行了正式鉴定。

权威、专家、学者们分析认为：作品原材料质地上乘，为冰种豆色，据目前所掌握资料，是自中国玉文化迄今体积最大、重量最重的一块翡翠原料；作品构思具有独创性，其文化内涵及艺术想象力都达到了相当的高度；作品工艺细腻、精美，与此翡翠原料品质相当和谐；此作品具有极高的收藏价值。

经评审委员会评定：翡翠艺术作品《炎黄之根》形制庞大，气势恢宏，立意新颖，质地优良，琢工精致，是继"四大国宝"之后又一件国家级大型翡翠艺术珍品。

鉴定结论公布后，各路媒体将"炎黄之根文化工程"炒得沸沸扬扬，自然许多人士期望有幸先睹3件宝物华贵姿容为快，但在北京，乔立君只是在极小圈子里将3件作品做了有限展示，对于广大外界，《炎黄之根》等仍蒙盖着一层神秘的面纱。

不是乔立君吊人胃口、故弄玄虚，而是他有一个寓意深刻的安排——《炎黄之根》作品问世之时，恰逢香港即将回归之际，他要以这一罕见的玉石瑰宝为香港回归献上一份厚礼，为祖国和民族在喜庆节日添加一道绚丽的光彩。

这层撩拨人心的面纱，只能到香港去揭。

《炎黄之根》等以3层木箱包装，本来想空运，但木箱超高，必须横卧才能上机，这绝对是不行的。改走铁路运输吧，万一装卸有个闪失呢？掂量来掂量去，乔立君决定汽车运输。汽车虽慢，路途虽远，但多派些人，小心伺候，不失为一种最稳妥的办法。

《炎黄之根》安全运抵香港。这一凝聚着5000年民族文化光芒的"翡翠中华"，使香港同胞洋溢着喜悦的目光里，又增加了一道惊喜。

2004年冬天的一个晚上，时间已经过了11点，我在家已经打算上床了，电话铃声响起，北京玉雕大师李东请我去一位朋友家一趟，说有几个人已在那里等我。一提那位朋友，我便知道是什么事情，好在相距不远，我即驾车前往。

几个月前，李东在云南相中了一块翡翠巨料，重约8吨，在不同位置开有5个"门子"，从"门子"看，玉质还算不错，通体无大的绺裂，有赌性，但赌性不算太大，卖主的要价也算合理，李东因为资金有限拿不动，便动员两位老板购进。两位老板是我和李东的共同朋友，手头宽绰，平日里对汽车感兴趣，是北京路虎俱乐部最早一拨成员。我曾动员他们把闲钱拿来投资玉器，我说投资玉器要比玩车有意思得多，他们认为我的建议在理。李东相中的这块翡翠巨料，他们看过照片，而且心有所动，但到底是出手还是不出手，一直没有下定决心。这番叫我过去，肯定与这块石头有关。

果然，是关于翡翠巨料的事情。

两位朋友一个叫张铁良，一个叫孙文彤，约见的地方是张铁良家。我赶到的时候，张铁良、孙文彤、李东，还有李东的弟弟、以识别玉材而出名的李洪都在场，显然他们已经交谈了很长时间，两只烟灰缸堆满了烟蒂。张铁良开门见山地对我说："是我叫您来的，我们商量得差不多了，今晚最后想听白老师您一句话。"

张铁良的意思我明白，就是说，他们基本决定要出手，但还要我再把一道关，帮他们拿最后的主意。

这是一件让人为难的事情。平时可以出主意、提建议，但决定要不要买一块具有赌性的玉石，最后拍板的只能是买家自己。我知道朋友绝没有让我分担风险的意思，但买与不买的话我却不能说，我一旦点头实际上意味着也就担起了一份责任。

我说："这号事情，不能光往好处想，这是一笔不小的投资，我只想问一句，你们掂量过没有，万一赌输了，你们输得起输不起？"

张铁良说："这您放心，刚才我还给他们几个说，买回来万一是块不成器的货色，但毕竟还是翡翠嘛，咱就开成地砖，把家里的地全都给铺了，人来了咱也好夸口，瞅瞅，咱家这是翡翠地面呀。"

张铁良的话，惹得大家都笑起来。

虽是玩笑话，但我知道张、孙两位投资人，有着比较好的心态，腾冲老话讲"穷走夷方急走厂"，那是揣着一夜暴富的心理，只要真正去了这个心魔，事情就变得有点意思了。

巨型翡翠从云南采购回京。原石呈锥形，高 2 米，周长 7 米多，10 吨的吊车把它从运输车上往下卸的时候，颇费了一番工夫。巨料安置妥当后，李东在不同部位剥了皮壳，内里玉质已清晰可见。随后请来一批业内专家进行评估鉴定，专家的结论是：

该翡翠巨料呈天然天蓝之色，纯净澄明，种色均匀，结构致密，无绺无裂，浑然一体，是迄今发现并可用于玉雕创作的最大一块翡翠原料。

下边的问题，是如何利用这块巨料，做成一件什么作品。

方案向各路专家广泛征求，有的提出做"一统江山"，把华夏壮美山河和代表性人文胜景集于一体，雕于巨翠之上；有的提出雕刻中国"四大发明"；有的提出雕刻"万里长城"或"燕京八景"。张铁良、孙文彤希望我也能参与策划，拿出题材方案。我答应可以考虑。

其实，自见到巨翠的第一眼起，我的心里便涌出一种冲动，这冲动来自巨翠给我的震撼感觉。令人震撼的原料，注定必须承载宏大题材，这题材必须与中华民族文化、民族精神紧密相扣，必须保留和凸显原料给人那种巨大、雄奇、厚重的视觉冲击力，还必须富有新意，这是一个很有挑战性的目标，我很愿意迎接这样的挑战。

就巨翠高大挺拔的锥形形状来看，最适宜做的是人物。玉雕是减法艺术，雕刻人物能最大限度地保留巨翠的个头体量，但人物较之景物，很难表现宏大气象，这让我颇费思量。从伏羲女娲，到千古一帝秦始皇，从后羿射日，到精卫填海，都曾一一出现在脑海里，又都一一被否定。这类题材，有的是在前人的玉雕作品中表现过，有的是难以达到"因材施艺"的要求。我的想法最后在盘古的形象上定格。随着想法的深入，最后终于成型：就是他，是盘古，是开天辟地！

盘古是中华民族传说中的天地万物之祖，盘古开天辟地的神话是中华传统文化经典性的创世纪说。以旷世翡翠巨料这一大载体，表达富有民族和人类宏阔意义的大主题、大思想、大文化、大意味，打造翡翠王国里的至尊王者，无疑将是一次激动人心的玉雕创作实践。我迅速拿出题材策划方案，交由投资方聘请的专家团队审定。

盘古这一题材，在既往玉雕作品中不是没有人表现过，但就我的视野所及，并无理想之作。最常见的盘古造像，大约都是一个模式——盘古手持巨斧，屹立于天地之间，作挥臂劈砍状。这样的盘古形象，不光陷入模式化的窠臼，严格说来还带有"硬伤"——既然天地尚未形成，处于鸿蒙初辟之时，万物亦未诞生，何来人类经进化数百万年之后才出现的工具斧子？

查阅史典，对盘古的最早记载，是三国时徐整所著《三五历纪》。《三五历纪》载：

  天地混沌如鸡子，盘古生其中，万八千岁。天地开辟，阳清为天，阴浊为地，盘古在其中，一日九变，神于天，圣于地。天日高一丈，地日厚一丈，盘古日长一丈，如此万八千岁。天数极高，地数极深，盘古极长。故天去地九万里。后乃有三皇。

  其后，南朝梁任昉所著《述异记》，称盘古身体化为天地各物：头和四肢变成五岳，血液和眼泪变成江河，眼睛变成日月，毛发变成草木；他嘘气变为风雨，声音变为雷霆，目光变为闪电；他睁眼是白天，闭目是晚上；开口为春夏，闭口为秋冬；高兴为晴天，生气为阴天，等等。《绎史》卷一引《五运历年纪》，有如下记载——

  首生盘古，垂死化身。气成风云，声为雷霆，左眼为日，右眼为月，四肢五体为四极五岳，血液为江河，筋脉为地理，肌肤为田土，发髭为星辰，皮毛为草木，齿骨为金石，精髓为珠玉，汗流为雨泽，身之诸虫，因风所感，化为黎氓。

  史典中的这些记载，其实已经描绘出一幅生动的盘古创世图景，这是中国人关于宇宙万物起源的创世纪说。翡翠巨料为三面锥形体，根据这一特点，在方案中我主张以正面展现作品的灵魂主题：盘古横空出世开天辟地的伟岸雄姿；其余两面根据"垂死化身"的记载，雕琢成大气磅礴的五岳山体峰峦、树木、流水等，而这一切不宜过于具象，要表现鸿蒙初辟、萌芽兹始、万物孕育、将成未成的形态，3 个面的过渡衔接，以缭绕的云气来承转完成。

  我的这一方案，得到众专家和投资方的一致认可。巨翠的加工，交由李东大师工作室进行，我被确定为翡翠巨雕《开天辟地》的领衔创意、总策划和总监制。

  翡翠巨雕《开天辟地》历时 5 年完成。我为之撰写的介绍文字如下：

材质：翡翠　重量：8吨

高：1.9米（含底座3.2米）周长：7.3米

盘古是中华民族传说中的天地万物之祖，盘古开天辟地的神话是中华传统文化经典性的创世纪说。翡翠巨雕《开天辟地》，选用重达八吨的翡翠天然巨料，材质呈纯净透明的天蓝色，种水一脉相承，色调一色贯通，呈现出罕见的巨、匀、明、净特点。翡翠巨料为三面锥形体，创作者根据料形特点，设计出正面为盘古造像，其余两面为五岳山体的总体构图。正面灵魂主题，以立体雕、高浮雕、镂雕等多种雕琢手段，突出表现盘古开辟鸿蒙、顶天立地的伟岸雄姿，其造型神态既神秘原始、凛然峥嵘，又庄严英武、精神矍铄。环绕盘古的是类似云彩、火苗、山石、流水等物体雏形，呈现出阳清上扬、阴浊沉降，各种物质将成未成、乾坤将分未分的特定玄幻宇宙时空。另外两侧，形转意承，根据史典"盘古垂死化身，四肢五体化为四极五岳"的记载，表现由盘古躯体而幻化的山体峰峦，在大气磅礴的五岳写意中，捕捉形与意、刚与柔、流动与凝固的感觉，展现了时空演进、沧桑初现的造化轮廓。整体作品文化底蕴厚重，艺术构思宏妙，表现手法奇瑰，雕琢技艺精湛，使得玉石的华彩与人类精神的神韵交融辉映，从而赋予该作品以民族和人类宏阔意义的大主题、大思想、大文化、大意味。配以琮形泰山石底座，玉石呼应，形分意合，相互映衬，更彰显了翡翠巨雕的丰厚内蕴和恢宏气象。

这篇介绍文字，被视为创作主体的正规表述，后来中央电视台、北京电视台、凤凰卫视以及网络、各平面媒体纷纷报道翡翠巨雕《开天辟地》，这篇介绍文字多被引用。在琮形泰山石底座上，正面雕刻著名书法家、篆刻家庄默石所题"开天辟地"四字，背面镌刻我为该巨雕题写并手书的一首七言诗，诗曰：

混沌初开辨浊清，
万八千岁辟鸿蒙。
神耀苍宇日月灿，
圣泽莽原物类生。
强颅劲骨五岳脊，

长啸短歌四海风。
借得昆吾雕灵玮,
留待人寰看峥嵘。

另外,我又撰联一副,以兹纪念:

神生日月星汉即演九天幻象
圣出山河造化遂极五岳壮观

如今,像《炎黄之根》《清明上河图》《开天辟地》这样的大型翡翠文化工程,还有不少。原来国人对翡翠的热情,侧重于其珠宝属性一面,而现在,人们更倾心于将翡翠之美与中华文化相结合,让物质的华彩和文化的神韵交融汇聚,让中华民族精神彰显于璀璨的瑰宝之上,使其光耀于世,流芳千秋。

一幅翡翠中华的图景正在我们面前徐徐展开,一个流光溢彩的时代正在到来。

2015 年 1 月 15 日于课石山房

上部参考或引用文献、资料：

［清］椿园《西域闻见录》，［清］吴大澂《古玉图考》，［清］徐寿基《玉谱类编》、［清］陈性《玉纪》，［清］吕美璟《玉纪补》，［清］新疆通志局《新疆图志》，［民国］刘大同《古玉辨》，［民国］章鸿钊《宝石说》，谢天宇《中国玉器收藏与鉴赏全书》，姚士奇《中国玉文化》，方泽《中国玉器》，张兰香、钱振峰《古今说玉》，李宗建《古代玉器》，刘道荣、王玉民、崔文智《赏玉与琢玉》，翔锋《传国玉玺》，丁建忠《"一捧雪"魂飞激荡》，周惠斌《大禹治水图玉山子》，王仁湘《青海喇家村新石器时代遗址考古记》，北京科影厂《喇家村史前部落的最后瞬间》，杨伯达《清代宫廷玉器》，等。

下部参考或引用文献、资料：

《徐霞客游记》褚绍唐、吴应寿整理，上海古籍出版社1987年出版；
《徐霞客游记校注》朱惠荣校注，云南人民出版社1999年出版；
《宝石说》章鸿钊著，武汉地质学院出版社1987年1月出版；
《滇海虞衡志》［清］檀萃辑，刻本影印本；
《阅微草堂笔记》［清］纪昀著，上海古籍出版社1980年9月出版；.
《腾冲县志》腾冲县志编纂委员会编，中华书局1995年3月出版；
《翡翠书》张志芳主编，云南人民出版社2006年9月出版；
《腾越风情》许秋芳主编，云南民族出版社2001年9月出版；
《云南文史资料选辑》《腾冲文史资料选辑》；
《翡翠探秘》张竹邦著，云南科学技术出版社2005年7月出版；
《一块巨型翡翠的跨世纪传奇》徐凤桐著，《华商报》2006年1月连载；
《当代翡翠国宝》赵之硕主编，人民美术出版社2008年9月出版；
《20世纪中国玉坛上的伟大创举——翡翠四宝》杨伯达著，收录于《当代翡翠国宝》，人民美术出版社2008年9月出版。

图书在版编目（CIP）数据

秘境：中国玉器市场见闻录／白描著．——北京：
北京十月文艺出版社，2016.01
ISBN 978-7-5302-1507-4

Ⅰ．①秘…　Ⅱ．①白…　Ⅲ．①纪实文学－中国－当代
Ⅳ．①I25

中国版本图书馆 CIP 数据核字（2015）第 137572 号

秘境
中国玉器市场见闻录
MIJING
白描　著

出　　版	北京出版集团公司
	北京十月文艺出版社
地　　址	北京北三环中路 6 号
邮　　编	100120
网　　址	www.bph.com.cn
发　　行	新经典发行有限公司
	电话 (010)68423599　邮箱 editor@readinglife.com
经　　销	新华书店
印　　刷	北京国彩印刷有限公司
版　　次	2016 年 1 月第 1 版
	2016 年 1 月第 1 次印刷
开　　本	710 毫米 ×990 毫米　1/16
印　　张	22.25
字　　数	337 千字
书　　号	ISBN 978-7-5302-1507-4
定　　价	59.80 元

质量监督电话 010-58572393

版权所有，未经书面许可，不得转载、复制、翻印，违者必究。